Mark Miller
Uns bleibt immer New York

Mark Miller

UNS BLEIBT IMMER NEW YORK

Roman

Aus dem Französischen
von Anja Mehrmann

PIPER

Mehr über unsere Autorinnen, Autoren und Bücher:
www.piper.de

Wenn Ihnen dieser Roman gefallen hat, schreiben Sie uns unter Nennung des Titels »Uns bleibt immer New York« an *empfehlungen@piper.de*, und wir empfehlen Ihnen gerne vergleichbare Bücher.

ISBN 978-3-492-06356-2
© XO Editions 2021
Titel der französischen Originalausgabe: »Minuit! New York«,
XO Editions, Paris 2021
© Piper Verlag GmbH, München 2023
Redaktion: Antje Steinhäuser, Manfred Sommer
Satz: psb, Berlin
Gesetzt aus der Sabon
Druck und Bindung: CPI Books GmbH, Leck
Printed in the EU

Für Lisa, meinen Fels und Kompass.
Sie brachte mich eines schönen Morgens auf die Idee
und war meine erste Leserin.

Dieses Etwas nenne ich Liebe. Sie ist das Einzige, was den Menschen in seinem Fall aufhalten kann ...

Paul Auster

[Hallo Lorraine. Erinnerst du dich an mich? Wie ich sehe, bist du heute Abend mal wieder allein.]

[Wer sind Sie?]

[Jemand, der sich für dich interessiert.]

[Das reicht. Ich werde Sie blockieren.]

[Ich finde immer Mittel und Wege, an dich heranzukommen. Und außerdem: Willst du nicht wissen, wer ich bin und woher ich all das über dich weiß?]

[Ist mir scheißegal, du armer Irrer! Du interessierst mich nicht. Einfach noch ein Bekloppter in den sozialen Netzwerken.]

[Du willst wirklich nicht wissen, was ich vorhabe? Es geht dich aber etwas an.]

[Bye, du Vollpfosten.]

[Ich habe vor, dich zu töten, Lorraine.]

[Was??]

[So, wie ich deinen Vater getötet habe ...]

[Armseliger Schwachkopf, mein Vater ist schon vor achtundzwanzig Jahren gestorben.]

[Und sein Mörder wurde nie identifiziert, stimmt's?]

[Na und? Diese Information kann jeder im Internet finden.]

[Aber nicht jeder weiß, wo du wohnst: 1, Avenue Barbey d'Aurevilly, dritte Etage links. Und auch nicht, dass du allein lebst. Kein fester Freund. Kein Haustier.]

[WER BIST DU?]

[Das wirst du bald erfahren.]

[Du glaubst, du kannst mir Angst machen? Du solltest mal zum Psychiater gehen. Ich werde die Polizei informieren. Und bis dahin blockiere ich dich. Bye.]

Anfangs glaubte sie, dass alles wieder in Ordnung kommen würde. Sie glaubte es tatsächlich. Er wird aufhören, dachte sie. Er wird der Sache überdrüssig werden. Er wird einfach wieder aus meinem Leben verschwinden.

Anfangs wollte sie daran glauben.

PROLOG

OH!

(Joe Tilson, Öl auf Leinwand)

Mai 2020

New York, 28. Mai 2020, gegen 8 Uhr morgens. Sanft streicht die Sonne über die Dächer von Manhattan. Sie spiegelt sich in den Millionen Fenstern der Wolkenkratzer, leuchtet hell in die breiten Straßenschluchten, schleicht sich in das grüne Laub im Central Park, dringt durch die Schiebefenster, die Glaswände der Büros, die Fenster der Hochbahn.

Auf dieselbe Art dringt sie durch die drei Fenster in einen Künstlerloft in SoHo, Midtown Manhattan, ein. Sie beleuchtet den großen Körper, der ausgestreckt vor dem Fußende des zerwühlten Betts auf dem Fußboden aus Eichenholz liegt. Beleuchtet auch die Plakate von Hans Hofmann und Cy Twombly, die an den Wänden hängen, und den Hund, der winselnd die Dielen neben dem Körper zerkratzt.

Lorraine steht in der schweren Brandschutztür.

Von der Schwelle aus betrachtet sie die Szene. Wie betäubt. Angsterfüllt. Im nächsten Moment macht sie drei Schritte auf den Mann zu. Sie hört sich selbst seinen Namen sagen: »Léo!«

Keine Reaktion. Durch das große Loft, das von den fröhlich tanzenden Strahlen der aufgehenden Sonne erfüllt ist, geht sie weiter auf ihn zu. Innerlich ist sie wie erfroren. Er sieht unglaublich schön und ruhig aus in diesem Moment, als er da ausgestreckt auf dem Boden liegt.

»Léo!«

Stille. Bis auf das jämmerliche Winseln des Hundes, eines Cockerspaniels, der seinem Herrchen jetzt mit dem Eifer und der Zärtlichkeit, die typisch für junge Hunde sind, übers Gesicht leckt. Seinem Herrchen, der im Sonnenschein überaus friedlich wirkt und die tierische Zuwendung über sich ergehen lässt, als schliefe er.

»Léo!«

Keine Antwort. Panik überkommt sie. Sie fällt auf die Knie, schüttelt ihn, schlägt ihm ins Gesicht. Schon rollen Lorraine die Tränen über die Wangen; sie glänzen im goldenen Morgenlicht.

»Léo! Bitte! Mach die Augen auf. Sag etwas. *Léo!*«

Sie beugt sich über ihn, sucht nach seinem Puls, seiner Atmung. Findet beides. Er lebt! Er atmet!

Zwanzig Sekunden später öffnet er seine großen hellgrauen Augen und richtet diesen lichtvollen Blick auf sie, der sie immer dahinschmelzen lässt. Er versucht zu lächeln, sein Gesicht ist kalkweiß.

»Lorraine? Du bist da ... Hab keine Angst ... Ruf einen Krankenwagen«, sagt er mit schwacher Stimme. »Jetzt, Liebling ...«

Erneut schließt er die Augen. Er atmet noch, ist aber offensichtlich wieder ohnmächtig geworden. Mit zitternder Hand holt Lorraine ihr Handy heraus. Die Tränen trüben ihren Blick. *Konzentrier dich!* Sie braucht zwei Anläufe, um die 911 anzurufen. Eine Stimme am anderen Ende der Leitung. Sie stammelt, bringt alles durcheinander.

Die Stimme fragt sie ruhig nach ihrem Namen und ihrer Adresse »für den Fall, dass das Gespräch unterbrochen wird«.

Die Worte sprudeln aus ihr heraus, aber die Frau von der Leitstelle unterbricht sie und fordert sie auf, noch einmal von vorn anzufangen. Das regt sie noch mehr auf. Diese Frau ist dermaßen ruhig, dass Lorraine beinahe die Beherrschung verliert. Sie atmet durch, spricht langsam und deutlich. Die Frau am anderen Ende der Leitung begreift sehr schnell, dass etwas Schlimmes vorgefallen ist, und bittet sie, am Apparat zu bleiben.

In diesem Moment öffnet er die Augen und sagt: »... ist nicht so schlimm ...«, um dann ein weiteres Mal das Bewusstsein zu verlieren. Es ist exakt 8:30 Uhr an diesem Morgen des 28. Mai 2020 in New York.

Sie sieht, wie sie ihn auf einer Trage, deren Rollen unangenehm quietschen, abtransportieren. Die untere Hälfte seines Gesichts bedeckt eine Sauerstoffmaske, die Sanitäter tragen Stoffmasken. Seine Haare, die sie bei ihrer ersten Begegnung ein bisschen zu lang fand, umrahmen sein schönes Gesicht mit den geschlossenen Lidern, und erneut spürt sie, wie die Angst von ihr Besitz ergreift. Sie schließt die Tür des Lofts hinter sich, wobei sie den Cockerspaniel entdeckt. Er sitzt allein mitten im Raum und hat den Blick auf Lorraine gerichtet, diesen traurigen, verlorenen und ratlosen Blick eines herrenlosen Hundes, und sie spürt, wie ihr ein weiteres Mal die Tränen in die Augen steigen. Dann begleitet sie die Sanitäter zum Aufzug.

Wooster Street. Die Hecktüren des weißen Rettungswagens vom *New York-Presbyterian Hospital* mit den orange-farbenen und blauen Streifen sind weit geöffnet. Die Trag-bahre wird hochgehievt und gleitet in die Führungsschie-nen. Sie sieht Léo im Inneren des Wagens verschwinden, das Ding verschlingt ihn förmlich. Dann steigt sie wieder die Treppe hinauf und sucht ein paar Sachen zusammen, die er im Krankenhaus brauchen wird. Und weiß tief in ihrem Inneren und mit schmerzhafter Gewissheit, dass er nicht zurückkommen wird.

ERSTER TEIL

Convergence

(Jackson Pollock, Öl auf Leinwand)

1

If you've ever been to New York City,
You know what I'm talking about.

The Yardbirds, *New York City Blues*

Fünf Monate zuvor

Es regnete wie aus Eimern auf Paris an diesem Montag, dem 9. Dezember 2019. Sie klappte den Koffer, den sie in ihrer großen und ziemlich leeren Wohnung in der Avenue Barbey d'Aurevilly Nr. 1, nur wenige Schritte vom Eiffelturm entfernt, aufs Bett geworfen hatte, wieder zu.

Sie, das war Lorraine Demarsan, Tochter des verstorbenen François-Xavier Demarsan und seiner Frau Françoise Balsan.

Es war kalt in der Hauptstadt in diesem Dezember, und jetzt regnete es, aber Lorraine achtete nicht weiter darauf. In etwas mehr als zwei Stunden würde sie nach New York fliegen, wo es dem Wetterbericht zufolge schneite.

Lorraine mochte Paris, New York hingegen liebte sie.

Diese Stadt besaß eine Energie, eine Schwingung, die sie zu etwas Einzigartigem machte. Und sie hatte etwas Unergründliches, eine Art Rhythmus, den nur New York und die New Yorker besaßen, dieses Völkchen, dass sich so sehr von den Parisern unterschied und ihr dennoch unendlich vertraut war. Sie war zwar Französin, hatte die ersten sieben Jahre ihres Lebens aber im Big Apple verbracht. Bis ihre Mutter beschloss, mit Sack und Pack nach Frankreich zurückzukehren, weit weg von der Megalopolis, in der Lorraine aufgewachsen war. Deshalb wurde sie jedes Mal, wenn sie dorthin zurückkehrte, nicht nur von der atemberaubenden Magie dieser Stadt, sondern auch von dem Gefühl ergriffen, nach Hause gekommen zu sein.

Nachdem sie in Jeans und einen dicken Pulli geschlüpft war und sich ihren grauen Schal um Hals und Kinn gewickelt hatte, begann sie, im Zimmer auf und ab zu gehen. Sie warf einen Blick auf die Uhr: 16:09. In einer Minute würde das Taxi kommen. Sie ging zum Balkon und betrachtete ein letztes Mal den von Windböen gepeitschten Eiffelturm. Draußen tobte der Sturm, doch der eisernen alten Dame schienen die Elemente gleichgültig zu sein. Wie eine Herausforderung für die verstreichende Zeit ragte sie in den dunklen Himmel über Paris hinein und hatte ohne jeden Zwischenfall diverse Epochen, sämtliche Krisen und jedes Unwetter überstanden.

Lorraine wandte sich ab und überprüfte, ob ihr Reisepass sich in der Innentasche ihres Mantels befand. Sie wollte nur noch eins: im Flugzeug sitzen und sich von den Flugbegleitern umsorgen lassen. Sie würde ein oder zwei Gläser Champagner trinken, sich einen Film oder eine Serie anschauen und dann unter der kuscheligen Decke und der Schlafmaske einschlafen, die Air France in der Businessclass zur Verfügung stellte. In diesem Augenblick wünschte sie sich nichts anderes, als weit weg zu sein, so groß war ihre Angst, so deprimiert war sie.

Dabei hatte Lorraine Demarsan mit ihren fünfunddreißig Jahren durchaus Grund, guter Stimmung zu sein. Beruflich befand sie sich auf dem Weg nach oben. Ihre Versetzung auf die andere Seite des Atlantiks bedeutete einen weiteren Schritt in ihrer makellosen Laufbahn. Die Werbeagentur DB&S eröffnete eine Filiale in New York, und sie sollte das Steuer in die Hand nehmen. DB&S wie Demarsan, Bourgine & Salomé. Paul Bourgine und Paul-Henry Salomé, ihre Geschäftspartner. Insgeheim nannte sie die zwei »meine beiden Pole«. Was sie tatsächlich auch waren, und zwar von jeher, obwohl die beiden wesentlich älteren Männer, alte Freunde ihres Vaters, sie manchmal auf eine Art bevormundeten, die ihr auf die Nerven ging.

Nichtsdestotrotz hatten sie beschlossen, Lorraine die Leitung der New Yorker Niederlassung anzuvertrauen, denn sie beherrschte die Sprache, war mit den kulturellen Besonderheiten vertraut und kannte diese Stadt und ihre Bewohner besser als jeder andere. Im Grunde war sie ebenso sehr New Yorkerin wie Pariserin. Sie ging in eines der Badezimmer und holte sich eine Halsschmerztablette aus dem Arzneimittelschrank. Es war immer dasselbe: Sobald sich ein wichtiges Ereignis am Horizont abzeichnete, traten bei ihr irgendwelche körperlichen Beschwerden auf. Als Jugendliche zog sie sich vor einer Verabredung mit einem Jungen oder vor einer Prüfung regelmäßig Lippenherpes zu. Über den endlos langen Flur gelangte sie zu dem Zimmer zurück. Die Wohnung bestand aus zwölf Räumen, von denen sechs Wohnräume und vier Badezimmer waren.

Bei einem Quadratmeterpreis von fünfzehntausend Euro konnte sie sich das Leben in dieser sehr begüterten Gegend des VII. Arrondissements, einer der teuersten von Paris, nur deshalb leisten, weil die Wohnung Teil ihres väterlichen Erbes war.

Eine SMS auf ihrem Handy teilte ihr mit, dass ihr Wagen des Pariser Taxiunternehmens G7 eingetroffen war.

Sie beugte sich über das Bett und bewunderte ein letztes Mal das Kunstwerk auf dem Bildschirm ihres MacBooks: *La Sentinelle*. Ein Bild von Victor Czartoryski. Nein, nicht *ein* Bild. *Das* Bild. Das Meisterwerk des amerikanisch-polnischen Malers, das 1970 dessen zweite Schaffensperiode, die des »metaphysischen Realismus«, eingeleitet hatte. Das Gemälde, das neben Pollock, Warhol und anderen einen der bekanntesten amerikanischen Künstler des 20. Jahrhunderts aus ihm gemacht hatte. Eine schemenhafte menschliche Silhouette, mit wütenden schwarzen Pinselstrichen auf grauem Grund gemalt, mit kaum wahrnehmbaren Spuren von Grün und Kadmiumgelb und mit gespachtelten Stellen in einem außergewöhnlichen Rot.

La Sentinelle. Das Lieblingsbild ihres Vaters und auch das von Lorraine ... Sie betrachtete es zum hundertsten Mal. In wenigen Stunden würde es vielleicht ihr gehören.

Sie wollte den Laptop gerade herunterfahren und ihn in die Hülle schieben, als eine neue Nachricht in ihrer Mailbox und gleich darauf auch auf dem Display ihres iPhone auftauchte. Sie erstarrte. *Absender unbekannt. Kein Betreff...* In ihrem Gehirn schrillten die Alarmglocken. Angst überkam sie. Ihre Kehle war wie ausgetrocknet, als sie die Nachricht öffnete.

Du kannst gehen, wohin du willst, Lorraine, du wirst mir nicht entkommen.

Lorraine starrte auf den Bildschirm, ihre Sinne waren wie betäubt. Sie versuchte ihre Fassung wiederzufinden, schaltete den Apparat aus und klappte ihn zu. Auch löschte sie sämtliche Lampen, sodass nur noch das Licht der Straßenlaternen die leeren Räume erhellte. Die Tasche mit dem Laptop schräg über die Schulter gehängt, den Koffer in der Hand, lief sie zur Tür, schloss die Wohnung ab und eilte zum Fahrstuhl.

Sie rannte den Bürgersteig entlang. Obwohl sie das Gesicht im Schal und im Kragen ihres Mantels vergraben hatte, schlug ihr der kalte Regen ins Gesicht. Sie lief auf das Taxi an der Ecke Avenue Barbey d'Aurevilly und Avenue Émile Deschanel zu und ruinierte sich dabei innerhalb weniger Sekunden die Frisur.

Die Rinnsteine liefen über, der Regen ergoss sich über Fassaden und Asphalt. Kein Mensch war zu sehen. Das Viertel sah aus, als hätten die Bewohner es verlassen. Wie eine unheilvolle Großstadtwüste.

Erst als sie in den Fond des schwarzen Mercedes stieg, bemerkte sie, dass sie heftig zitterte. Mit dem Gefühl, einer Gefahr entronnen zu sein, ließ sie sich auf die Rückbank sinken und sagte sich, dass er sie in New York vielleicht in Ruhe lassen würde. Sie wünschte, ihr Abschied wäre endgültig. Sie wünschte, der große Tag wäre bereits gekommen. Bald. Nächsten Monat. Dieser Aufenthalt war nur ein Vorspiel, der vorbereitende Besuch vor dem großen Sprung.

Wenn erst einmal sechstausend Kilometer zwischen ihr und ihm lagen, fehlten ihm hoffentlich die Mittel, ihr weiterhin das Leben zu vergällen.

2

I'm the king of New York.

The Quireboys, *King of New York*

Er verlässt Rikers Island noch am gleichen Tag. Es schneit. Es ist bitterkalt an diesem frühen Morgen. In New York ist die Temperatur deutlich unter null gefallen. Die ganze Stadt unter dem dunklen Himmel ist von einem reinen, blendenden Weiß. Ein Dezember wie jeder andere im Big Apple.

Er heißt Léo Van Meegeren, ist einunddreißig Jahre alt – und an diesem Punkt der Geschichte endlich frei.

Um den Gefängniskomplex von Rikers Island zu betreten oder zu verlassen – der größte im Staat New York und der zweitgrößte der Vereinigten Staaten, der, wie der Name schon sagt, auf einer Insel mitten im East River erbaut wurde –, muss man eine eintausendzweihundertachtzig Meter lange Brücke überqueren. Genau das tat der Gefangenentransporter, der Léo an diesem Morgen wegbrachte, begleitet von Möwengeschrei und eisigen Windböen.

Léo schwankte auf der Rückbank hin und her, aber er lächelte. Denn nach drei Jahren Haft im Otis Bantum Correctional Center, einem der zehn Gefängnisse des Komplexes, konnte er Rikers Island endlich verlassen. Was er verbrochen hatte? Nun, Léo verstand es, Gemälde von Pissarro, Renoir, van Gogh, Matisse genauso gut, wenn nicht besser als die großen Meister selbst zu malen. Er war ein Fälscher. Oder war jedenfalls einer gewesen. Nach drei Jahren in der Arrestzelle hatte er beschlossen, den Pinsel beiseitezulegen.

Mit seiner verwaschenen Jeans, dem schwarzen Rollkragenpulli, der leichten Wildlederjacke und den etwas zu langen braunen Haaren ähnelte Léo Van Meegeren eher einem Künstler – der er ja wirklich war – als einem Ex-Häftling. Er war eins fünfundachtzig groß und wog achtzig Kilo, sieben mehr als bei seiner Ankunft auf Rikers. Das zusätzliche Gewicht verdankte er sportlichen Übungen im Gefängnis. Aber abgesehen von seinem katzenartigen, leicht nachlässigen Gang, der so langsam war, dass man es für Berechnung halten konnte, fielen an ihm vor allem seine riesigen grauen Augen auf, die aufmerksam und verträumt zugleich wirkten. Sein Blick war der eines Raubtiers oder der eines Malers, je nachdem.

Die raubtierhafte Seite beruhte vermutlich auf den drei Jahren, die er auf Rikers verbracht hatte. Aggressionen, Misshandlungen der Häftlinge durch die Wärter oder durch andere Häftlinge, Sadismus, sexuelle Gewalt, illegale Geschäfte jeder Art, Leibesvisitationen am nackten Körper vor den Mitgefangenen, der Dschungel aus Beton, in dem sich ein Krankenhaus, eine Kapelle, Baseballfelder, ein Elektrizitätswerk, eine Laufbahn und zwei Bäckereien befanden – alldem eilte der Ruf jener Gewalttätigkeit voraus, die aus Rikers eines der schlimmsten Gefängnisse in den USA gemacht hatte. Am 22. Juni 2017 verkündete der Bürgermeister von New York höchstpersönlich, er habe die Absicht, Rikers Island innerhalb der nächsten zehn Jahre zu schließen.

Für Léo war es höchste Zeit. Mit dem Rücken an die vibrierende Seite des Kastenwagens gelehnt, saß er regungslos da, während er hin und wieder einen flüchtigen Blick auf seine Weggenossen warf. Sieben von ihnen wurden an diesem Tag entlassen. Sieben Geschichten, sieben Werdegänge. Sieben nervöse oder erloschene Gesichter. Der Wagen verlangsamte die Fahrt, hielt schließlich an. Die Türen öffneten sich. Der Widerschein des Schnees drängte die Finsternis zurück und ließ die Männer blinzeln.

»Na los, ihr da drin. Alle Mann aussteigen!«

Sie sahen einander an. Léo bemerkte, dass sich einige Männer in einer Art Schockzustand befanden.

»Kommt schon, beeilt euch! Es ist kalt hier!«

»Verdammte Scheiße«, sagte der neben ihm. »Ich kann es einfach nicht fassen.«

Léo sah, dass ein junger Kerl von Mitte zwanzig heiße Tränen vergoss. Der Älteste von ihnen – er ging bereits auf die siebzig zu – saß immer noch auf der Bank und schien unfähig, sich zu erheben. Léo legte ihm eine Hand auf die Schulter.

»Wir sind da, Charlie. Wir müssen jetzt gehen.«

Der Alte hob den Kopf, musterte ihn mit stumpfem Blick, und Léo begriff, dass er Angst hatte. Angst vor der Freiheit. Angst vor den leeren Tagen da draußen. Léo erinnerte sich an einen Song von U2, in dem es hieß: *In New York, freedom looks like too many choices.*

Beim Aussteigen stellte er fest, dass seine Jacke für die Jahreszeit viel zu dünn war. Es war höllisch kalt, und noch immer fiel hinter den Pfeilern der Hochbahn dicht und schwer der Schnee. Er ließ seinen durchdringenden Blick durch den Transporter wandern, der unter dem hohen Metallgerüst der Station Astoria-Ditmars Boulevard in Queens parkte. Als ihm einfiel, dass sich unter den Sachen, die sie ihm zurückgegeben hatten, auch ein altes Ticket befand, fragte er sich, ob es drei Jahre später immer noch gültig war. Die Art von Fragen, die nur einem Ex-Häftling in den Sinn kommen konnten.

In dem Zug, der sich wenige Minuten später lärmend in Bewegung setzte, um ihn nach Südwesten zur Insel Manhattan zu bringen, verengten sich seine großen grauen Raubtieraugen. Betäubt von der Menschenmenge, stand er inmitten der Passagiere.

Wie ein Kind drückte er die Stirn an die Fensterscheibe und genoss den Anblick der kleinen Flachdachhäuser, die in der aufgehenden Sonne vorbeiflogen. Er betrachtete verschneite Straßen, vereiste Spielplätze und weiße Schnellstraßen, auf denen die Autos nur in Zeitlupe vorankamen. Als handle es sich um sanfte Musik, lauschte er dem Getöse der hin und her schwankenden Hochbahn, die dem auf Rikers üblichen Lärm in nichts nachstand. Bis zu dem Augenblick, in dem sich der Zug in die Eingeweide der Stadt bohrte und in das unterirdische Netz gelangte.

Siebenundzwanzig Minuten nach der Abfahrt kam Léo aus der Station Prince Street an der Ecke zum Broadway wieder zum Vorschein. Er gab acht, auf den glatten Bürgersteigen nicht auszurutschen, stieg über große Schneeverwehungen hinweg und begegnete vereinzelten sich gegen die Kälte zusammenkrümmenden Passanten. Er war auf eine heftige, geradezu unverschämte Art glücklich. Und obwohl der eisige Wind durch seine Jacke drang, hatte er es nicht besonders eilig. Er erkannte jede Straße, jede Kreuzung und jedes Gebäude, auch wenn sich die Geschäfte in den drei Jahren verändert hatten.

Dies war sein Viertel. Ein Viertel mit gepflasterten Straßen, Restaurants, Boutiquen, schicken Galerien und *Cast-Iron Buildings*, Häusern mit gusseiserner Fassade, die mehr als hundert Jahre zuvor erbaut und längst in sündhaft teure Künstlerlofts umgewandelt worden waren.

Ihm war kalt, seine Hände und Füße fühlten sich wie erfroren an, als er die Wooster Street hinaufging. Er kam an einem großen Umzugswagen vorbei. Junge Leute räumten ihn aus, indem sie die Möbel auf dem Schnee abluden. Vor einem kleinen fünfstöckigen Backsteingebäude blieb er stehen, betrachtete die Außentreppe, an der ein Fahrrad angekettet war, die hohen Fenster und die Feuerleiter aus Metall, die sich im Zickzack an der Fassade emporrankte.

Im Lauf seiner dreijährigen Haft hatte er zweimal geweint. Alle Männer weinen im Gefängnis. Mitten in der Nacht, in der Dunkelheit, lassen sie sich die Tränen lautlos über die Wangen laufen, bis sie das Laken benetzen, um sie dann abzuwischen, unbemerkt von ihrem schlafenden Zellengenossen. Damals war es ihm vorgekommen, als wäre das Gefängnis ein Monster, das ihn verschluckt hatte und nie wieder ausspucken würde.

Mit vom Schneesturm zerzausten Haaren stand er regungslos unter dem dunklen Himmel. An diesem Tag weinte er nicht. Sein Blick wanderte langsam über die Fassade und nahm jedes Detail wahr, als beabsichtigte er, alles so realistisch wie möglich, im Stil eines Charles Sheeler oder Edward Hopper nachzumalen.

Dennoch war er innerlich bewegt. Verdammt bewegt sogar.

Denn er war wieder zu Hause.

Er bemerkte den Mann nicht, der ihm in der Subway gefolgt war und ihn nun aus gut zwanzig Metern Entfernung beobachtete. Er hatte die Augen gegen den Rauch der Zigarette, die in seinem Mundwinkel steckte, zusammengekniffen, und sein Gesicht war so lang und mager, dass es merkwürdig eindimensional wirkte.

3

Take him back to NYC
And we all go woowoowoo.

Herman Dune, *Take Him Back to New York City*

Das Loft war noch in dem Zustand, in dem er es verlassen hatte. Dieselben Plakate von Hans Hofmann und Cy Twombly an den Wänden aus Backstein, dieselben ledernen Clubsessel, dieselben Teppiche, Möbel und antiken Nippesstücke waren in dem riesigen offenen Raum verteilt, dasselbe Cannondale-Fahrrad stand in einer Ecke, das alte Bett auf den Dielen aus Eichenholz.

Während er die Brandschutztür hinter sich schloss und den hellen, stillen Raum betrat, begannen seine Augen doch noch verräterisch zu glänzen. Er hatte vergessen, wie viele Quadratmeter seine Wohnung umfasste. Als er sie nun im Geist mit seiner Zelle auf Rikers verglich, kam sie ihm unendlich groß und wunderbar friedlich vor. Auch das Licht, das durch die nach Osten zeigenden Fenster hereinschien, hatte nichts mit dem Unheil verkündenden künstlichen Schimmer zu tun, der nur mit Mühe die Gitter des Gefängnisses zu durchbrechen vermochte.

Er zog seine Jacke aus und ging auf das Sims unterhalb

der drei Fenster zu, wo immer Bücher, Kunstzeitschriften und Kataloge lagen, die nun nach drei Jahren im direkten Sonnenlicht leicht vergilbt waren. *Ragtime* von E.L. Doctorow, *Scharfe Zeiten* von Richard Price, *Der unsichtbare Mann* von Ralph Ellison.

Seine Lieblingsromane. In allen ging es um New York. *Seine* Stadt. Er wollte nirgendwo anders sein.

Dennoch war er gereist, vor allem durch Europa. Nach der Kunstakademie war er ohne einen Cent in der Tasche durch Italien, Spanien, Frankreich, Flandern gereist, hatte Amsterdam, London, Wien und viele andere Städte gesehen. Er hatte Museen besucht, viele Museen. Die Eremitage, die National Gallery, die Vatikanischen Museen, den Louvre, den Prado, die Accademia und die Scuola Grande di San Rocco in Venedig, das Kunsthistorische Museum in Wien. Auf Rikers Island hatte er häufig die Augen geschlossen und die Gemälde seiner Lieblingskünstler vor sich gesehen. Bonnard, Rembrandt, Tizian, Goya, Czartoryski... eine Farborgie in seinem Kopf, ehe der Knast ihn in die Realität zurückholte.

Nicht die geringste Spur von Staub war zu sehen, so, als wäre die Zeit stehen geblieben, sobald er diesen Ort verlassen hatte und ins Gefängnis gegangen war. Er wusste, dass die Putzfrau einmal im Monat vorbeikam, und seine Schwester hatte ihm versichert, dass sie das Loft regelmäßig lüftete.

Er berührte die Heizkörper. Lauwarm. Er drehte die Heizung voll auf, um gegen die Kälte anzukämpfen, die die Stadt einhüllte. Er ging in die Kochecke, in der die italienische Espressomaschine bereitstand, suchte in einem

Schrank nach Kaffee, ließ die Bohnen in die Kaffeemühle prasseln, nicht ohne vorher an der Verpackung zu schnuppern. Seit drei Jahren hatte er nichts derart Köstliches mehr gerochen. Er öffnete den Wasserhahn über der Spüle, ließ das Wasser für einen Moment einfach laufen und füllte den Behälter der Espressomaschine. Dann öffnete er den Kühlschrank: Leere.

Léo schaltete die Stereoanlage ein, die auf der Küchentheke stand. Während die Kaffeemaschine sich aufheizte, entledigte er sich seiner Kleidung und ging unter die Dusche, die sich auf der anderen Seite der Wand aus Glasbausteinen, die das Loft vom Badezimmer trennte, befand. Ray Charles stimmte *What'd I Say* an. Dieser und ein paar andere Songs hatten es ihm ermöglicht, auf Rikers Island durchzuhalten. Die Rohrleitungen vibrierten, warmes Wasser schoss aus dem Duschkopf, und Léo schloss vor Wohlbehagen die Augen. Plötzlich schalteten seine Sinne jedoch auf Alarmbereitschaft, und er warf nervös einen Blick über die Schulter. Natürlich war niemand dort.

Du bist nicht mehr auf Rikers, Mann, mach dich mal locker. Hier bist du nicht in Gefahr ...

Said I feel alright now, sang Ray Charles auf der anderen Seite der Glaswand in voller Lautstärke, wie um ihn zu beruhigen.

Als er aus der Dusche kam, fand er in einer Schublade weiche, sorgfältig gefaltete Handtücher vor. Er trocknete sich ab. In dem großen Standspiegel erblickte er den fahlen Teint und die geröteten Augen eines Menschen, der nur selten das Tageslicht sieht. Und ein Gesicht mit einigen zusätzlichen Falten.

Mit nacktem Oberkörper, ein Handtuch um die Hüften geschlungen, genoss Léo den frisch gemahlenen Kaffee, während Elton John verkündete, er sei *still standing:* Er stehe immer noch aufrecht da. *Freut mich für dich, Mann,* dachte er, *freut mich wirklich. Ich auch.* Überwältigt von seinen Gefühlen und voll wilder Begeisterung, verzog Léo das Gesicht zu einem Lächeln. Er deutete sogar einen Tanzschritt an.

Verdammt, frei zu sein ist einfach fantastisch.

Kurze Zeit später stand er regungslos vor den unberührten Leinwänden, den Glasgefäßen voller Pinsel und den Farbtuben, die auf dem Arbeitstisch aus rohem Holz verstreut lagen. *Drei Jahre, ohne zu malen ...* Was für Bilder würden seine Erfahrungen im Gefängnis hervorbringen? Er lechzte danach, sich auf die Malerei zu stürzen, Tag und Nacht zu malen, bis er erschöpft auf seiner Lagerstatt zusammenbrechen würde ... aber vorher musste er jemandem einen Besuch abstatten.

Er durchstöberte den Kleiderschrank und fand eine Lederjacke, deren Kragen mit Fell gefüttert und die sehr viel wärmer als sein Wildlederblouson war, außerdem einen dicken Wollpullover, eine Jeans und Unterwäsche. Fünf Minuten später hatte er die Wärme des Lofts gegen die beißende Kälte der Straßen von Manhattan eingetauscht, und sog die klare Luft ein, als handle es sich um berauschenden Äther. Er musste seine finanzielle Situation bei der Bank klären. Bis dahin würde er sich mit den zerknitterten Scheinen behelfen, die er bei seiner Entlassung aus Rikers zurückbekommen hatte. Er schob die Hände in die Taschen und machte sich leichten Herzens auf den Weg zur Subway, wobei er über den schmutzigen Schnee auf der Wooster Street hüpfte.

An der Ecke East 73rd Street und Lexington Avenue befand sich das *Kitty Fine Wines,* eine schicke Weinhandlung. Das leise Bimmeln des Glöckchens an der Glastür nahm Léo in Empfang, als er über die Schwelle trat. Er wischte sich die Schneeflocken vom Pelz seines Kragens und sah sich um.

Der Laden hatte sich kaum verändert: mit Mahagoni vertäfelte Wände, Fässer, die den Eindruck erwecken sollten, man befände sich in einem Weinkeller in Burgund oder in der Toskana, Spiegel, die die Illusion eines größeren Raums vermittelten. Die Inhaberin hatte sich eine blaue Winzerschürze um die Taille gebunden und unterhielt sich angeregt mit einem Kunden.

Léo schlenderte an den Regalen entlang und gab vor, sich für günstige kalifornische, chilenische oder neuseeländische Weine sowie für unerschwingliche Tropfen aus Frankreich mit dem Prädikat *Grand Cru* zu interessieren, außerdem für Whiskeys aus Taiwan und für eine Flasche Grey-Goose-Wodka in einem Kasten von Chopard für achthundertfünfzehn Dollar. Offenbar verfügten die Kunden in diesem Viertel nach wie vor über die nötigen finanziellen Mittel.

Er betrachtete gerade mit träumerischer Miene einen in einer Vitrine eingeschlossenen Pétrus 1988 zu dreitausendzweihundert Dollar die Flasche, als die junge rothaarige Frau am anderen Ende des Geschäfts ihr Kundengespräch beendete. Sie kam flotten Schrittes auf ihn zu und griff im Vorbeigehen nach einem kalifornischen Wein.

»Dieser französische Wein ist wegen der Steuern und Abgaben sehr teuer«, verkündete sie, als sie vor ihm stand. »Stattdessen würde ich Ihnen diesen kalifornischen Wein empfehlen, wenn Sie wollen. Der ist günstiger. Und um sich den Pétrus zu leisten, fehlen Ihnen auf jeden Fall die Mittel.«

»Woher wollen Sie das wissen?«, protestierte er mit beleidigter Miene. »Ich ziehe französischen Wein vor, egal zu welchem Preis ... Es gibt mindestens zwei Gebiete, auf denen die Franzosen glänzen: beim Wein und in der Malerei.«

»Ach wirklich?«, versetzte die junge Frau. »Sei bloß nicht so ein Snob, Léo Van Meegeren. Und was ist mit *Convergence*?«

»Einen Renoir würde ich nicht gegen sämtliche Pollocks dieser Welt tauschen.«

»Du lügst, Bruderherz«, sagte sie. »Du hast Pollock und Czartoryski von jeher verehrt wie zwei Halbgötter.«

Und damit warf sich Kitty ihrem Bruder in die Arme und zog ihn an sich. Sie drückte ihren Kopf mit der fließenden roten Haarpracht an seinen Hals und stand für einige Sekunden regungslos da. Er spürte den Herzschlag seiner Schwester an seiner Brust. Als sie sich voneinander lösten, weinte sie.

»O Mann, ist das schön, dich zu sehen«, stammelte sie, während sie sich mit einer Ecke ihrer Schürze die Tränen trocknete. »Du hättest mir ruhig sagen können, dass du rauskommst, du Scheißkerl!«

Er zuckte mit den Schultern. »Du weißt doch, wie so was läuft. Ich habe es selbst erst gestern Abend erfahren.«

»Trotzdem hättest du mich anrufen können.«

»Ich wollte dich überraschen.«

Ein Lächeln erhellte Kittys Gesicht. Sie hob den Kopf und verschlang ihn förmlich mit ihren großen, tränenfeuchten Augen. Sie war rothaarig, er hingegen brünett; Kitty hatte zwar die gleichen grauen Augen, aber ihre Nase, ihre Wangen, ja sogar ihre Lippen waren mit Sommersprossen übersät.

»Wie ist das möglich?«, fragte sie und musterte ihn prüfend. »Du siehst gleichzeitig schlanker und kräftiger aus. Offenbar hast du dich in Form gehalten.«

»Außer Sport kann man im Gefängnis nicht viel machen.«

»Trotzdem, was für Muskeln, hier ... und da auch«, sagte sie und betastete durch die Jacke hindurch seinen Bizeps. »Hast du schon im Loft vorbeigeschaut?«

»Ja. Danke, dass du dich darum gekümmert hast. Dort ist alles beim Alten.«

Sie verzog die Lippen zu einem schelmischen Grinsen. »Vergiss nicht, dass es jetzt auf meinen Namen läuft.«

Léo lächelte. Das war der einzige Kniff, der ihnen eingefallen war, um das Loft dem Zugriff der Justiz zu entziehen. Kitty warf einen Blick auf ihre Uhr, fasste ihn am Ellbogen und machte Anstalten, ihn zur Tür zu führen. »Wollen wir mittagessen gehen? Ich mache den Laden einfach zu. Ich könnte einen Aushang schreiben: ›Wegen Entlassung aus dem Gefängnis ausnahmsweise geschlossen‹, wie findest du das? Schließlich kommt mein *kleiner Bruder* nicht jeden Tag aus dem Knast ...«

»Könnte sich vielleicht mal jemand um mich kümmern?«, fragte ein Kunde in drei Metern Entfernung von ihnen.

»Könnten wir schon, tun wir aber nicht«, versetzte Kitty, während sie direkt auf ihn zuging. »Der Laden ist geschlossen.«

»Wie bitte? Aber an der Tür steht: ›Geöffnet von 9 bis 18 Uhr‹!«

»Es brennt«, sagte seine Schwester. »Wir werden evakuiert.«

Der Kunde riss die Augen auf. »Ein Brand? Wo denn? Wo ist die Feuerwehr?«

»Die kommt gleich.«

»Was reden Sie denn da? Ich sehe nichts.«

»Riechen Sie denn nicht den Rauch?«

»Ich rieche gar nichts.«

»Nun, in dem Fall sollten Sie mal zum HNO-Arzt gehen.« Und damit setzte sie ihn kurzerhand vor die Tür.

Er lief ziellos umher, ohne auch nur einmal stehen zu bleiben, seit Stunden schon. Alles war ihm Vorwand genug, sich herumzutreiben, die wiedergefundene Freiheit zu kosten wie Wein, die vorweihnachtliche Atmosphäre in sich aufzunehmen. Die Hände tief in die Taschen geschoben und mit aufgestelltem Kragen, schlenderte er ziellos umher, ging hinunter zur Subway und kam wieder heraus, verirrte sich, kehrte um, bis ihn seine Schritte nach Einbruch der Dunkelheit schließlich wieder zum Times Square trugen. Denn hier schlug das Herz der Stadt. Hier befand sich das Zentrum ihrer Lebensenergie, ihrer strahlenden Verrücktheit.

Trotz der Kälte und des Schnees drängten sich wie immer Touristen und Schaulustige vor den riesigen Werbebildschirmen, auf denen die Bilder explodierten, als wollten sie den nächtlichen Himmel erstürmen.

Auf den Gehwegen schwangen dickbäuchige Weihnachtsmänner ihre Glöckchen, Touristen fotografierten sich mithilfe von Selfie-Stäben. Die Menschenmenge strömte an ihm vorbei und bot eine überaus abwechslungsreiche Show, aber allmählich begann ihn die ständige Animation zu langweilen. Dreimal versuchte er, ein Taxi heranzuwinken, ehe endlich ein *yellow cab* neben ihm hielt. Er nannte dem Fahrer die Adresse. Wenn man dem Schild am Armaturenbrett Glauben schenken durfte, handelte es sich um einen Turban tragenden Sikh namens Jagmeet Singh. Der Mann legte einen Blitzstart hin und fädelte den Nissan mit akrobatischem Geschick in den dichten Verkehr ein.

Eine Viertelstunde später setzte ihn das Taxi vor seinem Wohnhaus in der verlassen wirkenden Wooster Street ab.

»Sie ankommen«, sagte der Fahrer vergnügt.

»Danke, Jagmeet«, sagte Léo beim Bezahlen. »Fahren Sie immer so?«

»Wie fahren?«

»Na ja ... so schnell.«

Jagmeet hatte sich zu ihm umgedreht und zwinkerte ihm amüsiert zu. Ein stolzes Lächeln blitzte unter seinem schwarzen Bart hervor.

»Ach, das? Sie noch nicht gesehen ... Das war langsam.«

»*Langsam?*«

Jagmeet nickte energisch. Léo bedankte sich, öffnete die Wagentür, und sofort wirbelten Schneeflocken herein. Er liebte das, die Art, wie diese Stadt Völker, Kulturen, Sprachen, kleine und große Schicksale vermischte. New York war die ganze Welt in einer Stadt. Es war 22 Uhr 03, als er aus dem Taxi stieg, das gleich wieder losfuhr wie ein Formel-1-Auto aus der Startbox. Mit dem Gefühl, endlich nach Hause gekommen zu sein, sah er die roten Rückleuchten rasch in der Dunkelheit verschwinden.

Er bemerkte den Mann mit dem schmalen Gesicht nicht, der ein Stück weiter in der Dunkelheit eines Wagens saß und ihn beobachtete.

4

Another place – another train.

Beastie Boys, *No Sleep Till Brooklyn*

Um 20 Uhr 53 New Yorker Ortszeit setzte sie das Taxi vor
dem *Plaza Hotel* in der 768 Fifth Avenue an der südöst-
lichen Ecke des Central Park ab – noch am selben Tag,
denn indem sie von einer Zeitzone in die andere gesprungen war, hatte sie sechs Stunden gewonnen.

Während der Fahrt im Fond des Wagens hatte sie durch
die beschlagene Scheibe gespäht und die Stadt unter ihrem
weißen Mantel wiederentdeckt. Und für einen Augenblick
hatte der Anblick sie in die Winter ihrer Kindheit zurück-
versetzt, zu dem sechsjährigen Mädchen, das in Begleitung ihres Papas und einer ihrer »Mamas« – die zweite
oder dritte vielleicht – im Central Park einen Schneemann
baut. Oder sich mit nackten Füßen und in einen Baumwoll-
pyjama gehüllt die Nase an dem kalten Fenster ihres Zimmers platt drückt und staunend die großen, flauschigen
Flocken betrachtet, die auf die East 73rd Street niederge-
hen. Eine einsame Kindheit, umsorgt von Nannys, die ihr
vertrauter waren als die eigenen Eltern, und in der sie lange,
zähe Stunden in den Fluren und leeren Zimmern eines

bestimmten Hotels verbrachte, das zu groß und zu still für ein Mädchen ihres Alters war. Nur in Begleitung ihrer Spielzeuge, Kuscheltiere und Bücher. Es war unvermeidlich: Jedes Mal, wenn sie in New York von Bord ging, wurde sie von denselben Erinnerungen heimgesucht. Im Fond des Taxis erdrückte sie für einen Moment das Gefühl der Sehnsucht und Einsamkeit. Eine Einsamkeit, die seitdem Alltag für sie geblieben war, dessen war sie sich bewusst, und sie befürchtete, dass sie neben ihrer Vergangenheit auch ihre Zukunft prägen würde.

Doch als sie aus dem Taxi stieg, empfand sie angesichts der festlichen Atmosphäre, die überall herrschte, dennoch einen Anflug kindlicher Freude. Welche Stadt konnte mit dieser hier konkurrieren? Trotz der späten Stunde kehrten noch Pferdekutschen von ihren Ausfahrten zu dem Luxushotel zurück, die Insassen waren in warme Decken gehüllt. Die weihnachtliche Beleuchtung und die Straßenlaternen tauchten den Schnee auf den Gehwegen in ein gedämpftes Licht. Wie immer um diese Jahreszeit war die Stimmung unbeschreiblich. Aber gleich am nächsten Morgen würde sich der Schnee unter den Reifen der Autos in schmutzigen Matsch verwandeln, Abgase würden die Luft verschmutzen, wütendes Hupen ertönen. Auch das war New York.

Lorraine hob den Kopf und betrachtete die hoch aufragende Fassade des *Plaza*. Sie wurde von einem Ecktürmchen begrenzt, das einem Film von George Cukor entsprungen zu sein schien. Ein Kofferträger nahm ihr Gepäck und ging ihr in die Lobby voran, wo der traditionelle große Tannenbaum aufragte, dessen Äste unter dem Gewicht der Lichterketten nachzugeben drohten. Genau hier, dachte sie, waren Miles Davis und Francis Scott Fitzgerald mit seiner Zelda abgestiegen, hier hatte man Szenen aus *Der unsichtbare Dritte,* Folgen der *Sopranos* und *Kevin – Allein zu Haus* gedreht. Die beiden Pauls hatten ihr ein schönes Geschenk gemacht und für sie ein Zimmer an diesem mythischen Ort reserviert. Zweifellos wollten sie ihr damit zu verstehen geben, dass nunmehr sie der Boss war, dass sie hier alle Vollmachten hatte – und zugleich eine gewaltige Verantwortung trug. Bei dem Gedanken spürte sie, wie ihr Magensäure in die Kehle stieg. Sie achtete nicht weiter darauf und folgte dem Kofferträger zur Rezeption.

Zehn Minuten später drückte sie ihm eine Banknote in die behandschuhte Hand, schloss die Tür, drehte sich um und ließ den Blick durch das Zimmer schweifen: fünfte Etage mit Blick auf den Park. Cremefarbene Wände, das Kopfende des Betts mit barocken Vergoldungen verziert, ein Obstkorb auf der Marmorplatte der Kommode. Die Dekoration hatte einen antiquierten Charme, der an eine Epoche erinnerte, in der New York noch die größte und berühmteste Metropole der Welt war.

Sie ging zum Fenster und zog die schweren Vorhänge auseinander. Der Central Park schlummerte unter seiner Schneedecke in der Dezembernacht, und sie dachte an all jene, die diese Nacht draußen verbringen mussten. Reiche Menschen haben im Grunde kein Recht, traurig zu sein, dachte sie. Was natürlich ein idiotischer Gedanke war. Während ihrer Kindheit war ihr Vater nicht müde geworden zu erzählen, dass er bei null angefangen hatte und trotzdem niemandem etwas schuldig geblieben war. Dass er mit fünf Brüdern und Schwestern in einer kleinen, feuchten Wohnung in der Passage de la Folie-Regnault im XI. Arrondissement von Paris aufgewachsen war, in unmittelbarer Nähe des Friedhofs Père Lachaise. Und dass er nie glücklicher gewesen war als in jener Zeit. Nicht einmal, als er bereits einer der gefragtesten Galeristen Manhattans war, den die New Yorker Kunstszene nur den »Franzosen« nannte und der Geliebte wie Gemälde sammelte.

Sie legte ihren Koffer auf das Bett, öffnete ihn und holte die drei Bücher heraus, die sie vor der Abfahrt eilig hineingeworfen hatte: *Ein Baum wächst in Brooklyn* von Betty Smith, *Jazz* von Toni Morrison und *Glamorama* von Bret Easton Ellis. In allen ging es um New York. Sie hängte ihre Sachen in den Schrank und ging ins Bad, dessen Armaturen hochkarätig vergoldet waren. Bei ihrem letzten Besuch in New York hatte sie in einem schäbigen Hotel über einem billigen Restaurant in Chinatown übernachtet.

Sie ließ sich ein Bad ein, ging zurück ins Zimmer, holte eine Flasche Wasser aus der Minibar und schluckte eine Tablette. Wie so oft nach einem Flug hatte sie Migräne. Auf dem Bett liegend, fuhr sie ihr MacBook hoch und verband es mit der Steckdose über dem Nachttisch. Sie öffnete ihr Postfach. Eine E-Mail von Laurie's, dem Auktionshaus. Sie schickten ihr erneut den Katalog für die Versteigerung am nächsten Tag. Mit *La Sentinelle* als Herzstück. Ein weiteres Mal versank sie in der Betrachtung des Gemäldes. Bei dieser Versteigerung waren zwei weitere Bilder von Czartoryski im Angebot, die aus einer frühen Schaffensperiode des Malers stammten. Einige Sekunden lang ließ sie sich noch von dem Anblick hypnotisieren, dann griff nach ihrem Handy und suchte in ihren Kontakten nach einer Nummer.

»Gut angekommen?«, ertönte die tiefe, ernste Stimme Paul-Henry Salomés – eine Stimme, die sie unter tausend anderen erkannt hätte.

Wie spät war es jetzt in Paris? Sie rechnete schnell nach. *Zwischen drei und vier Uhr morgens…* Zum Glück war ihr Mentor und Patenonkel ein Nachtmensch. Vor ihrem inneren Auge sah sie ihn in seiner Wohnung im XVI. Arrondissement inmitten seiner Gemälde eine Cohiba und einen feinen alten Napoléon genießen, denn wie Lorraine war auch Paul-Henry an lange, einsame Nächte gewöhnt.

»Ich würde dich gern sehen«, sagte sie.

»Aber immer«, antwortete er.

Sie lächelte und startete den Videoanruf. Eine Sekunde später erschien er auf dem Display. Im Morgenmantel saß er inmitten von Seidenkissen auf einer Ottomane, seine silbergraue Mähne umrahmte ein kraftvolles Gesicht, aus dem vor allem der metallische Blick seiner blauen Augen hervorstach. So intensiv, dass er zu glühen schien. Selbst mit siebzig Jahren hatte Paul-Henry Salomé nichts von seinem Glanz eingebüßt. Dieser Mann, der beste Freund ihres verstorbenen Vaters, der zwanzig Jahre nach dessen Tod die Werbeagentur DB&S aus der Taufe gehoben und sie als Teilhaberin aufgenommen hatte, war für Lorraine auch eine Art Ersatzvater. Er war Mentor und Beichtvater in einem, jemand, an den sie sich wandte, wenn sie einen Rat brauchte.

»Alles in Ordnung?«, fragte er.

Sie schaute auf das Display und sagte: »Ich bin ein bisschen nervös.«

»Das ist doch normal, oder? Du stehst vor einer großen

Herausforderung. In Sachen DB&S New York zählen wir ganz auf dich. Sei dir dessen bewusst, aber lass dich davon nicht lähmen.«

»Versetz dich mal in meine Lage. Bis jetzt war ich in der Firma die Nummer drei, und hier stehe ich an vorderster Front.«

»Aber das wolltest du doch. Du darfst dich nicht ständig infrage stellen. Du bist absolut in der Lage, die New Yorker Niederlassung zu führen. Du bist bereit dafür, Lorraine. So bereit, wie man nur sein kann.«

»Ich bin nicht nur deswegen nervös.«

Sein heller Blick brannte unter den schweren Lidern. Ohne jeden Versuch, seine Neugier zu verbergen, starrte er sie an. *»La Sentinelle?«*

Sie nickte.

»Dein Vater war verrückt nach diesem Bild«, sagte er.

Daran konnte sie sich nicht mehr erinnern. Als ihr Vater *La Sentinelle* zum ersten Mal in einer Galerie in Midtown Manhattan ausgestellt hatte, war sie erst sieben Jahre alt. Und genauso alt war sie, als er auf dem Gehweg vor der Galerie von einem Unbekannten mit drei Kugeln mitten in die Brust niedergestreckt wurde. Die Polizei hatte den Mann nie gefunden. Lag der geradezu krankhaften Faszination, die dieses Bild auf sie ausübte, unbewusst womöglich die Gleichzeitigkeit der beiden Ereignisse zugrunde?

Unsinn. Seitdem sind achtundzwanzig Jahre vergangen, eine Ewigkeit. Hör auf mit dieser Küchenpsychologie.

»Schade, dass du nicht hier bist, um mich zu unterstützen«, sagte sie und bereute es sofort.

»Hör auf, dich zu unterschätzen«, wies er sie zurecht,

wobei er die nackten, rundlichen Fesseln kreuzte, die aus dem Morgenmantel herausragten. »Seit achtundzwanzig Jahren lebst du jetzt schon ohne ihn. Bislang hast du dich ausgezeichnet geschlagen, und das hast du sicherlich nicht deiner Mutter zu verdanken. Du hast dich selbst erschaffen, Lorraine. Wie dein Vater. Du brauchst niemanden, glaub mir.«

»Im Gegensatz zu mir hat mein Vater keine fünfzehn Millionen Dollar geerbt«, versetzte sie. »Es ist spät in Paris, wir sollten jetzt besser Schluss machen.«

Paul-Henry musterte sie mit unergründlichem Blick, der in diesem Moment wie verschleiert wirkte, was ihm ein wenig von seiner gefährlichen Schärfe nahm. Er sagte: »Du weißt genau, dass ich nicht mehr als drei Stunden pro Nacht schlafe. Ich liebe die Nacht. Sie ist eine gute Zeit zum Nachdenken, zur Rückbesinnung auf sich selbst, für Melancholie und zur Beschwörung unserer ureigenen Dämonen. Jenen Schatten, die wir tagsüber unter dem Deckel halten.«

Sie sah, wie er den goldbraunen Cognac in dem Schwenker kreisen ließ und an seiner Zigarre zog. Wie er eine dichte Wolke aus grauem Rauch in den Lichtschein der Lampe blies. Um ihn herum nur Zwielicht, Widerschein, Dunkelheit. Erneut erschauerte sie.

Schließlich sagte er: »Aber du musst morgen in Form sein, darum lasse ich dich jetzt in Ruhe. Also Gute Nacht.«

»Gute Nacht, Onkel.«

Wie immer, wenn sie sich mitten in der Nacht mit ihm unterhielt, überkam sie ein sonderbares Gefühl, eine Mischung aus Ruhe und Unbehagen. Es war ihr nie gelungen, diesen Mann, der sie immerhin seit dem Kleinkindalter begleitete, wirklich einzuschätzen. Als sie zehn war, hatte er sie wie seine eigene Tochter behandelt und mit ihr gespielt. Er verfolgte ihre Fortschritte im Studium, als sie zwanzig war, und bot ihr kurz vor ihrem achtundzwanzigsten Geburtstag den Posten als Teilhaberin an – im Tausch gegen einen substanziellen Teil ihres Erbes, den sie in das Kapital von DB&S einbrachte.

Im Grunde war Paul-Henry Salomé ein Geheimnis, zu dem nur er selbst den Schlüssel besaß.

Sie hatte das Gespräch gerade beendet, als aus ihrem Handy das Signal für eine eingehende SMS erklang. Eine unbekannte Nummer. Lorraine spürte, wie sich ihr Puls beschleunigte. Mit hämmerndem Herzen las sie den Text ein erstes Mal und dann noch einmal, wobei sich jedes Wort in ihren Geist einbrannte.

Du entkommst mir nicht, Lorraine, nicht einmal
in New York.

5

**Don't mess with this place,
it will eat you alive.**

AC/DC, *Safe in New York City*

In derselben Nacht wurde er gegen zwei Uhr geweckt. Es gab keinen Alarm, kein warnendes Vorzeichen. Entweder hatte sich Léo in einer Tiefschlafphase befunden, oder sein Gehirn hatte im Schlaf die Geräusche der Tür, die entriegelt wurde, mit Straßenlärm verwechselt.

Sie schüttelten ihn. Er schlug die Augen auf, und eine Sekunde später zerrten sie ihn bereits aus dem Bett.

Danach ging alles entsetzlich schnell. Sie hoben ihn hoch, warfen ihn zu Boden und packten ihn an den Füßen. Er wehrte sich heftig, um ihnen zu entkommen, brüllend wie ein verletzter Löwe. Als sie ihn über den Boden schleiften, rutschte ihm die Pyjamahose bis zu den Knöcheln hinunter und gab in der dumpfen Helligkeit sein Gesäß und seine Geschlechtsteile, gestreift von Licht und Schatten, den Blicken preis. In diesem Augenblick versetzte ihm einer der Angreifer einen Tritt, wie ein Fußballspieler einen Elfmeter schießt. Er raubte ihm buchstäblich den Atem. In seinem Schritt explodierte ein grässlicher Schmerz, während die

Männer ihm weitere Tritte in die Rippen, die Arme und auf jeden Teil seines Körpers versetzten.

Berauscht von Wut und Schmerz, packte Léo einen der drei Angreifer reflexhaft beim Fußknöchel und ließ ihn zu Boden gehen. Einem anderen schlug er vom Fußboden aus gegen das Knie, so heftig, dass beinahe die Kniescheibe heraussprang. Der Typ brach heulend zusammen, aber der erste hatte sich bereits wieder aufgerappelt, während der dritte sich damit begnügte, die Szene zu beobachten. Der Gegenschlag kam sofort; Léos Widerstand fachte die Wut der Männer weiter an. Eine massive Faust traf sein Jochbein und zertrümmerte es beinahe, ehe sich Tritte und Faustschläge in entsetzlichem Tempo abzuwechseln begannen. Er rollte sich zur Kugel zusammen, zog die Beine an und legte Arme und Ellbogen um den Kopf, um die Stöße abzufangen. Reglos blieb er liegen, bis der Hagel aus Schlägen plötzlich endete, so abrupt wie ein Sommergewitter.

Einer der Typen, vermutlich der Anführer, beugte sich über ihn. Selbst im Halbdunkel war zu erkennen, dass seine Haut gelblich und blass wie die einer Leiche war. Spitzes Kinn, eine Nase, lang und schmal wie eine Messerklinge, darunter ein winziger Mund voller hässlicher Zähne; große, hervorstehende Augen glitzerten verschlagen unter einer sehr hohen, gewölbten Stirn. Er sah aus wie ein Vampir aus einem Stummfilm oder eine Skulptur von Giacometti, nur deutlich unheimlicher. Léo konnte sein Alter nicht schätzen. Wenn der Typ sprach, senkte er die Stimme zu einem Flüstern, das Léo das Blut in den Adern gefrieren ließ.

»Viele Grüße von Mr Royce Partridge III. Erinnerst du dich? Du hast ihm einen falschen Modigliani angedreht, für eine Million Dollar. Nicht gerade wenig, eine ganze Million ... Ich wäre nicht mal in der Lage, den Unterschied zwischen einem echten und einem gefälschten Picasso zu erkennen, und es ist mir auch scheißegal. Aber mein Chef war stinksauer, als er erfahren hat, dass das schönste Gemälde seiner Sammlung bloßer Schwindel war. Jetzt will er seine Kohle zurück, ist doch klar. Natürlich mit Zinsen, also zwei Millionen. Du hast zwei Wochen Zeit. Sonst kommen wir wieder und schneiden dir an der rechten Hand einen Finger nach dem anderen ab. Du bist doch Rechtshänder, oder? Danach wird's schwierig mit dem Malen. Zwei Wochen, zwei Millionen.« Mit diesen Worten wandte sich der Typ zum Gehen.

Einer der beiden anderen – ein Mann, bei dem das Fett eindeutig die Muskelmasse überwog – versetzte Léo mit gleichgültiger Miene einen letzten Tritt, als erledigte er auf mechanische Art eine sinnlose Aufgabe.

6

And I'm numb to the pain.

Fun Lovin' Criminals, *Ballad of NYC*

»Sie sollten zum Arzt gehen«, sagte der Mann in der Apotheke.

»Ja, ich weiß.«

»Sie müssen *wirklich* zum Arzt.«

»Ich weiß.«

»Zehn Dollar fünfzig.«

Er zahlte. Nachdem er endlich erschöpft eingeschlafen war, hatte ihn das ins Loft flutende Sonnenlicht geweckt. Er hatte nur zwei Stunden geschlafen, und beim Aufwachen war sofort auch der Schmerz wieder da. Bei dem Versuch, sich zu bewegen, hatte er sich gefühlt wie der von Pfeilen durchlöcherte heilige Sebastian auf einem Gemälde von Bellini oder Mantegna. Gelähmt vor Schmerz lag er in seinem Bett, das mit Blutflecken übersät war wie ein Drip Painting von Jackson Pollock. Eine Sekunde lang betrachtete er das zerknitterte, fleckige Laken. Rot auf Weiß. Ein richtiges Kunstwerk ...

Als er sich schließlich schwankend erhob, wurde es noch schlimmer. Es war, als wäre ihm die ganze Nacht lang ein Sumoringer auf den Rücken gesprungen. Unter der Dusche verschafften ihm Seife und warmes Wasser Erleichterung, die aber nicht lange anhielt. Er betrachtete sich im Spiegel: Das rechte Jochbein hatte seinen Umfang verdoppelt, das rechte Auge war halb geschlossen, sein ganzer Körper von violettblauen Flecken übersät, und am linken Zeigefinger fehlte der Fingernagel. Léo hatte die erstbesten Klamotten, die er finden konnte, übergestreift. Schmerzen bei jeder Bewegung. So war er zur Apotheke gegangen.

»Haben Sie ein Glas Wasser?«

»Wie bitte?«

»Ein Glas Wasser.«

Der Apotheker seufzte und kam kurz darauf mit einem durchsichtigen Plastikbecher zurück.

»Nicht mehr als sechs Stück pro Tag und immer nur eine auf einmal«, warnte er. »Die sind stark.«

»Mmmh.«

Vor den Augen des entsetzten Apothekers schluckte er zwei Tabletten, bedankte sich und ging hinaus.

Zwei Millionen Dollar, dachte er. Zwei Millionen innerhalb von zwei Wochen. Unmöglich. Die Gerichtskosten, die Kaution, die Pfändung, all das hatte ihn mittellos zurückgelassen. Es war ihm zwar gelungen, hunderttausend Dollar in einem Möbellager in der South Street am Ufer des East River zu verstecken, das er für zweihundertfünfzig Dollar im Monat gemietet hatte, aber zwei Millionen ... Nein, es war äußerst unwahrscheinlich, dass er eine solche Summe aufbringen konnte.

Außerdem musste er sich um seine persönliche Sicherheit kümmern. An die Polizei konnte er sich nicht wenden. Er war ein Ex-Häftling, gerade erst aus dem Gefängnis entlassen. Mit anderen Worten: ein Ausgestoßener im Kastensystem der New Yorker Polizei. Royce Partridge III hingegen war ein Brahmane. Léos Wort war nichts wert angesichts des Erben einer der einflussreichsten Familien New Yorks. Und bei seinem Vorstrafenregister konnte sich Léo nicht einmal eine Waffe kaufen.

Mit hochgezogenen Schultern beschleunigte er den Schritt. Er zitterte vor Kälte und bei dem Gedanken, dass die Angreifer wiederkommen und ihn erneut im Schlaf überraschen konnten. Sogar für jemanden, der drei Jahre auf Rikers verbracht hatte, war diese Aussicht erschreckend. Erneut ließ er den nächtlichen Gewaltausbruch vor seinem geistigen Auge ablaufen – und kam zu der Erkenntnis, dass es eine ebenso wirksame wie angenehme Lösung gab.

Der Ort hieß »Die Zuflucht« und befand sich in der Centre Street zwischen Little Italy und Chinatown. Der junge Mann hinter dem Tresen, der Léo begrüßte, hatte selbst das spitze Gesicht eines Windhunds, und der Blick seiner bebrillten Augen wirkte gutherzig und sanft.

»Was genau suchen Sie?«

»Einen Hund.«

»Welche Rasse?«

»Ist mir egal.«

Der junge Mann kratzte sich am Kopf.

»Aber was für ein Hund schwebt Ihnen denn vor?«

»Einer, der bellt.«

Der Mitarbeiter des Tierheims betrachtete Léo über seine Brille hinweg, schwankend zwischen Ratlosigkeit und einem drohenden Lachkrampf.

»Das trifft so ziemlich auf jeden Hund zu.«

»Gibt es keine stummen Hunde?«, fragte Léo lächelnd.

»Nicht dass ich wüsste«, antwortete der junge Mann belustigt und dachte, dass dieser große Typ mit dem animalischen Gang, der unerschütterlichen Ruhe und dem attraktiven, aber verbeulten Gesicht exakt der Typ war, der seine Freundin zum Träumen brachte.

Er reichte ihm ein Formular über den Tresen. Léo las: »Adoptionsantrag – finden Sie den Hund, der zu Ihnen passt«. Er trug seinen Namen ein, das Datum, Adresse und Telefonnummer und beantwortete dann die Fragen. »Haben Sie schon einmal einen Hund besessen? Nein«; »Wo wird sich Ihr Hund überwiegend aufhalten: im Haus«; »Wenn ich zu Hause bin, soll mein Hund 1) ~~die ganze Zeit~~, 2) häufig, 3) ~~nicht zu oft~~ an meiner Seite sein«; »Ich möchte einen Wachhund: Ja«; »Mein Hund soll Vieh hüten (in New York?): Nein«; »Ich möchte einen verspielten Hund: 1) ~~sehr~~, 2) ein bisschen, 3) ~~gar nicht~~«.

Er gab das Formular zurück. Der junge Mann las es durch, kam hinter dem Tresen hervor, stieß eine Glastür auf und bat Léo, ihm zu folgen.

Ganze Katzenfamilien lebten in Glaskästen zusammen, Hunde belegten Einzelkäfige. Léo bemerkte, dass es Dutzende Rassen gab. Der riesige Raum war fensterlos und wurde von Neonröhren beleuchtet.

»Möchten Sie einen großen oder einen kleinen Hund?«, fragte der Mann, während sie den Flur entlanggingen.

Beunruhigt vom plötzlichen Auftauchen der Menschen, liefen die Tiere aufgekratzt auf und ab.

»Weder zu groß noch zu klein.«

»Ähm ... welche Farbe?«

»Mir ist jede Farbe recht ... Hauptsache, er hat ein Fell.«

»Hm ... Hunde habe eigentlich immer ein Fell.«

»War nur ein Witz«, sagte Léo.

»Aha.«

»Den da«, sagte er unvermittelt.

Der junge Mann blieb stehen und folgte der Richtung von Léos Blick.

»Ausgezeichnete Wahl. Ein Cockerspaniel. Leicht zu erziehen, verträgt sich gut mit Menschen, Kindern und anderen Hunden, ist allerdings ein wenig lärmempfindlich, sodass er manchmal gestresst ist. Richtig erzogen ist er ein gehorsamer, anhänglicher Gefährte mit einem ausgeglichenen und fröhlichen Naturell. Er will seinem Herrchen Freude machen und begleitet ihn zum Beispiel gern beim Joggen«, fügte der Tierheimmitarbeiter in Anbetracht von Léos athletischer Figur hinzu.

Der Cockerspaniel beobachtete sie. Er war ruhig, aber in seinen braunen Augen lag ein Funkeln, ein kaum merkliches Beben, so, als wartete er nur auf ein Zeichen, dass das Spiel endlich losgehen konnte. Léo machte eine kleine Handbewegung, und sofort begann der Hund mit dem Schwanz zu wedeln, wobei seine Hängeohren zitterten. Er gab ein fröhliches, wohlklingendes Bellen von sich.

»Der gefällt mir«, sagte Léo.

»Er ist unser Liebling«, bestätigte der junge Mann seine Einschätzung. »Solange er sich austoben kann, ist er ein

sehr guter Begleiter. Aber Sie müssen oft mit ihm raus-
gehen. Er wird schnell zu dick, wenn Sie ihn überfüttern ...
oder wenn er eingesperrt wird. Was sind Sie von Beruf?«
»Maler.«
»Für Gebäude?«
»Wie heißt der Hund?«, überging Léo die Frage.
»Er hat keinen Namen. Er wurde von einer Frau zu uns
gebracht, die ihn herrenlos auf der Straße gefunden hat.
Aber es gab schon mal einen Besitzer, das steht fest, man
merkt es an seinem Verhalten. Er ist sehr gut erzogen.«

Für einen Augenblick dachte Léo traurig an all die häss-
lichen Hunde, die kein neues Zuhause finden würden, und
er hätte beinahe auf den Cocker verzichtet, um das häss-
lichste Exemplar von allen mitzunehmen. Aber das kleine
Tier mit dem rotbraunen Fell hatte sich inzwischen mit
trippelnden Schritten der Scheibe genähert und sich auf
die kurzen Hinterbeine gestellt. Es kratzte mit den Krallen über das Glas und blickte Léo verliebt an, wobei ihm
die Zunge aus dem Maul hing. Es sah aus, als ob das Tier
lächelte.

»Sie haben den passenden Hund gefunden«, sagte der
Mitarbeiter des Tierheims.

Von dem Geld, das ihm noch geblieben war, kaufte er alles
Nötige. Futternäpfe, Trockenfutter zur Gewichtskontrolle,
Shampoo gegen Parasiten, Knochen aus Gummi, Leine,
Halsband, Kissen, Korb. Voll beladen stieg er mit dem Tier
in ein Taxi. Der Fahrer runzelte die Stirn, sagte aber nichts.
Am Ziel angekommen, stieg Léo aus und pfiff. Der Hund,
der brav auf der Rückbank gesessen hatte, wedelte mit dem

Schwanz, sprang aus dem Wagen und trabte hinter ihm her. Auf halbem Weg blieb das Tier abrupt stehen und sah sich um. Léo zog sich das Herz zusammen bei dem Gedanken, dass der Hund das Gleiche empfand wie er nach der Entlassung aus Rikers: den Rausch der Freiheit.

Er schwor sich, alles zu tun, damit das Tier das Loft nicht als sein neues Gefängnis empfand. Wenn nötig, würde er dreimal täglich mit ihm spazieren gehen.

Der Hund sprang Léo voran die Treppe hoch und wartete auf jeder Etage, bis sein neues Herrchen ihn eingeholt hatte. Léo schloss die Wohnung auf und ließ seinen neuen Freund eintreten, der sich sofort ins Innere des Lofts stürzte und schnüffelnd durch sämtliche Räume lief, wobei er im Takt mit dem Schwanz wedelte. Léo stellte die beiden Futternäpfe in die Kochnische, gab Trockenfutter in den einen und Leitungswasser in den anderen. Der Cocker schlabberte geräuschvoll, dann setzte er die gründliche Erkundung des Lofts fort; seine Krallen klickten über das Parkett. Léo nutzte die Gelegenheit, um unten auf der Straße eine zu rauchen. Danach stieg er die Treppe wieder hoch, anfangs in normalem Tempo, allmählich, je näher er dem Loft kam, aber immer langsamer und leiser. Als er die letzten Stufen erreichte, lauschte er angestrengt. Stille. Der Hund gab keinen Laut von sich. Léo schlich weiter. Als er weniger als einen Meter von der Tür entfernt war, erklang auf der anderen Seite Gebell. *Perfekt.* Léo verzog die Lippen zu einem Lächeln.

Er wachte auf, als etwas seine Wange berührte – etwas Feuchtes, Warmes, Raues. Die Medikamente hatten den

Schmerz nicht vollständig ausgeschaltet, aber immerhin so weit gelindert, dass Léo von Müdigkeit überwältigt worden war. Als er die Augen aufschlug, empfing ihn wohlklingendes, fröhliches Gebell, und in wenigen Zentimetern Entfernung erblickte er neben sich eine schwarze Nase, eine haarige Schnauze, eine rosa Zunge und den sanften Blick kluger brauner Augen.

»Was machst du da?«, fragte Léo und richtete sich auf. Als Antwort erklang erneut lautes Bellen. Inmitten der Laken auf dem Hinterteil sitzend, brachte der Hund es dennoch fertig, mit dem Schwanz zu wedeln. Er wollte spielen. *O nein, wir haben gestern schon eine halbe Stunde gespielt.* »Runter da. Auf dem Bett hast du nichts zu suchen.«

Er zeigte auf die Holzdielen. Der Hund wedelte schneller und betrachtete Léo mit geradezu zärtlichem Blick.

»Na los, runter da! Hopp!«, sagte er, lauter nun.

Das Tier musterte ihn mit treuherziger Miene, rührte sich aber nicht vom Fleck.

»Ich habe gesagt, du sollst da runtergehen«, wiederholte Léo und schob ihn an, aber der Cockerspaniel stemmte schwanzwedelnd alle vier Pfoten in die Matratze.

Na schön, keine Chance… Er stand auf, ging unter die Dusche und überließ sein Bett der gegnerischen Partei.

Um achtzehn Uhr bog er um die Ecke zur East 55th Street. Die Kunstgalerie befand sich gleich hinter der Wells Fargo Bank, lag eingeklemmt zwischen dem riesigen verglasten Monolithen der Bank, einer Vivienne-Westwood-Boutique und dem Luxushotel *St. Regis*. In einer Minute würde die Galerie schließen. Der Schnee war vor das Schaufenster geschippt worden, in dem eine hyperrealistische Skulptur thronte. Sie stellte eine Katze mit echtem Fell dar, die zusammengerollt in einem Bergère-Sessel im Louis-quinze-Stil schlief. Für einen Moment glaubte er tatsächlich, die Katze sei ein Bestandteil des Werks, bis sie sich schließlich regte und von dem Sessel hinuntersprang. War die fragliche Skulptur also ein *gefälschter* Sessel, der einen *echten* imitierte? Oder war es genau umgekehrt? Seit Duchamps Readymades ließen sich die Kunstbetrüger nach Herzenslust an solchen Dingen aus. Léo ging auf die Glastür zu und drückte dagegen. Erfolglos. Er klopfte an die Scheibe.

»Es ist geschlossen!«, rief eine hohe Stimme aus dem Inneren.

Er klopfte erneut. Schritte erklangen, dann erschien aus den Tiefen des Ladenlokals ein unwahrscheinliches Geschöpf und glitt wie auf einem Luftkissen durch den leeren Raum der Galerie. Das Wesen war eins fünfundneunzig groß und einhundertdreißig Kilo schwer, trug eine extravagante Brille mit einem riesengroßen vergoldeten Rahmen und blauen Gläsern; eine blondierte Haarsträhne fiel ihm in die Stirn. Bekleidet war es mit einer Art Jeansstrampler mit Rissen über den Knien, dazu trug es Chucks von Converse. Eines stand fest: Zachary »Zack« Israël Weintraub, Inhaber der Kunstgalerie *Le 55*, blieb niemals unbemerkt. Weder bei Vernissagen noch in der Menschenmenge beim New-York-Marathon, den er jedes Jahr lief, zur großen Freude der Zuschauer und Fotografen als Salvador Dalí, Andy Warhol oder Frida Kahlo verkleidet. Der XXL-Doppelgänger von Elton John näherte sich mit ärgerlichem Blick dem Eingang, bis seine kurzsichtigen Augen schließlich das Individuum erkannten, das die Vermessenheit besaß, eine Minute nach Ladenschluss an seine Tür zu klopfen.

Eilig schloss er auf und baute sich in seiner ganzen Größe vor Léo auf, die riesigen Arme weit geöffnet.

»Du meine Güte, wenn ich das gewusst hätte! Seit wann bist du wieder draußen?«

»Seit gestern.«

Der Riese klatschte in seine erstaunlich kleinen Hände.

»Grundgütiger, was für ein Tag! Ich habe heute bereits ein Gemälde für hunderttausend Dollar verkauft, und jetzt auch noch du! Zwei gute Nachrichten an einem Tag! Gott sei gepriesen!«

»Eins von meinen?«

»Deine Bilder haben zwar an Wert gewonnen, seit du auf der Titelseite aller Zeitungen warst und in den Bau gewandert bist, Süßer, aber so viel kosten sie nun auch wieder nicht. Trotzdem habe ich im letzten halben Jahr immerhin zwei davon verkauft.«

»Umso besser. Ich brauche Geld.«

Zack schloss Léo in die Arme und drückte ihn so fest an sich, dass es ihm den Atem verschlug. Léo schien in seiner Umklammerung zu verschwinden, doch dann löste sich Zack von ihm und nahm Kenntnis vom Zustand seines Gegenübers: »Grundgütiger! Was ist bloß mit deiner hübschen Visage passiert?«

»Ich bin gestürzt.«

»Und ich bin der Weihnachtsmann. Komm rein, ich will mir nicht den Tod holen, nicht mal für meinen Lieblingskünstler.«

»Das sagst du zu jedem.«

»Da hast du nicht ganz unrecht«, versetzte Zack, während er auf dem Absatz kehrtmachte und in die jungfräulich weiß gestrichene Galerie zurückging.

Der Raum war von makellosen Wänden durchzogen, das Parkett bestand aus einem wertvollen asiatischen Holz, war zweifellos unter Einhaltung sämtlicher Prinzipien des nachhaltigen Handels gefertigt worden und allem Anschein nach furchtbar teuer. Im Künstlermilieu von NYC verstand man in Sachen Ökologie keinen Spaß, und auf die Kosten verschwendete man keinen Gedanken.

»Hast du im Gefängnis gemalt?«, fragte Zack und drehte sich zu Léo um.

»Ist das dein Ernst?«

Der Galerist machte eine vage Geste. »Keine Ahnung... Gab es dort kein Atelier für Leute wie dich?«

Léos Miene verfinsterte sich, während er den Blick über die ausgestellten Bilder schweifen ließ, die inmitten der riesigen weißen Wände winzig wirkten. Angesichts der Quadratmeterpreise in Manhattan hatte er sich immer schon gefragt, warum Galeristen einen derart großen Appetit auf leere Flächen verspürten.

»Nicht da, wo ich war, Zack«, sagte er leise. »Da nicht.«

»Das ist äußerst bedauerlich.«

»Ein Gefängnis ist kein Feriencamp, Zack.«

»Davon bin ich überzeugt«, sagte Zack diplomatisch.

O nein, du hast absolut keine Ahnung. Einer wie du würde in diesem Dschungel nicht mal eine Woche überleben. Und du hättest mich besuchen können, hast du aber nicht... Na ja, war vielleicht auch besser so.

»Was hältst du von meinen neuesten Schützlingen?«, fragte Zack mit ausladender Geste, während der Kater aus dem Sessel sich schnurrend an Léos Beinen rieb.

»Einen neuen Basquiat kann ich nicht erkennen.« Das Lächeln verschwand, und der Riese stieß einen Seufzer aus. »Ich weiß. Es sind harte Zeiten. Echte Kunst ist selten geworden.«

»Was sind das da hinten für rote und gelbe Flecken?«

»Menstruationsblut, Pisse und andere Körperflüssigkeiten.«

»Und wie heißt es?«

»*Pee & Poo.*«

»Wie stilvoll ...«

Léo dachte an die neunzig Dosen *Künstlerscheiße*, »geschaffen« 1961 von dem italienischen bildenden Künstler Piero Manzoni. Der Mann hatte zumindest das Verdienst, der Erste gewesen zu sein. Während er erneut in die kleinen Hände klatschte, sagte Zack: »Du weißt, dass *La Sentinelle* heute verkauft wird?«

Léo musterte ihn mit ungläubigem Blick.

»Was?«

»Bei Laurie's. Jetzt gleich. Wenn ich mich recht erinnere, war das dein Lieblingsbild.«

Nicht nur das, Zack. Wegen La Sentinelle *und wegen Czartoryskis Werk im Allgemeinen habe ich mit fünfzehn überhaupt zu malen angefangen. La Sentinelle wird verkauft,* dachte er und blickte nachdenklich in die Ferne. *Ausgerechnet heute.*

»Verstehst du?«, fragte Zack, als hätte er die Gedanken seines Freundes gelesen. »Du kommst aus dem Knast, und sie versteigern *La Sentinelle*. Man könnte glauben, sie haben auf dich gewartet, mein Lieber.«

»Aber bestimmt nicht, damit ich es kaufe«, sagte Léo, »das kann ich mir nämlich absolut nicht leisten.«

»Ich auch nicht«, antwortete Zack schulterzuckend. »Aber das soll uns nicht daran hindern, einen Blick darauf zu werfen. Was für ein Tag!«

7

**Concrete jungle (yeah) where dreams are made of
There's nothin' you can't do.**

Jay-Z & Alicia Keys, *Empire State of Mind*

Am gleichen Tag sitzt Lorraine in einem Meeting. Vor der
Eröffnung der New Yorker Niederlassung von DB&S im
nächsten Monat sind noch tausend Details zu überprüfen.
Lorraine muss alles regeln, bevor sie nach Paris zurück-
kehrt, um im Januar endgültig nach New York über-
zusiedeln.

Sie hasst Meetings. Den beiden Pauls gegenüber hat sie
einmal geäußert, dass bei DB&S zu viel Zeit für Bespre-
chungen vergeudet wird. (Sowie für Mittagessen, aber das
hat sie nicht erwähnt. Hier in New York sieht die Sache
hingegen anders aus. Die Leute essen im Stehen und halten
ihren Terminplan ein.)

Apropos Zeit: Ihre ist begrenzt, sie hat keine Minute zu
verschenken. Allerdings wird sie von DB&S' New Yorker
Geschäftspartnern Susan Dunbar und Ed Constanzo unterstützt. Wobei »unterstützt« ein großes Wort ist. Sie hat
eher den Eindruck, dass die beiden, langjährige Partner der
Agentur auf dieser Seite des Atlantiks, vor ihrer Ankunft

vereinbart haben, sie auf Abstand zu halten und ihr so wenig Informationen wie möglich zu geben. Susan Dunbar ist achtundfünfzig Jahre alt, hat silbergraues Haar und hellblaue, funkelnde Augen, mit denen sie Lorraine ständig argwöhnisch mustert. Ihr schmales Gesicht weist tiefe Falten auf. Aufrecht wie ein I, in ein Chanelkostüm gezwängt wie in ein Korsett, lauscht sie den Erklärungen der Französin, unterbricht sie aber häufig:

»Meine Liebe, wir sind hier in New York, nicht in Frankreich. Hier laufen die Dinge anders.«

»Ich habe selbst mehrere Jahre in New York gelebt«, gibt Lorraine zurück.

»Das ist lange her. Die Stadt hat sich verändert. Und wenn ich mich recht erinnere, waren Sie damals noch ein Kind.«

Diese Vornehmheit, die Schärfe in ihrer Stimme ... Lorraine bewundert die entschlossene Art, wie diese Frau ihr Territorium verteidigt.

»Susan Dunbar, geboren am 26. August 1961 in Junction City, Kansas«, zitiert Lorraine aus dem Gedächtnis. »Tochter von Earl Dunbar und Abigail Hewson, diplomierte Betriebswirtin mit Magisterabschluss in Volkswirtschaft, Universität Alabama. Außerdem haben Sie an den Entwicklungsprogrammen für Führungskräfte an der Columbia Business School und der Harvard Business School teilgenommen. Sternzeichen Jungfrau, Aszendent Skorpion. Ihre ersten Sporen haben Sie sich bei Batten, Barton, Durstine und Osborn als Produktmanagerin verdient, dann als Marketingchefin bei BBDO New York. Danach ging es weiter bei Venables San Francisco, danach BBH New York. Man hat Ihre Qualifikationen in den höchsten Tönen gelobt und auch die wichtige Rolle, die Sie gespielt haben, als DB&S den Vertrag mit Gillette ergattert hat. Ich beabsichtige, mich auf Ihre Expertise zu verlassen. Sie werden die strategische Planung und gleichzeitig die Kundenbetreuung leiten. Sie sind diejenige, die sich um unsere wichtigsten amerikanischen Kunden kümmern wird. Und wir werden keine weitreichende Entscheidung treffen, ohne Sie zu fragen.«

Susan Dunbar macht aus ihrer Überraschung keinen Hehl.

»Sie können sich auf mich verlassen«, sagt sie. (Offenbar ist sie wie die meisten der sieben Milliarden Menschen auf diesem Planeten für Schmeicheleien durchaus empfänglich.) »Ich tue mein Bestes, um Ihnen mein Know-how und mein Netzwerk zur Verfügung zu stellen.«

Lorraine bezweifelt das zwar, tut aber so, als glaube sie ihr. Dann wendet sie sich an Ed Constanzo, einen Mann mittlerer Größe und mittleren Alters mit einem wenig einprägsamen Gesicht, abgesehen von den beeindruckend buschigen schwarzen Augenbrauen. Von Anfang an war er ihr gegenüber ausgesprochen wortkarg, sogar feindselig. Wahrscheinlich glaubt er, Lorraines Posten hätte ihm zugestanden.

»Eduardo Constanzo«, sagt sie, »geboren am 13. April 1977 in Miami, Florida, Sohn von Martin Quintana und Delia Aurora Montes, 1962 aus Kuba immigriert. Diplom der Universität von Florida in Audiovisuellem Marketing. Im Alter von elf Jahren verloren Sie Ihre Eltern. Widder mit Aszendent Löwe. Start bei Omnicom, wo Sie rasch die

Karriereleiter hinaufklettern. 2016 werden Sie in der Untersuchung des US-amerikanischen Justizministeriums über die Werbeproduktions-Branche namentlich erwähnt. Ed, Sie übernehmen den Job des Creative Director. Sie überwachen die künstlerische Leitung unserer wichtigsten Kampagnen, aber auch die Werbeproduktionen und die Nachbearbeitung. Wie Sie wissen, ist die Konjunktur eher ungünstig, obwohl die Investitionen der Inserenten in diesem Jahr weltweit gestiegen sind. DB&S stellt sich also einer Herausforderung, indem sie diese Niederlassung in New York eröffnet. Und Sie beide sind die Tragpfeiler dieser Herausforderung. Wenn wir erfolgreich sind, dann nur zusammen. Und ich werde nicht versäumen, Paul und Paul-Henry mitzuteilen, welchen Anteil Sie an diesem Erfolg haben. Das gilt selbstverständlich auch im Fall unseres Scheiterns.«

Um 18 Uhr am selben Tag begann die Auktion bei Laurie's.
Eine Versteigerung im Auftrag mehrerer Eigentümer. Die beiden Höhepunkte des Abends waren ein De Kooning und ein Hockney. Außerdem gab es zwei *White Writings* von Mark Tobey, einen Barnett Newman in hypnotisch leuchtendem Rot und ein zu Unrecht naiv wirkendes Werk von Philip Guston.
Aber Lorraine hatte nur Augen für *La Sentinelle*.
Der Mann, der den Hammer hielt, ähnelte Leonard Bernstein. Der Auktionssaal war voll, auf den beiden Balkonen links und rechts drängten sich junge Leute, die ihre Kaufaufträge per Telefon entgegennehmen würden. Ihr kam der Gedanke, dass es beim Tod ihres Vaters 1991 auf der ganzen Welt nur etwa hundert Dollarmilliardäre ge-

geben hatte. Inzwischen waren es Tausende. Wenn sich nur fünf oder zehn Prozent dieser Superreichen für Kunst interessierten, ergab das eine stattliche Summe an Investitionen. Als Folge dieses Auftragssegens waren in den schicken Vierteln der wichtigsten Metropolen – New York, London, Paris, Singapur, Hongkong – Auktionssäle im Überfluss entstanden. Aber die schönsten Versteigerungen fanden in New York statt.

Okay, bei Laurie's wurden nicht die verrückten Summen erzielt, die die Käufer bei Christie's oder Sotheby's ausgaben, aber auch hier ging es bei jedem Verkauf um Millionen Dollar. Man konnte den Kunstmarkt für völlig verrückt und die Käufer für Idioten halten, man konnte der Meinung sein, dass es unanständig oder sogar kriminell war, derartige Summen für Gemälde auszugeben, solange es da draußen Menschen gab, die Hungers starben. Und tatsächlich kam auch Lorraine gelegentlich dieser Gedanke, denn sie überlegte sich jede Ausgabe dreimal und erstand ihre Klamotten im Ausverkauf. Aber sie wollte *La Sentinelle,* sie begehrte das Gemälde auf eine irrationale, besessene Art und Weise. Seit sie volljährig war, hatte sie einen Teil des väterlichen Erbes für den Tag auf die Seite gelegt, an dem Czartoryskis Meisterwerk erneut im Rennen sein, für den Tag, an dem es noch einmal zum Verkauf stehen würde. Denn das war es, was ihr Vater gewollt hätte. Kurz vor seinem Tod, sie war erst sieben Jahre alt, hatte er gesagt, er bereue nur eine einzige Sache in seinem Leben: dieses Bild nicht selbst gekauft zu haben.

Und nun war der große Tag gekommen.

»Mir scheint, es sind alle da, sogar Guido, dieser Knall-kopf«, sagte Zack, dessen Masse über die Sitzfläche seines kleinen Stuhls hinausquoll und sich auf den Lebensraum seiner Nachbarn einschließlich Léos ausdehnte.

Léo wusste nicht, wer Guido war, und es war ihm auch egal. Er hatte nur Augen für die kunstvoll beleuchteten Gemälde an den Wänden im Hintergrund und sehnte sich nur nach einem: danach, endlich wieder den Pinsel in die Hand zu nehmen.

»Den Bechdel-Test würde diese Versteigerung nicht bestehen«, bemerkte Zack.

»Den was?«

»Den Bechdel-Test. Der beweist, dass weibliche Figuren in einem Werk unterrepräsentiert sind.«

Léo schwieg. Er dachte an Rikers, an die dramatischen Folgen einer zu hohen Konzentration an Testosteron auf begrenztem Raum. Er dachte außerdem, dass sich die Welt im Lauf von drei Jahren definitiv verändert hatte. Er trug eine schwarze Brille, die die meisten Blessuren in seinem Gesicht verbarg, hatte beim Eintreten in den Saal aber dennoch die Blicke einiger Leute auf sich gezogen.

»Wärst du so freundlich, für einen Moment die Klappe zu halten?«, murmelte er.

Der Riese lächelte ihn an und schob sich die übergroße vergoldete Brille auf den Nasenrücken.

»Léo Van Meegeren, wir sind hier nicht im Gefängnis. Jeder hat das Recht, seine Meinung zu sagen.«

»Zweihunderttausend da vorne rechts! Zweihunderttau-send! Dreihunderttausend! Und hier vierhunderttausend!«

Der Auktionator, der Leonard Bernstein tatsächlich zum Verwechseln ähnlich sah, zog die Versteigerung in einem Tempo durch, als müsse er danach noch seinen Zug erwischen.

»Fünfhunderttausend per Telefon! Fünfhunderttausend! Sechshunderttausend dort rechts! Sechshunderttausend! Siebenhunderttausend im Saal? Hier, richtig? Wo ist der Bieter? Ah, da sind Sie: siebenhunderttausend! Achthunderttausend! Achthunderttausend! Neunhundert! Geben Sie mir fünfzig! Hier sind neunhundertfünfzigtausend! Neunhundertfünfzigtausend! Eine Million! Eine Million zum Ersten ... zum Zweiten ... zum Dritten. Verkauft!«

Lorraine hielt den Atem an.

Der Typ war offenbar auf Speed. Oder er hatte eine Line gezogen. Schon machte er weiter und wedelte dabei mit den Armen, als dirigiere er *Wilhelm Tell* im Zeitraffer: »Nun zu einem der Höhepunkte des Abends. Ein großartiges, ein ikonisches Werk, das jeder kennt, Ladys and Gentlemen, ein Bild, das Teil der Kunstgeschichte ist, zweifellos Victor Czartoryskis Meisterwerk und auf jeden Fall sein berühmtestes Bild. Die Rede ist natürlich von *La Sentinelle*. Öl auf Leinwand, entstanden 1970 als Auftakt seiner sogenannten Periode des ›metaphysischen Realismus‹. Außerdem zwei seiner Frühwerke in eher expressionistischem Stil, düsterer mit einem Hauch von Manierismus à la Greco. Mit diesen Bildern werden wir nun beginnen ...«

Er drehte sich zu den Gemälden, deren Beleuchtung ihre gemeinsamen Merkmale, vor allem aber die Unterschiede hervortreten ließ. In der Mitte hing *La Sentinelle,* deren ästhetische Überlegenheit ins Auge stach wie die Figur eines Heiligen auf einem Renaissancegemälde.

»Hier haben wir drei Millionen neunhunderttausend! Drei Millionen neunhundert!«, verkündete Leonard Bernsteins Doppelgänger fünfundzwanzig Minuten später mit erhobenem Hammer. »Drei Millionen neunhundert! Niemand für vier Millionen?«

Vier Millionen, dachte sie verzweifelt. Das ist doppelt so viel wie mein selbst gesetztes Limit. Scheiße, verdammt, diese Gelegenheit kommt nie wieder ...

Sie hob die Hand.

»Vier Millionen!«, jubelte Leonard Bernstein.

Geflüster im Saal. Sie sah den kleinen japanischen Bieter zwei Reihen vor ihr, der sich umdrehte und sie anstarrte.

»Vier Millionen! Vier Milliooooonen! Wer bietet mehr?«

Da hob auf einem der Balkone eine junge Frau in einem dunklen Kleid die Hand, das Handy am Ohr.

»Vier Millionen einhunderttausend am Telefon! Vier Millionen einhunderttausend!«, jubelte die Leonard-Bernstein-Kopie.

Auf einer Tafel hinter ihm wurden die Preise in US-Dollar, Euro, Pfund Sterling, Schweizer Franken, Yen und Hongkong-Dollar angezeigt.

»Vier Millionen zwei im Saal!«

Der Japaner. Scheiße. Lorraine war verzweifelt. La Sentinelle würde ihr entgleiten. Sie hatte ihr selbst gesetztes Limit bereits weit überschritten.

»Ladys and Gentlemen, wir haben vier Millionen zweihundert im Saal. Vier Millionen zwei! Sonst niemand mehr? Niemand für vier Millionen dreihunderttausend? Letzte Chance.«

Lorraine hob die Hand. Darauf folgte Schweigen.

Und dann wurde das Geflüster immer lauter. Leonard Bernstein blickte sie an und strahlte übers ganze Gesicht. Der kleine Japaner drehte sich ein weiteres Mal um.

»Vier Millionen drei!«, jauchzte der Auktionator und sah aus, als stünde er kurz vor einem Schlaganfall. »Vier Millionen dreihunderttausend! Letzte Chance … vier Millionen dreihunderttausend … Zuschlag? Noch ist es nicht zu spät …« Und dann ließ er den Hammer niedersausen. »Die allerletzte Versteigerung des Abends … Zuschlag bei vier Millionen drei! Vielen Dank, Ladys and Gentlemen! Glückwunsch, junge Frau!«

Lorraine hatte das Gefühl, dass sich der Boden unter ihren Füßen öffnete. Sie hatte gerade vier Millionen dreihunderttausend Dollar für ein verdammtes Gemälde hingelegt.

Sie war offenbar vollkommen durchgedreht.

Léo betrachtete den Nacken der Frau, die gerade für mehr als vier Millionen *La Sentinelle* erworben hatte. Mehr als das Doppelte des Betrags, den Royce Partridge III von ihm verlangte. *Holy shit …*

Vier Millionen dreihunderttausend Dollar …

Dazu kamen die Versteigerungs- und Transportkosten … aber darum kümmerten sich die Leute von Laurie's. Im Vergleich zu den großen Häusern wie Sotheby's oder Christie's bot Laurie's einen individuelleren Service, was in Anbetracht der eingesetzten Summen allerdings auch zu erwarten war. Lorraine stellte ein paar Berechnungen an. Das Geld, das ihr noch blieb, würde sie für weitere Werke ausgeben. Sie hatte den Wunsch ihres Vaters erfüllt, fühlte sich aber dadurch nicht weniger schuldig. Tja, an dem Geld, das sie geerbt hatte, ohne es zu wollen, hatte sie sich immer schon die Finger verbrannt. Sie hatte es von jeher loswerden wollen. Lorraine sah sich um. Der Saal leerte sich allmählich, aber sie wartete noch ab. Bald würde man ihr den Zuschlagsschein aushändigen.

Als er rauchend nur wenige Meter von dem Auktionshaus entfernt auf dem Gehweg am Central Park West stand, sah er sie aus dem Gebäude kommen. Ein Stückchen weiter den Bürgersteig hinunter stand Zack. Er war mit einer brünetten Frau, die beinahe so groß wie er, aber dünn wie ein Laternenpfahl war, und mit einem kleinen Mann, der eine Brille und einen Tirolerhut mit Feder trug, ins Gespräch vertieft.

Die Frau tauchte im Eingang auf und überquerte mit festem Schritt den Zebrastreifen der breiten Straße. Er wusste nicht, warum, aber er fand, dass sie etwas Französisches an sich hatte, und er dachte an seinen Aufenthalt in Paris, an den Louvre, das Musée d'Orsay, an die Nationalgalerie Jeu de Paume, an Saint-Germain-des-Prés und das Centre Beaubourg. Er erinnerte sich auch an die Place de la Contrescarpe, wo er sich vergeblich auf die Suche nach Hemingways Seele gemacht hatte.

Er folgte ihr mit dem Blick, denn er fand sie schön. Seine Augen leuchteten, wie immer, wenn ihm etwas oder jemand gefiel ... ein Bild oder eine Frau. Er stellte sich vor, wie er sie ansprach, ihr sagte, wie sehr auch er dieses Gemälde liebte, dass es sein Lieblingswerk der amerikanischen Malerei der zweiten Hälfte des 20. Jahrhunderts war. Dass sie gut daran getan hatte, es zu kaufen. Dass er an ihrer Stelle genauso gehandelt hätte, wenn er genug Geld gehabt hätte.

Als sie in den Central Park einbog, lag noch immer das verträumte Lächeln auf seinem Gesicht. Er schaute ihr nach. Da sah er, wie ein Mann, der vorgebeugt, das Gesicht unter einer Kapuze verborgen, auf einer Bank saß, abrupt aufstand und sich auf ihre Fährte setzte, nachdem sie vorbeigegangen war.

Oha ...

Der Central Park war nach Einbruch der Dunkelheit kein gefährlicher Dschungel mehr wie in den Achtzigerjahren. Trotzdem fragte er sich, ob es nicht leichtsinnig war, sich abends oder nachts dort aufzuhalten, vor allem, wenn man gerade ein Gemälde für vier Millionen Dollar erworben hatte.

Und diese Gestalt im Hoodie, die der Frau nun folgte, beunruhigte ihn. *Wenn auf Rikers ein Gefangener einem anderen folgte, kam nie etwas Gutes dabei heraus ...*

Was hast du vor, Mensch?, fragte er sich.

Léo ließ die Kippe fallen, schaute einmal nach links und einmal nach rechts. Dann traf er eine Entscheidung. Er überquerte die vierspurige Straße am Central Park West auf Höhe des Fußgängerübergangs an der Sesame Street, um ebenfalls unter das Laubdach des Parks zu schlüpfen. Die Bäume waren von Schnee bedeckt, der in der Dunkelheit bläulich wirkte. Es verlieh der Landschaft – je nach Standpunkt – etwas Märchenhaftes oder Gespenstisches, wie der Schnee sich jenseits der gelben Lichtkegel der Straßenlaternen ausbreitete.

Léo sah, dass die Frau zwischen Bäumen hindurch dem Pfad zum West Drive folgte, der asphaltierten Straße, die den Park von Nord nach Süd durchzog. Dort angekommen, ging sie auf dem breiten Weg in Richtung Süden. Normalerweise waren auf dieser Straße, die seit dem Vorjahr für Autos gesperrt war, Dutzende Fahrräder unterwegs, aber wegen des Schnees ließen sich die Radfahrer nicht blicken. Allerdings durchmaßen Fußgänger sie mit großen Schritten, und Skilangläufer zogen ihre Bahnen, was ihn ein bisschen beruhigte. Dennoch stand fest, dass die Gestalt mit der Kapuze der Frau folgte. Vielleicht hatte diese Person, die gerade Léos Lieblingsbild gekauft hatte und sich nun in der New Yorker Nacht verlor, auch einfach die Neugier des Mannes geweckt. Wie dem auch sei, er beschloss, die beiden noch eine Weile zu begleiten.

Die Frau ging in schnellem Tempo, war sich offenbar der Gegenwart des anderen nicht bewusst, der ihr mit lautlosen Schritten folgte. Rund um den Park erhoben sich über den Bäumen die Wolkenkratzer in die Nacht und erhellten den Himmel mit ihrem Lichterglanz, aber hier, in dieser von Schnee und Eis umschlossenen Oase, herrschte eine unwirkliche, erdrückende Stille. Léo ließ die beiden dunklen Gestalten nicht aus den Augen.

Sie hatten die weite Kurve des West Drive hinter sich gelassen, da beschloss die Frau, eine Abkürzung zu nehmen. Sie bog in den kleinen, schlecht beleuchteten Weg zwischen West Drive und Center Drive ein, vermutlich in der Absicht, den Park an der West 59th Street zu verlassen.

Genau in diesem Augenblick ging der Verfolger zum Angriff über, und zwar so plötzlich, dass Léo völlig überrumpelt war.

8

Then I took out my razor blade.

Ramones, *53rd & 3rd*

Der Typ hatte ein Messer! Die Klinge leuchtete im Mondlicht. Sie war in seiner Hand aufgeblitzt, als er ohne jede Vorwarnung in Richtung der jungen Frau stürmte, die sich umdrehte, endlich gewarnt von dem Geräusch. Léo sah, wie sie entsetzt die Augen aufriss. Nun rannte auch er los, die eisige Luft ließ seine Lunge brennen. Auf einmal ging alles so schnell wie im Traum. Der Angreifer landete einen ersten Treffer, der den Mantel der Frau aufschlitzte, die Kostümjacke darunter zerfetzte, die Bluse zerriss und ihre Haut verletzte, während er sie in demselben Augenblick mit der anderen Hand am Arm packte. Sie verlor das Gleichgewicht, entglitt ihm und fiel nach hinten. Daraufhin beugte sich der vermummte Typ über sie, um ein zweites Mal auf sie einzustechen, doch sie konnte ihm gerade noch ausweichen, indem sie sich in dem knirschenden, durch den Frost hart gewordenen Schnee um die eigene Achse drehte. Als er nah herangekommen war, begann Léo aus vollem Hals zu schreien in der Hoffnung, dem Angreifer Angst einzujagen. Das Manöver war von Erfolg gekrönt, denn die Gestalt drehte sich um, erblickte Léo und verschwand in Richtung Center Drive West 59th Street in der Nacht.

Léo ließ sich neben der jungen Frau auf den Boden fallen.

Sie rang nach Luft. Ihre abgehackten Atemzüge stiegen in die eisige Nacht hinauf wie die Rauchzeichen eines Schiffbrüchigen auf einer einsamen Insel. Léo knöpfte den dicken Wintermantel aus Wolle auf, klappte die Schöße auf, schob den grauen Schal zur Seite und verzog erschrocken das Gesicht. Die Bluse war voller Blut – sehr viel Blut, ein großer, dunkler Fleck.

»Tut mir leid«, sagte er. »Ich muss einen Blick darauf werfen.«

Vorsichtig hob er ihre Kostümjacke an und sah, dass das Blut die Bluse auf Höhe des Bauchs komplett durchtränkt hatte. *Scheiße.* Mit vor Kälte steifen Fingern knöpfte er die Bluse auf, um die Wunde zu untersuchen. Sie blutete stark, schien aber nicht allzu tief zu sein, obwohl er im schwachen Lichtschein der nahen 59th Street nur wenig sehen konnte. Allerdings konnte er nicht ausschließen, dass die Klinge ein lebenswichtiges Organ verletzt hatte.

»Wie geht es Ihnen?«, fragte er.

Sie senkte den Blick auf ihren Bauch.

»Es geht«, sagte sie mit einer Stimme, die dünn und zittrig wie Spinnweben war. »Es tut nicht weh, aber mir ist kalt ...«

Er kramte in seiner Jackentasche und holte ein Päckchen Papiertaschentücher heraus.

»Nehmen Sie das hier. Drücken Sie es fest auf die

Wunde. Die Blutung muss gestoppt werden. Ich rufe den Rettungsdienst.«

Er legte das Plastikpäckchen direkt auf die Wunde unter der Bluse, platzierte die rechte Hand der Frau darauf und drückte fest auf das Päckchen. Um sie vor der Kälte zu schützen, knöpfte er den Mantel wieder zu, ehe er sich aufrichtete und sein Handy hervorholte. Dann tätigte er einen der zweihundertvierzig Millionen Anrufe, die in den USA jedes Jahr bei der 911 eingehen.

»Um was für einen Notfall handelt es sich?«, fragte die Frau in der Vermittlung.

Er sagte es ihr. Sie leitete ihn unverzüglich an den ärztlichen Notdienst weiter. Keine fünf Minuten später war ein Rettungswagen unterwegs. Man bat ihn, am Apparat zu bleiben, bis die Sanitäter eingetroffen waren. Er drehte sich wieder zu der jungen Frau.

»Geht es?«, fragte er, das Handy noch immer am Ohr.

»Ja, es geht«, antwortete sie matt.

Er schlug den Mantel auf und warf einen Blick auf die Wunde. Sie blutete nicht mehr.

»Sie haben mir das Leben gerettet«, sagte sie mit tränenerstickter Stimme.

Bleiben Sie ganz ruhig. Nicht sprechen. Gleich kommt der Notarzt.«

Ein Geräusch auf dem Weg neben dem West Drive. Léo blickte in die Richtung und sah Zacks große Gestalt auftauchen. Mit unbeholfenen Bewegungen kam er näher.

»Herrgott noch mal, Léo!«, brachte er atemlos heraus. »Mich um diese Uhrzeit durch den Central Park zu jagen!

Auf derart bizarre Ideen kann nur ein Künstler kommen! Ich habe gesehen, wie du blitzartig davongestürmt bist, fast hätte ich dich verloren, ich konnte dir kaum folgen ... Warum hast du es denn so eilig?« Dann sah er die junge Frau auf dem Boden liegen und blieb wie angewurzelt stehen. »O mein Gott! Ist sie tot?«

»Noch nicht«, flüsterte Lorraine in der Dunkelheit und musste unwillkürlich lächeln.

»Sie lebt!«, rief der Riese aus. »Gott sei gepriesen, sie lebt!«

»Könntest du mal für einen Moment die Klappe halten?«, sagte Léo.

»Aber sie blutet!« Zack stöhnte entsetzt auf. »Léo, sie blutet! Hast du einen Rettungswagen gerufen?«

»Ist nicht so schlimm«, versuchte Lorraine ihn zu beruhigen. »Er hat die Blutung gestoppt. Und die Wunde ist nur oberflächlich ... glaube ich.«

»Sind Sie Französin?«, erkundigte sich Zack angesichts ihres Akzents.

»Ja.«

»Und woher?«

»Paris.«

»Oh! Paris ... Paris ... Wenn ich erzähle, dass ich mitten in der Nacht im Central Park einer Pariserin geholfen habe!«

»Du hast niemandem geholfen«, stellte Léo richtig. »Du hast so viel moralisches Empfinden wie Patrick Bateman in *American Psycho* und den Mut des ängstlichen Löwen aus dem *Zauberer von Oz*. Würdest du jetzt bitte ...«

In der Ferne ertönten Sirenen.

»Ich heiße übrigens Zachary Weintraub, genannt Zack. Im Gegensatz zu dem da bin ich ein charmanter, höflicher, zivilisierter und frankophiler Mensch ...«

»Zack, jetzt ist nicht der richtige Moment dafür«, sagte Léo.

»Lorraine Demarsan«, antwortete Lorraine.

Sie blickte Léo an, der erneut neben ihr in die Hocke gegangen war, um die improvisierte Kompresse auf die Wunde zu drücken.

»Und Sie?«

»Er heißt Léo Van Meegeren«, kam Zack ihm zuvor. »Léo ist einer der wunderbaren Künstler, die in meiner Galerie ausstellen«, fügte er hinzu, weil ihm plötzlich wieder eingefallen war, dass die auf dem Boden liegende Dame wenige Minuten zuvor mehr als vier Millionen Dollar für ein Gemälde ausgegeben hatte. »Sie sind herzlich eingeladen, sie sich anzusehen, wenn Sie ... äh ... wiederhergestellt sind. Die Galerie befindet sich in der East 55th Street, zwischen der Wells Fargo Bank und ...«

»Zack!«, protestierte Léo. »Gönn ihr eine Pause, ja? Verdammt noch mal, wo bleiben die denn?«

»Sie malen, und Sie stellen aus?«, fragte Lorraine, die neugierig geworden war.

Léo antwortete nicht.

»Ja, und wir waren bei Laurie's«, fuhr Zack fort, der hartnäckiger als ein Pitbull war, wenn es darum ging, einen potenziellen Kunden zu packen. »Wir haben gesehen, dass Sie *La Sentinelle* gekauft haben. Zufällig handelt es sich dabei um das Lieblingsbild des hier anwesenden wortkargen, aber sehr talentierten Mannes. Mit Czartoryski nervt er mich schon, seit er alt genug ist, den Mädchen hinterherzulaufen.«

Ein Funken Interesse leuchtete in Lorraines Augen auf.

»Stimmt das?«, fragte sie, an Léo gewandt.

In diesem Moment unterbrach sie ein Höllenlärm. Sirenen ertönten auf der 59th Street.

Sie hörten Wagentüren schlagen, über das Gestrüpp hinweg wurden Befehle gerufen. Eilige Schritte. Wenige Sekunden später waren sie von den Rettungskräften umringt. Es herrschte reges Treiben.

Léo erklärte, was passiert war. Sie beugten sich über Lorraine, testeten die Reaktion ihrer Pupillen mit medizinischen Diagnostikleuchten und betrachteten sie eingehend.

Schon wurde die Krankentrage entfaltet.

»Das ist gut, die Wunde ist nur oberflächlich«, sagte ein Notarzt kurze Zeit später und richtete sich wieder auf. »Ich glaube nicht, dass innere Organe betroffen sind, aber man kann nie wissen. Okay, macht euch bereit, wir heben sie hoch.«

»Was ist passiert?«, fragte eine andere Stimme aus wenigen Metern Entfernung.

Eine uniformierte Polizistin kam näher, begleitet von einem Kollegen, der genauso jung war wie sie.

»Der Gentleman dort«, setzte Zack an und deutete auf Léo, »hat der hier anwesenden Dame das Leben gerettet. Und ich übertreibe nicht, wenn ich sage, dass es wie im Film war. Er ist ein genialer Maler und ein echter Held unserer Zeit. Oh, und sie ist übrigens Französin.«

Die junge Polizistin runzelte ratlos die Stirn, denn sie

verstand kein Wort. »Was ist geschehen?«, fragte sie, an Lorraine gewandt.

»Wir müssen die Frau mitnehmen«, unterbrach sie der Notarzt. »Sie können Ihre Fragen später stellen.«

»Jemand hat mich mit einem Messer angegriffen«, antwortete Lorraine, die inzwischen auf der Krankentrage lag. »Und er ist gekommen und hat ihn in die Flucht geschlagen, das stimmt.« Sie deutete auf Léo. »Ich weiß gar nicht, wie ich ihm danken soll«, fügte sie hinzu und sah ihren Retter an.

»Ihr Name?«, fragte die Polizistin.

»Lorraine Demarsan, ich wohne zurzeit im *Plaza*.«

»Okay, das reicht, wir müssen los«, wiederholte der Arzt.

»Wohin bringen Sie sie?«, fragte die junge Polizistin.

»Mount Sinai.«

Mit einem Notizbuch in der Hand drehte sich die Polizistin zu Léo und Zack.

»Nun zu uns, meine Herren. Ich hätte da ein paar Fragen an Sie.«

»Es ist kalt«, beschwerte sich Zack und schlug seine blasslila Fausthandschuhe aneinander. »Außerdem habe ich Kohldampf. Können wir nicht einen heißen Kaffee trinken? Ein Donut essen? Ein Hotdog? Bagels bei *Kossar's*? Einen heißen Tee? Der *Russian Tea Room* ist übrigens ganz in der Nähe. Hier erfrieren wir noch.«

»Wir können das auch auf dem Revier erledigen, wenn Sie wollen«, schlug die junge Polizistin seufzend vor. »Dort ist es warm, und Kaffee gibt es auch. Er schmeckt allerdings scheußlich.«

Zack verzog das Gesicht.

»Nein, schon gut, lassen Sie nur«, sagte Léo. »Wir beantworten Ihre Fragen, und dann gehen wir.«

Léo hörte das Bellen. Er schloss die Tür auf und blieb wie angewurzelt stehen. Im Loft sah es aus wie nach einem Tornado der Stärke F5. Überall lagen weiße Flocken herum. Das schöne Chesterfield-Sofa aus Leder, ein cognacfarbener Viersitzer, den er einmal auf dem Flohmarkt in Williamsburg gefunden hatte, war aufgerissen. Dem Schuldigen klebte noch Flaum an der Schnauze. Er blickte Léo freudig an, schüttelte sich, um das faserige weiße Zeug loszuwerden, und kam auf ihn zu gesprungen.

»Verdammt, das hat mir gerade noch gefehlt«, sagte Léo und schüttelte den Kopf.

Der Hund hatte ihm bereits die Vorderpfoten auf die Knie gelegt.

»Ich sollte dich dorthin zurückschicken, wo ich dich hergeholt habe«, sagte Léo verärgert und blickte vorwurfsvoll auf den jungen Hund hinab.

Dann fiel ihm ein, dass er ihn seit dem Morgen nicht mehr ausgeführt und außerdem den ganzen Tag allein gelassen hatte. Letztlich war er also selbst an der Verwüstung schuld. Da das kleine Fellbündel nun mal bei ihm wohnte, musste er sich auch darum kümmern.

»Dann mal los«, sagte er streng. »Drehen wir eine Runde. Aber ich warne dich, Hund: Wenn du das noch einmal machst, binde ich dir einen Maulkorb um und ziehe dir einen dieser lächerlichen Mäntel für verwöhnte kleine Köter an. Du wirst dich dermaßen schämen, dass du nie wieder vor die Tür gehen willst.«

9

No one's looking for a saviour.

Bon Jovi, *Midnight in Chelsea*

Mount Sinai Hospital, East Harlem. Gleich am nächsten Morgen um zehn betrat Léo das Krankenhaus. Er verlangte, Lorraine Demarsan zu sehen – er sprach den Namen *Dömarsaan* aus –, und die Frau am Empfang wollte wissen, ob er mit ihr verwandt sei. Er antwortete, er sei ihr Bruder. Sie nannte ihm das Stockwerk, den richtigen Aufzug, eine Zimmernummer.

Im Fahrstuhl warf eine Krankenschwester einen Blick auf die Blutergüsse in seinem Gesicht, gab aber keinen Kommentar dazu ab. Immerhin befanden sie sich hier in einem Krankenhaus.

Er bog in den von Tragen, Besuchern und Pflegepersonal überfüllten Flur ab. Ein Krankenpfleger, dessen rechtes Ohr irgendwie entstellt war und die Form eines Blumenkohls aufwies, wie man es manchmal auch bei Boxern sieht, musterte ihn argwöhnisch. Léo beschleunigte seinen Schritt. Er klopfte an die halb offen stehende Tür, deren Nummer die Rezeptionistin ihm genannt hatte, und betrat den Raum.

Ein Mann um die fünfzig leistete Lorraine Gesellschaft. Er war klein und fast genauso breit wie hoch. Ein kräftiges, kantiges Kinn, dazu ein dichter Schopf rotbraun gelockter Haare, eine zu enge Jacke aus Synthetik und eine schief sitzende Krawatte. Ein Polizist. Der Mann sah ihn an, und sein forschender Blick blieb an den Blutergüssen in Léos Gesicht hängen. Seine Augen waren wachsam.

»Sie wünschen?«

»Das ist er«, sagte Lorraine im Krankenbett, Léo zuvorkommend. »Das ist der Mann, der mir geholfen hat. Guten Tag!«

Ein hinreißendes Lächeln à la Julia Roberts erhellte ihr Gesicht.

»Guten Tag«, sagte Léo.

»Aha, Sie sind das also … hm …« Der Polizist warf einen Blick auf seine Notizen. »Léo Van Neggeren, richtig? Der Maler.«

»Van Meegeren«, berichtigte Léo.

Am Vorabend hatte er der jungen Polizistin seinen Namen und seinen Beruf nennen müssen. Allerdings hatte er wohlweislich verschwiegen, dass er gerade aus der Haft entlassen worden war.

»Und Sie? Wer sind Sie?«

Der Blick des Rotschopfs nahm etwas Katzenhaftes an.

»Detective Dominic Fink, New York Police Department.«

»Wie geht es Ihnen, Léo?«, fragte Lorraine und sprach ihn zum ersten Mal mit dem Vornamen an, vielleicht, um dem Polizisten zu zeigen, dass er ihn nicht wie einen Verdächtigen behandeln sollte.

»Das Gleiche frage ich Sie«, versetzte er.

»Wie Sie sehen, hat man mich über Nacht zur Beobachtung hierbehalten. Die Klinge ist einem Organ ein bisschen zu nahe gekommen. Fragen Sie mich nicht, welchem, das habe ich vergessen«, sagte sie in scherzhaftem Ton. »Der Milz oder der Bauchspeicheldrüse. Vielleicht auch der Gallenblase, irgendwas in der Art. Aber ich komme heute noch raus. Nett von Ihnen, dass Sie vorbeischauen.«

»Ich wollte mich erkundigen, wie es Ihnen geht«, sagte Léo ruhig. »Ich habe mir schon gedacht, dass man Sie hierbehalten würde.«

Er stand noch immer in der Tür und machte keine Anstalten, weiter in das Zimmer hineinzugehen. Doch sie ließen sich gegenseitig nicht aus den Augen ... Lorraines lachende braune und Léos verträumte graue Augen, in denen jetzt ein amüsiertes Funkeln lag. Mehrere Sekunden lang sahen sie sich schweigend an. Sekunden, in denen sie alles um sich herum vergaßen, sogar die Anwesenheit des Polizisten.

»Äh ...«, machte sich Fink bemerkbar.

Sie blickten ihn an, ohne ihn zu sehen. Er existierte für sie nicht.

»Mir ist neu, dass der Angreifer von Mademoiselle Demarsan auch auf Sie losgegangen ist«, sagte Fink, während er Léo mit gerunzelter Stirn betrachtete. »Im Bericht von Agent Grantham steht davon gar nichts.«

»Das hat er auch nicht getan.«

Bei Polizisten im Allgemeinen und bei New Yorker Cops im Besonderen wird Argwohn zu einer Art zweiter Natur. Fink zog erneut die Brauen hoch und deutete dann auf Léos Gesicht. »Und woher haben Sie dann diese Verletzungen? Sieht übel aus.«

»Ich bin gestürzt«, erklärte Léo. Er warf Lorraine einen Blick zu. Sie ließ ihn nicht aus den Augen, und ihr Lächeln wurde immer breiter. Sie schien sich eine Menge Fragen über ihn zu stellen, was auch für Fink galt, der dabei allerdings nicht lächelte.

»Mr Van Meegeren, würde es Ihnen etwas ausmachen, wenn wir Ms Demarsan in Ruhe lassen und unser Gespräch auf dem Flur fortsetzen?«

»Kein Problem«, sagte Léo.

»Vielen Dank.«

»Ernsthaft. Wie ist das passiert?«, fragte Fink, der sich einen Kaugummi in den Mund steckte und die Blutergüsse in Léos Gesicht betrachtete.

»Habe ich Ihnen doch gesagt. Ich bin gestürzt.«

»Hm. Sie waren also rein zufällig vor Ort, als Ms Demarsan angegriffen wurde?«

»Ganz und gar nicht«, sagte Léo und beobachtete das geschäftige Treiben auf dem Krankenhausflur. »Ich bin ihr gefolgt.«

»Sie sind ihr gefolgt?«

Dominic Fink war entweder aufrichtig erstaunt oder ein exzellenter Schauspieler.

»Ja. Ich nehme an, sie hat Ihnen erzählt, was sie an dem Abend gemacht hat. Ich war bei der Versteigerung, ich habe gesehen, wie sie das Auktionshaus verließ, und ich habe diesen Typen auf der Bank sitzen sehen, der dann aufgestanden und ihr nachgegangen ist.«

Fink runzelte die Stirn, kaute aber weiter seinen Kaugummi. Wie Kabelstränge zeichneten sich die Muskeln seines mächtigen Kiefers unter der Haut ab.

»Sie sagen also, der Typ, der sie angegriffen hat, hat am Ausgang des Auktionshauses auf sie gewartet. Ist das richtig?«

»Den Eindruck hatte ich jedenfalls.«

»Na so was. Konnten Sie sein Gesicht erkennen?«

»Nein.«

»Nein?«

»Er hatte eine Kapuze auf dem Kopf.«

»Sie sind wohl keiner von der gesprächigen Sorte, was, Van Meegeren? Also, Sie sind Ms Demarsan und diesem Typen mit der Kapuze auf dem Kopf durch den Park gefolgt bis zu dem Augenblick, in dem er auf sie losgegangen ist, richtig?«

»Ja.«

»Und als Sie näher kamen, hat er die Flucht ergriffen?«

»Genau.«

»Und das da«, er zeigte mit dem Finger auf Léos Gesicht, »haben Sie sich bei einem Sturz zugezogen?«

»Ja, genau.«

Léo war sich bewusst, dass seine Geschichte den Argwohn selbst des laschesten Polizisten wecken musste. Hinzu kam sein lädiertes Gesicht. Fink nahm seinen Kaugummi aus dem Mund, betrachtete ihn, als handle es sich um ein Indiz, und legte ihn dann in ein Taschentuch, das er zusammenfaltete und in die Tasche steckte. Für einen Moment vertiefte er sich in die Betrachtung des Flurs, auf dem es nach wie vor äußerst lebhaft zuging, wie wenn er dort einen Denkanstoß finden könnte, dann richtete er seine Aufmerksamkeit erneut auf Léo.

»Man kann also sagen, sie hat Glück gehabt, dass Sie dort waren und auf die Idee gekommen sind, ihr zu folgen.«

»Ja, das kann man so sagen.«

Der rothaarige Cop nickte, als wäre er überzeugt, aber Léo war auf der Hut.

»Großes Glück sogar ... New York ist eine gnadenlose Stadt, man kann auf der Straße an einem Herzinfarkt krepieren, ohne dass es jemanden interessiert. Ist schon vorgekommen.«

Er musterte Léo von Kopf bis Fuß, dann fuhr er fort: »Aber Sie ... Sie tauchen im richtigen Moment am richtigen Ort auf und retten die Dame, ohne lange zu fackeln. Eine Art barmherziger Samariter ... Sie wohnen in SoHo, stimmt's?«

»Ja.«

»Man braucht Geld, um in der Gegend dort zu leben ... Ist was für Gutbetuchte. Verkaufen Ihre Bilder sich gut?«

»Worauf wollen Sie hinaus, Fink?«

Dominic Fink schüttelte den Kopf, seine Miene wirkte erst verblüfft, dann auf einmal verärgert: »Okay, nehmen wir einfach mal an, Sie und dieser Typ kennen sich ... Nehmen wir weiter an, Sie wären so etwas wie *Komplizen*. Keine Ahnung, wie, aber irgendwie haben Sie diese hübsche junge Frau entdeckt, die Geld wie Heu hat. Ihr Kumpel greift sie an, wobei er es vermeidet, sie mit seinem Messer allzu sehr zu verletzen, und dann ... kreuzen Sie auf und retten sie. Verstehen Sie jetzt, worauf ich hinauswill? Nein? Na schön. Nehmen wir also weiter an, dass Sie die Frau danach um Geld bitten. Wie könnte sie ihrem Retter eine solche Bitte abschlagen? Eine Frau, die sich gerade ein Gemälde für vier Millionen Dollar geleistet hat. Oder ... stellen wir uns vor, dass Sie danach noch weitergehen und sie verführen. Mir ist nicht entgangen, wie sie Sie gerade angeschaut hat. Sie sind ein ziemlich gut aussehender Mann. Typ Künstler, darauf stehen heute ja viele. Tja, ein Künstler und noch dazu ein Held, da braucht es nicht viel Fantasie. Sie wickeln sie um den kleinen Finger, und dann ziehen Sie ihr nach und nach das Geld aus der Tasche, das Sie sich mit Ihrem Komplizen teilen.« Fink kratzte sich am Kopf. »Es sei denn natürlich, *Sie* sind der Komplize, und der andere zieht die Fäden. Wenn ich mir Ihr Gesicht ansehe, kann ich mir durchaus vorstellen, dass er ein bisschen nachgeholfen hat.«

Zufrieden mit seinem Auftritt, musterte er Léo mit dem Blick eines listigen Fuchses. »Was sagen Sie dazu?«

»Ich sage, dass das Schwachsinn ist.«

Der rothaarige Polizist betrachtete ihn skeptisch, dann sagte er kopfschüttelnd: »Na ja, schon möglich. Vielleicht ist das alles nur Schwachsinn. Vielleicht aber auch nicht, das wissen nur Sie selbst. Jedenfalls bis jetzt.«

Aus Dominic Finks breitem Gesicht war das Lächeln verschwunden.

»Hören Sie gut zu, Van Meegeren. Ich weiß nicht, wer Sie sind, aber wenn Sie meine Meinung hören wollen: Sie sind nicht sauber. Irgendetwas an Ihrer Geschichte stimmt nicht. Wenn ich Ihnen einen guten Rat geben darf: Lassen Sie die Frau in Ruhe. Und jetzt verschwinden Sie von hier.«

10

New York City cops,
but they ain't too smart.

The Strokes, *New York City Cops*

Als er die Treppe hinaufrannte (eines der vielen Dinge, die auf Rikers verboten waren, weshalb er es jetzt genoss) und die Tür zu seinem Loft aufschloss, empfand er eine gewisse Anspannung. Doch was er sah, beruhigte ihn: In der Wohnung war alles heil geblieben. Gleichzeitig stellte er argwöhnisch fest, dass der Hund so fest schlief wie ein Murmeltier, sofern man das von einem Hund sagen konnte.

Das Tier wachte nicht einmal auf, als Léo die Tür wieder schloss. Außerdem lag er mal wieder auf dem Bett.

Léo war versucht, ihn hinauszuwerfen, dachte dann aber an die Zwinger im Tierheim und überlegte es sich anders. Er hörte den Cocker leise schnarchen. Offenbar träumte er, denn eines seiner langen Hängeohren zuckte heftig.

Léo lächelte bei dem Anblick, und ihm fiel wieder ein, dass Schlaf und Momente der Ruhe, Momente, die nur einem selbst gehören, im Gefängnis ausgesprochen selten waren. Draußen hatte es erneut zu schneien begonnen.

Große, flaumige Flocken wirbelten durch die kalte Luft und trieben über die Straße. Er hatte noch Besorgungen zu erledigen und ging zum nächsten kleinen Supermarkt, wo er Putzmittel, Zahnpasta, Shampoo, Seife und eine neue Zahnbürste kaufte. Anschließend deckte er sich in der Gourmet Garage in der Broome Street mit Eiern, Nudeln, Kaffeebohnen, Olivenöl, Steaks, Brathähnchen aus Carolina, Yamswurzel-Pommes, Schwertfisch, Pak Choi und rotem Radicchio aus Treviso ein.

Als er voll beladen zurück in das Loft kam, schlief der Hund immer noch. Unglaublich. Und das sollte ein Wachhund sein?

Seit die Männer von Royce Partridge III ihm einen Besuch abgestattet und die Rückzahlung von zwei Millionen Dollar verlangt hatten, waren etwas mehr als dreißig Stunden vergangen. Und noch immer war ihm keine richtige Lösung eingefallen. Sie hatten ihm zwei Wochen gegeben. Zu wenig. Selbst wenn er wieder zu malen anfinge, wäre die Frist abgelaufen, ehe er einen Dummen finden konnte, der ihm ein gefälschtes Meisterwerk abnahm. Erneut weckte das Wort *Malerei* ein Verlangen in ihm, eine Sehnsucht, die tief in seinem Inneren vergraben war und dennoch jederzeit wieder an die Oberfläche kommen konnte.

Er biss in einen köstlichen gebratenen Hähnchenschenkel – kein Vergleich zu dem miesen Fraß auf Rikers –, während Leonard Cohen aus den Lautsprechern von abgekarteten Spielen sang, bei denen die Guten am Ende verlieren. Auf einmal klopfte es. Léo stellte die Musik aus und lauschte.

»Hier ist Fink!«, ertönte es aus dem Flur.

Er schloss die Tür auf und musterte den kleinen rothaarigen Polizisten mit den listigen Augen und dem kantigen Kinn, der mit einem Becher dampfendem Kaffee in der Hand auf dem Treppenabsatz stand.

»Darf ich reinkommen?«

Eigentlich war es nicht als Frage gemeint. Fink schob sich in die Wohnung wie ein Boxer in den Ring und ließ den Blick schweifen.

»Verdammt, ist das riesig! Viel größer als meine Bude in Queens. Gehört die Ihnen, oder wohnen Sie hier zur Miete?«

Er drehte sich zu Léo um, seine Muskeln spielten unter der zu engen Jacke. »Nette Abwechslung nach Rikers, nicht wahr?«

Fink trank seinen Kaffee aus und steckte sich einen Kaugummi in den Mund. Dann sah er Léo unverwandt ins Gesicht.

»Sie haben mir gar nicht gesagt, dass Sie aus dem Gefängnis entlassen worden sind.«

Stille. Léo schwieg, der Bulle kaute. Die Stille dehnte sich. Der Hund war aufgewacht. Er bellte kurz, dann sprang er fröhlich wedelnd vom Bett, um den Neuankömmling zu begrüßen. Fink berührte seine schwarze Nase.

»Ich weiß nicht …«, sagte er mit nachdenklicher Miene. »Ein ehemaliger aus der Haft entlassener Fälscher, der sich rein zufällig in einem Auktionshaus befindet, in dem eine junge Frau ein Gemälde für vier Millionen Dollar erwirbt. Ein Typ, der die Dame draußen angreift, ohne sie allzu schwer zu verletzen, und der sich in Luft auflöst, während besagter Ex-Häftling ihr zu Hilfe eilt ... dann diese Verletzungen in Ihrem Gesicht, die mir jüngsten Datums zu sein scheinen ... Ich finde, all das zusammen ergibt ein seltsames Bild, meinen Sie nicht? Eine Art Trompe-l'œil-Malerei, die Abschaffung der Grenze zwischen Leben und Kunst ... ein Scheinangriff, der von einem Fälscher vereitelt wurde, ein *Happening*, eine Art Performance ... Nennen Sie es, wie Sie wollen. Sie sind der Künstler.«

Léo wusste nicht, ob die Strokes mit ihrem Song namens *New York City Cops* recht hatten, in dem die New Yorker Polizisten nicht besonders clever wegkommen. Vielleicht war das nur eine klischeehafte Vorstellung der Kinder reicher Eltern. Schließlich war der Sänger der Strokes weder in Queens noch in der Bronx aufgewachsen. Der Cop, den Léo vor sich hatte, wirkte nämlich im Gegensatz zu dem, was in dem Song behauptet wurde, durchaus schlau, ja, sogar hinterhältig.

»Also, war es so? Ein abgekartetes Spiel?«

»Ich komme gerade aus dem Knast.«

Fink sah ihm direkt in die Augen. »Beantworten Sie meine Frage, und versuchen Sie bloß nicht, mich hereinzulegen.«

»Nein.«

»Fälscher ... Gibt es dafür eigentlich eine Ausbildung?«

Diesmal lächelte Léo. In seinem Blick lag ein sarkastisches Funkeln.

»Verdammt noch mal, hören Sie auf, so zu grinsen, sonst schlage ich Ihnen die Zähne aus.«

Léo schwieg, lächelte aber weiterhin.

»Sie fangen wieder an, stimmt's?«, fragte Fink. »Gemälde zu fälschen, meine ich. Das ist bestimmt wie eine Droge, man kommt einfach nicht davon los. Wenn man in der Lage ist, einen Picasso zu fälschen und die größten Kunstkenner reinzulegen, muss das sein, wie wenn man beim Poker den besten Spielern der Welt gegenübersitzt und gewinnt. Aber ich komme klar, normalerweise erkenne ich es, wenn einer blufft. Picasso finde ich allerdings bescheuert.«

Léo reagierte nicht, lächelte einfach weiter.

»Tja, offenbar verstehe ich nichts von Kunst«, sagte Fink und zwinkerte ihm zu.

Léo schwieg. Mit geistesabwesender Miene blickte er durch Fink hindurch. Er sah ihn überhaupt nicht. Wie bereits in dem Krankenzimmer verkleinerte Léo den Polizisten mit seinem Blick zu etwas Unbedeutendem, eigentlich nicht Existentem.

»Okay«, sagte Dominic Fink und ließ seufzend seinen durchgekauten Kaugummi in den leeren Kaffeebecher fallen. »Vergessen Sie's. Ich gebe Ihnen einen guten Rat, Van Meegeren: Versuchen Sie bloß nicht, mich zu verarschen. Wir sehen uns wieder. Denn früher oder später erleiden Sie einen Rückfall, das ist so sicher wie das Amen in der Kirche. Und wenn dieser Tag gekommen ist, werde ich da sein.«

Fink drehte sich zur Tür. Sobald die Metalltür ins Schloss gefallen war, verschwand das Lächeln aus Léos Gesicht.

Lorraine sitzt in ihrem Bett im Mount Sinai Hospital und richtet ihren Blick auf die Frau, die ihre Mutter ist und mit ihr spricht wie mit einer Zehnjährigen. Es ist 15:13 Uhr New Yorker Zeit; 9:13 Uhr in Paris. Lorraine beobachtet diese Frau, die ihre Mutter ist und mit der sie dennoch so wenig gemeinsam hat, dass sie beinahe daran zweifelt, irgendwann einmal über eine Nabelschnur mit ihr verbunden gewesen zu sein. Françoise Balsans schönes Gesicht hat im Lauf der Zeit an Strahlkraft verloren, aber an Wahrhaftigkeit gewonnen. Ihre Züge sind strenger geworden, und was unter der hübschen Hülle bereits zu erahnen war, ist nun deutlich zu sehen: Sie ist eine harte, egoistische Frau.

»Hörst du mir überhaupt zu?«, fragt ihre Mutter nun verärgert auf dem Display des Tablets.

Lorraine betrachtet diese Frau, die in einem Louis-quinze-Sessel sitzt, zwischen einer piemontesischen Kommode aus dem 18. Jahrhundert und einer kunstvollen Mischung englischer und chinesischer Antiquitäten, die sämtliche Zimmer der Wohnung in der Rue Le Tasse im XVI. Arrondissement von Paris ausfüllen. Die Fenster gehen auf den Trocadéro-Garten und das Musée de l'Homme, das Museum für Vorgeschichte und Anthropologie, hinaus.

»Ja, Maman.«

»Was für eine bescheuerte Idee, sich mitten in der Nacht im Central Park herumzutreiben, meine Liebe. Das war wirklich dumm von dir.«

Lorraine schweigt. Sie weiß schon lange, dass es sinnlos ist, sich mit ihrer Mutter zu streiten, denn die schafft es irgendwie immer, das letzte Wort zu behalten. Wenn man sich nicht sofort ergibt, fährt sie eine Zermürbungstaktik, also kann man sich Zeit und Mühe auch schlicht sparen.

Sie erinnert sich an einen 24. Dezember. Sie ist sechs Jahre alt und läuft neben ihrer Mutter auf der Eisbahn des Rockefeller Center Schlittschuh. Plötzlich verdreht sie sich den Fuß und stürzt. Auf der Eisfläche sitzend, hält sie sich den schmerzenden Knöchel, verzieht das Gesicht, fängt beinahe an zu weinen. Ihre Mutter hält neben ihr an. »Steh auf«, sagt sie und starrt von oben auf sie herab. »Die Leute schauen schon. Hör auf zu heulen, nur Angsthasen heulen, und ich mag keine Angsthasen. Du blamierst mich. Hör auf, deine Mutter zu blamieren, und steh sofort auf.«

Ihr Bruder Dimitri erscheint neben ihrer Mutter auf dem Display. »Lass gut sein, Maman«, sagt er und holt Lorraine in die Gegenwart zurück.

Ihr achtundzwanzigjähriger Bruder ist das einzige Familienmitglied, dem ihre Mutter niemals widerspricht. Im Gegensatz zu Lorraine hatte er nie unter ihren Wutanfällen und Vorhaltungen, den Demütigungen und dem Sarkasmus zu leiden. Trotz seiner eins achtundachtzig Körpergröße ist er der Kleine, das Nesthäkchen.

»Was wirst du jetzt tun?«, fragt er seine Schwester beunruhigt.

Dimitri ist ein großer, schlanker Mann, außergewöhnlich gut aussehend, mit breiten Schultern. Sein Blick ist klar und kühn. Er hat lockiges Haar und verfügt über eine animalische Anmut, die Lorraines Freundinnen nervös macht. Dimitri und sie haben dieselbe Mutter – sein Nachname ist Balsan –, aber nicht denselben Vater. Ihre Mutter war mit Dimitri schwanger und von Lorraines Vater bereits geschieden, als dieser im Alter von achtunddreißig Jahren in Manhattan auf offener Straße ermordet wurde. Damals lebte

Françoise Balsan noch in New York; jede zweite Woche war ihre Tochter bei ihr. Einige Zeit nach François-Xavier Demarsans Tod zog sie mit den Kindern nach Frankreich zurück. Lorraine war sieben Jahre alt, Dimitri erst wenige Monate.

Allerdings wich ihre Mutter in Paris kein bisschen von ihren New Yorker Gewohnheiten ab. Sie trieb sich ständig in Cafés und auf Partys, auf dem Tennisplatz und bei Vernissagen herum; an schönen Tagen unternahm sie mit Freunden Ausflüge nach Deauville, im Winter mit ihren Geliebten nach Courchevel. Die Erziehung ihrer Kinder überließ sie Privatschulen und Kindermädchen. So wurde Lorraine für Dimitri eher zu einer zweiten Mutter und war viel mehr als nur eine Schwester.

»Verdammt, wäre ich doch bloß dort gewesen«, fährt er mit zornig funkelndem Blick fort.

Sie lächelt. Sie weiß, dass ihr kleiner Bruder kein Risiko scheut, wenn es um seine Schwester geht, und dass er dem Angreifer die Hölle heiß gemacht hätte. Als Jugendlicher eher schwächlich, hat er sich durch viel Sport den Körper eines Athleten erschaffen. In letzter Zeit praktiziert er Bokator, eine kambodschanische Kampfkunst, denn er liebt es, neue Sportarten zu entdecken und darin zu glänzen. Außerdem lernt er gerade Neumandäisch, eine aus dem Aramäischen hervorgegangene seltene Sprache, die in der iranischen Provinz Chuzestan gesprochen wird, und möchte Meister im Schachboxen werden, einer skurrilen Sportart, bei der zwei Gegner abwechselnd eine Runde Schach spielen und eine Runde boxen und die vor allem in Deutschland ausgeübt wird.

»Soll ich zu dir kommen?«, fragt er nun. »Ich könnte dein Bodyguard sein wie Kevin Costner für Whitney Houston.«

Diese Vorstellung amüsiert sie. In ihrem Zimmer im Mount Sinai Hospital sitzt sie über den Bildschirm gebeugt und schüttelt lächelnd den Kopf.

»Ich werde morgen entlassen, Kleiner. Ich muss noch ein paar Sachen regeln. Bis du kommst, bin ich schon wieder weg.«

»Sei bloß vorsichtig«, sagt er und mustert sie mit strengem Blick.

In diesem Moment erklingt das Signal für eine Textnachricht auf ihrem Handy, und sie erstarrt. Erneut überkommt sie die Angst. Obwohl der Schreck nur den Bruchteil einer Sekunde andauert, entgeht er Dimitri nicht.

»Was ist los?«, fragt er.

»Nichts, gar nichts.«

»Bist du sicher?«

Sie nickt. Dimitri mustert sie aus schmalen Augen. Sie spürt deutlich, dass er ihr nicht glaubt. Trotz der sieben Jahre Altersunterschied sind sie seit ihrer Kindheit so eng miteinander verbunden wie Zwillinge. Derart eng, dass Dimitri sich erkältet, wenn Lorraine die Grippe hat, egal, wo er sich gerade aufhält. Wenn sie traurig ist, klingelt bald ihr Handy, und sie hört ihn sagen: »Heute Abend habe ich irgendwie den Blues, und du?« Sie lieben dieselben Farben, dieselben Filme, dieselbe Art von Musik, haben denselben Geschmack in Sachen Kleidung. Doch von dem rätselhaften Stalker, der sie seit Monaten belästigt, von dem Typen, der vorgibt, der Mörder ihres Vaters zu sein und achtundzwanzig Jahre später auch sie umbringen will, hat sie ihm nichts erzählt. Sie hat niemandem davon erzählt. Worauf wartet sie? Dass der Typ von selbst verschwindet? Dass er der Sache überdrüssig wird? Tief in ihrem Inneren weiß sie genau, dass es nicht dazu kommen wird. Und sie braucht die gerade auf ihrem Handy eingegangene Nachricht nicht zu lesen, um zu wissen, dass sie von ihm stammt.

»Warst du schon bei Oscar de la Renta?«, fragt ihre Mutter.

Obwohl Lorraine ihr zu verstehen gegeben hat, wie voll ihr Terminkalender ist, hat Françoise sie mit einer beeindruckenden Liste an Besorgungen betraut.

»Nein, Maman, das hatte ich mir für heute Morgen vorgenommen.«

»Lass sie in Ruhe«, sagt Dimitri verärgert.

Ihre Mutter verstummt. Nur Lorraines Bruder besitzt die Macht, sie auf diese Art zum Schweigen zu bringen. Lorraine schickt ihnen Küsse und beendet den Videoanruf. Sie öffnet die Textnachricht, die wieder von einer anderen Telefonnummer stammt, deren Inhalt jedoch keinen Zweifel an der Identität des Urhebers zulässt:

Im Central Park hätte ich dich beinahe gekriegt.
Schade, dass der Typ mir dazwischengefunkt hat.
Nächstes Mal klappt es.

Erneut steigt Angst in ihr auf. Plötzlich ist Lorraine wieder in dem Park, und ihr gefriert das Blut in den Adern. Sie erinnert sich an die Monster ihrer Kindheit, die, wie sie glaubte, nachts das riesige Privathaus ihres Vaters bevölkerten. Damals wollte sie nicht um Hilfe rufen. Sie wollte mutig sein und hielt sich trotz der Geräusche und Schatten der umherstreifenden Monster in ihrem Bett versteckt. Eine Demarsan schreit nicht, sie fürchtet sich nicht und beklagt sich nicht, hatte ihre Mutter ihr eingebläut. Aber Monster existieren tatsächlich, das wusste sie schon damals, und heute weiß sie es erst recht.

Der Beweis: Sie haben ihren Vater umgebracht.

In diesem Augenblick denkt sie an den anderen Mann, der »dazwischengefunkt« hat, wie es in der Textnachricht heißt. An den Mann mit dem entwaffnenden Lächeln, dem ruhigen, verträumten Blick, und an seinen extravaganten Freund mit der vergoldeten Brille. Sie öffnet die Suchmaschine auf dem Handy und tippt: »Galerie Kunst 55th Street«.

11

**I'll go back to Manhattan,
as if nothin' ever happened.**

Norah Jones, *Back to Manhattan*

In der East 32nd Street zwischen Broadway und Fifth
Avenue, mitten in Koreatown, dem winzigen koreanischen
Bezirk von Manhattan. Zwischen einer Karaokebar und
dem Restaurant *Miss Korea Barbecue* blinkte das Schild
»Trevor Boxing«. Es war sechzehn Uhr an diesem 11. Dezember. Léo ging den schmalen Korridor entlang und stieg
die Treppe hinauf, die zur Boxhalle in der ersten Etage
führte.

Dort hallten die Anweisungen des alten Trevor, dem
das Etablissement gehörte, durch die Luft. Trevor war
vor dreißig Jahren mit dem Schiff aus Jamaika gekommen, um Mike Tyson herauszufordern. Der hatte ihn
in der ersten Runde ausgeknockt – in der dreiundsieb-
zigsten Sekunde, um genau zu sein –, aber Trevor war
in den USA geblieben und hatte schließlich einen eigenen Boxclub gegründet. Der für Sporthallen typische
Geruch nach Schweiß und Gummi lag in der Luft, und
das dumpfe Geräusch der Schläge gegen die Boxsäcke war

unüberhörbar. Unter mehreren Reihen von Neonröhren übten junge Kerle Kombinationen ohne Gegner oder sprangen Seil. Es gab auch einige ziemlich zäh wirkende Mädchen.

Léo näherte sich dem Ring in der Mitte der Halle. Ein schlanker, muskulöser Mann in den Dreißigern mit dunkler Haut und einem Helm auf dem Kopf kämpfte gegen den alten Trevor. Der Jüngere hatte die Ellbogen angehoben und hielt sich die Fäuste vors Gesicht. Als er Léo aus dem Augenwinkel erblickte, ließ seine Wachsamkeit nach, und die Gerade traf ihn mit verblüffender Geschwindigkeit mitten ins Gesicht.

»Verdammt noch mal, Trevor!«, brüllte er. »Ich war nicht bereit! Scheiße!«

»Was, zum Teufel, redest du?«, versetzte Trevor und ging erneut zum Angriff über. »Was ist dein Problem, Gonzo? Du bewegst dich wie David Lee Roth. Wir sind hier nicht beim Tanzen, Kumpel!«

»David Lee Roth? Wer ist das denn?«, fragte der dunkelhaarige junge Mann, während er den Helm absetzte, sich die Handschuhe auszog und beides auf den Boden warf. »Wenn ich wollte, könnte ich Kleinholz aus dir machen, alter Mann.«

Er schob sich zwischen den Seilen hindurch, sprang aus dem Ring und trabte auf Léo zu. Sein Lächeln offenbarte überaus weiße Zähne. Er schloss ihn in die Arme und drückte ihn, während Trevor an den Seilen lehnte und die beiden spöttisch musterte.

»Sieh mal an, wen haben wir denn da? Der ›Maler‹ ist zurück!«, stellte er fest.

»Gott sei's getrommelt und gepfiffen«, sagte Gonzo hocherfreut.

»Willst du wieder mit dem Malen anfangen?«, fragte Gonzalo »Gonzo« Rocha und biss in ein fettiges, mit Zwiebelringen belegtes Sandwich. »Bringt das denn was ein? Das *richtige* Malen, meine ich.«

»Es reicht, wenn er das Gleiche macht wie früher«, sagte Trevor, »falsche van Goghs und so ... Hölle, die sahen total echt aus, Mann.«

»Glaubst du etwa, die Bullen lassen ihn aus den Augen?«, entgegnete Rocha. »Du bist wohl bescheuert! Léo ist jedenfalls nicht so beknackt, dass er wieder einfahren will, stimmt's, Léo?«

»Du hast zugenommen«, stellte Trevor mit Kennerblick fest, während er seine veganen koreanischen Nudeln geräuschvoll in den Mund sog. »Du hast im Gefängnis Muskeln aufgebaut.«

»Stimmt, ein richtiger kleiner Krieger«, sagte Gonzo.

Gonzalo »Gonzo« Rocha wusste, wovon er sprach. Er hatte zehn Jahre bei den Navy Seals hinter sich, eine der gefürchtetsten Spezialeinheiten der Welt, deren Devise lautet: »Der einzige leichte Tag war gestern.« Seit seiner Rückkehr ins zivile Leben war Gonzo der coolste Typ auf Erden, fast schon hemdsärmelig und mit einem ziemlich eigenen Humor. Dennoch hätte er wie Sean Connery anno dazumal in *Presidio* jeden Gegner allein mit dem Daumen unschädlich machen können. Gonzo verdiente seinen Lebensunterhalt als Chauffeur. Er war nicht angestellt, sondern sein eigener Chef und arbeitete auf eigene Rechnung.

»Du musst dir schnell 'ne Chick suchen, Kumpel«, sagte er. »Mit deinem Aussehen ist das zwar nicht so einfach, aber wie lange ist es her, dass du das letzte Mal ... na, du weißt schon, was ich meine.«

Léo lächelte immer noch. Der Kontakt mit seinen Freunden und ihre aufrichtige, uneigennützige Zuneigung wärmten ihn wie ein Feuer im Winter. Die Freundschaft zwischen den drei Männern hatte in dieser Boxhalle ihren Anfang genommen und war im Lauf der Jahre immer stärker geworden, ohne Rücksicht auf Herkunft, soziale Schicht oder Lebensstandard. An einem Tag, an dem er gefälschte Bilder für fünfhunderttausend Dollar verkauft hatte, bot Léo ihnen an, in ihre jeweiligen Geschäfte zu investieren. Anfangs hatten sie abgelehnt, sich angesichts seiner Beharrlichkeit aber schließlich doch einverstanden erklärt.

»Lass ihn in Ruhe«, sagte Trevor. »Er ist gerade rausgekommen und muss erst mal zur Besinnung kommen. Was sind das für Flecken da in deinem Gesicht? Ist das im Gefängnis passiert?«

»Ach, das ist nichts«, tat Léo die Frage ab.

Er spürte Gonzos Blick auf sich.

»Dieses Nichts weiß aber offensichtlich genau, wie man zuschlägt«, versetzte der Ex-Navy-Seal, dessen Stimme auf einmal härter klang. »Was sagst du dazu, Trevor?«

»Eine schöne rechte Gerade ...«

»Willst du darüber reden, *gringo*?«

»Nein.«

»Wie du meinst. Aber falls du Ärger hast, sind wir für dich da, das weißt du.«

»Ja, Gonzo, ich weiß. Ist schon gut.«

»Wenn du es sagst.«

Ausgerechnet in diesem Augenblick begann das Handy in Léos Tasche zu vibrieren. Die Nummer kannte er nicht.

»Ja?«

Pause.

»Pardon«, sagte die schöne Stimme mit dem französischen Akzent nach kurzem Schweigen. »Ich habe Ihre Nummer von Mr Weintraub in der Galerie bekommen. Hoffentlich störe ich Sie nicht. Und hoffentlich nehmen Sie Ihrem Freund nicht übel, dass er sie mir gegeben hat. Hätten Sie heute Abend Zeit, mit mir essen zu gehen?«

Anfangs lehnte er ab.

Nein, Sie sind mir nichts schuldig. Nein, heute Abend bin ich verabredet. Nein, morgen Abend kann ich auch nicht. Ach, Sie fliegen morgen nach Paris zurück? … Dann ein andermal, wenn Sie wieder hier sind … Er dachte an diesen Polizisten, Fink: »Lassen Sie die Frau in Ruhe.« Aber sie hat nicht lockergelassen. Sie ist ziemlich zäh. Eine, die weiß, was sie will.

Und dann setzte sich der Wunsch in ihm fest und begann zu keimen. Niemand wird ihn ins Gefängnis schicken, weil er eine Einladung zum Abendessen annimmt. Nicht mal Fink. Ehrlich gesagt gefällt ihm die Vorstellung, dass Fink ihn sieht, versteckt in seinem Bullenauto, in dem er Bagels mit Cream Cheese futtert. Und machen wir uns nichts vor: Diese Frau gefällt ihm. Ihre strahlenden Augen, als sie sich in dem Zimmer im Mount Sinai an ihn wandte. *Lorraine* … auch der Vorname gefällt ihm. Und ihr französischer Akzent. Kaum wahrnehmbar, aber charmant. Also sagt er schließlich Ja, okay, einverstanden, heute Abend im *Per Se*, zwanzig Uhr. Schließlich hat er es nach Rikers eilig, wieder ins echte Leben zurückzukehren.

Sie ist gestresst. Sie wird sich verspäten. Sie hasst es, zu spät zu kommen, obwohl es vermutlich nicht schadet, wenn er ein bisschen warten muss, oder? Trotzdem, sie hätte sich die Zähne nicht erst nach dem Anziehen putzen sollen. Dabei hat sie Zahnpasta auf ihre Jacke mit dem paspelierten Stehkragen gekleckert. *Mist* ... Soll sie sich noch mal umziehen? Nein, diese Jacke passt perfekt zu ihrer Zigarettenhose aus Leder und der elfenbeinfarbenen Bluse ... Sie greift nach einem Handtuch, feuchtet es an und reibt. Der Fleck wird größer. *Verdammt! Meine Güte, bist du bescheuert. Mehr Wasser. Na also, er geht raus. Aber jetzt ist die Jacke nass. Wo ist der Föhn? Im* Plaza *muss es doch einen Föhn geben.* Sie findet ihn und richtet den warmen Luftstrom auf ihre Jacke.

Jetzt die Nägel. Sie hat sich die Nägel noch nicht gemacht. Sie blickt auf die Uhr. Ja, diesmal wird sie mit Sicherheit zu spät kommen. *Wo ist der Nagellack? Da* ... Es fehlt ihr an Übung, verdammt, so kompliziert ist das doch nicht. Ihr Magen verkrampft sich. *Warum steigere ich mich dermaßen in die Sache hinein? Es ist doch nur ein Abendessen. Na also, die Nägel sind fertig. Was noch?* Sie betrachtet sich im Spiegel. Die Stimmung steigt. Überflüssig zu erwähnen, dass sie mit diesem Push-up-BH zum Anbeißen aussieht. *Ist es das, was du willst: Soll er dich vernaschen?* Sie stürmt zum Aufzug. In der Kabine hält sie ihre Michael-Kors-Handtasche auf Hüfthöhe, drückt auf den Knopf für das Erdgeschoss und stellt fest, dass der schöne rote Nagellack auch auf der Haut um ihre Nägel herum gelandet ist. *Das hast du davon, dass du dich immer so abhetzt.*

Sie denkt an Léo. Warum hat sie ihn eingeladen? *Um dich bei ihm zu bedanken. Sicher? Warum bist du dann so panisch?*

Um 20 Uhr betrat Léo das *Per Se* in der vierten Etage des Time-Warner-Gebäudes am Columbus Circle. Lorraine erwartete ihn bereits. Sie saß an einem weiß gedeckten Tisch, die Einrichtung des Lokals erinnerte Léo an ein Wiener Café. Sie trank ein Glas Wein. Sein Blick verweilte auf ihr, während er auf sie zuging. Sie trug eine elegante Jacke mit paspeliertem Stehkragen zu einer elfenbein-farbenen Bluse mit Wasserfallausschnitt und einer Ziga-rettenhose aus schwarzem Leder, was nach Haute Couture und Rock'n'Roll zugleich aussah. Sie hatte sich die Haare zu einem Knoten gebunden, der ihre hohe Stirn betonte. Sie hatte Eyeliner aufgetragen, ohne jedoch zu übertreiben, und mit ihrem langen Hals, den dunklen, schön geformten Augenbrauen und den vollen Lippen fand er sie noch schö-ner als im Krankenhaus.

Als Lorraine ihn erblickte, erhellte das gleiche Lächeln ihr Gesicht – wie damals, als sie ihn in der Tür zu ihrem Krankenzimmer hatte stehen sehen. Endlich gestand er sich ein, dass er dieses Lächeln einfach unwiderstehlich fand.

»Pünktlich«, sagte sie und sah zu, wie er auf der ande-ren Seite des kleinen runden Tisches Platz nahm.

Ein Oberkellner näherte sich diskret und fragte Léo, ob er etwas zu trinken wünsche, während er ihm die Speisekarte mit einer so ehrfürchtigen Geste reichte, als handle es sich um Gesetzestafeln.

»Das Gleiche wie die Dame«, sagte er und deutete auf Lorraines Glas.

»David Duband Nuit-Saint-Georges«, erwiderte der Oberkellner in schulmeisterlichem Ton, ehe er sich entfernte.

Léo saß unruhig auf seinem Stuhl. Ihm war bewusst, dass sich die Blutergüsse in seinem Gesicht inzwischen zwar etwas zurückgebildet hatten, aber nach wie vor die Blicke auf sich zogen. Er hatte seinen Kleiderschrank durchwühlt, um etwas Passendes für den Abend zu finden. Er trug eine graue Wolljacke, dazu ein weißes T-Shirt und Jeans. Seinen schwarzen Kaschmirmantel hatte er an die Garderobe gehängt.

»Stimmt etwas nicht?«, fragte Lorraine.

Sie trank einen großen Schluck Wein und musterte ihn mit ihren braunen Augen.

»Sagen wir mal, ich bin diese ... diese Art von Lokal nicht gewohnt«, erklärte er, ohne den Blick von ihr abzuwenden.

Lorraines Augen funkelten belustigt. Sie schien seinem verkrusteten, geschwollenen Jochbein keinerlei Beachtung zu schenken.

»Der Wein ist sicherlich ein Vermögen wert und das Essen ganz hervorragend, aber fehlt hier nicht ein bisschen ... Atmosphäre?«

Sie sah sich in dem Lokal um, ließ mit amüsierter Miene den Blick über jeden einzelnen Tisch schweifen.

»Das stimmt, es wirkt ein bisschen traurig«, sagte sie.

»Hm. Finde ich auch.«

»Und Sie sind nun mal keiner von der traurigen Sorte«, fuhr sie in demselben scherzhaften Tonfall fort, während sie ihn erneut aufmerksam musterte.

»Sie auch nicht, da bin ich mir sicher.«

Sie lächelten einander an, ohne sich auch nur für eine Sekunde aus den Augen zu lassen.

»Fällt Ihnen noch ein anderes Lokal ein?«

»Mal sehen …«

»Beeilen Sie sich, gleich ist er wieder hier.«

»Sie meinen den Totengräber?«

Sie lachte. Léo holte sein Handy heraus und sagte: »Hallo, Gonzo, ich brauche einen Wagen … ja, sofort … Time Warner Center … genau … in zehn Minuten.«

»Einen Wagen?«, fragte sie, nachdem er aufgelegt hatte.

»Donnerwetter. Wir bezahlen den Wein, und dann verschwinden wir?«

»Genau.«

Schweigen.

»Wer ist Gonzo?«

»Das werden Sie gleich sehen.«

Das anbetungswürdige Lächeln wurde breiter.

»Wie geheimnisvoll! Wenn er auch nur halb so amüsant ist wie Ihr anderer Freund, dieser Zack, wird es bestimmt lustig.«

»Das wird es.«

»Eure Majestät«, sagte Gonzo und hielt die Wagentür auf.

Die Stretchlimousine, ein schwarzer Chrysler 300C mit getönten Scheiben, parkte neben dem verschneiten Bürgersteig. Im Augenblick schneite es nicht mehr, aber es wurde immer kälter, und Lorraine stieg rasch in die überheizte Fahrgastzelle, die mit Myriaden kleiner blauer Lichter an der Decke einer Diskothek ähnelte.

»Es gibt gut gekühlten Champagner«, sagte Gonzo und schob sich hinter das Steuer. »Eine Aufmerksamkeit des Hauses.«

Sie fuhren auf der vereisten Straße sanft an.

»Wo soll es hingehen?«

»Zum *HanGawi*«, sagte Léo.

»Wie Sie wünschen, Majestät. Ich heiße übrigens Gonzalo«, sagte Gonzo zu Lorraine. »Und ich bin Ihr Chauffeur, falls Sie das noch nicht bemerkt haben sollten. Sie können alles von mir verlangen, darauf bestehe ich, sogar den Mond.«

»Sehr erfreut, Gonzalo«, sagte Lorraine. »Ich bin Lorraine. Und ich *habe* es bemerkt.«

Wie immer war Gonzo todschick gekleidet. Er trug eine Alpakajacke mit Manschetten über einem weißen Hemd mit italienischem Kragen und dazu eine Seidenkrawatte. Seitdem Gonzalo Rocha die Armee verlassen hatte, verbrachte er viel Zeit vor dem Spiegel, in Kosmetiksalons und beim Zahnarzt, wo er sich regelmäßig die Zähne bleichen ließ. Sein Adressbuch hätte gereicht, um sämtliche *dancefloors* Manhattans mit schönen Mädchen zu füllen.

Vierzig Minuten lang fuhren sie langsam durch die Stadt; zunächst durch die prachtvolle Kulisse der Wolkenkratzer und hell erleuchteten Schaufenster am Broadway, dann auf der Seventh Avenue nach Süden, über den funkelnden Wahnsinn des Times Square, um schließlich auf der 32nd Street Kurs nach Osten zu nehmen.

»Für den Typen, der da neben Ihnen sitzt, würde ich mich umbringen lassen«, erklärte Gonzo während der Fahrt. »Ich meine das wörtlich. Also brechen Sie ihm bitte nicht das Herz.«

»Das nenne ich einen Freund«, sagte Lorraine und nahm die Ansage lächelnd zur Kenntnis.

Hinter den Scheiben zog die Stadt, die niemals schläft, in ihrem Lichterkleid vorbei.

»Gonzalo macht nie halbe Sachen«, bestätigte Léo.

»Aber heute Abend bin ich nur Ihr bescheidener Chauffeur«, gab Gonzo zurück. »Erlauben Sie mir dennoch, hinzuzufügen, dass ich wunderbar Konversation zu machen verstehe, über urkomischen Humor und einen brillanten Geist verfüge. Im Allgemeinen schätzen die Damen meine Gesellschaft sehr viel mehr als die des langweiligen Typen, der da neben Ihnen sitzt. Sollten Ihnen also in ein oder zwei Stunden die Augen zufallen oder Sie vor Langeweile gähnen müssen, zögern Sie nicht, meine Dienste in Anspruch zu nehmen.«

»Das nenne ich einen Freund«, wiederholte Lorraine und drehte sich lächelnd zu Léo.

»Hm«, bestätigte der schmunzelnd.

Bald darauf standen sie vor einer Doppeltür aus massivem Holz, die mit großen runden Türklopfern aus Metall versehen war. Darüber prangten koreanische Schriftzeichen. Kaum waren sie eingelassen worden, forderte man sie auf, die Schuhe auszuziehen, und führte sie in einen holzgetäfelten Raum, dessen klare Linien etwas Zenartiges hatten. Ein Ambiente wie aus der Zeit gefallen, fremdartig und entspannend. Unter jedem der Tische verbarg sich eine Art Graben für die Beine, was es ihnen ermöglichte, auf Kissen auf dem Fußboden zu sitzen.

»Oh, ist das schön!«, rief Lorraine. »Wirklich beeindruckend!«

»Warum?«

»Ich hätte nicht gedacht, dass Sie in solchen Lokalen verkehren.«

»Aha. Was haben Sie denn gedacht, wo ich verkehre: in Steakhäusern und Pizzerien?«, fragte er lächelnd.

Sie nickte.

»Nächstes Mal gehe ich mit Ihnen in ein richtiges Steakhouse, in dem auch viele Schauspieler und Autoren anzutreffen sind. Das wird Ihnen gefallen. Dort ist immer etwas los.«

»Während es hier sehr ruhig ist«, bemerkte sie, als sie sich anerkennend umschaute und nebenbei registrierte, dass er »nächstes Mal« gesagt hatte. Sie konnte sich ein Lächeln nicht verkneifen und wandte das Gesicht ein wenig ab, bis sie ihre Mimik wieder im Griff hatte.

Für den Bruchteil einer Sekunde verweilte Lorraines Blick auf dem Nebentisch, ehe sie ihn wieder auf Léo richtete. »Ist sie es?«, fragte sie leise und deutete unauffällig auf den Tisch nebenan.

»Ja, sie ist es.«

Eine berühmte Schauspielerin saß drei Meter von ihnen entfernt. Aber Léo hatte nur Augen für Lorraine.

» Wie ist das passiert?«, fragte sie und zeigte auf sein Gesicht.

» Eine kleine Meinungsverschiedenheit«, erklärte er lächelnd.

Mit unendlichem Feingefühl servierte man ihnen alle möglichen Reisgerichte, mit Austernpilzen oder Gemüse der Saison. Es gab Süßkartoffel-Nudeln in heißen Steinschälchen, Suppe aus schwarzem Sesam, Tofu in einer Ingwersoße. Die Gespräche um sie herum verliefen gedämpft, so, als wirkte sich die ruhige Atmosphäre auf die Stimmung der Gäste aus.

» Himmel, ist das köstlich!«, rief Lorraine begeistert und seufzte vor Wohlbehagen so laut, dass sich einige Leute nach ihr umdrehten. » Dabei bin ich nicht mal Veganerin.«

Die berühmte Schauspielerin am Nebentisch lächelte.

» Sie malen also?«, wandte Lorraine sich an Léo.

» Hm.«

» Und was malen Sie?«

» Diese Information müssen Sie sich erst verdienen, meine Liebe. Das ist nichts für den ersten Abend«, sagte er, um das Thema zu wechseln.

» Oh, verzeihen Sie, Majestät«, imitierte sie Gonzo, ehe sie in ernstem Ton fortfuhr: » Ist *La Sentinelle* wirklich Ihr Lieblingsbild? Oder hat Zack das nur gesagt, um mich zu ködern?«

» Nein, es stimmt. Dieses Bild und Czartoryskis Werk insgesamt haben mich zum Malen gebracht.«

Sie spürte, wie ihr Herz schneller schlug.

» Wissen Sie, dass mein Vater derjenige war, der es als Erster ausgestellt hat?«

»Wer hat was ausgestellt?«

»*La Sentinelle.*«

Er sah ihr unverwandt in die Augen, sein grauer Blick schien auf einmal zu brennen. »Wirklich?«

»In den Siebziger- und Achtzigerjahren besaß mein Vater eine der berühmtesten Kunstgalerien von New York, die Galerie Demarsan. Er hat Künstler wie Robert Kushner, Miriam Schapiro, Brice Marden und viele andere ausgestellt. Damals wollten sie alle zu ihm in die Galerie. Er war der erste Mensch, der *La Sentinelle* zu sehen bekam. Auch Victor Czartoryski gehörte zu seinem ›Stall‹. Sie waren befreundet.«

Léo wirkte verblüfft.

»Und wie alt ist Ihr Vater heute?«, fragte er.

»Mein Vater wurde am 13. September 1991 im Alter von achtunddreißig Jahren in Manhattan von drei Kugeln getötet, auf dem Bürgersteig vor seiner Galerie. Heute wäre er sechsundsechzig.«

Léos durchdringender Blick raubte ihr den Atem.

»Der Schuldige wurde nie gefunden«, fügte sie hinzu.

Er streckte eine Hand aus und legte sie auf Lorraines.

»Sehen Sie mir bitte nicht auf die Nägel«, sagte sie lächelnd.

»Wie bitte?«

»Meine Fingernägel, Sie sollen sie nicht ansehen. Die reinste Katastrophe.«

Natürlich senkte er nun die Augen und schob seine Hand unter die von Lorraine, Handfläche an Handfläche, und hob die Finger leicht an.

»Ein Kunstwerk, würde ich sagen ... ja, zweifellos.«

Sie lachte.

»Hatten Sie keine Angst, dass mit dem Kauf dieses Gemäldes alte Erinnerungen wieder hochkommen?«, fragte er.

Sie zuckte mit den Schultern, aber er ließ sich von ihrem vorgespielten Gleichmut nicht täuschen.

»Ich war sieben, als es geschah. Meine Mutter erzählte mir nur, dass mein Vater gestorben sei. Die Wahrheit habe ich erst zehn Jahre später erfahren. Meine Erinnerungen an jene Zeit haben nichts mit seinem Tod zu tun.«

Léo schwieg. Das Dessert wurde serviert: Eiscreme mit süßen roten Bohnen, Nüssen und Datteln für ihn, einen koreanischen grünen Tee aus Blättern der ersten Pflückung für sie.

»Hier ist es so wunderbar ruhig«, sagte sie und sah sich erneut in dem Lokal um. »So friedlich, so entspannt. Die Koreaner wissen, wie man eine friedvolle und harmonische Umgebung erschafft.«

»Und trotzdem ist Korea das zweitunglücklichste Land der Welt mit der höchsten Selbstmordrate aller Industrieländer«, antwortete er. »Ich meine damit die Südkoreaner, die im Norden haben andere Sorgen. Um gegen ihre Verzweiflung anzukämpfen und dem Leben etwas abzugewinnen, organisieren manche Koreaner falsche Beerdigungen. Der falsche Tote zieht ein Totengewand an, schreibt seinen Angehörigen einen Abschiedsbrief und zündet eine Kerze vor seinem Sarg an, in dem er ungefähr eine halbe Stunde lang eingeschlossen bleibt, in totaler Dunkelheit ... Es gibt allerdings Löcher zur Belüftung. Offenbar nimmt einem dieses Ritual alle Sorgen. Jedenfalls für eine Weile.«

Sie hatte ihre Finger mit seinen verflochten und lachte.
»Das klingt ziemlich makaber. Haben Sie einen Sarg zu
Hause, Léo? Wie dieser Schauspieler, der Dracula gespielt
hat, Bela Lugosi? Wo wohnen Sie eigentlich?«
»Wooster Street.«
»In SoHo also … das ist eine sehr schicke Gegend …
Verheiratet?«
»Junggeselle.«
»Keine Freundin?«
»Seit drei Jahren nicht mehr.«
»Drei Jahre? Grundgütiger! Wo waren Sie, auf einer
einsamen Insel?«
Er ging nicht darauf ein.
»Und Sie?«, fragte er.
»Dem letzten habe ich vor einem halben Jahr den Lauf-
pass gegeben.«
Er betrachtete sie mit dem Auge des Malers. Ihre Haare
und die nussbraunen Augen glänzten wie Kastanien auf
dem Feuer bei Kerzenschein, ein Glühen, das auch ihre
hohen Wangenknochen betonte, die langen, etwas helle-
ren Wimpern und den Schmelz ihrer schönen, sehr weißen Zähne. Unter dem rechten Auge hatte sie einen Schön-
heitsfleck. Ihr tiefgründiger Blick leuchtete in einem neuen
Licht, als sie sich vorbeugte und fragte: »Und was machen
wir jetzt?«

12

**Maybe we should take a ride
through the night.**

Ed Sheeran, *New York*

»Wartet Gonzo auf uns?«

»Der dreht wahrscheinlich gerade eine Runde um den Block und hört dabei in voller Lautstärke Enrique Iglesias.«

Doch als sie das Restaurant verließen, stand der Chrysler am Bordstein. Die Bässe im Inneren ließen den Wagen vibrieren. Die Nacht war eiskalt. Lorraine stellte den Mantelkragen auf. Sie fasste Léo am Arm, um über den vereisten Bürgersteig zu der Limousine zu gehen, und spürte seine Muskeln unter dem Stoff.

»Tut mir leid«, sagte Gonzo, als er mit einer Verbeugung die Wagentür öffnete, offenbar leicht verwirrt. »Wo soll es diesmal hingehen?«

»135, Atlantic Avenue, Brooklyn Heights.«

»Brooklyn? Wie weit bist du gesunken!«, sagte Gonzo, der in East Harlem lebte. Was für eine verrückte Nacht!

»Noch ein Restaurant?«, fragte Lorraine, als sie in Brooklyn angekommen waren und sie die Tür des *Chez Moi* erblickte.

Der kalte Wind, der über die breite Straße fegte, ließ sie erschauern.

»Nicht ganz«, sagte Léo und ging ihr voraus ins Innere des Lokals.

Sie durchquerten das Restaurant bis zu einem falschen Bücherregal, hinter dem sich eine Treppe verbarg, die zu einem geheimen unterirdischen Ort führte. Lorraine fiel ein, dass es in der glanzvollen Epoche der Prohibition Dutzende *speakeasies*, Flüsterkneipen, sowohl in New York als auch in Chicago gegeben hatte, illegale Bars, die zumeist in den Händen des organisierten Verbrechens lagen. Heutzutage waren sie lediglich Attraktionen für Touristen und die New Yorker selbst.

Im Kellergeschoss betraten sie einen schwach beleuchteten Saal, der mit viel Fantasie an Versailles und das 17. Jahrhundert erinnern oder als französisches Bordell des 19. Jahrhunderts durchgehen mochte. In Alkoven standen mit rotem Samt bezogene Polsterbänke, es gab Spiegel mit vergoldetem Rahmen, Säulen, Rokoko-Wandleuchten und eine bemalte Zimmerdecke.

»Es nennt sich *Le Boudoir*, offenbar inspiriert von Marie-Antoinettes geheimem Boudoir in Versailles. Die Cocktails heißen dementsprechend *Guillotine, Jardin Royal* oder *Le Dauphin*«, erklärte Léo.

Er sprach die französischen Wörter mit hartem amerikanischem Akzent aus.

»Haben Sie mich hierhergebracht, weil ich Französin bin?«, fragte sie mit belustigt klingender Stimme.

Zwei *Dauphins* später – ein Cocktail auf der Basis von Mandel- und Kokosmilch, mit Absinth und einem scharfen mexikanischen Likör aufgefüllt – war sie ziemlich angeheitert und fragte sich, ob der Typ, der ihr gegenübersaß und fast ununterbrochen lächelte, nicht genau das beabsichtigt hatte.

»Versuchen Sie, mich betrunken zu machen?«

»Vermutlich ja.«

Er hatte sich für einen Scotch ohne Eis entschieden. Ihr war bewusst, dass der durchdringende Blick ihres Gegenübers in Verbindung mit den Cocktails zweifellos für rosige Wangen und allzu glänzende Augen bei ihr sorgte. Léo zeigte auf das hintere Ende des Saals und sagte: »Dort befindet sich ein Badezimmer, das angeblich dem von Marie-Antoinette nachempfunden wurde, außerdem ein Zugang zum legendären Cobble-Hill-Tunnel. Dem ältesten U-Bahn-Tunnel der Welt. Er stammt aus dem Jahr 1844.«

»Verlassen wir das Lokal durch den Tunnel? Enthaupten Sie Ihre Opfer, nachdem Sie sie hierhergebracht haben? Sind Sie ein Massenmörder?«, fragte sie in scherzhaftem Ton.

»Ich habe eine Miniguillotine zu Hause«, räumte Léo ein, »aber damit schneide ich nur Zigarren.«

»Wenn Sie mich jetzt küssen, Léo …«

Sie sagte es leichthin, ohne ihren Tonfall zu verändern. Er sah sie an. Und für einen Moment hob sich der verträumte, amüsierte Schleier von seinen Augen und ließ ein dunkleres, intensiveres Leuchten zum Vorschein kommen, das sie bis ins Innerste erschütterte, so sehr, dass sie beinahe den Blick abwenden musste. Bis er sich schließlich vorbeugte, um sie zu küssen. Seine Lippen waren weich und warm. Der Kuss begann leicht und flüchtig, wurde aber immer intensiver, während Lorraine eine Hand in Léos dichtes Haar schob und seine Zunge mit ihrer spielte. Als sie sich von ihm löste, waren ihre Wangen heiß, die Lippen geschwollen, die Pupillen geweitet. Sie sahen einander schweigend an. Léos Blick war durchdringender und geheimnisvoller denn je, Lorraines Augen hingegen strahlten, als sie ihm forschend ins Gesicht sah. Wäre in diesem Moment jemand vorbeigekommen, er hätte das Gefühl gehabt, Zeuge eines wahrhaft magischen Moments zu sein, für den es keine Worte gab.

»Ich muss dir etwas sagen«, flüsterte Lorraine, und ihr war klar, dass sie Gefahr lief, die gerade entstandene Magie zu zerstören.

Er musterte sie neugierig, denn der unverhoffte Ernst in ihrer Stimme war ihm nicht entgangen.

»Bis jetzt habe ich nur mit der Polizei darüber gesprochen, aber du bist es, der mich aus den Klauen dieses Typen befreit hat… Wenn es also jemanden gibt, dem ich mich anvertrauen kann… Ich hoffe nur, dass du mich nicht für verrückt hältst.«

Léo schwieg, und das Lächeln verschwand aus seinem Gesicht. Er hörte ihr aufmerksam zu, ohne sie zu unterbrechen, als sie von den Nachrichten erzählte, die sie seit Monaten erhielt, auch von der letzten im Krankenhaus. Während sie sprach, begnügte er sich damit, sie aus grauen Augen zärtlich anzusehen. Er versuchte, neben ihren Worten auch ihre Körpersprache zu deuten, so wie er es im Gefängnis gelernt hatte. Dort konnte diese Fähigkeit über Leben und Tod entscheiden.

Nachdem Lorraine ihren Bericht beendet hatte, ließ er Stille einkehren, so, als wollte er jedem Wort die Zeit geben, sich in sein Gedächtnis einzubrennen. Dann fragte er, ob sie eine Ahnung hatte, wer der Stalker sein könnte.

»Nicht die geringste«, sagte sie.

»Und es hat schon vor mehreren Monaten angefangen?«

»Ja.«

»Erinnerst du dich an die allererste Nachricht?«

Und ob sie sich daran erinnerte. Es war ein verregneter Tag. Sie war erkältet und befand sich in einer Besprechung mit den beiden Pauls, als die erste Nachricht auf ihrem Handy eintraf. Sie lautete:

Hallo, ich bin der, der deinen Vater getötet hat.

»Auf Französisch?«, fragte Léo. »Du hast mir erzählt, dass dein Vater in New York ermordet wurde.«

»Ja, auf Französisch.«

»Wer sind die beiden Pauls?«

Sie erklärte es ihm.

»Wie ging es dann weiter?«

Sie erzählte ihm, wie der Stalker kurz darauf per Facebook-Chat an sie herangetreten war, ehe sie ihn blockierte. Sie berichtete, dass er ständig neue Handynummern und E-Mail-Adressen benutzte, um ihr täglich Textnachrichten und E-Mails zu schicken.

»Wie lange geht das schon so?«

»Sieben oder acht Monate.«

»Und du glaubst, dass er es war, der im Central Park mit dem Messer auf dich losgegangen ist?«

Sie nickte, und bei der Erinnerung überfiel sie ein Schaudern.

»Das würde bedeuten, dass er dir bis nach New York gefolgt ist.«

Er gab sich keine Mühe, seine Skepsis zu verbergen.

»Jedenfalls weiß er von dem Angriff. In der Nachricht, die ich im Krankenhaus bekommen habe, heißt es, beim nächsten Mal würde er mich erwischen«, erwiderte sie.

Léo runzelte die Stirn. »Hast du mit dem Polizisten darüber gesprochen, mit diesem Fink?«

»Ja. Er meinte, das eine hätte mit dem anderen nichts zu tun, das sei reiner Zufall. Aber woher weiß der Typ dann, was im Central Park passiert ist? Fink hat mir auch eine Menge Fragen über dich und deinen Freund Zack gestellt.«

Erneut runzelte Léo die Stirn. »Die Sache ist ernst. Hast du die Pariser Polizei informiert?«

»Noch nicht.«

Er nickte mit ernster Miene, und seine Sorge um sie rührte ihr Herz. Sie beugte sich vor, um ihn noch einmal zu küssen. Ein sehr sinnlicher und zärtlicher Kuss, der nach Kokosmilch und Absinth schmeckte. Wie gut er küssen konnte!

»Léo, lass uns zurückfahren. Zum Hotel … *Jetzt.*«

Er lächelte. Offenbar nahm sie die Dinge lieber selbst in die Hand, hatte gern alles unter Kontrolle. Kein Problem, dachte er, wenn es das ist, was du willst.

Auf dem Rückweg schmiegte sie sich in der Limousine an ihn. Er legte ihr den Arm um die Schultern, und sie küssten sich wieder. Gonzo begnügte sich ausnahmsweise damit, schweigend am Steuer zu sitzen, den Blick auf die Straße gerichtet, vorbei an nebligen Einmündungen und an grünen und roten Ampeln, die sie beim Vorbeifahren grüßten wie Wachtposten in der Nacht. Zuvor hatte er leise Musik eingeschaltet: Andrew Belle, *In My Veins,* seiner Meinung nach ein herzzerreißender Song, womit er ausnahmsweise einmal recht hatte.

»Danke für diesen genussreichen Abend, Gonzalo«, sagte Lorraine, als er sie vor dem *Plaza* absetzte. »Es war mir wirklich ein Vergnügen.«

»Das Vergnügen war ganz meinerseits, *señorita*«, antwortete Gonzo. »Rufen Sie das nächste Mal gleich mich an, wenn Sie einen fantastischen Abend verbringen wollen. Ich kenne die besten Restaurants der Stadt.«

»Abgemacht. Ich wünsche Ihnen eine gute Nacht, Gonzalo.«

»Was bin ich dir schuldig?«, fragte ihn Léo.

»Gar nichts, Bruder. Willkommen in der Welt der Lebenden ... Pass gut auf sie auf und auf dich selbst auch, *amigo*«, fügte Gonzo hinzu, ehe er davonfuhr.

Sie sahen zu, wie die Rücklichter der Limousine in der New Yorker Nacht verschwanden, während Enrique Iglesias' Stimme langsam verklang.

»Ich mag deinen Freund«, sagte sie.

»Ich mag ihn auch.«

»Aber sein Musikgeschmack ...«

»Allerdings.«

»Ist er immer so?«

»Ich fürchte, ja.«

»Aua!«, rief Léo, als sie ihm sein Hemd auszuziehen versuchte.

Sehr vorsichtig schob sie ihm nun sein Hemd über die Schultern und entdeckte die violetten Flecken auf seinen Rippen, die aussahen wie Kontinente auf einer Weltkarte. Ihr Gesicht verfinsterte sich. »Wer hat dir das angetan?«

»Nicht jetzt. Das ist eine lange Geschichte.«

»Versprich mir, dass du sie mir erzählst.«

»Ich verspreche es.«

Sie beugte sich vor und drückte die Lippen auf die Flecken; ganz sanft küsste sie einen nach dem anderen und bahnte sich langsam den Weg zu seiner Brust hinauf.

»Vorsichtig«, sagte auch Lorraine, als er sie seinerseits auszuziehen versuchte.

Behutsam löste er den Verband von der Stelle, an der die Klinge eingedrungen war. Sie verzog vor Schmerz das Gesicht. Er küsste das Pflaster, das die Wunde bedeckte, und die Haut darum herum. Seine Hand lag zwischen Lorraines Schenkeln. Ihr Atem ging schneller, und sie biss ihm in die Schulter.

Sie liebten sich ein erstes Mal, redeten, lachten, nahmen sich eine Cola und ein Fläschchen Scotch aus der Minibar, liebten sich ein weiteres Mal …

Draußen schneit es wieder. Der Blizzard pfeift durch die langen Alleen und die weißen Straßen, Schneeflocken rahmen die Fenster des *Plaza* ein, fallen reichlich auf den verlassenen Central Park, hüllen auch die Zwillingstürme des San Remo ein, die mythische Silhouette des Dakota

Building, den in schwindelerregende Höhe aufragenden Turm des Central Park Tower. Hinter den schweren Vorhängen eines Zimmers im fünften Stock des Luxushotels herrschen Wärme und Ruhe, während sich in dem weichen, gedämpften Licht der Lampen zwei Wesen besser kennenlernen, einander entdecken und zähmen, als erkundeten sie einen ebenso unbekannten wie faszinierenden Kontinent.

13

New York City,

please go easy on this heart of mine.

The Chainsmokers, *New York City*

In jener Nacht liebten sie sich immer wieder, wütend und zärtlich zugleich. Und sehr bald stellte sich heraus, dass ihr Einvernehmen auch in dieser Hinsicht nahezu vollkommen war und dass sie dasselbe Maß an Zärtlichkeit und Leidenschaft, an Sanftheit und Härte, Ernst und Spiel benötigten. Als wären sie auf geheimnisvolle Weise füreinander bestimmt, zwei Meteoriten auf ihren Flugbahnen, seit Anbeginn der Zeit dazu auserkoren, eines Tages aufeinanderzutreffen.

»Ich möchte deine Bilder sehen«, sagte Lorraine irgendwann, als sie an ihn gekuschelt dalag.

»Leider hat Zack meine letzten beiden Gemälde verkauft«, antwortete Léo und strich ihr eine verirrte Haarsträhne aus der Stirn.

»Und seitdem hast du nichts mehr gemalt?«

»Nein.«

»Warum?«

»Mangelnde Inspiration.«

Ihm wurde bewusst, dass er gerade gelogen hatte, was bedeutete, dass die Sache keinen guten Anfang nahm. Aber wie hätte sie reagiert, wenn er ihr sofort gestanden hätte, dass er aus dem Gefängnis kam? Er fühlte sich erstaunlich gut, war friedlich, geradezu glücklich, und das lag nicht nur daran, dass er zum ersten Mal seit drei Jahren mit einer Frau geschlafen hatte. Er wollte nicht riskieren, dass diese Blase vorzeitig platzte.

Er nahm sich vor, ihr zu einem passenderen Zeitpunkt reinen Wein einzuschenken ... *Wenn es denn einen solchen Zeitpunkt überhaupt gab ...*

»Ich habe Hunger«, sagte Lorraine. Er blickte auf seine Uhr, die auf dem Nachttisch lag. 4 Uhr morgens.

»Gibt es um diese Uhrzeit noch Zimmerservice?«

»Wir sind hier im *Plaza*«, antwortete sie, drehte sich auf die Seite und hob den Hörer des Zimmertelefons ab, womit sie ihm freie Aussicht auf zwei hübsche, pralle Pobacken verschaffte.

Sie bestellte ein kontinentales Frühstück mit Mandelcroissants, Rosinenbrot, Scones, Muffins, Apfelstrudel, Toastbrot, Roquefort und Fruchtsaft.

»Tee oder Kaffee?«

»Kaffee.«

»Könnte ich auch griechischen Joghurt bekommen?«, fragte sie in den Hörer und dachte, dass Paul-Henry Salomé grinsen würde, wenn er die Rechnung sah.

»So viel Appetit?«, flüsterte Léo und knabberte an ihrem Ohrläppchen, während er eine ihrer warmen Brüste umfasste.

Lächelnd erkundigte sie sich, wann der Zimmerservice

auftauchen würde, und als sie die Antwort bekommen hatte, legte sie auf und drehte sie sich mit glühenden Wangen zu ihm um.

»Dasselbe könnte ich von dir sagen ... Ich glaube fast, es stimmt.«

»Was stimmt?«

»Dass du seit drei Jahren keine Freundin mehr hast.«

Die Laken waren voller Krümel, die juckten und stachen, außerdem waren hier und da Kaffeeflecken zu sehen. Ein großer Orangensaftfleck auf der gesteppten Tagesdecke. Und Weintraubenkerne unter den Kissen. *Das reinste Schlachtfeld.* Er stand auf und reckte sich. Er hatte Lust, eine zu rauchen. Zu seiner Überraschung hatte er die ganze Nacht lang kein Bedürfnis nach einer Zigarette verspürt.

Es war halb acht, als Lorraine aus der Dusche kam, ihn im Vorübergehen umarmte und flüchtig küsste. Sie öffnete ihren Koffer und die Schränke.

»Ich weiß nicht mehr, wo ich mein zweites Paar Strümpfe gelassen habe. Was bin ich nur für eine Chaotin. Wahrscheinlich habe ich sie in Paris vergessen.«

»Zieh doch eine Hose an«, sagte er.

»Ich habe heute Morgen ein Meeting in Hudson Yards. Ich rufe mir ein Taxi. Soll ich dich irgendwo absetzen?«

»Wann geht dein Flug?«

»Um 14 Uhr.«

Er drückte sich von hinten an sie und umschlang ihre Taille. Sie stellte den Koffer ab und richtete sich auf, schmiegte den Rücken an Léos Oberkörper und ihre

Wange an seine, schloss die Augen und atmete den köstlichen Duft ein, der von ihm ausging.

»Ich wünschte, ich könnte noch ein paar Tage länger bleiben.«

»Was hindert dich daran?«

Sie seufzte.

»Ich bin nicht so frei wie du.«

Ziemlich ironisch, dachte er.

Im Taxi reden sie nur wenig. Als wären sie mit dem Verlassen des Zimmers im *Plaza* in ihr jeweiliges früheres Leben zurückgekehrt, oder vielmehr: in eine neue Existenz. Denn unabhängig von allem, was gerade geschehen ist, stehen sie beide an der Schwelle zu einem neuen Leben. Sie halten Händchen, aber jeder schaut auf seiner Seite auf die vorüberziehenden Straßen und fragt sich, ob dieser »Augenblick danach« der Beginn oder das Ende von etwas ist. Nur ein Zwischenspiel oder der Anfang von etwas Neuem.

Und jetzt?

Beide stellen sich insgeheim diese Frage, mit jedem Atemzug und jedem Blick, den sie miteinander tauschen. *Und jetzt?* Er betrachtet die Kreuzungen, die Schaufenster, die Freitreppen, wie er es immer schon getan hat: mit dem Auge des Malers. Aber heute löst der Anblick nichts in ihm aus. *Und jetzt?*

Als das Taxi vor Léos Wohnhaus in der Wooster Street hält, vergeht eine Sekunde, in der die Zeit aufgehoben scheint. Sie sehen einander an, taxieren sich gegenseitig. Verlegen und unentschlossen wie zwei Teenager. Lorraine hat einen Kloß im Hals.

Sie taucht in die von langen schwarzen Wimpern gerahmten grauen Augen ein, die außergewöhnlich ruhig und gelassen wirken, und paradoxerweise wühlt sie das auf.

»Was hältst du von einem letzten Kaffee am Flughafen vor dem Start?«, fragt sie, und ihr Magen zieht sich zusammen.

Er wirkt nervös. Auf einmal befürchtet sie, er könnte Nein sagen. Aber er nickt und lächelt. Lorraine ist zutiefst erleichtert. Sie umfasst seinen Nacken, zieht ihn an sich und küsst ihn gierig, eine Hand in seinen Haaren vergraben. Er lächelt immer noch und lässt sie nicht aus den Augen, während er sich ohne ein Wort rückwärts aus dem Taxi schiebt und einen Fuß nach dem anderen auf den Gehweg setzt. Sie blickt ihn durch die Fensterscheibe an, empfindet heftiges, schlichtes, definitives Glück, ein wildes Hochgefühl, als das Taxi wieder anfährt und er bereits die Stufen der Freitreppe hinaufsteigt, ohne sich noch einmal umzudrehen.

Er öffnet den Briefkasten im Flur. Nur ein Umschlag. Er erkennt die Adresse, obwohl die Tinte auf dem feuchten Papier verlaufen ist. Otis Bantum Correctional Center, Rikers Island. Er reißt den Brief auf. Liest ihn. Zunächst ungläubig. Dann abwechselnd niedergeschmettert, gelähmt, vernichtet. Je mehr der Sinn der Worte sich seinem Verstand aufdrängt, desto gründlicher fegt er das Glück der letzten Stunden hinweg wie der eisige Wind, der draußen weht. Sein Magen ist schwer wie ein Stein; langsam, aber unerbittlich zieht es ihn hinab.

Er schließt die Augen, damit die Welt sich auflöst. Er treibt dahin, für immer verloren.

14

I know nothin' about leaving.

Norah Jones, *Back to Manhattan*

Lorraine betrachtete den riesigen leeren Raum, der nur von Betonpfeilern strukturiert wurde. Eintausendfünfhundert Quadratmeter, drei Meter fünfzig Deckenhöhe. Die beiden Pauls machten keine halben Sachen.

Der dreiundzwanzig Etagen hohe Turm in dem neuen Viertel Hudson Yards im äußersten Westen von Midtown Manhattan war einen Monat zuvor fertiggestellt worden. Er gehörte zu der neuen Generation Wolkenkratzer, die in der Stadt wie Pilze aus dem Boden schossen. Kabelbündel und elektrische Leitungen hingen noch aus den Halterungen, in die man später die Zwischendecken einziehen würde.

Die Aussicht auf die grauen Wasser des Hudson River war atemberaubend. Neben Lorraine stand der Architekt, ein ausgemergelter großer Typ mit gebräunter Haut und grauen Haaren, Rollkragenpulli, hellen Chinos und Sneakers von Valentino, und beschrieb ihr die Lage der Einzelbüros für die Führungskräfte und die der Großraumbüros für alle anderen, sowie der Gemeinschaftsräume und Entspannungsbereiche einschließlich Spieleraum und Tischtennisplatten.

»Ihr Büro befindet sich dort«, sagte Ed Constanzo, der sie begleitete, und deutete auf einen Bereich in der Mitte der riesigen Glaswand auf der Westseite. »In bester Lage.« Er ließ seine Worte ein wenig nachklingen, und sie stellte fest, dass sie tatsächlich eine sehr schöne Aussicht auf den Fluss haben würde.

»Es ist mir egal, ob ich die beste Lage habe«, behauptete sie.

»Das sollte es aber nicht«, versetzte er. »Symbolik ist in diesem Fall sehr wichtig.«

»Und Sie? Wo sind Sie untergebracht?«

»Da hinten«, sagte er und zeigte auf die nordöstliche Ecke.

Seine Aussicht ist besser als meine, stellte sie fest, denn Constanzo blickte gleichzeitig auf New Jersey und auf den Norden von Manhattan. Von dort aus konnte er sogar ein Stück vom Central Park sehen.

»Und Susan?«

»Susans Büro befindet sich dort«, antwortete Ed Constanzo und deutete auf die gegenüberliegende südwestliche Ecke. Die schien der beste Standort zu sein. Er bot eine geradezu umwerfende Aussicht auf die New Yorker Bucht, die Südspitze der Insel und das neue World Trade Center, das One WTC, den höchsten Wolkenkratzer Nordamerikas.

Offenbar hatten die zwei den Platz unter sich aufgeteilt und sich dabei ins Fäustchen gelacht. Sie fragte sich, ob sie ein Symbol in der Tatsache sehen sollte, dass sie in Sandwichposition zwischen den beiden eingeklemmt sein würde. Noch dazu würden sie auch in den Augen des restlichen Personals bessere Plätze als sie selbst belegen. Man muss kein Napoleon sein, um zu wissen, dass Taktik und Topografie miteinander verbunden sind.

»Wissen Sie was, Ed?«, sagte sie unvermittelt. »Um Ihnen zu beweisen, wie kostbar Ihre Kompetenz und Erfahrung für uns sind und wie viel mir daran liegt, in gutem Einvernehmen mit Ihnen zu arbeiten, schenke ich Ihnen meinen Standort. Sie lassen sich in der Mitte nieder, und ich nehme die nordöstliche Ecke.«

»Aber ... äh ... dann hätten Sie ein kleineres Büro.«

»Sie wissen doch, die Größe spielt keine Rolle.« Lorraine sah, dass Ed Costanzo blass wurde. Sie schaute auf die Uhr: 10:13 Uhr. Die Zeit raste. Ihr Herz setzte einen Schlag aus. Wenn sie noch Zeit mit Léo verbringen wollte, und sei es noch so wenig, musste sie das Gespräch *jetzt* beenden.

»Also, sind wir hier fertig?«, fragte sie und konnte ihre Ungeduld nur mit Mühe verbergen.

»Noch nicht ganz«, sagte der Architekt. »Ich brauche Ihre Unterschrift unter einigen Dokumenten.«

Müdigkeit, Schlafmangel und die Angst, nicht genug Zeit zu haben, um sich von Léo zu verabschieden, zerrten an ihren Nerven. Sie atmete tief durch und sagte dann: »In Ordnung. Zeigen Sie mir, welche es sind.«

Krankenwagen, Taxis, Lastwagen, Pkws ... inmitten schmutziger Schneemassen, schwarzer Schlammpfützen und flüchtiger Abgaswolken kamen die Fahrzeuge nur im

Schritttempo voran. Wie bei schlechtem Wetter üblich, waren die Ein- und Ausfallstraßen Manhattans von endlosen Staus verstopft. Um die Verwirrung noch größer zu machen, schwenkten Arbeiter in gelben Neonwesten Stoppschilder und leiteten den Verkehr von einem Fahrstreifen auf die anderen um.

Lorraine betrachtete dieses Chaos mit finsterer Miene. Sie wollte sich nicht im Eiltempo von Léo trennen, sondern es richtig angehen, verdammt, sich Zeit lassen, ihm klarmachen, wie wundervoll diese Nacht gewesen war – eine Nacht, die sie mit Sicherheit mehr als einmal in Gedanken nacherleben würde –, und sie hoffte, dass er sie wiedersehen wollte. Und wenn nicht? Nun, sie lebten im 21. Jahrhundert. Sie würde ihm zuvorkommen ... Der Fahrer hupte wie wild, sodass sie noch nervöser wurde.

»Scheiße! Warum fahren diese Idioten nicht weiter?«

Die New Yorker Stadtverwaltung hatte das Hupen verbieten wollen und überall Schilder mit der Aufschrift »Don't honk« angebracht. Inzwischen montierten sie sie nach und nach wieder ab, denn die Mühe war vergebens. Das Hupen war den New Yorkern in die DNA eingeschrieben. Ihr Fahrer scherte aus und wäre beinahe mit einem von rechts kommenden Wagen zusammengestoßen. Lorraine drückte sich in die Rückbank. Ein Unfall hätte ihr gerade noch gefehlt ... Je geringer ihre Aussichten auf ein Tête-à-Tête vor dem Abflug wurden, desto größer wurde ihre Angst. Dann erkannte sie, dass es eine weitere Möglichkeit gab: Sie verpasste ihr Flugzeug und musste länger in der Stadt bleiben.

Lorraine blickte ins Schneegestöber und pustete gegen

die kalte Fensterscheibe, damit sie beschlug, und schrieb wie ein verliebter Teenager mit dem Finger die Buchstaben »LVM« darauf. Sie sah, dass der Fahrer ihr im Rückspiegel einen scheelen Blick zuwarf. Wahrscheinlich fand er sie kindisch.

Wundersamerweise öffnete sich auf einmal die Autoflut vor ihnen wie das Rote Meer vor Moses, und der Taxifahrer trat dermaßen aufs Gaspedal, dass sie in die Rückbank gepresst wurde. Viel zu schnell raste er zwischen den Fahrzeugreihen hindurch an sämtlichen Wagen vorbei. Lorraine begann zu hoffen, dass sie die verlorene Zeit aufholen würden, aber nach fünfhundert Metern ging dasselbe Spiel von vorne los. Fluchend trat er auf die Bremse, wobei der blockierende Sicherheitsgurt sie auffing. Danach kamen sie erneut nur noch im Schneckentempo voran, während die Flamme der Hoffnung ebenso schnell erlosch, wie sie aufgelodert war.

Léo, bist du schon da? Ich komme zu spät, die Besprechung hat ewig gedauert.

Keine Antwort.

Léo, bist du am Flughafen?

Sie wartete. Vier Minuten. Noch immer keine Antwort ... *Léo, bitte, lies deine Nachrichten.* Vorne schimpfte der Fahrer laut vor sich hin und drückte auf die Hupe. Dieser Typ machte sie irre! Dann fiel ihr ein, dass die Amerikaner im Gegensatz zu den Franzosen, die sich vermutlich als letztes Volk der Erde noch per SMS verständigten, längst WhatsApp benutzten. Sie schickte ihm eine Salve Nachrichten über diesen Kanal. Noch immer keine Antwort. Und das Taxi war schon wieder zum Stillstand gekommen ... Magensäure stieg ihr in die Kehle.

Sie drückte auf die Ruftaste. Zwei Klingeltöne, dann Léos Stimme: »Guten Tag, dies ist der Anrufbeantworter von Léo Van Meegeren, aber der liegt wahrscheinlich im Bett und pennt oder geht gerade mit dem Hund raus – ja, Sie haben richtig gehört – oder, was noch wahrscheinlicher ist, er streift gerade durch Museen. Hinterlassen Sie eine Nachricht, dann ruft er zurück ... in einer Stunde oder einem Jahr.« Sie sprach etwas auf die Mailbox, antwortete dieser allzu gleichgültigen, allzu coolen, allzu sexy Stimme, die sie sogar via Anrufbeantworter erschauern ließ.

»Léo, ich bin's, Lorraine ... Ich stecke in einem Megastau, es ist ein Albtraum! Ruf mich bitte zurück. Wir treffen uns wie vereinbart vor dem Eingang der Sicherheitskontrolle.«

Auf einmal pingte ihr Handy. Endlich! Sie entsperrte das Gerät und rief die Nachricht auf:

Guten Flug und willkommen zurück in Paris, Lorraine.
Paul-Henry.

Das Taxi hielt vor Terminal 4. Sie wühlte in ihrer Handtasche und bezahlte die Fahrt mit den letzten Dollars, nahm ihren Koffer, stieg aus und rannte durch die Schneeböen. Keine Nachricht von Léo. Zurückgerufen hatte er auch nicht. Was war nur los?

Erfüllt von Angst, Stress und Ungeduld, schaute sie im Terminal auf die Abflugtafel und ging rasch zur Sicherheitskontrolle. Das Boarding hatte bereits begonnen ... *Verdammt!* Diesmal kein Tête-à-Tête bei einer Tasse Kaffee, so viel stand fest. Ihr würde kaum genügend Zeit bleiben, mit ihm zu sprechen, ihn zu küssen, ihm in die Augen zu sehen ... Während sie sich bereits einen Weg durch die Menschenmenge bahnte, die ihre Pläne offenbar ebenfalls vereiteln wollte, indem sie sich in die falsche Richtung bewegte, überlegte sie, was sie ihm sagen würde. Dieser Augenblick sollte unvergesslich sein, aber ihr fiel nichts ein. Sie rempelte einen Passagier an, der sie zornig anstarrte, verfiel beinahe in Laufschritt und fand sich schließlich im Eingangsbereich zu den Sicherheitskontrollen wieder. Sie spürte, wie sich ihr Magen verkrampfte.

Er war nirgendwo zu sehen.

Herrgott, das ist doch nicht möglich. Was für ein Albtraum! Sie ließ den Blick durch die Abfertigungshalle schweifen und musterte jede männliche Person über dreißig. Das Terminal war voller Menschen, aber von Léo keine Spur. Wo war er? *Das kann ... das* darf *nicht auf diese Art zu Ende gehen ...* Gleich würde er auftauchen, auf sie zukommen, sie in die Arme schließen. Panisch drehte sie sich um die eigene Achse und sondierte verzweifelt jeden Winkel der überfüllten Abflughalle.

Er war gekränkt, als ich ihm im Hotel gesagt habe, dass ich nicht ein oder zwei Tage länger bleiben kann. Und er hat beschlossen, dass die Sache keine Zukunft hat.

Léo, ich flehe dich an, zeig dich ...

In diesem Moment hätte sie alles dafür gegeben, ihn

auftauchen zu sehen. Sie würde ihm sagen, dass die Sache sehr wohl eine Zukunft hatte. Dass sie ihn wiedersehen wollte. Dass sie zurückkommen würde. Dass er ebenso gut wie sie wusste, dass zwischen ihnen etwas Besonderes geschehen war. Auf einmal wusste sie, was sie ihm sagen wollte, aber er war nicht da, um ihr zuzuhören.

Inmitten der Menge wurde sie von einem Gefühl der Einsamkeit überwältigt, wie sie es nie zuvor empfunden hatte.

Sie drehte sich um und rannte durch die Halle, vorbei an den Geschäften, Cafés und Restaurants von Terminal 4. Fassungslos, mit verhangenem Blick betrachtete sie die Verkaufstheken, die Stühle und Tische vor den Cafés – *The Palm Bar & Grille, The Apothecary, Le Grand Comptoir, Flatiron Coffee Roasters.* Suchend blickte sie in jedes Gesicht. Es war absurd, es gab keinen Grund, warum er dort auf sie warten sollte.

Sie musste los, sie hatte keine Zeit mehr. In fünf Minuten würde das Boarding beendet sein. Bittere Verzweiflung legte sich wie ein Mühlstein auf ihre Brust.

Sollte sie den Flieger ohne sie starten lassen, im Hotel einchecken und bei ihm klingeln, um herauszufinden, was los war?

Es war für ihn nur ein One-Night-Stand, mehr nicht. Finde dich damit ab. Er hat dich fallen lassen, das ist alles. Sei vernünftig.

Schweren Herzens ging sie zurück zum Eingang des Kontrollbereichs. Müdigkeit, Enttäuschung, Frustration: Nur mit Mühe hielt sie die Tränen zurück und schwor sich, dass es die letzten sein würden, die sie wegen eines Mannes vergoss. Gleich darauf dachte sie, dass ein derartiger Schwur nur bewies, wie unreif sie war, für eine Fünfunddreißigjährige geradezu erbärmlich.

Sie hielt ihre Bordkarte vor den Scanner und durchquerte die automatische Tür, die sich gleich darauf hinter ihr wieder schloss. Adieu, New York.

ZWEITER TEIL

Target

(Jasper Johns, Enkaustik und Zeitungspapier auf Leinwand)

15

**C'est pas Tokyo, Londres ou
New York ou Amsterdam,
non, non, c'est Paris.**

Taxi Girl, *Paris*

»Auf Ihr Wohl«, sagte ihr Sitznachbar.

Sie hob kurz ihre Champagnerflöte, um den Toast zu erwidern.

»Geschäftsreise?«, fragte er.

Sie nickte. Zum Glück musste sie nicht Ellbogen an Ellbogen in der Economy Class mit ihm sitzen. Die Plastikschale, die sie umgab, hielt ihn auf Abstand.

»Nicht schlecht, der Schampus hier«, sagte er und setzte die blasierte Miene eines Sammlers von Meilen und Zwischenaufenthalten in den VIP-Lounges der Flughäfen auf.

Sie musterte ihn verstohlen. Knapp fünfzig, ein zu eng sitzendes Hemd, das über dem Bierbauch spannte. Anzug, Uhr und Schuhe hatten eine Menge Geld gekostet. Was bildete der Typ sich ein? Glaubte er, die Tatsache, dass er Businessclass flog, machte ihn automatisch attraktiv? Dass sämtliche Frauen sich bereitwillig von seinem Geld verführen ließen?

»Ich bin im Export von Antiquitäten in die USA tätig«, sagte er. »Ich habe eine eigene Firma. François Lourdain, sehr erfreut.«

Wahrscheinlich haben sie ihm in der Schule den Spitznamen »Lurch« verpasst, dachte sie. Und bemerkte den kleinen Kreis weißer Haut an seinem linken Ringfinger. Ein Rest Bräune vom letzten Sommer verriet seinen Familienstand.

»Und Sie fliegen nach Hause, nehme ich an?«, fragte sie. Er lächelte.

»Genau.«

»Vergessen Sie nicht, sich den Ehering wieder anzustecken, bevor Sie aus dem Flugzeug steigen.«

Sein Lächeln erstarb. »Was?«

»Wie viele Kinder haben Sie, Monsieur Lourdain?«

»Äh ... drei.«

»Sie sind bestimmt ein guter Vater.«

Seine Miene verfinsterte sich, und seine Augen nahmen eine geradezu beängstigende Schwärze an.

»Ach, wissen Sie was, lassen wir's«, fauchte er mit bösem Blick. Am liebsten hätte er sie jetzt wohl nicht nur geduzt, sondern sie außerdem als Schlampe bezeichnet, doch er hielt sich gerade noch zurück, um kein Aufsehen zu erregen.

Willkommen im 21. Jahrhundert, dachte Lorraine. Sie drehte sich zu dem kleinen Fenster und dachte an Léo. In der Viertelstunde Wartezeit auf der Gangway hatte sie ihm ungefähr ein Dutzend Nachrichten geschickt. Er hatte nicht geantwortet. Sie hatte ihn auch angerufen. Ebenfalls ohne Erfolg. Bis zu dem Augenblick, in dem die Stewardess sie aufgefordert hatte, ihr Handy in den Flugmodus zu schalten, hatte sie gehofft, ihn zu erreichen.

Wer war Léo Van Meegeren? Wer verbarg sich hinter dem unverwüstlichen Lächeln und dem verträumten Blick? Ein für echte Gefühle unzugänglicher Weiberheld? Ein Scheißkerl ohne Herz, der sich cool gab und sich niemals festlegte? War sie nur eine weitere Jagdbeute für ihn gewesen, weil er davon ausgehen konnte, dass sie am nächsten Tag nach Paris zurückfliegen würde? Sie fühlte sich betrogen, hätte sich am liebsten einfach gehen lassen und geweint, aber sie tat es nicht. Mit diesem Klotz an ihrer Seite konnte sie sich das nicht leisten.

Den Gefallen würde sie ihm nicht tun.

Doch gegen ihren Willen stieg etwas in ihr auf.

Es war, als ginge sie bei gutem Wetter am Strand spazieren und würde plötzlich von einer großen Welle davongetragen. Sie richtete den Blick auf das Wolkenmeer, über dem im blendenden Blau die Sonnenstrahlen explodierten. Sie ließ sich die Haare wie einen Vorhang vors Gesicht fallen und weinte nun doch, die Augen zum Fenster gewandt, stille, aber heiße Tränen.

»Sie können Ihre elektronischen Geräte nun wieder einschalten. Die Temperatur in Paris beträgt …«

Sie griff nach ihrem Handy. Überprüfte die Nachrichten, ungefähr zehn. Sie stammten von den beiden Pauls, von Susan Dunbar, eine vom *Plaza*, das ihr für ihren Aufenthalt dankte – diese Erinnerung traf sie mitten ins Herz –, außerdem Nachrichten von Kunden.

Keine von Léo.

Geh zum Teufel, Léo Van Meegeren, dachte sie und schwor sich, ihm nie wieder zu schreiben.

Sie holte ihren Koffer aus dem Gepäckfach und beugte sich vor, um einen Blick aus dem Fenster zu werfen. Auch Paris schien entschlossen, ihr ein kummervolles Gesicht zu zeigen. Wie in dem Chanson von Barbara: »*Ce ciel de brouillard me fout le cafard*« – *Dieser neblige Himmel macht mich traurig.* Regen prasselte auf das Rollfeld, und die Gebäude von Terminal 2 E waren hinter Wasserhosen verschwunden. Der nasse Vorhang peitschte auch gegen die Fensterscheiben der Gangway, durch die sie zum Ankunftsbereich gelangte.

So schnell wie möglich ging sie an den Gepäckbändern vorbei Richtung Ausgang und erreichte endlich die Haltezone der Taxis. Wütend auf die Welt und vor allem auf sich selbst, hielt sie ihren Koffer umklammert.

Als sie gerade in einen der wartenden Wagen einsteigen wollte, vibrierte ihr Handy.

Mit angehaltenem Atem holte sie es aus der Handtasche. Ein letzter Hoffnungsschimmer. Er würde ihr eine Erklärung für sein Missgeschick liefern, sich entschuldigen, ihr sagen, dass er sie wiedersehen wollte. Aber es war nicht Léo, sondern eine *unbekannte Nummer*. Ihr Puls raste in Höchstgeschwindigkeit. Die Nachricht enthielt ein Foto von der Ankunftstafel ... auf der die Nummer und die exakte Landezeit ihres Flugs zu lesen waren.

Und ein einziger Satz zur Begrüßung:

Willkommen daheim, Lorraine, ich habe dich nicht vergessen.

16

**Cause when you leave New York
let me say, you ain't going nowhere.**

Ray Charles, *New York's my Home*

Freitag, den 13., um 9:10 Uhr verließ auch Léo New York. Er fuhr auf den Franklin Delano Roosevelt Drive und dann auf den Harlem River Drive zwischen Harlem und der Bronx. Auf der George-Washington-Brücke – ein gigantisches Monster aus Stahl, das dreihunderttausend Fahrzeuge pro Tag verschlingt – überquerte er den Hudson River, um von dort aus nach Norden zu fahren.

Er drang in eine der wildesten Gegenden des Staats New York vor, als er nun in Richtung der Catskill Mountains und des Kaaterskill Wild Forest fuhr. Normalerweise dauerte die Fahrt nur knapp zwei Stunden, aber wegen des Schnees brauchte er diesmal eine ganze Stunde länger. Das Wetter hatte sich nicht geändert; der Himmel war schwarz, und die wenigen Fahrzeuge, die ihm entgegenkamen, hatten vom Schneefall weiße Dächer.

Léo fürchtete sich. Seit er den Brief aus Rikers gelesen hatte, hatte er Angst ... vor dem nächsten Tag, der nächsten Woche, dem nächsten Monat ... Er bestand praktisch nur noch aus Angst. Und wem wäre es an seiner Stelle anders ergangen? Wie lange?, fragte er sich. Wie lange noch?

Er dachte an Lorraine. Ob sie auch an ihn dachte? Er war davon überzeugt, denn er hatte ihre Nachrichten gelesen. Bis sie im Flugzeug das Handy in den Flugmodus geschaltet hatte. Seitdem war keine mehr gekommen. Irgendwann würde sie ihn vergessen ... Sie würde sich mit anderen Dingen beschäftigen, einem anderen Mann begegnen ... Schließlich hatten sie nur eine einzige Nacht miteinander verbracht.

Zwei Meilen vor Haines Falls und Tannersville verließ er die 23A und bog in eine kleine Straße ein, die sich zwischen Feldern hindurchschlängelte.

»Schau mal, hier bin ich aufgewachsen«, sagte er laut. »Wie findest du es?«

Ein Bellen antwortete ihm.

»Habe ich mir gedacht, dass es dir hier gefällt, die gute Luft, die Natur ...«

Das Hinterteil auf dem Beifahrersitz, die Schnauze auf Höhe des Armaturenbretts, schaute ihn der Cockerspaniel mit hängenden Ohren und heraushängender Zunge an und gab ein kurzes Jaulen von sich.

»Hör zu«, sagte Léo, »du bist echt lieb und ein ganz toller Hund, keine Frage. Aber in Sachen Konversation finde ich dich ziemlich mies, du könntest dich mal ein bisschen anstrengen ...«

Der Hund kläffte erneut, und Léo richtete den Blick wieder auf die Straße.

Er unterhielt sich mit einem Hund. Wahrscheinlich verlor er jetzt wirklich den Verstand.

Wälder wechselten sich mit weiten, kahlen Flächen ab, die mit Schnee bedeckt und von Wegen und Straßen durchzogen waren. In dreihundert Metern Entfernung auf der rechten Seite sah er das Haus zwischen den winterkahlen Bäumen liegen, die über einer verschneiten, von einem weißen Zaun umgebenen Wiese aufragten. Zwischen zwei vereisten Schneewehen hindurch fuhr er auf die Allee. Als er den Motor ausstellte, senkte sich eine unermessliche Stille auf die Umgebung. Hier war es noch kälter als in New York; weiß und reglos lag die Landschaft da.

»Also, wir sind da«, sagte er. Sein Atem dampfte in der Luft.

Bis auf die Raben in der Ferne war kein Laut zu hören. Der Hund sprang aus dem Wagen und begann, Bocksprünge zu vollführen, als er den feuchten Schnee unter seinen Pfoten spürte. Léo schlug die Wagentür zu, der Lärm hallte in die große Stille hinein.

»Schnee ist offenbar nicht dein Ding, was? Na komm, Angsthase, ich will dir jemanden vorstellen.«

Er ging auf das gelbe Haus zu, dessen Dach unter einer dicken weißen Decke verborgen war. Der Hund folgte ihm. Aus dem Schornstein stieg Rauch auf.

Im Inneren des Hauses lief er den Flur mit der geblümten Tapete entlang und betrat das überheizte kleine Wohnzimmer.

»Hallo, Papa.«

Sein Vater saß am Fenster und las in *Eine Geschichte des amerikanischen Volkes* von Howard Zinn. Er schaute von seinem Buch auf.

Schweigen.

Dann: »Hallo, mein Sohn.«

Er saß in seinem Chintzsessel und betrachtete eine Sekunde lang seinen Sprössling. Dann erhob er sich und richtete seinen schweren Körper zu voller Größe auf. Er war nicht ganz so groß wie Léo, aber massiger, seine Brust wirkte wie ein breites Schild, und sein Kopf war von einem Kranz weißer Haare umgeben. Sein Vater trug denselben braunen Wollcardigan, den Léo bereits vor seinem Gefängnisaufenthalt an ihm gesehen hatte. Er war ein anspruchsloser Mann ohne jede Eitelkeit, der sich über sein Äußeres ebenso lustig machte wie über das, was die anderen von ihm hielten. Dafür hatte Léo ihn immer schon bewundert. Er stellte sie niemals zur Schau, doch in den tief liegenden Augen unter den buschigen Brauen lag ein beunruhigendes Leuchten, das eine Intelligenz verriet, die sehr viel wacher war, als sein Aussehen vermuten ließ.

»Endlich bist du wieder draußen«, sagte er.

Sie fielen einander in die Arme, und die Krämpfe, die seinen Vater schüttelten, verrieten Léo, dass er weinte.

»Das ist das Alter«, sagte er, als er sich von seinem Sohn löste. »Es verwandelt die mutigsten jungen Männer in schwache, weinerliche Greise.«

Léo ließ den Blick über Dutzende von Bilderrahmen in verschiedenen Größen schweifen, die die Wände schmückten. Landschaften im Stil des Präzisionismus, Porträts von Arbeitern und würdevollen, einfachen Leuten, wie sie die Ashcan School hervorgebracht hatte. Zwei Gemälde hoben sich von allen anderen ab: abstrakte Kompositionen in strahlenden Farben wie Kadmiumgelb, Primärblau, Dunkelrot.

Die erstgenannten waren mit RVM signiert: Russell Van Meegeren. Die beiden letzten mit LVM.

Keines der Bilder stammte aus jüngerer Zeit. Wie Rip Van Winkle schien auch Russell Van Meegeren vor zwanzig Jahren eingeschlafen und erst am Vortag wieder aufgewacht zu sein. Seine Bilder schmückten die Wände, aber er hatte vor mehr als fünfundzwanzig Jahren zu malen aufgehört.

Nur die beiden kleinformatigen, abstrakten Bilder waren etwas jünger. Léo hatte sie gemalt, als er fünfzehn war.

»Was ist mit deinem Gesicht passiert?«, fragte sein Vater.

»Nichts, ich habe mich gestoßen, als ich das Loft neu hergerichtet habe.«

»Hm … Du scheinst gut in Form zu sein.«

»Du auch, Papa.«

»Das ist gelogen.«

Russell Van Meegeren schloss seinen Sohn ein zweites Mal in die Arme. Léo überraschte diese Geste der Zuneigung. Als Kind hatte er in seinem Vater einen Gott gesehen, aber einen weit entfernten, unzugänglichen Gott. Das Schweigen und die allzu seltenen Liebkosungen hatten Léo Zurückhaltung und Respekt vor Russell Van Meegerens Autorität gelehrt, ihm andererseits aber die Zuneigung vorenthalten, die seine liebevolle, eher reservierte Mutter ihm ebenfalls nur spärlich hatte zukommen lassen.

Zappelnd, hüpfend und schwanzwedelnd lief der Hund um sie herum. »Was ist das denn?«, fragte sein Vater.

»Das ist mein Hund.«

»Hat er auch einen Namen?«

»Ja, ›Hund‹.«

Russell Van Meegeren ging zu einem runden Tisch und holte eine Flasche Woodford Reserve und zwei kleine Gläser.

»Meinst du nicht, dass es dafür ein bisschen zu früh ist?«, fragte Léo.

»Wenn dein Sohn aus dem Gefängnis kommt, ist ein Glas Whiskey durchaus angemessen«, erwiderte sein Vater.

Er reichte Léo ein Glas, und sie stießen an. Der Alkohol legte eine Spur aus Feuer in Léos Speiseröhre.

»Und?«

»Wunderbar.«

Die folgende Frage hatte Léo erwartet, dennoch kam sie früher als gedacht. »Wirst du wieder anfangen zu malen?«

Er zögerte.

»Ich weiß es nicht«, sagte er und fügte unvermittelt hinzu: »Sie haben *La Sentinelle* verkauft.«

»Habe ich gelesen.«

»Ich war bei der Versteigerung.«

»Du hast Czartoryski immer schon bewundert«, bemerkte sein Vater.

»Du nicht.«

Russell Van Meegeren hatte sich wieder gesetzt. Er musterte seinen Sohn über die Brille hinweg. »Czartoryski hat nur ein einziges Meisterwerk geschaffen: *La Sentinelle*. Alles andere ist das Werk eines begabten, aber nicht genialen Künstlers.«

»Und *Les Tulipes*?«

»Billiger Neorealismus.«

»Das *Porträt von Saul Bellow*?«

»Ein schlechter Julian Schnabel.«

»*White Mountain*?«

»Susan Rothenberg ohne deren Talent.«

Léo lachte. »Czartoryski ist ein großer Maler, Papa. Ich verstehe nicht, warum du das nicht zugeben willst.«

»Weil ich einen besseren Geschmack habe als du«, erwiderte Russell Van Meegeren.

Der Alte hatte sich definitiv kein bisschen verändert.

»Wo ist Mama?«

Der Blick seines Vaters hellte sich auf. »Ihre Majestät die Kaiserin ist im Gewächshaus.«

Für eine Kaiserin war Amy Van Meegeren ziemlich nachlässig gekleidet: dicker Pulli, abgetragene Jeans, eine erdverschmierte blaue Leinenschürze. Sie hatte große hellblaue Puppenaugen und lange blonde Haare mit grauen Strähnen darin, die sie nie übergefärbt hatte, denn genau wie ihr Ehemann pfiff auch sie auf den äußeren Schein und die Meinung anderer Leute.

Mit einer Hand hielt sie die Schürze fest, mit der anderen legte sie Gemüse hinein, das sie soeben aus dem nährstoffreichen Boden des Gewächshauses gezogen hatte. In New York schossen Wochenmärkte und vegetarische *Delis* wie Pilze aus dem Boden, die Anhänger von Bioprodukten wurden immer zahlreicher, und nach dem Vorbild von Dan Barber, dem Wegbereiter der Farm-to-Table-Bewegung, machten sich immer mehr junge Chefköche auf die Suche nach lokalen Produkten und deren Aromen. Darum konnte seine Mutter ihre Jahresproduktion an Kürbissen,

Roter Bete, Karotten, Tomaten, Honig, Äpfeln und Heidelbeeren mühelos zu Preisen verkaufen, die ihre Finanzen erheblich aufbesserten.

Als sie ihren Sohn an der Tür des Gewächshauses erblickte, ließ sie Wurzeln und Gemüse auf den Boden fallen und lief auf Léo zu. Tränen traten ihr in die Augen, als sie ihn an sich drückte und im Gegensatz zu seinem Vater ohne jegliche Zurückhaltung zu weinen begann. Ihre Haare rochen nach Holzkohlenfeuer, an ihren Fingern, die sie sanft auf die Wangen ihres Sohnes legte, klebte Erde.

»Mein Gott, endlich haben sie dich gehen lassen.«

Sie sagte das in ihrem üblichen sanften Tonfall, aber Léo ließ sich nicht täuschen. Die wahre Herrin des Hauses war von jeher seine Mutter gewesen. Wenn es eine schwierige Entscheidung zu treffen galt, war sie diejenige, die sich darum kümmerte. Ihre freundliche Art beruhte auf einer Autorität, die niemand infrage zu stellen wagte.

»Was sind das für Flecken in deinem Gesicht?«, fragte sie nun, und ihr Blick, der kurz zuvor so zärtlich gewesen war, wurde auf einmal ernst.

»Ach, nichts.«

»Bist du sicher?«

»Ja.«

Stirnrunzelnd schwieg sie für einen Moment.

»Du fängst doch nicht wieder damit an, oder?«, fragte sie dann und hob den Kopf, um ihm in die Augen zu sehen.

»Womit fange ich nicht wieder an?«

»Du weißt, was ich meine.«

»Nein, Mom«, sagte er lächelnd. »Das ist vorbei. Ich lebe jetzt in geordneten Verhältnissen.«

»Versprichst du es mir?«

»Ich verspreche es dir«, sagte er feierlich.

Doch eine Stimme in seinem Inneren flüsterte ihm zu, dass er keine Versprechungen machen sollte, die er möglicherweise nicht halten konnte.

17

I do my best,
and I do good business.

Joni Mitchell, *Free Man in Paris*

In Paris stürzte sich Lorraine in den folgenden Tagen in die Arbeit. Sie absolvierte ein Meeting nach dem anderen, kam früh ins Büro und verließ es erst spät, oftmals als Letzte und nachdem sie sich völlig verausgabt hatte. Abends setzte sie sich in ihrem großen Wohnzimmer in der Avenue Barbey d'Aurevilly vor den Fernseher, einen Teller Fertiggericht auf den Knien. Am Wochenende rannte sie bei Wind und Wetter bis zur Erschöpfung um das Champ de Mars oder die Rasenflächen an der Avenue de Breteuil entlang, lehnte jede Einladung ab und schaute exzessiv Serien auf Netflix, OCS und Canal+.

Irgendetwas in ihr hatte sich verändert.

Lorraines Gesicht wirkte von Tag zu Tag blasser und ausdrucksloser. Bis die beiden Pauls, die sie unauffällig beobachteten und zunehmend besorgtere Blicke austauschten, sie schließlich darauf ansprachen.

An einem jener verregneten, düsteren Nachmittage, wie sie für Paris zu Beginn des Winters typisch sind, warteten

sie, bis alle Mitarbeiter die Räumlichkeiten an der Avenue
de la Grande Armée verlassen hatten, und betraten Lorraines Büro.

Paul-Henry Salomé war wie üblich sehr elegant gekleidet. Er trug einen maßgeschneiderten Nadelstreifenanzug,
eine Krawatte aus getupfter Seide, ein dazu passendes
Einstecktuch und eine Patek Philippe Nautilus aus Gold
und Stahl. Der langgliedrige, blasse und ganz in Schwarz
gekleidete Paul Bourgine ähnelte dagegen eher einem Geistlichen. Als die beiden eintraten, hob Lorraine den Blick
von ihren Unterlagen und erstarrte.

»Was ist los mit dir?«, fragten die Männer wie aus
einem Mund.

»Was …?«

»Wir machen uns Sorgen«, sagte Paul-Henry Salomé.

»Große Sorgen«, bekräftigte Paul Bourgine.

»Und das ist noch untertrieben«, fügte Salomé hinzu.

»Geradezu beschönigt«, sagte Bourgine.

»Worum geht es?«, fragte Lorraine.

»Um dich.«

»Ganz genau, um dich, meine Liebe.«

Ihr Auftritt ähnelte der Nummer eines Komikerduos
wie Laurel und Hardy oder Walter Matthau und Jack Lemmon.

»Es ist alles in Ordnung«, sagte sie.

»Bist du sicher? Seit du aus New York zurück bist, hast
du dich verändert, du wirkst irgendwie … finsterer.«

»Ja, finsterer, eindeutig finsterer«, sagte Bourgine, der
Geistliche.

»Hat es etwas mit diesem Angriff zu tun?«

Sie hatte ihnen von der Attacke im Central Park erzählt, allerdings ohne die Textnachrichten zu erwähnen.

»Willst du einen Psychiater konsultieren? Wir kennen da einen sehr guten.«

»Einen ganz hervorragenden.«

Sie lächelte und sagte: »Danke, es geht schon. Ich brauche nur ein bisschen Zeit, um mich davon zu erholen.«

»Du weißt, dass wir für dich da sind«, sagte Paul-Henry Salomé. »Das weißt du doch, oder?«

»Wir sind immer für dich da«, bekräftigte Paul Bourgine.

»Es geht schon, danke«, wiederholte Lorraine.

An diesem Abend verließ sie das Büro früher als üblich. Sie hatte das Gefühl, zu ersticken. An der Fürsorglichkeit der beiden Pauls, an der Art, wie alle sie anschauten. Sie hatte ihren Fiat 500 in der Rue Pergolèse geparkt. Seit ihrer Rückkehr nach Paris benutzte sie keine öffentlichen Verkehrsmittel mehr, weder die Metro noch den Bus. Wie an allen anderen öffentlichen Orten, die sie immer häufiger mied, fühlte sie sich auch dort belauscht und beobachtet. Natürlich war ihr klar, dass sie sich paranoid verhielt, aber sie konnte nichts dagegen tun.

Draußen war es dunkel, und es regnete. Lorraine ging weiter den nassen Bürgersteig entlang. Unter dem Scheibenwischer klemmte ein Stück vom Regen gewelltes Papier: wahrscheinlich ein Strafzettel, Werbung oder ein Flyer.

Sie beugte sich über die Motorhaube des kleinen roten Fiat und hob den Wischerarm an. Die Wörter bestanden aus großen Druckbuchstaben. Times New Roman, 26 oder 28 Punkt groß.

IN NEW YORK BIST DU MIR ENTKOMMEN. DU ENTGEHST MIR KEIN ZWEITES MAL.

Sofort fingen ihre Beine an zu zittern, und sie hörte das Blut in ihren Ohren rauschen. Für einige Sekunden musste sie sich auf die Motorhaube ihres kleinen Autos stützen, um wieder zu Atem zu kommen. Schweißperlen bedeckten ihre Stirn. Falls es sich nicht um Regentropfen handelte.

Diesmal muss ich mit den beiden Pauls reden ... Ich habe viel zu lange gewartet ... Sie werden wissen, was zu tun ist, an wen ich mich wenden kann, an die Polizei, einen Detektiv oder irgendeinen Ganoven.

Sie blickte in Richtung der Avenue de la Grande Armée, auf der Autos in einem unablässigen Strom vorbeirauschten. Niemand war zu sehen. Sie machte sich auf den Rückweg zum Büro.

»Was ist das denn für eine Geschichte?«, fragte Paul-Henry Salomé.

»Ja, was für eine Geschichte ist das?«, wiederholte Paul Bourgine.

»Und du hast der Polizei nichts davon erzählt?«

»Wirklich? Du hast nicht mit ihnen geredet?«

Lorraine blickte von einem zum anderen. Nein, sie hatte der hiesigen Polizei nichts erzählt.

»Noch nicht«, antwortete sie.

»Warum nicht?«

»Solange es keinen Angriff oder etwas anderes als diese Nachrichten gibt, werden sie keinen Finger rühren. Die Polizei hat Wichtigeres zu tun.«

Während er mit halb geschlossenen Augen seinen Cognac in dem bauchigen Glas kreisen ließ, sagte Paul-Henry Salomé: »Es gab aber einen Angriff.«

»Ja, es gab einen Angriff«, bekräftigte der andere Paul, der trotz der späten Stunde eine Tasse dampfenden schwarzen Kaffee in der Hand hielt.

»Stimmt, aber das war in New York und nicht hier«, sagte Lorraine. »Sie werden davon ausgehen, dass die Attacke im Central Park mitten in der Nacht nichts mit den Textnachrichten zu tun hatte, genau wie die Polizei in New York.«

»Und du sagst, dir ist dort ein Typ zu Hilfe gekommen?«

Sie senkte den Kopf, damit ihr Patenonkel nicht sah, wie verstört sie war.

»Du hast Glück gehabt«, sagte er.

Wenn du meinst ... Glück würde ich es nicht direkt nennen.

»Ich werde sehen, was sich machen lässt«, fuhr er fort. »Wir kennen da ein Detektivbüro, die sind sehr gut.«

»Ja, sie sind ...«

»Ist schon gut, Paul«, schnitt Salomé ihm das Wort ab.

Wieder im eigenen Appartment, schiebt sie mit zitternder Hand die vier Riegel vor. Es ist dunkel in der großen, minimalistisch eingerichteten Wohnung. Das fahle Licht der Straßenlaternen fällt zum Fenster herein. Sie zieht die Vorhänge zu, schaltet nacheinander alle Lampen ein. Sie lässt den Fernseher laufen ... wegen der Geräusche, der vorgetäuschten Präsenz auf dem Bildschirm.

Paul-Henrys Worte haben die schmerzhafte Erinnerung an Léo Van Meegeren in ihr geweckt. Eine Wunde, die noch längst nicht vernarbt, sondern im Gegenteil sehr empfindlich ist. *Léo, wo bist du? Was machst du in diesem Augenblick?* Ihr wird bewusst, dass sie seit ihrer Rückkehr ständig an ihn gedacht hat, dass die Erinnerung an den großen Amerikaner sie quält.

Obwohl sie ihm übel nimmt, was er mit ihr gemacht hat, empfindet sie keinen Hass auf ihn. Sie kann nicht glauben, dass er alles nur getan hat, um sie in sein Bett zu zerren. Der Mann, mit dem sie in jener Nacht gesprochen hat, war aufrichtig, er hat ihr nichts vorgespielt.

Irgendetwas ist passiert, aber was? Sie würde alles dafür geben, um es zu erfahren. Um zu verstehen. Aber bis dahin hat sie ein anderes, dringendes und vor allem überaus gefährliches Problem ...

»Léo, Kumpel, ich weiß nicht, was ich dazu sagen soll«, strafte Gonzo seine eigenen Worte Lügen.

In den Augen seines Freundes lag ein Schmerz, den Léo nie zuvor darin gesehen hatte.

»Jesus, Maria und Josef«, fügte Gonzalo Rocha kopfschüttelnd hinzu, und Léo sah, dass seine Augen gerötet waren. »Ich hab dermaßen Schiss, das kannst du dir gar nicht vorstellen. Ich bin völlig fertig, Mann. Hast du Angst?«

Léo drehte sich zu Gonzo und sah ihm mit diesem träumerischen, verhangenen Blick ins Gesicht.

»Ich sterbe vor Angst«, sagte er seelenruhig. In demselben Ton hätte er sagen können: »Ich habe Hunger.«

»Bist du sicher, dass sich die Leute auf Rikers nicht geirrt haben?«

Sie befanden sich in East Harlem, einer Gegend, die Leute wie Gonzo meistens Spanish Harlem oder El Barrio nennen, nur wenige Schritte von Gonzos Wohnung entfernt an der Kreuzung Park Avenue und 106th Street. Durch das Schneegestöber hindurch betrachteten sie die bunten Bilder der Graffiti Hall of Fame auf dem Pausenhof der Jackie-Robinson-Schule, die Tag der offenen Tür hatte.

»Nein, Gonzo, sie haben sich nicht geirrt«, sagte Léo.

»Hast du mit deinen Eltern darüber gesprochen?«

»Nein.«

Mit hängenden Schultern starrte Gonzo auf die Graffiti, ohne sie wirklich zu sehen.

»Brauchst du Geld?«

Für einen Moment dachte Léo an Royce Partridge III. Die Lage hatte sich geändert. Royce Partridge III konnte ihm nach wie vor wehtun, sehr sogar, aber seine Fähigkeit, ihm zu schaden, hatte sich beträchtlich verringert. Seit er an dem Morgen, an dem er sich von Lorraine getrennt hatte, den Brief aus Rikers in seinem Postkasten gefunden hatte, war nichts mehr wie zuvor.

»Nein, schon gut«, sagte Léo. »Zack gibt mir, was er mir vom Verkauf meiner beiden Bilder schuldet. Damit komme ich ein paar Monate lang klar. Das heißt, bis ich ...«

»Bitte, Kumpel, sag's nicht. Ich will's mir nicht vorstellen«, fügte Gonzo mit traurigem Kopfschütteln hinzu.

»Heilige Mutter Gottes und alle Engel ... Nein, im Ernst, wenn ich irgendetwas tun kann, Kumpel ...«

Léo rang sich ein Lächeln ab. »Wie sentimental du manchmal bist.«

Gonzo knuffte ihn und lächelte zurück, wirkte dabei aber äußerst unglücklich.

»Versuch bloß nicht, mich zu bequatschen, Van Meegeren. Es ist zwecklos, den harten Burschen zu spielen. Wie Al Pacino in *Carlito's Way* sagt: ›Ich renne, aber der Ärger holt mich immer ein.‹«

»Der Wortlaut ist ein bisschen anders«, sagte Léo lächelnd.

Als er sich zu Gonzo drehte, sah er, dass sein Freund Tränen in den Augen hatte. Der ehemalige Navy Seal stand in der Kälte und musste all seine Kraft aufbringen, um nicht die Fassung zu verlieren.

»Ach, echt?«, sagte Gonzo mit kläglicher Stimme. »Okay, meiner ist besser. Léo, Kumpel ... so eine Scheiße.«

Léo sah, dass sein Freund auf seine Schuhe starrte und nur mit Mühe die Tränen zurückhalten konnte. Dann hob der ehemalige Elitesoldat den Kopf und fragte: »Sag mal, dieses Mädchen ... Lorraine ... Hast du von ihr gehört?«

»Ach, vergiss es.«

18

Oui mais à Paname
Tout peut s'arranger.

Juliette Gréco, *Sous le ciel de Paris*

Paris, 21. Dezember, 11 Uhr morgens.

Es klingelte.

Lorraine näherte sich der Wechselsprechanlage und sah die beiden Auslieferungsfahrer von FedEx auf dem winzigen Bildschirm.

Na endlich.

Der Transport von *La Sentinelle* hatte länger gedauert als erwartet. Angefangen bei der Verpackung, der Vorbereitung der Dokumente durch den Spediteur und weiterer Handgriffe bis zur Ankunft im Frachtbereich des JFK war das Gemälde per Flugzeug weitertransportiert und bei der Ankunft in Frankreich durch einige eifrige französische Zollbeamte zurückgehalten worden, die sich bei der US-Regierung vergewissert hatten, dass es sich nicht um einen Kunstraub handelte.

Doch als Victor Czartoryskis Meisterwerk endlich an der Bilderleiste in ihrem Wohnzimmer hing, vergaß Lorraine die lange Wartezeit sofort. Zum ersten Mal konnte sie das Gemälde aus nächster Nähe betrachten. Die Farben – wütende schwarze Pinselstriche, Bleiweiß, Taubengrau, Siena und sattes Purpur – strahlten intensiver denn je. Sie waren derart leuchtend und vollkommen, dass der Anblick sie geradezu erschütterte. Neben dem Gemälde hingen ein kleines Aquarell von Dufy in Blau- und Gelbtönen – Meer, Segel, Palmen – und eine schwarze Kreidezeichnung von Klimt, die Theseus und den Minotaurus darstellte. Beide Werke hatte ihr Vater erworben, ebenso wie andere, die überall in der Wohnung verteilt waren und die er ihr zusammen mit dem Appartment vererbt hatte.

Nach dem Einzug hatte sie auf Anraten ihres Versicherers die alte Alarmanlage durch ein deutlich raffinierteres System ersetzt und die Versicherungssumme erhöht.

Während sie sich ein Glas Wein einschenkte, bewunderte sie ein weiteres Mal die strenge und prachtvolle Gestalt.

Sie dachte an Léo.

Wie sie selbst war auch er von *La Sentinelle* fasziniert. Es war sein Lieblingsbild. Oder war auch das nur Gerede gewesen, damit sie ihm ins Netz ging?

Sie warf sich vor, überhaupt an ihn zu denken.

Am Abend desselben Tages kehrte Léo Van Meegeren mit vollem Magen und den zwölftausend Dollar von Zack in das Loft zurück. Seine Gemälde waren vielleicht weniger wert als die von Jeff Koons, aber es würde immerhin reichen, um eine Weile zurechtzukommen. Nach wie vor wusste er nicht, wie er das Problem mit den zwei Millionen Dollar lösen sollte, und ihm war sehr wohl bewusst, dass mit jedem Tag nicht nur die Fälligkeit der Summe näher rückte, sondern damit auch äußerst schmerzhafte Stunden. Dieser Idiot namens Royce Partridge III war nicht der Typ, der Drohungen ausstieß, ohne sie auf die eine oder andere Art wahr zu machen.

Bei *Daniel,* dem französischen Restaurant in der 65th Street, hatte sich Léo mit einer Poularde und in Olivenöl angebratenen Artischocken, die mit gehackten Pilzen und Schinken gefüllt waren, begnügt, während sich Zack auf das Sieben-Gänge-Menü und die dazugehörigen Weine gestürzt hatte. Allerdings hatte Zack darauf bestanden, dass Léo das göttliche hausgemachte *Baba au rhum* probierte. Resultat: Gegen Mitternacht rebellierte sein an Gefängniskost gewöhnter Magen, und er flitzte auf die Toilette, um sich zu entleeren. Zurück im Loft, trat er an eines der Fenster und spreizte die Lamellen der Jalousie, um den wundervollen orangefarbenen Lichtschein zu bewundern, der über der Stadt lag.

Der Hund gesellte sich zu ihm, und als Léo den haarigen Schwanz gegen sein Bein klopfen fühlte, beschloss er, seinem vierbeinigen Gefährten einen nächtlichen Spaziergang zu gönnen. Die Nacht draußen war kalt, die Straße verlassen, und die Geräusche der Stadt drangen so gedämpft an seine Ohren wie das Signal eines weit entfernten Planeten. Plötzlich standen ihm die vier Wände seiner Zelle vor Augen, er hörte den Lärm des Gefängnisses und empfand den psychischen Druck, der auf Tausenden miteinander eingesperrten Männern lastetete.

Zurück in der Wärme und Stille des Lofts, folgte er dem Blick des Hundes, der auf einen Pinsel in einer Ecke des Ateliers geheftet war wie auf einen Knochen.

Zwei Minuten vergingen.

Danach überprüfte er systematisch, welche der Farbtuben noch zu gebrauchen waren. Er öffnete einen Topf Terpentin, dessen Dämpfe ihm direkt ins Gehirn stiegen, wählte einige Pinsel aus, griff nach einer Palette und stürzte sich mit einer Wut auf die Leinwand, als hinge sein Leben davon ab.

Lorraine zögerte.

Sie hatte *La Sentinelle* aus jedem Winkel, von Nahem und aus der Ferne fotografiert und die Aufnahmen an die beiden Pauls geschickt, an ihren Bruder, ihre Freundinnen, ja, sogar an ihre Mutter. Deren Antwort lautete: »Du bist genauso bescheuert wie dein Vater.«

Nur einer Person hatte Lorraine die Bilder vorenthalten ...

Sie hatte sich geschworen, diesem Menschen nie mehr zu schreiben, ja, nicht einmal mehr an ihn zu denken. Sie war fest entschlossen, ihn zu vergessen. Aber die Wirkung entsprach der des Satzes, der bei manchen Neurologen an der Wand hängt: »Denken Sie auf keinen Fall an ein Nilpferd.« Man dachte zwangsläufig daran.

In jener Nacht im *Plaza* hatte Léo auf eine Art über Czartoryski mit ihr gesprochen wie noch niemand zuvor. Er hatte die Worte gefunden, die die Kunst des amerikanisch-polnischen Genies exakt beschrieben. Léo hatte ihr nichts vorgemacht, er liebte Victor Czartoryskis Kunst tatsächlich.

In Paris war es 6:30 Uhr morgens. Sie stellte fest, dass sie keinen gemahlenen Kaffee mehr hatte, fand in einer

Dose im Schrank einen Rest Instantkaffee, erhitzte Wasser in einem kleinen Topf und holte eine Tasse heraus. Sie suchte nach Léos Nummer. Zögerte erneut.

Drüben ist es schon nach Mitternacht. Womöglich liegt er mit einer hübschen Blondine im Bett und hält ihr einen Vortrag über Rembrandt und Matisse. Wach endlich auf. Willst du dich wirklich von ihm und seinem Kumpel Gonzo verarschen lassen?

Sie goss das kochende Wasser in die Tasse, aus der aromatischer Dampf aufstieg.

Verdammt noch mal, ja, dachte sie und drückte mit der anderen Hand bereits auf die » Senden «-Taste. Genau das will ich.

19

Il est l'heure où l'amour frissonne.

Léo Ferré, *Paris c'est une idée*

Léo betrachtet das Porträt, das er gerade fertiggestellt hat.

Es ist der 22. Dezember, 1 Uhr nachts.

Ein Gesicht, gezeichnet mit wütenden Pinselstrichen, eine Farbexplosion, die von der Gewalt des Akts und der Raserei zeugt, die ihn, den Maler, ergriffen hat. Eine Raserei allerdings, die der Schönheit des Modells, die er mit geradezu erschreckender Präzision eingefangen hat, nicht das Geringste nimmt.

Er richtet sich wieder auf, die Knie schmerzen vom Malen in der Hocke, und fängt an, die Pinsel zu reinigen, als auf seinem Handy eine Nachricht eingeht.

Um diese Uhrzeit?

Er tritt an den mit Farbtuben bedeckten großen Werktisch aus rohem Holz und greift nach dem Smartphone. Eine internationale Vorwahl.

Er zögert.

Doch als *La Sentinelle* auf dem Display erscheint, wirft er noch einmal einen Blick auf das Porträt, das er gerade gemalt hat, und seine Lippen verziehen sich zu einem Lächeln.

Einige Stunden später erblickte Lorraine Paul-Henry Salomés Jaguar, der vor ihrem Haus am Bürgersteig der breiten Allee parkte.

»Was machst du hier?«, fragte sie, als er das Fenster auf der Beifahrerseite heruntergefahren hatte.

»Siehst du doch«, antwortete er und beugte sich zu ihr hinaus. »Ich bin dein Chauffeur und Bodyguard.«

»Das kann ja wohl nicht dein Ernst sein.«

»Sehe ich aus, als mache ich Witze?«

»Das ist doch lächerlich«, sagte sie, als sie auf der Pont de l'Alma die Seine überquerten.

Sie richtete den Blick auf die Pont Alexandre III, die Île de la Cité, auf die Uferwege und die Kuppeln des Grand Palais unter der Wölbung des grauen Himmels. Bald würde es wieder regnen.

»Warum lässt du dich nicht eine Zeit lang bei uns in Louveciennes nieder? Das Pförtnerhaus steht leer. Und Isabelle würde sich freuen, dich mit ihren Apéritifs zu versorgen.«

»Ich habe eine hervorragende Alarmanlage. In eurem Park wäre ich nicht besser geschützt als in meiner Wohnung.«

»Du lebst allein, und nichts wird einen Einbrecher daran hindern, bei dir einzusteigen. Schaff dir wenigstens einen Hund an.«

»Super«, sagte sie. »Du findest immer die richtigen Worte.«

Der Himmel war grau und die Schaufenster der Kaufhäuser am Boulevard Haussmann hell erleuchtet. Man konnte animierte Teddybären und elektrische Züge, die aus Tunneln aus Pappmaschee auftauchten, bewundern. In zauberhaften Kulissen, die Groß und Klein entzückten, bewegten sich mechanische Figuren, und als Lorraine unter die Kuppel der Galeries Lafayette trat, gab ihr der riesige Weihnachtsbaum das Gefühl, in ihre Kindheit zurückgekehrt zu sein.

Wie immer kaufte sie die Weihnachtsgeschenke in letzter Minute. Die beiden Pauls hatten sie eigentlich begleiten wollen, was sie jedoch rundheraus abgelehnt hatte. Das fehlte gerade noch, dass ihr Laurel und Hardy im Nacken saßen!

Zwei Stunden später hatte sie alle Besorgungen erledigt und machte einen Abstecher in die Etage mit Konfektionsmode für Damen, wo ihr Blick auf eine Schaufensterpuppe fiel. Deren Kleid war nüchtern, minimalistisch, perfekt. Exakt der Schnitt, der ihren schlanken Körper zur Geltung brachte und gleichzeitig ihre Kurven unterstrich. Sie warf einen Blick auf das Preisschild. Oh là là! Einfach lächerlich, einen solchen Preis für ein schlichtes Stück Stoff zu verlangen. Sie zögerte. Normalerweise wartete sie immer bis zum Schlussverkauf, aber dieses Kleid gefiel ihr ausgezeichnet. Sie machte sich auf die Suche nach einer Verkäuferin, bat sie um ein Exemplar in ihrer Größe und verschwand mit ihren Einkäufen unter dem Arm in Richtung der Umkleidekabinen. *Mist, zu eng ...* Sie zog sich wieder an, ließ das Kleid und ihre Geschenke in der Kabine liegen, nahm Handtasche und Handy jedoch mit und hielt erneut nach der Verkäuferin Ausschau.

»Haben Sie es eine Nummer größer da?«

Das hatten sie.

Lorraine ging zur Umkleidekabine zurück. Sie zog den Vorhang beiseite. Und erstarrte. Ganz langsam wich das Blut aus ihrem Gesicht. Jemand hatte das Kleid, das sie zuvor anprobiert hatte, aufgeschlitzt, in aller Eile und wahrscheinlich mithilfe eines Cutters. Wie Peitschenschnüre hingen die Stofffetzen vor der Trennwand. Es verschlug ihr den Atem, Gänsehaut überzog ihren Körper. Also ging alles wieder von vorn los. Erst in New York und jetzt hier ... Léo hatte die richtigen Fragen gestellt: Würde der Typ in ein Flugzeug steigen? Ihr nach New York folgen? Und würde er zur selben Zeit wie sie nach Paris zurückkehren? Hatte er nichts anderes zu tun?

Wer war dieser Mann? Und warum war er dermaßen besessen von ihr?

Weglaufen, einfach nur weit fort ...

Sie trat aus der Kabine und sah sich verstohlen nach der Verkäuferin um. Die stand etwa zwanzig Meter von ihr entfernt und drehte ihr den Rücken zu, weil sie mit einer anderen Kundin beschäftigt war.

Lorraine stürmte in die entgegengesetzte Richtung davon, lief beladen mit Geschenken die Rolltreppen hinunter und hätte auf dem Weg durch die große Halle beinahe einen anderen Kunden umgerannt.

An der Ecke Chaussée d'Antin trat sie auf den Boulevard hinaus und raste davon, als wäre der Teufel hinter ihr her.

»Es ist die Frau von damals, die aus dem Park«, stellte Zack fest.

»Ja.«

Durch seine riesige Brille hindurch – an diesem Tag war es eine Fassung mit Leopardenmuster – betrachtete Zack das Gemälde mit dem fachkundigen Auge des Galeristen, und wie immer, wenn ihn heftige Gefühle überkamen, blieb dem blonden Riesen der Mund offen stehen.

»Ein Meisterwerk«, flüsterte er. »Furchtbar nervös und sehr ausdrucksstark, nahezu aggressiv. Man könnte meinen, du hast es in Trance gemalt. Diese Farben, diese Spontaneität, diese Dichte! Das Bild strahlt eine unerhörte Kraft und zugleich eine unendliche Zärtlichkeit aus.«

Zack war hellauf begeistert. Dazu musste man wissen, dass er sich nur selten mit halben Sachen zufriedengab. Für Zack war ein Künstler entweder eine Niete oder ein Genie.

»Meine Güte, so gut hast du noch nie gemalt!«

»Hör auf, mir Honig um den Bart zu schmieren«, sagte Léo.

»Du weißt genau, dass ich dir liebend gern Honig irgendwohin schmieren würde, mein Lieber, aber darum geht es in diesem Fall nicht. Ich meine es ernst, und zwar verdammt ernst. Léo Van Meegeren ist wieder da! Und er ist fantastisch in Form! Herrgott noch mal, wenn du mir zehn Bilder von dieser Sorte malst, ziehe ich eine grandiose Ausstellung für dich auf. Wir werden uns die Taschen mit Geld voll...«

»Zehn Bilder nur? Na, wenn's nicht mehr ist ... Zack, ich muss dir etwas sagen.«

»Worum geht es, Süßer?«, fragte Zack zerstreut, während er noch immer das Bild bewunderte und im Stillen Berechnungen anstellte, in denen Verkaufspreise, Prozentangaben und Provisionen vorkamen.

»Setz dich erst mal hin. Und ich schenke uns was Hochprozentiges ein.«

Fünf Minuten später hatte Zacks von Natur aus blasses Gesicht jede Farbe verloren, und seine entgleisten Gesichtszüge ließen ihn zehn Jahre älter aussehen. Im Gegensatz zu Gonzo ließ Zack seinen Emotionen sofort freien Lauf.

»Das ist doch nicht möglich«, stammelte er. »Das muss ein Irrtum sein … Die müssen sich getäuscht haben.«

»Es ist kein Irrtum, Zack.«

»O mein Gott, Léo, das ist ja schrecklich! Doch nicht so etwas … nicht du … nicht in deinem Alter.«

Schweigen.

»Hast du mit deiner Schwester darüber gesprochen?«, fragte Zack schließlich.

»Nein, Kitty weiß noch nichts davon.«

»Und wann gedenkst du, es ihr zu sagen?«

»Keine Ahnung. So spät wie möglich.«

Zack nahm die Brille ab und rieb sich die geröteten Augen. Aber der Galerist war nicht die Sorte Mensch, die unter dem Ansturm der Gefühle die praktische Seite der Dinge außer Acht ließ.

»Du wirst möglicherweise Geld brauchen, hast du daran schon mal gedacht?«

»Ich habe das Geld, das du mir gegeben hast.«

»Das wird nicht reichen, fürchte ich. Du wirst eine Menge Unkosten haben …«

Léo fragte sich, was Zack gesagt hätte, wenn er von den zwei Millionen Dollar gewusst hätte.

»Ich kann dir einen Vorschuss auf dieses und ein paar andere Bilder geben«, schlug Zack vor. »Wir unterschreiben einen ordnungsgemäßen Vertrag für den Fall, dass ...« Er beendete den Satz nicht.

»In Ordnung, so machen wir's«, sagte Léo finster. »Bringen wir das Geschäftliche sofort unter Dach und Fach, nicht wahr, Zack? Bevor es zu spät ist.«

»Das wollte ich damit nicht sagen.«

»Aber natürlich wolltest du das.«

»Diesmal musst du die Polizei verständigen.«

»Ich weiß.«

»Du musst sie davon in Kenntnis setzen, Lorraine!«

»Ich weiß!«

Dimitri war wütend. Sie spürte, dass ihr Bruder innerlich kochte, dass er am liebsten um sich geschlagen hätte, aber es war schwer, gegen einen unsichtbaren Gegner zu boxen. Er lief in seinem Wohnzimmer auf und ab wie Muhammad Ali im Ring, blieb von Zeit zu Zeit stehen, um *La Sentinelle* zu betrachten, und setzte sich dann erneut in Bewegung.

»Und wenn ich vorübergehend bei dir einziehe? Hier gibt es genügend Zimmer für ein ganzes Regiment. Ich weiß ohnehin nicht, wie du es erträgst, allein an einem solchen Ort zu leben. Hier hat sich seit achtundzwanzig Jahren nichts geändert, sein Geist ist überall.«

Lorraine lächelte. Wer im Glashaus sitzt, sollte nicht mit Steinen werfen, dachte sie. Ihr Bruder lebte noch bei ihrer Mutter in der Rue Le Tasse inmitten von Antiquitäten und chinesischen Möbeln. Er war zweifellos der einzige Mensch auf der Welt, der in der Lage war, Françoise Balsan länger als eine Stunde zu ertragen. Selbst Richard Beckmann, ein Schönheitschirurg, der seit annähernd zehn Jahren mit ihrer Mutter – seiner besten Kundin – liiert war, hütete sich davor, mit dem Drachen unter einem Dach zu leben, und hatte seine dreigeschossige Wohnung in der Rue Sainte-Croix de la Bretonnerie im Marais klugerweise behalten.

»Was verstehst du schon davon? Als er starb, warst du noch nicht mal auf der Welt.«

»Ich weiß es einfach«, sagte er, schob sich eine Haarsträhne aus der Stirn und blickte sie durchdringend an. »All diese Bilder sind von ihm. Hier hat er gewohnt, wenn er in Paris war. Und nun wirfst du dein Geld zum Fenster hinaus, indem du *La Sentinelle* kaufst. Wann wirst du deinen Vater endlich vergessen, kleine Schwester?«

Deinen Vater ... Manchmal vergaß sie beinahe, dass sie nicht denselben hatten. Es war, als laste ein Familienfluch ähnlich dem der Kennedys auf ihnen: Dimitris Vater, ein in den USA ansässiger französischer Industrieller, der sich kurz nach der Geburt seines Sohnes von dessen Mutter getrennt hatte, war bei einem Autounfall ums Leben gekommen, als Dimitri erst fünf Jahre alt war. Und hatte eine Unmenge an Schulden hinterlassen.

Lorraines Miene wirkte verschlossen, sie zitterte noch von dem Vorfall in dem Kaufhaus.

Ihr Bruder runzelte nachdenklich die Stirn und fragte: »Du glaubst wirklich, dass die Nachrichten vom Mörder deines Vaters stammen? Nach achtundzwanzig Jahren? Das klingt wie eine bescheuerte Geschichte à la Graf von Monte Christo.«

»Ganz schön frech, Dumas als bescheuert zu bezeichnen«, sagte sie lächelnd.

»Du weißt schon, was ich meine.«

Er erwiderte ihr Lächeln, und die Komplizenschaft, die sie von jeher einte, war wiederhergestellt, diese unverwüstliche Verbindung, die Lorraine einhüllte wie eine mollige Decke, wenn Dimitri in demselben Raum war wie sie. Und die sie stärker und mutiger machte.

Auf einmal kam ihr der Gedanke, dass Léo und ihr Bruder einander sehr ähnlich waren. Nicht so sehr äußerlich, als vielmehr, wie sie sich bewegten, wie sie lächelten, wie er sie anschaute ... und bei dem Gedanken überlief sie ein Schauer.

Sie wollte nicht an Léo Van Meegeren denken.

Warum hatte sie ihm bloß das Foto geschickt? Er hatte nicht einmal geantwortet.

Sobald Zack gegangen war, widmete sich Léo erneut seinem Gemälde. Er war beinahe so aufgeregt wie damals, als er Rikers verlassen hatte. Er stellte die Musik auf volle Lautstärke. Guillemots *Standing on the Last Star.* »Now I'm half a million miles up in the sky.« Genau so fühlte er sich. Eine halbe Million Meilen weit oben im Himmel. In dieser Nacht war er in eine Art kreativer Trance verfallen. Und er wusste auch, warum. Er näherte sich dem Gemälde, nahm ein paar Korrekturen vor und trat zurück, um die Wirkung einzuschätzen.

»Und du, was hältst du von Französinnen?«, fragte er den Hund, während er die Pinsel reinigte.

Sein vierbeiniger Freund antwortete mit einem kurzen Bellen, das Léo positiv zu interpretieren beschloss.

»Ich finde, sie sind weniger versnobt, als man immer sagt. Siehst du das auch so?«

Der Hund bellte.

»Hin und wieder könntest du schon mal eine eigene Meinung haben, weißt du?«

Der Hund bellte erneut.

Léo hielt sein Handy vor die Leinwand, machte ein Foto von dem Porträt, überprüfte die Qualität der Aufnahme und schickte sie ab.

20

On ne sait pas ce qu'on attend
Mais ça n'a pas d'importance.

Taxi Girl, *Paris*

Lorraine betrachtet das Foto auf dem Display.

Sie findet das Porträt außerordentlich schön. Der rote Hintergrund lässt sie an Modigliani denken, das kühne Gelb auf der rechten Seite des Gesichts erinnert sie an Alexej von Jawlensky und Max Pechstein, das Blau an Derain. Ein Cocktail aus Expressionismus und Fauvismus. Meisterhaft. Nein, mehr als das: Léo Van Meegeren ist ein hochtalentierter Maler.

Der Gedanke wühlt sie auf, denn sie spürt erneut die Verbindung zwischen ihnen. Der Zauber ihrer gemeinsamen Nacht war echt.

Irgendetwas ist in jener Nacht passiert.

Warum war er dann nicht am Flughafen gewesen? Warum hat er nicht auf deine Nachrichten geantwortet? Warum hat er dich fallen lassen wie eine heiße Kartoffel?

Sie wünscht sich Antworten auf diese Fragen. Es steht kein Kommentar unter dem Bild, aber sie hat auch keinen geschrieben, als sie ihm *La Sentinelle* geschickt hat. Und er hat sich nicht dafür entschuldigt, dass er sie versetzt hat. Sie ist allein, Dimitri ist gegangen. Sie sitzt in der Küche, ihr MacBook Pro, ihr iPhone und das iPad liegen auf dem Tisch, sie trinkt Kaffee und knabbert an einem noch essbaren Apfel, den sie im Obstkorb gefunden hat. Die Haare hat sie sich mit einem Gummi zusammengebunden. Draußen im Innenhof des Gebäudes verwandelt sich der Regen gerade in Schnee.

Sie öffnet ihre Mailbox, tippt die E-Mail-Adresse ein, die er ihr neulich nachts genannt hat, und schreibt:

Von: Lorraine
An: leovanmeegeren@gmail.com
Betr.: Gemälde
Es ist großartig. Sehr schön.
Gesendet von meinem iPhone

Dann will sie noch hinzufügen: »Du bist wirklich talentiert«, aber nach dem, was er mit ihr gemacht hat, will sie ihm nicht den Eindruck vermitteln, sie wolle ihm schmeicheln.

Sie drückt auf »Senden«.

Eine Mail. Auf seinem Handy.

Léo zögerte, legte den Pinsel ab, stand auf und ging mit nackten Füßen zur Theke, auf der das Handy lag. Er las. Ein Lächeln umspielte seine Lippen, verschwand aber sofort wieder. Er durfte ihr keine Hoffnungen machen, das wäre nicht fair.

Er antwortete mit einem einzigen Wort und widmete sich erneut dem Malen.

Sie liest gerade die Mail, die Susan Dunbar ihr geschickt hat, obwohl Sonntag ist, als Léos Mail in ihrem Postfach landet. Sofort vergisst sie Dunbar und öffnet seine Nachricht. Sie ärgert sich über sich selbst, weil sie auf diese Art reagiert.

Von: Léo
An: Lorraine
Son., 22. Dez., 9:53 Uhr
Re: Gemälde
Danke

Das ist alles? Im Ernst? Sie traut ihren Augen nicht. *Nach all dieser Zeit weder eine Erklärung noch eine Entschuldigung? Nichts? Was für ein Schuft!* Der Zorn ist groß. Ihr Gesicht fühlt sich heiß an, so, als ließe die Empörung ihr Blut schneller zirkulieren. *Damit kommt er mir nicht davon, auf keinen Fall!* Dem wird sie Manieren beibringen. Sie formuliert gerade sorgfältig eine Antwort, da landet eine weitere Mail in ihrem Postfach.

Von: Léo
An: Lorraine
Son., 22. Dez., 10:02 Uhr
Aw: Gemälde
Wie geht es dir? Du bist bestimmt wütend auf mich.
Trotzdem, ich muss es wissen: Belästigt er dich immer noch?

Sie liest die Nachricht, liest sie ein zweites Mal. Macht er sich tatsächlich Sorgen oder fragt er nur, um die Form zu wahren? Sie hat Lust, sofort zu antworten, tut es aber nicht. Sie lässt eine gute Stunde vergehen, in der sie vergeblich versucht, sich in ihre Arbeit zu vertiefen. Sie hat Schmetterlinge im Bauch, ist mit den Gedanken woanders. Um Punkt 11 Uhr stürzt sie sich auf die Tastatur und schreibt:

Von: Lorraine
An: Léo
Son., 22. Dez., 11:01 Uhr
Aw: Aw: Gemälde
Na so was, der Mann für eine Nacht ist wieder da.
Ja, er macht weiter.

Von: Léo
An: Lorraine
Son., 22. Dez., 11:03 Uhr
Aw: Aw: Aw: Gemälde
Was ist passiert? Hast du Angst?

Er versucht nicht einmal, sich zu rechtfertigen. Unglaublich! Dennoch besänftigt sie die Besorgnis, die er in den letzten beiden Nachrichten an den Tag gelegt hat; sie freut sich beinahe darüber. *Blöde Kuh.* Nach einer weiteren halben Stunde schreibt sie:

Von: Lorraine
An: Léo
Son., 22. Dez., 11:31 Uhr
Aw: Aw: Aw: Aw: Gemälde
Ob ich Angst habe? Was glaubst du denn? Ich bin
geradezu verrückt vor Angst.

Auf einmal ertönt das WhatsApp-Signal. Sie wirft einen
Blick auf ihre Nachrichten und denkt, dass es sich vermutlich um einen Freund oder ihren Bruder handelt. Aber es
ist Léo! Offenbar hat er die Nase voll davon, zwischen den
einzelnen E-Mails zu warten. *Na so was, der Herr Künstler wird ungeduldig, er lässt sich nicht gern behandeln wie
alle anderen auch* ... Die Nachricht lautet:

Gibt es Neuigkeiten von der Polizei in NY?
Lorraine: Keine
Léo: Und von der französischen Polizei?
Lorraine: Die ermittelt, hat aber mit Sicherheit
Wichtigeres zu tun. Hast du mir nichts zu sagen?

Pause.

Léo: Meinst du die Sache mit dem Flughafen?
Lorraine: Ja. Du bist ein ganz schönes Arschloch,
weißt du das?

Erneut Pause. Sie sieht die Worte »Léo schreibt« über den
Nachrichten auf dem Display tanzen. Sie wartet.

Léo: Es tut mir leid, Lorraine. Eines Tages werde ich es dir erklären, aber nicht heute.

Lorraine: Was wirst du mir erklären?

Léo: Warum ich nicht gekommen bin. Und mein Schweigen danach.

Lorraine: Da gibt es nichts zu erklären. Du hast bekommen, was du wolltest, du hast die Nacht mit mir verbracht. Punkt.

Léo: Glaubst du das wirklich?

Sie zögert.

Lorraine: Ja ... Nein ... Ich weiß es nicht.

Léo: So war es nicht.

Lorraine: Ach nein?

Léo: Nein. Es gibt eine Erklärung, aber ich kann sie dir jetzt nicht geben. Ich bitte dich um Verzeihung. Ich habe mich schlecht benommen, dessen bin ich mir bewusst. Aber ich hatte meine Gründe.

Lorraine: Na klar.

Léo: Du musst mir natürlich nicht glauben, aber eines Tages wirst du es verstehen, das verspreche ich dir.

Erneut zögert sie. Auf einmal will sie diesen Austausch beenden. Er hinterlässt einen bitteren Nachgeschmack. Sie blickt auf das Display ihres Handys, will sich verabschieden. Aber er kommt ihr zuvor.

Léo: Wie ist das Wetter in Paris?

Lorraine: Es schneit.

Pause.

Léo: » Park im Schnee, Paris «, kennst du das Bild?

Ungläubig starrt sie auf das Display und lächelt, ohne es zu wollen. *Soll das ein Test sein oder was?*

Lorraine: Pfff. Gustave Caillebotte.
Léo: Bravo. Du bist dran.

Wie bitte? Meint er das ernst? Sie zögert, denkt nach.

Lorraine: » Schnee in Argenteuil «?
Léo: Das ist einfach. Monet … » Verschneite Dächer «?

Lorraines Lächeln wird breiter.

Lorraine: Auch Caillebotte. » Schnee in Louveciennes «?
Léo: Monet.
Lorraine: Falsch, Sisley.
Léo: Okay. Du hast gewonnen. Warte kurz, mein Hund verwechselt gerade einen meiner Pinsel mit einem Knochen.
Lorraine: Wie heißt er?
Léo: Hund.
Lorraine: Ja, der Hund, wie heißt er?
Léo: Das ist sein Name: Hund.

Jetzt kichert sie.

Lorraine: Wie fantasielos.
Léo: Ich habe nie behauptet, fantasievoll zu sein.

Beinahe hätte sie geschrieben, in einer gewissen Nacht habe er sehr wohl Fantasie bewiesen ... hält sich aber im letzten Augenblick zurück. *Was spielst du da für ein Spiel? Hat es dir nicht gereicht, einmal betrogen zu werden?*

Lorraine: Ich muss jetzt weitermachen.
Léo: Okay.

Sie will die App gerade schließen, da blitzt eine letzte Nachricht auf:

Léo: Es war schön, mit dir zu sprechen. Freut mich, dass dir das Bild gefällt.

Sie antwortet nicht. Er soll nicht glauben, sie hätte ihm verziehen.

Léo blickte auf das Display. Keine Nachrichten mehr. Er stand auf, ging zum Kleiderschrank und zog einen dicken Pullover, eine warme Hose und robuste DocMartens an. Dann pfiff er den Hund herbei, der inzwischen auf dem Bett lag und schlief.

Der Cocker öffnete ein Auge, richtete sich auf und reckte die Schnauze. Er schien sich zu fragen, ob der Pfiff zu seinem Traum oder zur Realität gehörte. Nichts liebte er mehr, als draußen eine Runde zu drehen, aber er war nicht bereit, ein schönes Nickerchen wegen nichts und wieder nichts zu unterbrechen.

Gerade wollte er das geöffnete Auge wieder schließen und sich genüsslich in Morpheus' Arme sinken lassen, da ertönte ein zweiter Pfiff und riss ihn endgültig aus dem Schlaf. Fröhlich bellend sprang er vom Bett.

21

It's gonna take your hand.

Kings of Leon, *Manhattan*

Lorraine: Wie läuft's mit der Malerei?
Léo: Es geht voran. Heute Morgen habe ich einen Ausflug
zum Whitney gemacht.
Lorraine: Oh. Vor welchen Gemälden hast du am meisten
Zeit verbracht?
Léo: Rothkos » Four Darks in Red «, » Musik, Pink
und Blau Nr. 2 « von Georgia O'Keeffe und natürlich
» Sonnenuntergang in Cape Cod « von Hopper.
Lorraine: Immer noch von Farbe besessen, hm?
Léo: Wovon sonst?

Vier Stunden später.

Lorraine: Wann kann ich mir noch ein Bild anschauen?
Léo: Bald.
Lorraine: Sind sie zu verkaufen?
Léo: Das musst du Zack fragen.

Lorraine: Sogar bei meinem Porträt? Hat das Modell da nicht ein Wörtchen mitzureden?

Léo: Mal sehen. Ich habe einen Vertrag mit Zack, und das Porträt kommt auch darin vor.

Lorraine: Er hat also keine Zeit verloren.

Fünf Stunden später.

Lorraine: Gute Nacht, Léo.

Léo: Nacht, Lorraine. Schöne Träume.

Soll ich dich darin einschließen? Aber sie wischt den Gedanken sofort beiseite.

Am nächsten Tag.

Léo: Guten Morgen.

Lorraine: Guten Morgen.

Léo: Was machst du an Heiligabend?

Lorraine: Das Gleiche wie jedes Jahr. Ich verbringe ihn mit meiner Mutter, meinem Bruder und ein paar Freunden. Und du?

Léo: Mit meiner Schwester und meinem Neffen.

Einige Stunden später.

Lorraine: Was machst du gerade?

Léo: Ich bin im Met. Stehe vor dem großen Pollock.

Lorraine: Wow! Hast du ein Glück.

Lächelnd las er den Kommentar und begab sich in aller Ruhe zum Ausgang. Als er das Metropolitan verließ, hatte es erneut zu schneien begonnen. Große, flauschige Flocken, so leicht wie Federn. Er hatte Hunger. Es gab einen Hotdog-Straßenhändler ein Stück die Fifth Avenue hinunter. Er ging in die Richtung, kam aber nicht dort an. Auf den zwanzig Metern, die ihn von dem Verkäufer noch trennten, kreuzte eine schwarze Limousine mit getönten Scheiben auf, hielt abrupt am Bordstein an, und zwei Männer sprangen heraus. Auf Rikers war er immer auf der Hut gewesen, aber jetzt befand er sich im Herzen von Manhattan, auf der Fifth Avenue, nur einen Katzensprung vom Metropolitan entfernt.

Der Überfall kam völlig unerwartet. Ehe er etwas tun konnte, wurde er ins Innere des Lincoln gestoßen, wo ein Mann aus dem Fond mit einer Glock auf ihn zielte, die er zuvor unter einem schwarzen Mantel versteckt hatte. Er erkannte ihn sofort. Den Mann, nicht den Mantel. Es war der Typ mit dem schmalen Mondfisch-Gesicht, den schlechten Zähnen und den Glupschaugen, der ihn mitten in der Nacht mit seinen Kumpels im Loft besucht hatte. Der Typ, der einem Vampir ähnelte. Léo bemerkte, dass seine vollkommen haarlose Haut – er hatte weder Wimpern noch Brauen – im Tageslicht die Farbe geronnener Milch hatte und wie die Haut eines Aals glänzte.

Und seine Augen funkelten. Sie funkelten vor extremer, abnormer Bösartigkeit.

Es vergingen exakt einundvierzig schweigsame Minuten zwischen dem Augenblick, in dem sie die Fifth Avenue verlassen hatten, und dem Moment, in dem sie ein leer stehendes Lagerhaus in Hunts Point in der Bronx betraten, nicht weit vom East River entfernt. Dort erwartete sie ein vierter Mann. Er saß auf einem Stuhl mitten in der Halle.

»Hallo, Léo. Du hast nicht gezahlt, und jetzt sitzt du definitiv tief in der Scheiße«, sagte Royce Partridge III äußerst gelassen, nachdem man Léo auf einen zweiten Stuhl gesetzt hatte, exakt zwei Meter von seinem entfernt.

Royce Partridge III war etwa vierzig Jahre alt. Er war ein klobiger Mann und hatte die gleichen schwarzen Augen und den kantigen Kiefer wie sein Vater, der berühmte Finanzmagnat, doch seine Züge wirkten erschlafft. Sein Kinn ertrank in Fett, die Haut an seinem Hals war schlaff. An diesem Morgen trug er stolz einen eleganten Flanellanzug zur Schau und hatte sich einen Mantel aus schwarzer Vikunjawolle lässig über die Schulter geworfen; kombiniert hatte er das Ganze mit einer goldfarbenen Krawatte und zweifarbigen Schuhen. Royce Partridge III war gekleidet wie ein Mafioso. Er hatte die besten Schulen besucht – mit mittelmäßigen bis miesen Noten –, träumte aber davon, wie Marlon Brando in *Der Pate,* Al Pacino in *Scarface* oder Jack Nicholson in *Departed – Unter Feinden* zu sein. Weil ihm dies nicht gelungen war, spielte er den Bad Boy und umgab sich gern mit Kleinkriminellen und echten Killern.

»Ich werde dir dermaßen wehtun, Léo, dass du bereuen wirst, je geboren worden zu sein«, fuhr Royce Partridge III mit dieser sanften Stimme fort, von der Léo eine Gänsehaut bekam, und er lächelte höflich, als freute er sich, ihn zu sehen. »Ich werde dir solche Schmerzen bereiten, dass du mich anflehen wirst, dein Leiden abzukürzen und dich sofort zu erledigen.«

Léo erwiderte sein Lächeln, nahm all seine Kraft zusammen und bäumte sich ein letztes Mal trotzig auf. »Man könnte glauben, das ist von Shakespeare.«

Ganz schlechte Idee. Bevor er ausweichen konnte, versetzte ihm der Eisschrank, der auch diesmal Kopfhörer trug, einen Fausthieb von der Heftigkeit eines Keulenschlags in die Rippen und raubte ihm buchstäblich den Atem. An den Stellen, an denen sie ihn zuvor bereits malträtiert hatten, erwachten die ursprünglichen Schmerzen auf grässliche Art wieder zum Leben. Léo krümmte sich und wäre vom Stuhl gefallen, hätte der andere ihn nicht festgehalten, wobei er weiterhin ungerührt Musik hörte.

»Bist du Links- oder Rechtshänder?«, fuhr Royce Partridge III mit der üblichen Lässigkeit fort. »Lüg mich nicht an. Ich will die Hand schonen, mit der du malst, weil ich Künstler nämlich respektiere. Und weil du für mich weitermalen musst.«

»Rechtshänder«, stöhnte Léo und hätte dem Eisschrank beinahe auf die Schuhe gekotzt.

»Links«, sagte Royce Partridge III darauf hin. »Den Zeigefinger.«

Mit erschreckender Geschwindigkeit, sodass Léo keine Chance hatte zu reagieren, packte der Aal mit einer Hand sein linkes Handgelenk und mit der anderen den Zeigefinger, verdrehte ihn und bog ihn zurück, bis ein Knacken zu hören war.

Léo schrie so laut, dass er glaubte, seine Stimmbänder würden reißen, so laut, dass sein unmenschliches Brüllen in krampfhaften Husten überging. Gleichzeitig löste er sich von seinem Stuhl, um der Bewegung zu folgen in dem Versuch, den Schmerz zu lindern, ihn abzufedern, den Augenblick hinauszuzögern, in dem der Finger sich von seiner Hand lösen würde ... was er bald tun würde.

»Ihr perversen Arschlöcher!«, brüllte er, als er wieder zu Atem gekommen war.

»Es heißt immer, ich besitze nicht die Intelligenz meines Vaters«, sagte Royce Partridge III, »ich bin nicht wie er, verfüge nicht über sein taktisches Geschick, sein Gespür für Geschäfte. Aber in einer Hinsicht bin ich genauso gut oder sogar besser als er: Ich bin grausam. Wenigstens das hat mir der Alte beigebracht. Böse zu sein ist eine gute Eigenschaft fürs Leben und kein Fehler. Du hast gerade einen ganz kleinen Vorgeschmack auf das Schicksal bekommen, das jedem blüht, der mich reinzulegen versucht.«

Léo rang nach Luft. Er schwitzte stark; zusammengekrümmt saß er auf dem Stuhl.

»Noch einen Finger vielleicht?«

»Nein! Das reicht!«, antwortete er, ohne zu zögern. »Ich werde zahlen.«

»Das möchte ich dir auch geraten haben, kleiner Léo. Übrigens, deine Schwester hat einen schönen Laden. Ich habe ein paar große französische Weine bei ihr gekauft. Ausgezeichnete Weine. Ein bisschen teuer, aber sehr gut. Tolles Mädchen, deine Schwester. Echt sympathisch. Genau wie ihr Bengel.«

Royce Partridge III stand auf, strich seine goldfarbene Krawatte glatt und zog sich den Mantel über.

»Und was willst du tun, um mich zu bezahlen?«

»Ich werde wieder malen.«

»Fälschungen?«

Léo nickte. Royce Partridge III. klopfte ihm im Vorübergehen auf die Schulter, ehe er sich entfernte.

»Ich rate dir, deine Abnehmer beim nächsten Mal besser auszuwählen. Ich biete dir Wiedergutmachung an, kleiner Léo. Also nutz deine Chance.«

»Bist du sicher, dass du nicht zum Arzt willst?«, fragte der alte Trevor und zog den Verband um die beiden Finger fest, wobei der Mittelfinger dem Zeigefinger als Schiene diente.

Um sie herum sprangen Jungs und Mädchen unter den Neonröhren Seil oder übten Kicks und Schläge. Der Boxring war leer.

»Du machst das besser als jeder Arzt«, sagte Léo und verzog das Gesicht.

»Stimmt, ich habe schon viele gebrochene Finger geschient«, sagte sein alter Freund. »Hm … beim letzten Mal war es dein Gesicht, jetzt dein Finger … Kannst du mir vielleicht mal sagen, was los ist?«

»Keine Sorge, ich komme klar.«

»Den Eindruck habe ich nicht.«

Bei der Rückkehr in das Loft empfing ihn der Hund, indem er freudig um ihn herumsprang, doch bald schien er sich auf Léos Laune einzustellen, legte stattdessen den Kopf schief und betrachtete ihn mit seltsam verwunderter Miene. Dieser Hund ist sensibler als mancher Mensch, dachte Léo.

Dann wählte er eine Nummer, die er schon lange nicht mehr gewählt hatte. Bei der Entlassung aus Rikers hatte er sich geschworen, nie wieder dort anzurufen. Die Stimme am anderen Ende der Leitung wies einen irischen Akzent auf, der so herb und stark war wie billiger irischer Whiskey.

»Yep?«

»Franck? Hier ist Léo.«

Schweigen.

»Léo Van Meegeren? Na so was! Du bist also wieder draußen.«

»Solche Nachrichten verbreiten sich schnell.«

»Informiert zu sein ist in meinem Metier ungefähr so wichtig, wie zwei Fersen zu haben, wenn man Achilles heißt.«

Franck McKenna war als Sohn eines Hafenarbeiters und einer Alkoholikerin, die sich ein bisschen zu sehr für die anderen Hafenarbeiter interessierte, in der Bronx zur Welt gekommen. Franck war zehn Jahre alt, als sein Vater seine Mutter und einen ihrer Geliebten umbrachte und dafür ins Gefängnis kam, wo er sich erhängte. Der kleine Franck war daraufhin von einer Pflegefamilie zur nächsten gewandert, wo er mehr Ohrfeigen als Förderung erhielt, ehe ihn ein Boss der irischen Mafia – des *Irish Mob,* eine der ältesten kriminellen Organisationen Amerikas – unter seine Fittiche nahm. Franck war intelligent und wehrhaft und fürchtete sich vor nichts und niemandem. Er war rasch die Karriereleiter hinaufgestiegen. Inzwischen gehörten ihm Anteile mehrerer Casinos in Atlantic City und weiterer einträglicher Unternehmen, von denen die meisten, wenn auch nicht alle, legal waren. McKenna war einer derjenigen, die Léos Fälscherkarriere befördert hatten, nachdem sie eines seiner »echten« Gemälde gekauft hatten. »Kunst: die größte Abzocke der Welt«, hatte Franck damals zu ihm gesagt.

»Ich schätze, du rufst mich nicht an, um mir frohe Weihnachten zu wünschen«, sagte McKenna. »Hast du Ärger? Lass mich raten? Einer von denen, die du übers Ohr gehauen hast, will sein Geld zurück.«

»Royce Partridge III«, sagte Léo.

»Aha.«

Auf einmal klang Franck McKennas Stimme kälter.

»Ich habe dir doch gesagt, dass du dich nicht mit ihm einlassen sollst. Was hat er mit dir gemacht?«

»Er hat mir einen Finger gebrochen.«

»Ist das alles? Deswegen rufst du mich an?«

»Er hat gedroht, meiner Schwester und meinem Neffen etwas anzutun. Ich glaube, er meint es ernst.«

Frank McKenna schwieg einen Augenblick.

»Ja, allerdings«, sagte er dann. »Royce ist ein Idiot, aber leider ein unberechenbarer. Er hält sich für einen von uns, was er niemals sein wird ... aber das macht ihn umso gefährlicher. Er spielt gern den Bösewicht, aber er weiß nicht, wie es ist, wirklich böse zu sein. Außer natürlich bei Leuten wie dir, die er ohne jedes Risiko angreifen kann.«

»Kennst du jemanden, der noch böser ist und ihn einschüchtern könnte?«

Schweigen.

»Kann schon sein ... Du weißt, ich habe zahlreiche Freunde. Mit zahlreichen Talenten. Und einige davon schulden mir einen Gefallen. Aber was springt für mich dabei heraus? Ich persönlich habe ja nichts gegen Partridge.«

»Ich komme wieder ins Geschäft und arbeite nur für dich.«

Am anderen Ende der Leitung stieß Franck McKenna einen Pfiff aus.

»Im Gegenzug sorgen meine Freunde dafür, dass Royce Partridge III dich und deine Schwester in Ruhe lässt. Okay. Das scheint mir ein fairer Deal zu sein. Ich kenne da jemanden ... ein echter Hurensohn, und er hasst Royce. Bist du dir sicher, dass es das ist, was du willst? Denn wenn du einmal mit drinsteckst, weißt du nie, wie die Sache ausgeht.«

»Ja, Franck, ich bin mir sicher.«

»Na schön. Wie Julius Cäsar schon sagte, bevor er den Rubikskom überschritt: *Alea iacta est.* Die Würfel sind gefallen.«

»Den Rubikon, Franck.«

»Geh mir nicht auf den Wecker, Kunstfuzzi.«

22

Mon Dieu, quel sourire à la vie.

Charles Trenet, *Revoir Paris*

Lorraine stellte fest, dass ihr letztes Paar Strümpfe eine Laufmasche hatte. *Mist.* Und die Schublade mit den Slips in ihrem begehbaren Kleiderschrank hatte sich in demselben Maß geleert, wie der Wäschekorb sich gefüllt hatte. Noch mal Mist. Das Handy: fast leer, oder hatte sie es doch ans Ladegerät gehängt?

Verdammt, was für ein Tag …

Auf der hübschen Bluse, die sie sich für Heiligabend ausgesucht hatte, war ein Fleck. *Das kann doch nicht wahr sein!* Sie würde niemals fertig werden! Sie würde mal wieder als Letzte auftauchen, und selbstverständlich würde ihre Mutter es nicht lassen können, sie darauf hinzuweisen.

Und seit dem Morgen keine einzige Nachricht von Léo. Na und? Warum wunderte sie das überhaupt? Dieser Typ schrieb, wann es ihm gefiel.

So ist das im Leben. Man bekommt Nachrichten, die man nicht bekommen will und auf die zu antworten man keine Lust hat, während die Menschen, die einem etwas bedeuten, auf sich warten lassen.

Die Menschen, die dir etwas bedeuten? Hörst du dir eigentlich selber zu? Was glaubst du, wo das hinführt?
Sie musste sich endlich den Tatsachen stellen. Léo war weit weg. Nichts als eine Erinnerung an ein Paar grauer Augen, die sie von Zeit zu Zeit noch immer plagte wie ein leichter Schmerz oder ein verschwommener Traum. Ein Traum, den man sich gönnt, obwohl man genau weiß, dass er niemals in Erfüllung gehen wird. Dennoch tauschten sie inzwischen fast täglich Informationen oder lustige Bemerkungen per WhatsApp aus.

Und diese Nachrichten umfassten stets eine Begrüßung und ein Adieu. Welchen Schluss sollte sie daraus ziehen?

Gar keinen. Er schätzt dich, das ist alles. Mach dir bloß nichts vor.

Sie war so weit. Über das Waschbecken gebeugt, um ihre Kleidung nicht zu beschmutzen, putzte sie sich die Zähne. Im Zimmer nebenan klingelte ihr Handy. Sie legte die Zahnbürste ab, verließ das Bad und blickte auf das Display, den Mund noch voller Zahnpasta.

Sie zuckte zusammen. Er war es!

Ich schätze, es ist an der Zeit, deine Höhle zu verlassen und Weihnachten zu feiern. Hab einen schönen Heiligabend. Und meide starke Drinks.

Sie lächelte. Zweifellos spielte er auf den Beginn ihrer gemeinsamen Nacht an. Anfangs war sie leicht beschwipst gewesen, hatte sich im zweiten Teil aber wieder gefangen. Und wie …

Berauscht von dem Gefühl, dass das Leben sie wieder anlächelte, spülte sie sich den Mund aus, betrachtete ihr Spiegelbild und fand es annehmbar. Im Vorbeigehen schnappte sie sich ihre Handtasche und verließ das Zimmer, ein breites Lächeln im Gesicht.

»Wie nennt man in den USA einen intelligenten Menschen?«, rief Paul-Henry Salomé in den Raum hinein. »Das wissen Sie nicht? Einen Touristen! Unsere liebe Lorraine wird bald inmitten der tausend Lichter von Manhattan erstrahlen. Auf Lorraine! Wünschen wir ihr Glück!«

Lachen. Hochrufe. Erhobene Champagnergläser in der Rue Le Tasse. Es war 11 Uhr abends am 24. Dezember 2019.

Ihr Patenonkel trug zu diesem Anlass eine Jacke mit großen marineblauen Karos über einer farblich passenden Weste und einem weißen Hemd, dazu eine extravagante, senfgelb geblümte Krawatte. Ein Goldkettchen verband die Anstecknadel am Jackenaufschlag mit der Brusttasche. Wie immer liebte Paul-Henry Salomé es, im Mittelpunkt der Aufmerksamkeit zu stehen. Dimitri bedachte seine Schwester mit einem zugleich verschwörerischen und belustigten Blick. Sie erwiderte ihn, als wollte sie sagen: »Beachte sie einfach nicht.«

Ihre Mutter thronte am Kopfende des Tischs. Voll beladen mit Schmuck, dirigierte die Königinmutter das Gespräch, als wäre sie Herbert von Karajan und die anderen Gäste die Berliner Philharmoniker. Zwischen Paul-Henry und ihr explodierte ein wahres Feuerwerk an Scherzen, Tratsch, Geistesblitzen und Bosheiten.

Neben ihrer Mutter und damit Lorraine gegenüber

saß Richard Beckmann, der *Verlobte* ihrer Mutter. Er war zwölf Jahre jünger als Françoise, allerdings hatte sein chirurgisches Talent den Altersunterschied teilweise ausradiert. Er hatte ein angenehmes Äußeres und führte höfliche Gespräche, war ansonsten aber ziemlich langweilig.

Neben ihm saßen Dimitri und Agathe, die derzeitige Freundin ihres Bruders, sechsundzwanzig Jahre alt mit schwerem kastanienbraunem Haar, das zu einem mit Perlen und Silberdraht geschmückten Knoten zusammengenommen war. Sie hatte feine Gesichtszüge von nahezu altmodischer Schönheit und große goldbraune Augen. Nicht mehr lange, und die Königinmutter würde sie einem regelrechten Verhör unterziehen, das wusste Lorraine.

Draußen hüllte die Nacht den Trocadéro-Garten ein, den Palais de Chaillot, den Eiffelturm, die Seine und die Touristenschiffe. Ein Klischee, bei dem nur noch die Klänge eines Akkordeons fehlten … und Lorraine konnte nicht anders, als an den Central Park in seinem weißen Mantel inmitten der Wolkenkratzer zu denken.

»Wie du weißt, reise ich häufig nach New York«, erklärte ihr soeben der Lebensgefährte ihrer Mutter, während er sich über das Tafelsilber und die Baccarat-Kristallgläser beugte. Ein diskreter Piepton signalisierte Lorraine, dass sie eine Textnachricht erhalten hatte.

Richard sah ihr ins Gesicht. »Ich hoffe, wir werden die Gelegenheit nutzen und gemeinsam ein paar Restaurants testen«, fuhr er fort. »Ich kenne da einige sehr gute Adressen. Anders als man annehmen könnte, ist New York in gastronomischer Hinsicht das reinste Schlaraffenland. Man findet dort alle Küchen der Welt, mehr noch als in

Paris. Die New Yorker selbst kochen nämlich so gut wie gar nicht, sie essen lieber auswärts«, erklärte er den Leuten um sie herum und richtete sich wieder auf.

Offenbar hatte er vergessen, dass sie ihre gesamte Kindheit in der Upper East Side verbracht hatte. Lorraine senkte den Kopf. Unter dem Tischtuch öffnete sie ihr Handy:

Hältst du durch?

Léo ... Lächelnd schaute sie wieder auf. Die Gespräche waren in vollem Gang. Erneut senkte sie den Kopf und schrieb rasch eine Antwort:

Bis jetzt geht's. Und du?

Zehn Sekunden später kam die nächste Nachricht.

Ich auch. *Good luck.*

Léo schaltete sein Handy aus.

»Und was hast du in China gemacht?«, fragte Tim, sein elfjähriger Neffe, der neben ihm ging.

»Ich habe gemalt«, antwortete Léo ausweichend.

»Und was hast du gemalt?«

»Chinesen«, antwortete er lächelnd.

»Da musst du aber viele Chinesen gemalt haben«, versetzte Tim und erwiderte das Lächeln.

Gerade war die Dunkelheit hereingebrochen. Sie gingen in Dykers Heights in Brooklyn spazieren, inmitten üppiger Weihnachtsbeleuchtungen in Form von Schlitten,

Rentieren, Schneemännern, umgeben von Lautsprechern, aus denen Weihnachtslieder plärrten. Es war jedes Jahr um diese Zeit das Gleiche: Die Einwohner von Dykers Heights machten sich daran, ihr Viertel in einen regelrechten Vergnügungspark zu verwandeln, der Massen von Menschen anzog.

»Wie sind die Chinesen denn so?«, wollte Tim wissen, den die Lichtorgie sichtlich kaum interessierte.

»Tim, lass deinen Onkel in Ruhe«, sagte Kitty, die neben ihnen herging. »Warum erfreust du dich nicht an der Magie der Weihnachtszeit wie alle anderen auch?«

Tim seufzte. »Ich bin kein kleiner Junge mehr, Mom.«

Mit seinen elf Jahren besaß Léos Neffe den Verstand eines Zwanzigjährigen. Und zwar nicht den irgendeines Zwanzigjährigen, sondern den eines *sehr* intelligenten jungen Mannes. Um ihn und andere Jungen wie ihn kümmerten sich Forscher und Psychiater an einer speziellen Schule. Davon abgesehen liebte Tim Superhelden-Comics, Hip-Hop und Quizsendungen im Fernsehen. Und er hatte nur ein Idol: Léo.

Überflüssig zu sagen, dass seine Mutter ihm den Gefängnisaufenthalt seines Onkels verschwiegen hatte. Für Tim war Léo deshalb offiziell in China gewesen.

Um Chinesen zu malen ...

»Ist ja alles schön und gut, Mom«, sagte Tim, »aber hast du mal an den Planeten gedacht? Die Weihnachtsdeko in diesem Land verschlingt jedes Jahr mehr Strom, als Äthiopien oder El Salvador in dem Zeitraum insgesamt verbrauchen. Allein mit der Energie, die für dieses Fest verschwendet wird, könnte man vierzehn Millionen Kühlschränke ein ganzes Jahr lang am Laufen halten. Die Menschen sind einfach dumm.«

»Dieser Bengel hat aber auch auf alles eine Antwort«, stöhnte seine Mutter.

»Nicht auf alles«, versetzte Tim. »Schwarze Löcher zum Beispiel … sind das Durchgänge zwischen mehreren Welten, und kommt die Materie, die sie absorbieren, also an anderer Stelle wieder hervor, oder verschwindet sie für immer und ewig? Hat Justin Bieber ein Gehirn? Auf diese Fragen weiß ich keine Antwort. Weder ich noch sonst jemand. Noch nicht. Obwohl ich bei der zweiten einen Verdacht habe. Léo …?«

»Ja, Tim?«

»Wenn ich groß bin, möchte ich wie du sein.«

Demnächst muss ich dir von meinem Neffen erzählen.

Ein Lächeln umspielte ihren Mund. Sieh mal einer an, offenbar hatte er Lust, ihr sein Herz auszuschütten. Sie antwortete:

Dein Neffe? Wie alt ist er? Wie heißt er?

Tim. Er ist elf. Und er ist ein Genie.

»Verflixt, Lorraine«, sagte ihre Mutter. »Kannst du nicht endlich mal dieses elende Handy in Ruhe lassen?«

Sie hob den Kopf. Die Königinmutter bedachte sie mit einem vernichtenden Blick. Und sie hatte laut genug gesprochen, so dass es alle am Tisch mitbekommen hatten.

Lorraine spürte, wie ihre Wangen heiß wurden. *Verdammt, Maman ...*

»Wann fliegst du wieder nach New York?«, fragte Paul Bourgine am anderen Ende des Tischs.

»In vierzehn Tagen«, antwortete sie.

»Ich werde Susan bitten, dir bei der Suche nach einer Wohnung zu helfen«, sagte Paul-Henry Salomé.

»Darum kümmere ich mich lieber selbst.«

Ihr Patenonkel musterte sie argwöhnisch. »Bist du mit Susans Arbeit nicht zufrieden?«

»Doch, sehr sogar.«

»Sie ist eine bemerkenswerte Frau«, sagte der andere Paul. »Und Ed ist auch sehr gut.«

»Das stimmt«, räumte sie ein.

»Lorraine wollte immer schon allein zurechtkommen«, meldete sich ihre Mutter zu Wort, ein bittersüßes Lächeln auf den allzu roten, allzu glänzenden Lippen. »Sie vertraut niemandem. Nicht einmal ihrer eigenen Mutter. Sie ist dermaßen stolz. Schon als kleines Mädchen hat sie sich auf diese Art behauptet. Sie widersetzt sich, sie kritisiert alles und verzeiht einem nichts. Mir tun die Leute leid, die unter ihr arbeiten müssen.«

Danke, Maman. Super. Das war wirklich sehr hilfreich.

»Geht's, Schwesterchen?«, fragte Dimitri, als sie sich vom Tisch erhoben und zurückgezogen hatten.

»Wie kannst du diese Frau nur ertragen?«, fragte Lorraine und deutete auf ihre Mutter, die sich mit den beiden Pauls unterhielt und in diesem Moment aus vollem Hals lachte.

»Du weißt doch, dass ich ihr Liebling bin und sie mich deswegen in Ruhe lässt. Du hingegen ... Na ja, Maman wollte immer schon im Mittelpunkt stehen, vor allem, wenn Männer im Spiel sind. Sie erträgt keine schönere und vor allem keine jüngere Frau in ihrer Nähe. Nicht einmal ihre eigene Tochter. Was sie bräuchte, wäre ein Psychiater, kein Schönheitschirurg.«

Er zwinkerte ihr verschwörerisch zu. »Der arme Richard, er hätte eine Tapferkeitsmedaille verdient.«

Lorraine prustete los, und ihr Bruder stimmte mit ein.

»Danke, dass du bist, wie du bist, kleiner Bruder. Was für ein Glück, dass es dich gibt.«

»Ich werde immer für dich da sein, Schwesterchen. Macht dir dieser Stalker eigentlich noch Schwierigkeiten?«

Sie erstarrte.

»Verstehe«, sagte Dimitri, und seine Miene verfinsterte sich. »Warum tust du nicht endlich, was ich dir gesagt habe?«

»Einen Privatdetektiv engagieren?« Sie dachte an den Vorschlag der beiden Pauls.

»Ja, worauf wartest du noch?«, hakte Dimitri nach, dem die gute Laune vergangen war. »Dass er wirklich zur Tat schreitet?«

Genau wie Lorraine bemerkte auch er den Blick nicht, den ihnen einer der beiden Pauls zuwarf.

Beim dritten Versuch landete der Schlüssel endlich im Schlüsselloch. Sie zog den Mantel aus und entledigte sich hüpfend ihrer Stiefeletten. Ihre Füße schmerzten und waren geschwollen. Den ganzen Abend lang hatten diese verdammten Stiefeletten ihr die Knöchel eingeschnürt. Sie zog sich auch die Socken aus, öffnete den oberen Knopf ihrer Jeans, für die sie sich letztlich anstelle eines Kleids entschieden hatte – was ihre Mutter zu der Aussage veranlasst hatte, sie gehe »in Sack und Asche« –, und torkelte ins Wohnzimmer. *Hoppla! Ich glaube, ich habe ein bisschen zu viel getrunken.* Ihr war schwindelig. *Bin ich tatsächlich betrunken?* Es war zu warm hier drin. Sie trat an die Terrassentür, öffnete sie und atmete tief durch. Die kalte Luft tat ihr gut. Schneeflocken fielen in der Dunkelheit wie in einer dieser verschneiten amerikanischen Komödien, die immer um die Weihnachtszeit herum spielten. Erneut dachte sie an New York.

Léo... Was du wohl in diesem Augenblick tust?

Abrupt trat sie von der Fenstertür zurück und schloss sie wieder. Sie ging zum Sofa, ließ sich darauf fallen, machte die Augen zu und ließ ihre Gedanken auf Wanderschaft gehen. Sie sah vor sich, wie Léo sie liebkoste, seine Finger, seine Zunge in ihr, sein glühender Blick in ihrem, sein...

Sie öffnete die restlichen Knöpfe ihrer Jeans. Holte ihr Handy heraus. Diesmal schickte sie ihm keine Textnachricht, sondern rief ihn an.

Léos Stimme auf dem Anrufbeantworter: »Guten Tag, dies ist der Anrufbeantworter von Léo Van Meegeren, aber der liegt wahrscheinlich im Bett und pennt oder geht gerade mit dem...«

Sie wartete das Ende der Ansage und den Piepton ab, um ihre Nachricht zu hinterlassen. »Hey, was machst du gerade? Ich würde es zu gern wissen. Und... willst du wissen, was ich mache?« Sie lachte glucksend. »Wenn ja, musst du es mir sagen, denn ... na ja ...«

Zwei Minuten später leuchtete auf ihrem Handy eine Textnachricht von Léo auf.

Hast du getrunken?

Verdammt, kann man das wirklich hören? Ist wahrscheinlich keine gute Idee, ihm zu schreiben, wenn du besoffen bist, Mädchen.

Trotzdem lachte sie und schrieb:

Ist das so deutlich zu hören?

Dreißig Sekunden später:

Ein bisschen. Ist die Feier noch im Gang?

Sie stellte sich vor, wie er sich amüsierte. Mit einem Lächeln im Gesicht schickte sie eine Salve von Nachrichten los, ohne seine Antworten abzuwarten:

Nein, die Party ist vorbei. Zum Glück. Bin zu Hause.

Du hast recht, ich glaube, ich habe ein bisschen zu viel getrunken.

Ist das schlimm?

Sag mir, ob das schlimm ist, Monsieur Vernünftig.

Ich liege auf dem Sofa.

Meine Jeans ist offen. Willst du wissen, was ich mache?

Schockiert?

Ich habe Lust auf dich.

Sie wartete. Eine Minute, zwei Minuten. Fünf. Noch länger ... keine Antwort. *Verdammt noch mal, warum antwortet er nicht ...*

»Wer hat dir so viele Nachrichten geschickt?«, fragte Tim und blickte seinen Onkel dabei neugierig an.

»Ach, niemand«, antwortete Léo und steckte das Handy in seine Tasche.

23

Take your gun out the drawer.

Kidepo, *August in New York*

An den Atlantik grenzend erstreckt sich im Nordosten von Long Island eine Landschaft mit malerischen Dörfern und luxuriösen Villen, Stränden und Dünen bis zum Horizont. Diese Gegend ist das liebste Urlaubsziel der oberen Zehntausend von New York: die Hamptons.

Royce Partridge III hatte dort seinen Zweitwohnsitz. In der Further Lane in East Hampton, um genau zu sein, zwölfhundert Quadratmeter Wohnfläche, zehn Schlafzimmer, neun Badezimmer, acht Kamine, ein Weinkeller, ein Pool, ein Outdoor-Whirlpool, ein Tenniscourt mit Rasen und ein Rosengarten. Den hatte ihm sein Vater hinterlassen, als er mit seiner vierten Frau nach Kalifornien gezogen war. Royce Partridge III verbrachte hier seine Wochenenden. Er liebte die Hamptons. In der Nachbarschaft wohnten unter anderem Robert Downey Jr., der Comedian Jerry Seinfeld und Alec Baldwin.

An diesem Tag waren seine Frau und seine drei Töchter zum Mittagessen zu *Pierre* in Bridgehampton gefahren in der Hoffnung, dort auf irgendeine Celebrity zu stoßen. Er hingegen hatte es vorgezogen, in Jogginghose und grauem Sweatshirt ein bisschen abzuhängen. Allein.

Seine Handlanger waren in New York. Er nahm sie niemals mit nach Hause. Sie hätten die Landschaft verschandelt, und seiner Frau war in ihrer Gegenwart unbehaglich zumute. Nebenbei bemerkt, fühlte er sich hier sicher. Was nicht weiter verwunderlich war, denn schließlich war er derjenige, der den anderen Angst einjagte, nicht umgekehrt.

An diesem Tag war kein einziger verdammter Sonnenstrahl zu sehen, nicht einmal ein Spaziergang am Strand war drin. Der Atlantik war vermutlich so kalt und grau wie ein Stück Metall. Darum hatte er sich auf dem dicken marokkanischen Teppich im Schlafzimmer ausgezogen und sich dann im Slip auf die Sonnenbank gelegt.

Aus seinen Bluetooth-Kopfhörern drang das *Präludium C-Dur* von Bach. Er hatte sich den Wecker gestellt und war beinahe eingeschlafen, als auf einmal Heavy Metal in brachialer Lautstärke die Bach'schen Klänge übertönte.

Verdammt, was soll das?

Ihm klingelten die Ohren. Er riss die In-Ear-Hörer heraus, richtete sich auf und stieß die Abdeckung des Solariums auf. Und da standen sie im ultravioletten Lichtschein, der von der offenen Sonnenbank ausging. Er brauchte ihre Namen nicht zu kennen, um zu begreifen, mit wem er es zu tun hatte.

»Wissen Sie, wer ich bin?«

Der größte der drei Männer grinste ihn an. Er war so lang und dünn, wie die beiden anderen klein und untersetzt waren. Irische Mafia, dachte er. Hatte er diese Typen schon mal gesehen? Vielleicht in Boston?

»Was wollt ihr?«, fragte er.

Anstelle einer Antwort packten sie ihn an Handgelenken und Fesseln und hoben ihn von der Sonnenbank herunter.

»Hey! Lasst mich los, verdammt noch mal! Ihr habt keine Ahnung, mit wem ihr euch anlegt!«

Sie trugen ihn aus dem Schlafzimmer und brachten ihn ins Bad. Die Badewanne war bis oben hin mit Wasser und Eiswürfeln gefüllt. Panik und das Gefühl, keine Luft mehr zu bekommen, überwältigten ihn. Offenbar hatten sie gewartet, bis seine Frau und seine Töchter das Haus verlassen hatten, ehe sie zur Tat geschritten waren. Das verhieß nichts Gutes. Diese Jungs waren Profis.

»Was wollt ihr von mir?«

Seine Stimme zitterte ein wenig. Als sie ihn in das eiskalte Wasser tauchten, schien sein ganzer Körper zu brennen, und ihm stockte der Atem. Er schnappte krampfhaft nach Luft.

»Ist dir kalt?«, fragte der große Dünne, der Connor Costigan hieß, wie er sich vage zu erinnern meinte.

»Was glaubst du denn?«, gab er zurück, während sich seine Brust heftig hob und senkte.

Nun trat Costigan hinter ihn und bückte sich. Royce Partridge III hörte, wie er sich an irgendetwas Metallischem zu schaffen machte. Es klang, als wühlte er in einer Werkzeugkiste herum. Dann ertönte ein leises Zischen. Er zitterte, klapperte bereits mit den Zähnen. Seine Haut verfärbte sich allmählich violett. Der große Dünne tauchte wieder in seinem Blickfeld auf.

»Das hier wird dich wieder aufwärmen.«

Royce Partridge III riss die Augen auf, als er die gelbe

Flamme der Lötlampe sah, die auf eine kleine Gasflasche montiert war. Die irische Bohnenstange drehte den Gashahn auf, bis die Flamme blau wurde und ein kleiner, sehr weißer Kegel direkt an der Düse erschien. Er hatte sich eine dicke Schweißerbrille aufgesetzt.

»Was wollt ihr?«, fragte Royce Partridge III, dessen Stimme inzwischen jede Selbstsicherheit verloren hatte.

Nun war deutlich zu hören, wie ihm vor Kälte und Angst die Zähne klapperten. Connor Costigan näherte die Flamme Royces Brust. Der wich so weit wie möglich zurück, presste sich an die Emaille der Badewanne, aber vier Hände hatten sich um seine Arme geschlossen und hinderten ihn daran, aufzustehen und aus der Wanne zu steigen.

»Was wollt ihr von mir?«, brüllte er.

Er spürte bereits die Hitze der Flamme an seiner Brust, während die Kälte in seinen restlichen Körper eindrang.

»Du wirst den Maler in Ruhe lassen.«

Den Maler? Dann fiel es ihm wieder ein. *Van Meegeren.*

»Den Fälscher?«

»Du wirst ihn in Ruhe lassen«, wiederholte Connor Costigan.

»In Ordnung. Einverstanden!«

Die Flamme erlosch, und Royce stieß einen tiefen Seufzer aus. Er schämte sich, weil er seine Erleichterung nicht verbergen konnte, aber es war stärker als er. Er war einfach nicht so hart, wie er gern gewesen wäre.

»Mach den Mund auf«, sagte Costigan.

»Was?«

»Mach den Mund auf und schließ die Augen.«

»Warum?«

»Willst du, dass ich dir die Brust verbrenne?«

»Nein, schon gut!«

Er gehorchte, dann wartete er ab. Sein Herz pochte. Als die Zange ihm einen Schneidezahn herausriss, stieß er einen unmenschlichen Schrei aus.

»Nur eine kleine Gedächtnisstütze«, sagte der große Dünne. Gleich darauf waren sie verschwunden.

»Pantigo Place 300«, wiederholte Royce Partridge III, während er die Adresse der Zahnarztpraxis in East Hampton auf einem Post-it notierte. »In einer Stunde, ja, perfekt.«

Er hatte nicht alle Zischlaute der englischen Sprache vermeiden können, die nach dem Verlust eines Schneidezahns noch stärker zischten. Er legte auf. Bei der Rückkehr ins Badezimmer vergewisserte er sich, dass die Badewanne leer war. Nur zwei Eiswürfel lagen noch darin. Seine nassen Klamotten drehten sich im Wäschetrockner, er hatte sich das Blut von Kinn und Hals gewaschen, und nun ging er in die Küche hinunter. Er brauchte jetzt einen Drink zur Stärkung. Als er den Kühlschrank öffnete, bemerkte er, dass einige Blutstropfen auf seinem frischen T-Shirt gelandet waren. *Scheiße.* In diesem Augenblick öffnete sich die Haustür, und eine Kinderstimme rief:

»Papaaa!«

Große Scheiße.

Seine jüngste Tochter erschien in der Küchentür und starrte sofort auf den Fleck.

»Papa, du hast Blut auf dem T-Shirt!«

»Ich weiß, mein Schatz, es ist nichts.«

»Papa, dir fehlt ein Zahn!«

»Papa hat sich gestoßen, Schätzchen.«

»Mommy, Mommy!«, brüllte das kleine Mädchen.

Nun standen seine Frau und die beiden anderen Töchter in der Tür – die jüngste war acht, die mittlere zwölf, die älteste fünfzehn Jahre alt.

»Was ist passiert?«, fragte Eve Partridge und betrachtete ihn so wie immer, nämlich wie jemand mit viel Geld, aber ohne Bildung und Feingefühl. Über zwei Qualitäten verfügte sie jedoch: Erstens wusste sie, wie man zu viel Geld kommt, und zweitens, wie sie sich ihrer körperlichen Reize bedienen konnte.

»Ich bin ausgerutscht und hingefallen, dabei habe ich mir einen Zahn ausgeschlagen«, sagte er. »Kein Grund zur Aufregung. In einer Stunde habe ich einen Termin beim Zahnarzt.«

»Sieh zu, dass er die Sache in Ordnung bringt«, sagte Eve Partridge in sachlichem Ton. »Wir sind heute Abend bei den Jamesons eingeladen. Es klingt merkwürdig, wenn du bei jedem Satz lispelst.«

»Er blamiert uns auch so schon genug«, sagte seine älteste Tochter, die genauso abgebrüht war wie ihre Mutter. Er war kurz davor zu explodieren, hielt sich aber zurück. Gerade hatte er die größte Angst seines Lebens ausgestanden, aber jetzt empfand er nur noch Wut.

24

Je rêve tout éveillé à Paris – New York,
New York – Paris.

Jacques Higelin, *Paris – New York, New York – Paris*

Auf den Straßen lag noch Schnee, aber es schneite nicht mehr, als sie am Morgen des 8. Januar in New York landete. Die Sonne strahlte vom einheitlich blauen Himmel, und es war kalt. Ein wunderschöner Wintertag.

Sie checkte im *Plaza* ein, packte ihre Koffer aus, warf einen Blick aus dem Fenster. Skilangläufer, Schlittschuhläufer und Rodler bevölkerten den Central Park, und sie hatte beinahe das Gefühl, sich in einem Chalet in den Bergen zu befinden.

Auf einmal zog sich ihr Herz zusammen. In wenigen Minuten würde er auftauchen. Er hatte ihr erzählt, dass er jeden Tag um dieselbe Zeit mit dem Hund im Central Park spazieren ging und am *Plaza* vorbeikam. Sie wusste nicht mehr, was sie denken sollte. Was erwartete er von ihr? Ihren Rausch an Heiligabend bereute sie inzwischen bitter. Er hatte auf ihre unzweideutig sexuelle Einladung erst am Tag darauf reagiert, und zwar mit einer schlechten Ausrede: »Tut mir leid, meine Schwester war bei mir, ich konnte nicht antworten. Bist du eigentlich verkatert?«

Okay, die Botschaft war klar: Wir bleiben gute Freunde. Keine neckischen Spielchen. Sie legte eine Kapsel in die Kaffeemaschine und trat erneut an das Fenster, durch das Sonnenlicht hereinflutete. Auf einmal hatte sie das Gefühl, dass sie niemals glücklich werden würde. Sie wusste, dass Glück kein Dauerzustand, sondern etwas Flüchtiges, Vorübergehendes war, das sie im Augenblick genießen, aber nicht festhalten konnte, genauso wenig, wie man die Zeit anhalten konnte. Aber gab es nicht Menschen, die glücklicher waren als andere? Die nicht nur mit ihrer Arbeit glücklich waren, sondern auch in ihrer Partnerschaft? Mit ihren Kindern? Sie wollte es genau wissen und den ihr zustehenden Anteil am Glück bekommen ...

An den Tagen nach Heiligabend hatten sie weiter miteinander gechattet, als wäre nichts gewesen. Léo erwies sich abwechselnd als lustig, aufrichtig, tiefsinnig, unbeschwert und aufmerksam, überschritt aber niemals die unsichtbare Grenze, die das Freundschaftliche vom Intimen trennt.

Sie hingegen war nicht länger in der Lage, sich etwas vorzumachen. All ihre Gedanken und Hoffnungen drehten sich mit jedem Tag ein bisschen mehr um Léo Van Meegeren.

In der Metro streichelte Léo dem Hund den Kopf, denn nur der ragte aus der Umhängetasche heraus. In Kürze würde der Zug in die Station Fifth Avenue einfahren. Wie die meisten Hunde von Manhattan, die auf diese Art transportiert wurden, verhielt sich auch der Cocker erstaunlich ruhig.

Seit die New Yorker Stadtverwaltung Hunde in der Metro verboten hatte – es sei denn, sie wurden in Taschen transportiert –, überboten sich die Einwohner der Stadt gegenseitig an Ideenreichtum und verfrachteten Pitbulls in riesige Sporttaschen, Huskys in Einkaufstüten, Zwergpudel in Handtaschen und Shar-Peis in Zaumzeug mit Henkeln. Alle denkbaren Hunderassen und Taschen jeder Form und Größe waren in der Subway von New York zu sehen, eine Parade, die in Léos Augen eine erfreuliche Demonstration des Erfindergeistes der New Yorker sowie ihrer Fähigkeit war, den Wortlaut eines Gesetzes zu umgehen und gleichzeitig seinen Sinn zu respektieren.

Sobald er aus den Tiefen der U-Bahn aufgetaucht war, befreite er den Hund aus seinem Gefängnis. Was für ein Tag! Die Sonne ließ die gefrorene Schneedecke, die sich in schattigen Ecken noch gehalten hatte, funkeln. Die Luft war kalt, aber weniger von Abgasen belastet als üblich. Der Hund brachte seine Freude zum Ausdruck, indem er zweimal kurz kläffte und den Kopf hob, um verliebt zu seinem Herrchen aufzuschauen.

»Ich weiß«, sagte Léo und hakte die Leine ein. »Die Subway und die Taschen, sind nicht dein Ding, stimmt's?«

Eine Frau in ihren Vierzigern, angezogen wie für eine Nordpol-Expedition, lächelte Léo im Vorübergehen an, zweifellos gerührt, weil ein so attraktiver Kerl offenbar auch noch tierlieb war.

Léo hob den Blick. Die Neorenaissance-Fassade des *Plaza* mit ihren Dutzenden Fenstern ragte vor ihm auf. Er spürte, wie sich in seinem Inneren etwas zusammenzog. Die Erinnerung an eine besondere Nacht, in Gesellschaft eines Menschen, der nicht weniger besonders war. Er holte sein Handy heraus und schrieb:

Guten Tag. Wie ist das Wetter in Paris?

Sie erstarrte. Das war er. *Unten, vor der Tür.* Mit dem Hund ... Er redete mit ihm. Eine Frau schenkte Léo im Vorübergehen ein strahlendes Lächeln, und ohne es zu wollen, lächelte auch Lorraine. *Er ist nicht übel, mein Léo, hm? ...* »*Dein*« *Léo? Im Ernst?*

Es war beinahe erschütternd, ihn dort auf der anderen Seite der Fensterscheibe zu sehen. Auf einmal überkam sie der Drang, die Treppe hinunter und zu ihm zu laufen. Aber nein, sie hatte etwas anderes vor und musste sich an den Plan halten. Sie hatte ihm verschwiegen, dass sie in New York war. Sie wollte ihn überraschen.

Er hob wieder das Handy. *Nanu? ... Wen ruft er an? Nein, er tippt eine Nachricht.* Erwartungsvoll spannte sie die Muskeln an. Beim Tippen breitete sich ein Lächeln auf seinem Gesicht aus.

Er schickte die Nachricht ab und setzte sich wieder in Bewegung.

Auf einmal war sie beunruhigt. Obwohl er weit weg war, erkannte sie an seinem Gesichtsausdruck, dass er in angenehme Gedanken versunken war. Wem hatte er geschrieben? *Verdammt noch mal, bleib ruhig, Lorraine. Das kann alles Mögliche sein.*

Plötzlich erklang das Signal für eine Textnachricht auf ihrem Handy. Sie öffnete sie, und ein Lächeln erhellte ihr Gesicht.

Guten Tag. Wie ist das Wetter in Paris?

Noch immer lächelnd kehrte sie zum Fenster zurück und
schrieb:

Strahlender Sonnenschein. Kalt. Wunderschön. Und bei dir?

Sie sah, wie er auf dem Bürgersteig stehen blieb, las und
dann antwortete:

Genauso. Was machst du gerade?

Sie schrieb:

Ich schaue aus dem Fenster.

Sie blickte auf ihn hinunter: Er hatte sich nicht vom Fleck
gerührt. Der Cocker zog ungeduldig an der Leine. Léo las,
dann schrieb er:

Und was siehst du?

Sie antwortete:

Einen Typen, der seinen Hund ausführt.

Die Antwort kam beinahe sofort:

Im Ernst? So ein Zufall. Ich gehe auch gerade mit dem
Hund spazieren. Das könnte ich sein.

Lorraine verzog die Lippen zu einem Lächeln.

Schon möglich. Er ähnelt dir übrigens ein bisschen:
dasselbe Alter, die gleiche Figur. Ein bisschen schöner
vielleicht.

Sie beobachtete ihn. Er lächelte, schüttelte den Kopf, schien
ein Lachen zu unterdrücken.

Haha! Sehr lustig! Wie ist er angezogen?

Sie drückte die Nase an die Fensterscheibe.

Schwarze Daunenjacke mit Kapuze über einem
orangefarbenen Pullover mit geknöpftem Stehkragen,
Jeans, Sneakers.

Die Antwort ließ nicht lange auf sich warten:

Wow. Unglaublich. Der Typ ist genauso angezogen wie
ich. Abgesehen von der Farbe des Pullovers natürlich.

Klugscheißer, dachte sie und tippte:

O ja, echt unglaublich.

Der Hund wird ungeduldig.

Ihre Kehle war wie zugeschnürt, als sie schrieb:

Kein Problem. Schönen Tag noch.

Für dich auch, Lorraine.

Sie sah ihn in dem verschneiten Park verschwinden. Ihr Magen verkrampfte sich, das Herz schlug wild in ihrer Brust.

25

To that crazy, crazy town
Now in my place.

Bee Gees, *Nights on Broadway*

Sie musste zugeben, dass Susan Dunbar und Ed Constanzo wussten, wo es langging. Die Büros rochen zwar
noch ein wenig nach Farbe, und hier und da fehlten noch
einige Steckdosen, aber abgesehen davon war alles einsatz-
bereit. Lorraine betrachtete das Mahagonifurnier, den großen Tisch, die Chefsessel, die Lampen, den verblüffenden
Ausblick auf den Hudson und die südwestliche Ecke des
Central Park.

»Glückwunsch«, sagte sie. »Es ist beeindruckend, was
Sie in so kurzer Zeit auf die Beine gestellt haben.«

Auch die Angestellten, die man ihr gerade vorgestellt
hatte und die sich nun um das Büfett herum versammelten,
machten einen ausgezeichneten Eindruck auf sie. Morgen
würde die New Yorker Niederlassung von DB&S offiziell
eröffnet werden. Da waren ein paar Komplimente durchaus angebracht. Sie schluckte eine Olive hinunter und hob
ihr Glas: »Morgen beginnt ein aufregendes, begeisterndes
Abenteuer, bei dem wir alle unser Bestes geben werden,

davon bin ich überzeugt. Die Konkurrenz ist hart. In dieser Stadt gibt es vermutlich die besten Werbeagenturen der Welt. Aber wir haben einen Trumpf: Wir sind Außenseiter, wir sind David, der gegen Goliath antritt. Und vor den Kleinen sollte man sich besser hüten.«

Lachen rund ums Büfett.

»Also, erheben wir das Glas auf DB&S New York! *There's a new kid in town,* wie schon die Eagles festgestellt haben.«

Applaus und erhobene Gläser.

Die erste Nachricht schickte sie aus dem Taxi:

Meeting beendet. Stresslevel im grünen Bereich.

Leicht nervös wartete sie auf die Antwort, die drei Minuten später eintraf:

Wie hoch war er vorher?

Auf der Rückbank sitzend, antwortet sie lächelnd:

Rot.

Wie viele Levels gibt es?
Drei: grün, orange, rot.

Kein Violett?

Das Taxi fuhr im glitzernden Licht der Stadt auf der Ninth Avenue in südliche Richtung, Manhattan zog im Schneegestöber an ihr vorbei.

Nur in Ausnahmefällen.

Im Schein einer Architektenlampe saß er im Loft in einem der Clubsessel, den Hund auf den Knien. Er lächelte, als eine weitere Textnachricht hereinkam, während aus den Lautsprechern John Lee Hookers *Miss Lorraine* erklang.

Jetzt orange ...

Er tippte:

Was ist los?

Was los ist? Mein Stresslevel steigt wieder.

Das hatte ich verstanden. Aber was ist der Grund dafür, dass er wieder steigt?

Ich sitze im Taxi.

Stau in Paris?

Nein.

Was dann?

Léo runzelte die Stirn. Sie spannte ihn auf die Folter, und jetzt wollte er es genauer wissen. Warum war Lorraine auf einmal derart gestresst?

Rot ...

Eher neugierig als besorgt tippte er:

Verdammt, sag mir endlich, was los ist ...

Was machst du gerade?

Ich sitze im Sessel und höre mit dem Hund John Lee Hooker. Hund ist ein Musiknarr.

Also Stresslevel grün?

Exakt. Grüner geht nicht. Also, würdest du mir bitte sagen, warum du auf einmal unter Strom stehst?

Ich weiß es nicht. Ich spüre, dass meine Angst wieder hochkommt. Rot. Fast violett ...

Oha. Kann ich etwas tun?

Ja, die Tür öffnen.

26

Tell me something, tell me something.

Harry Styles, *Ever Since New York*

»Was machst du denn hier?«

Er stand im Türrahmen und rührte sich nicht. Er lächelte auch nicht, wirkte lediglich überrascht.

»Darf ich reinkommen?«

Er gab den Weg frei. Sie betrat das Loft, in dem sich gedämpftes Licht und Dunkelheit abwechselten. Der Hund lief auf sie zu, sprang fröhlich und schwanzwedelnd an ihren Beinen hoch.

»Hallo, Hund«, sagte sie.

Aber Lorraines Kehle war erneut wie zugeschnürt. Mit einem solchen Empfang hatte sie nicht gerechnet... Kein Kuss, nicht einmal eine anständige Umarmung. Stattdessen nur diese Frage, die wie eine kalte Dusche auf sie wirkte.

»Wann bist du angekommen?«, fragte Léo hinter ihr.

Sie drehte sich um und musterte ihn stirnrunzelnd.

»Heute.«

»Dann war der Mann, der seinen Hund ausführte, also ich...« Er deutete ein Lächeln an, das gleich wieder verschwand. Sie spürte, wie ihr das Blut in den Adern gefror.

Léos Miene war verschlossen, er wirkte unerreichbar und schien alles Mögliche zu empfinden, nur keine Freude. Keine Spur von den zärtlichen, warmen, amüsierten, verträumten Blicken, mit denen er sie in jener wundervollen Nacht eingehüllt hatte. Was war hier los?

»Genau«, sagte sie und schluckte.

»Möchtest du etwas trinken?«

»Warum habe ich den Eindruck, hier nicht willkommen zu sein?«, fragte sie unvermittelt.

»Red keinen Unsinn.«

Die letzten Worte hatte er in einem derart beiläufigen, geistesabwesenden Ton gesagt, dass es Lorraine kalt über den Rücken lief. Er trat hinter die Bar und holte eine Flasche Scotch heraus.

»Léo, kannst du mir sagen, was hier los ist?«, hakte sie nach, während ihr das Herz bis zum Hals schlug.

Er hob den Kopf und blickte sie an. In seinen Augen lag eine Art... Traurigkeit. Sollten sie bei ihrem Anblick nicht vielmehr voller Freude sein? Lorraines Herz pochte so stark, dass ihr beinahe schwindelig wurde.

»Nichts ist los«, antwortete er. »Scotch?«

Sie spürte, wie ihr innerlich kalt wurde. In diesem Zimmer hatte nicht nur John Lee Hooker den Blues.

»Nein, danke. Ich hatte gehofft... ich hatte gehofft, du würdest dich freuen, mich zu sehen.«

Meine Güte, jetzt steigerst du dich aber wirklich rein!

»Das tue ich auch«, sagte Léo und gönnte ihr ein ziemlich sparsames Lächeln.

Er betrachtete sie mit seinen großen grauen Augen, die unter den dunklen Brauen von langen, nahezu feminin wir-

kenden Wimpern eingerahmt waren ... dieser zugleich tief-
gründige, zärtliche und ernste Blick, so unglaublich intensiv, dass sie den Drang verspürte, sich in seine Arme zu
werfen und ihn zu bitten, sie zu lieben, gleich hier und jetzt.
Aber er hatte sich hinter der Bar verschanzt wie hinter einer
Festungsmauer.

»Kannst du mir nicht wenigstens sagen, wo das Problem liegt? Warum bist du damals nicht zum Flughafen
gekommen?«

Er zögerte, musterte sie mit erstaunlich unschuldigem
Blick.

»Ich habe dir gesagt, dass du es eines Tages verstehen
wirst. Es ist mein Fehler, ich hätte es dir vorher sagen müssen. Aber das habe ich nicht getan, und daran lässt sich
nichts mehr ändern.«

»Ist das alles?« Erneut stieg Wut in ihr auf. »Glaubst
du, dass ich mich damit zufriedengebe?«

»Mach die Dinge bitte nicht komplizierter, als sie sind.«

Erneut blickte er sie auf diese unerträglich ruhige Art
an, als wäre er innerlich weit entfernt. Lorraine konnte
es nicht fassen. Sie schrieben sich jeden Tag, manchmal
sogar mehrmals, sie hatte soeben sechstausend Kilometer
zurückgelegt, sie hatten sich seit Wochen nicht gesehen ...
Und all das für *nichts*?

»›Mach die Dinge nicht komplizierter?‹ Du kannst mich
mal, Léo Van Meegeren!«, sagte sie und machte auf dem
Absatz kehrt.

Mit vier Schritten war sie an der Tür. Sie hoffte, er
würde sie zurückhalten, sie daran hindern fortzugehen.

Aber er tat nichts dergleichen.

Léo sieht, wie sie sich ein letztes Mal umdreht und weggeht. Ihre schönen Augen funkeln. In diesem Moment findet er sie auf teuflische, quälende Weise schön in ihrem grauen Kostüm und dem schwarzen Mantel, mit dem Pferdeschwanz und den wilden Ponysträhnen in der Stirn und an den Schläfen, die sie sehr jung wirken lassen. Sie verlässt die Wohnung, ohne die Tür hinter sich zu schließen. Er hört, dass sie die Stufen hinunterläuft, anstatt auf den Fahrstuhl zu warten. Der Cockerspaniel stürmt ihr hinterher. *Scheiße.* Léo ruft ihn zurück, aber der verdammte Hund macht einfach, was er will. Bellend läuft er Lorraine hinterher.

Léo seufzt, dann rennt auch er die Stufen hinunter. Er kommt im Foyer an. Die Haustür steht offen und lässt den eisigen Hauch von der Straße und die Nacht voller Schneeflocken herein.

Wooster Street. Eine typische New Yorker Straße mit hohen Backsteinfassaden, Schiebefenstern und im Zickzack verlaufenden Feuertreppen aus Metall. Die Schneedecke ist noch dicker geworden und knirscht unter ihren Sohlen. Lorraine fröstelt. Noch nie hat sie sich dermaßen allein gefühlt, so sehr am Boden zerstört. Sie hat das Gefühl, ins Bodenlose zu fallen …

Vergiss ihn. Er hat nicht mal versucht, dich aufzuhalten. Es hat ihn gestört, dass du überhaupt da warst. Vielleicht hat er jemand anders erwartet … ja, bestimmt hat er das. Manchmal bist du echt bescheuert. So viele Textnachrichten und E-Mails für einen Typen, der dich nicht will …

Sie holt ihr Handy heraus, um ein Uber zu rufen. Hinter ihr ertönt Gebell.

Sie dreht sich um.

Der Hund steht mitten auf der Straße, die kleinen Pfoten tapfer im Schnee versenkt. Er bellt in ihre Richtung. Freudig, geradezu liebevoll, wedelt er mit dem Schwanz. Der sanfte, freundliche Blick des jungen Hundes scheint zu sagen: *Komm zurück ... komm doch ...* Es ist ein Wunder, dass sie die Tränen zurückhalten kann. »Hund« will sie, aber sein Herrchen nicht ...

Und dann taucht er auf.

Er tritt aus dem Gebäude, bleibt oben an der Treppe stehen, sieht sie an. Lange.

Dann pfeift er seinen Hund herbei, der sofort das Interesse an ihr verliert und die Stufen hinaufjagt. Die beiden verschwinden im Inneren des Hauses und lassen sie allein auf der Straße zurück.

27

New York, I love you,

But you're bringing me down.

LCD Soundsystem, *New York, I Love You But You're Bringing Me Down*

Lorraine saß hinten im Speiseraum des *2nd Avenue Deli*, hatte ihr warmes Pastrami-Sandwich und den Krautsalat aber kaum angerührt. Um sie herum stopften sich die Leute mit jüdischen Spezialitäten voll: Gefilte Fisch, Räucherlachs, Kartoffelpuffer und gefüllte Kishka. Währenddessen unterhielten sie sich lautstark.

Obwohl es bereits spät war, wollte sich das Deli nicht leeren.

Was für eine beschissene Situation! Nie zuvor hatte sie sich derart gedemütigt und verletzt gefühlt. Und dermaßen hilflos ... Konnte es etwas Schlimmeres geben, als nach einer solchen Szene mitten in der Nacht allein in dieser Stadt zu sein?

Aber solche Gedanken brachten sie nicht weiter.

Sie bemerkte, dass eine alte Dame in einem abgetragenen Mantel aus Kunstpelz, die zwei Tische weiter saß, sie beobachtete. Sie schien Lorraines Kummer zu verstehen, ihn sogar zu teilen. Vielleicht hatte sie in ihrer Jugend

Ähnliches erlebt? Das Gesicht der Frau war von der Zeit gezeichnet. Sie bedachte Lorraine mit einem verständnisvollen kleinen Lächeln, und auf einmal schämte Lorraine sich, weil eine einsame und traurige alte Dame Mitleid für sie empfand.

Sie rechnete nach: In Paris war es 4 Uhr nachmittags. Sie machte Anstalten, nach ihrem Handy zu greifen, hielt dann aber inne. Wen wollte sie anrufen? Paul-Henry? Dimitri? Ihre Freundinnen? In diesem Zustand? Anstatt zu telefonieren, bestellte sie sich erneut ein Uber und schob den Teller von sich, den sie kaum angerührt hatte. Drei Minuten später war sie auf dem Weg zum Hotel.

Der Mann sah, wie sie eilig den schachbrettartig gepflasterten Bürgersteig entlangging und das *Plaza* betrat, dessen monumentale Fassade von Scheinwerfern angestrahlt wurde. An der Ecke Grand Army Plaza und West 58th Street saß er am Steuer eines alten Ford.

Er drehte den Zündschlüssel und gab die Adresse eines Sozialbaus in Sumner Houses, dem nördlich von Bedford-Stuyvesant gelegenen Stadtteil, ins Navi ein. Beinahe wäre er bereits vorhin auf der menschenleeren Straße zum Angriff übergegangen. Aber da war dieser Typ, der sie vom Fenster aus beobachtete. Morgen ... Jetzt, wo sie in New York war, eilte die Sache nicht mehr. Der Lichtschein der Straßenlaterne fiel in die Fahrgastzelle, beleuchtete sein Blumenkohlohr und die schwarzen Augen. Hätte ihm jemand eine Taschenlampe direkt ins Gesicht gehalten, wäre darin keine Spur von Gefühl oder Ungeduld zu erkennen gewesen. Nichts Menschliches.

Er malt. Wütend.

Dick quillt die Farbe aus den Tuben. Er mischt sie direkt auf der Palette mit der Seite des Spachtels, streift sie ab und verteilt sie. Dann macht er sich mit kräftigen Strichen über die Leinwand her. Die Umrisse des Gesichts hat er bereits grob mit dem Pinsel skizziert, die erste Farbschicht ist so stark verdünnt, dass sie über die Leinwand gelaufen ist und Zeit zum Trocknen hatte, während er die Farben mischte. Nun trägt er in dicken Schichten Saftgrün, Kadmiumgelb und Kobaltblau auf. Das Licht lässt die aufgeschwemmten Stellen glänzen, bildet reliefartige Erhöhungen; der Schatten schwärzt die Vertiefungen. Die Textur ist reichhaltig. Und kaum bearbeitet, sodass die Farben ihren Wert behalten.

Er strebt nach maximaler Prägnanz und Ausdruckskraft, benutzt reine Volltonfarben.

Er malt mit nackten Füßen und nacktem Oberkörper, steht inmitten der Pinsel, Spachtel und Lappen. Überall auf dem Boden ist Farbe; er tritt hinein, gleichgültig gegenüber allem, was nicht Gemälde ist. Er hat Farbe auf der Brust, im Gesicht, auf den Armen. Rot, Gelb, Weiß. Eine wütende Schlacht. Zwischen ihm und der Leinwand. Zwischen ihm und dem Thema des Bilds. Lorraine, ein weiteres Mal.

Er stößt einen wütenden Schrei aus, wirft einen Pinsel durch den Raum, fängt von vorne an.

Schweigend und zitternd sitzt der Hund in einer Ecke und beobachtet ihn, ängstlich und beinahe entsetzt.

Jemand hämmerte an die Metalltür.

Er öffnete die Augen.

Das Tageslicht, das in das Loft strömte, tat weh. Er blinzelte. Der Hund lag neben ihm und spürte mit seinem sechsten Hundesinn, dass sein Herrchen aufgewacht war. Sofort war auch das Tier hellwach und drehte sich einmal um sich selbst, um seinem Herrchen über das Gesicht zu lecken.

»Aufstehen, Faulpelz! Die Welt gehört den Frühaufstehern!«

Gonzos Stimme auf der anderen Seite der Tür. Léo grunzte. Er stand auf, schlüpfte in eine Jeans und ließ ihn herein.

»Du lieber Himmel, was ist denn hier passiert? Eine Atombombe?«, fragte Gonzo mit Blick auf das Gemetzel.

Leer und erschöpft hatte Léo gegen halb sechs am Morgen die Pinsel beiseitegelegt. Er hatte sie gereinigt, die restlichen Aufräumarbeiten jedoch auf später verschoben.

Er reckte sich und gähnte.

»Wie spät ist es?«

»8 Uhr. Mach dich bereit, wir gehen laufen.«

Da bemerkte er, dass sein Freund schwarze Tights, Joggingschuhe in Neonfarben und ein Laufshirt trug.

»Ich habe nur zwei Stunden geschlafen«, brachte Léo vor.

»Das will ich gar nicht wissen«, gab Gonzo zurück. »Wusstest du, dass ein Mensch von achtzig Jahren im Schnitt fünfundzwanzig Jahre seines Lebens verschlafen hat? Zwei weitere hat er mit Essen verbracht, einhundertzwanzig Tage mit Pinkeln und nur einhundertfünfzehn

mit Lachen. Hey! Das ist doch Lorraine da auf dem Bild ...
Warum hat sie gelbe Haut und grüne Haare?«

»Du Unwissender, von Malerei hast du absolut keine
Ahnung.«

Gonzo sah ihm ins Gesicht. »Du siehst aus wie ein
Apache, ist das deine Kriegsbemalung?«

»Logisch.«

»Also, vorwärts, Sitting Bull! Zeig den Bleichgesichtern,
was ein richtiger Apachenkrieger ist.«

»Sitting Bull war kein Apache, sondern ein Lakota-
Sioux.«

»Crazy Horse?«

»Ebenso.«

»Okay. Geronimo?«

»Das geht.«

Sie liefen, bis Léo sich geschlagen gab und stehen blieb, mit
offenem Mund und brennender Lunge, die Hände auf die
Knie gestützt.

»Fühlst du dich jetzt besser?«, fragte Gonzo, der um
ihn herumtrippelte.

»Absolut nicht. Ich fühle mich, als bekäme ich gleich
einen Herzinfarkt.«

»Das könnte daran liegen, dass du gleich einen Herzinfarkt bekommst. Hier, trink einen Schluck. Geht's wieder?«, fragte sein Freund und klang auf einmal beunruhigt.

»Tut mir leid, vielleicht habe ich dich ein bisschen zu sehr
angetrieben.«

Léo hob den Kopf und sah ihm unverwandt in die
Augen. »Du hast mich nicht angetrieben. Wir sind nur halb

so schnell gelaufen wie sonst. Kannst du mir mal sagen, warum?«

»Na ja ... du weißt doch ...«

»Gonzo, ich will dein verdammtes Mitleid nicht, kapiert?«

»Tut mir leid, Kumpel«, murmelte Gonzo kleinlaut.

Léo griff ein weiteres Mal nach der Trinkflasche. Sie befanden sich im Central Park in der Nähe des Reservoirs, nachdem sie wie Dustin Hoffman in *Marathon-Mann* einmal um den ganzen See gelaufen waren und den Schnee zertreten hatten, der sich unter den Sohlen der vielen Jogger allmählich in dunkelgrauen Matsch verwandelte.

Gonzo wandte ihm den Rücken zu und dehnte sich.

»Sag mal, hast du etwas von der Französin gehört?«

Léo wartete, bis er wieder zu Atem gekommen war. »Sie ist hier in New York.«

Gonzo vergaß seine Dehnübungen und drehte sich zu ihm: »Hast du sie wiedergesehen?«

»Sie war gestern Abend bei mir im Loft.«

Léo fasste die Szene für seinen Freund zusammen, und Gonzos Miene verfinsterte sich. Stirnrunzelnd sagte er: »Scheiße, du darfst nicht zulassen, dass diese Sache zu einem neuen Gefängnis für dich wird. Du musst weiterleben, *gringo*. Ruf sie an, füg die Puzzleteilchen zusammen.«

Léo nickte halbherzig. Und Gonzo wusste, dass sein Freund seinen Rat nicht befolgen würde. Er war unendlich traurig.

28

The pages turn, and the tale unfolds.

Paloma Faith, *New York*

Der Arzt war ungefähr zwei oder drei Jahre jünger als Léo. Auf seinem Schreibtisch stand das Foto einer sehr hübschen blonden Frau und eines Mädchens mit braunem Teint. Das Kind hatte die blauen Augen seiner Mutter und die dunkle Haut des Vaters.

»Entschuldigen Sie, wenn ich mich wiederhole, aber für diesen Eingriff ist kein längerer Krankenhausaufenthalt nötig. Sie kommen morgens, und abends sind Sie wieder draußen«, sagte er.

»Sie kennen meine Antwort, Doktor«, versetzte Léo.

Der Arzt verzog das Gesicht. »Sie sind jung und kräftig. Bitte denken Sie noch einmal darüber nach. Der Eingriff könnte ...«

»... mir ein paar Monate Aufschub verschaffen?«

»Ja. Ich will Ihnen nichts vormachen, Sie wissen ohnehin Bescheid.«

Der junge Arzt spielte nervös an seinem goldenen Füller herum. Zweifellos ein Geschenk. Léo hatte irgendwo gelesen, dass sich laut der *Association of American Medical*

Colleges drei Viertel aller frischgebackenen Mediziner für ihr Studium mit etwa zweihunderttausend Dollar pro Kopf verschulden mussten.

»Ich habe keinerlei Symptome«, sagte Léo. »Ich leide nicht, bin gut in Form. Wenn ich auf Rikers nicht diese Schmerzen in den Rippen und der Wirbelsäule und die Übelkeit gehabt hätte, wäre die Krankheit überhaupt nicht entdeckt und diagnostiziert worden.«

»Wissen Sie, wie man diese Krankheit auch nennt?«, fragte der Arzt, lehnte sich in seinem Stuhl zurück und blickte Léo durchdringend an.

Léos graue Augen wirkten abwesend und stumpf. »Ja. Den ›leisen Mörder‹.«

»Was machst du hier, Léo?«

»Siehst du doch, ich bin gekommen, um dich abzuholen.«

Tims Gesicht begann zu leuchten.

»Und warum?«

»Ich hatte einfach Lust, dich zu sehen, jetzt gleich«, sagte Léo. Seine Kehle war wie zugeschnürt.

»Und warum hattest du Lust, mich jetzt gleich zu sehen?«

»Warum hörst du nicht auf, mir Fragen zu stellen, die mit ›Warum‹ beginnen?«

Tim lachte.

»Die Rose ist ohne Warum, sie blühet, weil sie blühet.«

»Von wem ist das?«, fragte Léo.

»Angelus Silesius, ein deutscher Dichter, Theologe und Arzt aus dem 17. Jahrhundert.«

»Ich hoffe, er war als Arzt genauso gut wie als Dichter.«
Tim lachte. Sie gingen durch Brooklyn, wo sich Tims
Spezialschule befand.

»Ich habe also einen elfjährigen Neffen, der deutsche
Dichter des 17. Jahrhunderts zitiert«, sagte Léo. »Findest
du das eigentlich normal?«

Tim lachte. Dann verzog er unvermittelt das Gesicht
und sagte: »Ich glaube, ich unterzuckere.«

»Ach ja?«, versetzte Léo lächelnd. Er war nicht im
Geringsten besorgt. »Ist natürlich reiner Zufall, dass du in
diesem Zustand in weniger als hundert Metern Entfernung
von *Emack & Bolio's Ice Cream* gerätst.«

Tim brach in Gelächter aus. »Ich habe weder Diabetes,
noch bin ich glukoseintolerant.«

»Korrigiere mich, falls ich mich irre, aber hat dir deine
Mutter nicht verboten, Süßigkeiten zu essen?«

»Wir müssen es ihr ja nicht sagen. In der Wissenschaft
ist einmal keinmal. Aus einem Ereignis, das nur ein einziges Mal stattgefunden hat, kann man keine Schlüsse
ziehen. Das nennt sich Reproduzierbarkeit.«

Vorbei an den überaus eleganten Brownstones von
Brooklyn Heights mit den charmanten schmiedeeisernen
Geländern und den am Bürgersteig entlang gepflanzten
Bäumen gingen sie weiter bis zur Montague Street, wo
sich die Eisdiele *Emack & Bolio's* befand. Seit Tims Vater
mitten auf der Sixth Avenue an einem Herzinfarkt gestorben war (er war beim Verlassen seines Büros zusammen-
gebrochen, die Aktentasche noch in der Hand, inmitten
des Stroms von Fußgängern), war Léo für den Jungen eine
Art Vaterfigur. Beim Gedanken an die Worte des jungen

Arztes überkam Léo erneut eine unermessliche Traurigkeit

»Mir läuft das Wasser im Mund zusammen«, verkündete Tim, der ins Schaufenster der Eisdiele linste. »Weißt du, warum einem das Wasser im Mund zusammenläuft?«

»Nein, aber du wirst es mir sicher gleich sagen.«

»Der Speichelfluss setzt beim Anblick von Nahrung oder bereits beim Gedanken an …«

»Ach verflixt, jetzt läuft mir auch das Wasser im Mund zusammen«, fiel Léo ihm ins Wort. »Gehen wir rein?«

Die Büros von DB&S hatten sich geleert. Nur Lorraine war noch anwesend. Es war still. Auf der anderen Seite der Fensterscheiben, weit unten, wogte das nächtliche Lichtermeer von Manhattan. Wie oft hatte sie sich im Lauf dieses ersten Arbeitstags von dem Panorama ablenken lassen, das sich mit Einbruch der Dunkelheit in ein glitzerndes Märchen verwandelte. Die Pracht der Monolithen aus schwarzem Kristall, die in den nächtlichen Himmel ragten, die glühenden Scheinwerferspuren auf den breiten Straßen, Tausende von leeren und dennoch beleuchteten Büros …

Sie blickte auf die Uhr.

Es war drei Minuten nach zehn an diesem 9. Januar.

Sie hatte vierzehn Stunden ununterbrochen gearbeitet. Lorraine wusste, dass Überstunden auf dieser Seite des Atlantiks nicht auf dieselbe Art anerkannt wurden wie in Frankreich. In New York betrachtete man sie eher als ein Zeichen für schlechtes Zeitmanagement. Die letzten Angestellten hatten ihre Büros bereits zwei Stunden zuvor verlassen, einschließlich Susan und Ed. Es war an der Zeit, ihrem Beispiel zu folgen. Sie wusste, dass sie sich in die Arbeit stürzte, um nicht an andere Dinge zu denken. Und auch, um voranzukommen. Immer nach vorne schauen, niemals zurück. Das war die billige Philosophie, die heutzutage jeder Coach von sich gab, als wären Menschen Pferde, die aus dem Stall direkt auf die Rennbahn stürmten.

Sie fuhr den Rechner herunter und griff gerade nach ihrem Mantel, da hörte sie das Ping des Fahrstuhls, der sich auf der anderen Seite des Großraumbüros öffnete. Wer hatte hier um diese Uhrzeit noch etwas zu suchen? Es war schon eine Weile her, dass die Putzfrau Staub gesaugt und die Papierkörbe geleert hatte.

Lorraine betrachtete das verlassene Großraumbüro auf der anderen Seite der Glasscheibe. Niemand da. Erneut ein Ping, als sich die Türen wieder schlossen. Von hier aus konnte sie die Fahrstühle nicht sehen, sie hatte nur den Eingang zum Flur im Blick.

Vielleicht hatte jemand auf den falschen Knopf gedrückt und wollte in einer anderen Etage aussteigen? Oder es war der Mann vom Sicherheitsdienst. Um diese Uhrzeit konnten sich höchstens noch dreißig Menschen im ganzen Gebäude aufhalten. Erneut blickte sie zum Eingang des Flurs. Dort brannte Licht. Die Lampen schalteten sich automatisch ein, wenn jemand aus dem Fahrstuhl stieg. Sie spürte, wie sie nervös wurde, und wollte gerade mit lauter Stimme fragen, wer dort war, überlegte es sich dann jedoch anders, als sie hörte, wie sich am anderen Ende des Flurs mehrere Türen öffneten und wieder schlossen. Als ob jemand etwas oder ... *jemanden* suchte.

Lorraine hielt den Atem an. Ein Schatten war aufgetaucht, glitt lautlos über die Wand des Korridors, kam näher. Instinktiv löschte sie das Licht. Dann ging sie in die Hocke, spähte jedoch weiterhin durch die Scheibe.

Eine Gestalt hielt am Eingang des Großraumbüros von DB&S inne und versuchte offenbar angestrengt, in dem Halbdunkel etwas zu erkennen. Es war niemand vom Sicherheitsdienst. Dessen Mitarbeiter trugen Uniform. Und ein Wachmann hätte das Licht eingeschaltet. Sie duckte sich hinter den nicht verglasten Teil der Trennwand. Vierzig Sekunden später wagte sie erneut, einen Blick durch die Scheibe zu werfen. Der Typ war verschwunden. Allerdings hörte sie erneut, wie am anderen Ende des Korridors einige Türen geöffnet wurden. Das Blut pochte ihr in den Schläfen, denn sie hatte ihn erkannt. Es war der Mann aus dem Central Park.

Auf diesem Stockwerk war sie ganz allein mit ihm. Wenn er sie dort drüben nicht fand, würde er hierher zurückkommen. Wahrscheinlich wusste er, dass sie das Gebäude nicht verlassen hatte. Und er wusste auch, auf welcher Etage sie arbeitete. Ihr fiel ein, dass das Gebäude erst seit knapp einer Woche zugänglich und das Schild von DB&S noch nicht angebracht worden war ... das war der Grund, warum er das ganze Stockwerk nach ihr absuchte.

Lorraine spürte, wie sich die Muskeln in ihrem Bauch verkrampften.

Sie richtete sich leicht auf, streckte im Dämmerlicht eine zitternde Hand nach ihrem Schreibtisch aus, hob den Hörer ab und drückte auf eine Taste.

»Ja?«, meldete sich der Wachmann unter im Foyer.

Leise nannte sie ihren Namen und den der Firma.

»Haben Sie vor ein paar Minuten jemanden vorbeigehen sehen?«

»Ja. Er hatte ein Namensschild und sagte, er habe einen Termin. Warum? Ist etwas nicht in Ordnung?«

»Hat er gesagt, mit wem?«

Schweigen. Sie begriff, dass der Wachmann in seinen Unterlagen nachsah.

»Warten Sie ... Ah, er hat Ihren Namen genannt.«

»Dieser Mann hat Sie angelogen. Er war nicht mit mir verabredet. Und in diesem Augenblick sucht er das gesamte Stockwerk nach mir ab.«

»Was will er von Ihnen?«

»Bestimmt nichts Gutes«, antwortete sie ausweichend.

»Ich komme sofort«, sagte der Mann mit einem Anflug von Panik in der Stimme. »Bis dahin verstecken Sie sich.«

Vielen Dank für den Rat.

Erneut riskierte sie einen Blick. Die Stille und Dunkelheit der Umgebung lähmten sie. Sie hörte ihr Herz, das wild in ihrer Brust schlug. Panik stieg in ihr auf. Sie war kurz davor, den Kopf zu verlieren. Sie zögerte, suchte in ihrem Handy erneut nach einer Nummer. Ungeduldig lauschte sie dem scheinbar endlosen Klingeln.

Bitte geh dran.

»Lorraine?«

Die Stimme klang distanziert, zurückhaltend.

»Léo, ich bitte dich, hör mir zu. Der Mann aus dem Central Park ... er ist wieder da!«

Kurze Pause.

»Wo bist du?«

»In meinem Büro, ich habe mich versteckt. Er ist hier! Er sucht nach mir! Er durchforstet sämtliche Büros.«

»Hast du die Polizei informiert?«

»Nein, aber ich habe dem Wachmann Bescheid gesagt. Er ist auf dem Weg zu mir.«

»Sag mir, wo du bist. Ich komme. Und bleib in Deckung!«

Sie nannte ihm die Adresse.

29

All you need is one good friend.

The Manhattan Transfer, *Walkin' in N. Y.*

Acht Minuten und fünfunddreißig Sekunden nachdem er das Loft verlassen hatte, stieß Léo die Glastüren des Gebäudes in Hudson Yards auf. *Glück gehabt.* Er war bis zur Prince Street gerannt, hatte ein vorbeifahrendes gelbes Taxi herangewunken und dem Fahrer zwanzig Dollar zusätzlich zum Fahrpreis versprochen, wenn er die Strecke trotz des Schnees in Rekordzeit zurücklegte. Ergebnis: Fünf Minuten und achtundfünfzig Sekunden, nachdem der Fahrer ihn in der Prince Street aufgelesen hatte, setzte er ihn ab.

Acht Minuten können sehr kurz oder sehr lang sein. Im Taxi hatte er Dominic Fink vom NYPD angerufen, aber es meldete sich nur der Anrufbeantworter.

Das Foyer war verlassen. Niemand saß auf dem Platz hinter der halbkreisförmigen Marmortheke, um die herum einige halbhohe Automatiktüren angeordnet waren. Er sprang über eine davon, gelangte durch die hell erleuchtete Halle aus weißem und grauem Marmor zu den fünf Fahrstühlen, drückte auf den Rufknopf und verging fast vor

Ungeduld, während er darauf wartete, dass die Kabine im Erdgeschoss ankam.

Eine Minute und zwanzig Sekunden später trat er in der dreiundzwanzigsten Etage auf den Flur hinaus. Er zögerte, dann fiel ihm wieder ein, was Lorraine gesagt hatte:»Vom Fahrstuhl aus nach links.« Er lief den Flur entlang, stürmte in das dunkle Großraumbüro und rief:»Lorraine!«

»Wir sind hier«, antwortete eine Stimme zu seiner Rechten, und er sah einen schwachen Lichtschein, der von einer Bar oder Pausenecke in einigen Metern Entfernung ausging.

Auf einem der Barhocker thronte ein leicht korpulenter Mann in Uniform. Er drückte sich ein Handtuch an die Stirn. Lorraine ging auf Léo zu, der die Arme ausbreitete, und schmiegte sich ohne zu zögern an seine Brust.

»Als Jeff aus dem Aufzug kam«, sagte sie und zeigte auf den Wachmann,»hat sich der Typ auf ihn gestürzt und ihn geschlagen. Jeff hat sich gewehrt, aber der andere hat ihn zu Boden gestoßen. Dann ist er mit dem Fahrstuhl verschwunden.«

»Und wo warst du?«

»Ich hatte mich hinter der Theke versteckt«, sagte sie.

»Bist du sicher, dass es der Mann aus dem Park war?«

»Ja.« Lorraine blickte zu ihm auf. Zitternd kuschelte sie sich an ihn, und er legte ihr sanft eine Hand in den Nacken.

Dominic Fink blickte forschend in die rätselhaften Augen des Mannes, der ihm gegenüberstand.

»Acht Minuten«, sagte der Polizist.»Davon weniger als sechs, um im Taxi von SoHo nach Hudson Yards zu gelangen. Sie haben acht Minuten gebraucht, um dort anzukommen. Das ist bemerkenswert.«

Léo entging nicht der Sarkasmus in Finks Stimme.

»Acht Minuten«, wiederholte der Mann vom NYPD, während er auf seinem Handy herumtippte.

Er hielt Léo und Lorraine das Display vors Gesicht. Die App gab an, dass man für die Fahrt von SoHo nach Hudson Yards mit der Subway im Schnitt dreizehn, mit dem Bus dreiunddreißig, zu Fuß einundfünfzig Minuten und mit einem Taxi oder Uber sieben Minuten brauchte.

»Und zwar bei gutem Wetter, nicht, wenn es schneit«, fügte Fink hinzu.

»Ich habe dem Fahrer ein üppiges Trinkgeld gegeben«, sagte Léo mit ungerührter Miene.

»Daran habe ich keinen Zweifel«, erwiderte Fink.

An Lorraine gewandt, fragte er: »Sind Sie sicher, dass es derselbe Mann war wie im Central Park?«

»Ja, ich bin mir sicher.«

Dann drehte er sich zu dem Wachmann, der eine Beule von der Größe eines Ostereis auf der Stirn hatte: »Sie sagen, er ist an Ihnen vorbei durch das Foyer gelaufen?«

»Ja, genau.«

»Gibt es unten Überwachungskameras?«

»Ja, die gibt es.«

»Können wir uns die Aufnahme vom Hereinkommen des Gesuchten ansehen?«

»Ja, natürlich.«

Fink lächelte und fügte mit Blick auf Léo hinzu: »Ich mag es, wenn Leute Ja sagen.«

Sie betrachteten das Gesicht, das in Großaufnahme auf dem Bildschirm erschien. Sie blickten schräg auf den Mann hinunter, da die Kamera weit oben in der nordwestlichen Ecke der Eingangshalle angebracht war.

»Das ist er, das ist der Mann, der mich im Central Park angegriffen hat«, sagte Lorraine.«

»Sind Sie sicher? Im Park war es dunkel.«

»Ich sage Ihnen, er ist es.«

»In Ordnung«, lenkte Fink ein.

»Können wir ihn noch ein bisschen heranzoomen? Das rechte Ohr«, sagte Léo.

Der Wachmann tat, worum er gebeten wurde. Das Blumenkohlohr füllte den Bildschirm aus. Die Auflösung war schlecht, aber die Form unverkennbar.

»Den Typ habe ich im Krankenhaus gesehen«, sagte Léo.

»Was?«

»Er trug einen Pflegerkittel. Ich bin ihm auf dem Flur begegnet an dem Morgen, als ich Lorraine besucht und Ihre Bekanntschaft gemacht habe, Fink. Ich erkenne ihn an seinem Ohr.«

Dominic Fink runzelte besorgt die Stirn. »Also, jetzt mal Klartext. Ich werde aus der ganzen Geschichte nicht schlau. Es handelt sich hier nicht mehr um einen beliebigen Überfall auf eine junge Frau, die allein durch den Park geht. Und auch nicht um ein abgekartetes Spiel des hier anwesenden ... äh ... Künstlers. Dieser Mann da hat es auf Sie abgesehen.« Der Cop deutete auf das Gesicht auf dem Bildschirm.

»Das versuche ich Ihnen ja die ganze Zeit zu sagen«, bemerkte Lorraine.

Das Funkeln in Finks Augen verriet Léo, dass der Polizist einer interessanten Sache auf der Spur zu sein glaubte. Fink kratzte sich ratlos am Hinterkopf. »Wir dürfen die Software zur Gesichtserkennung nicht mehr verwenden, seit die Firma Clearview AI dabei erwischt wurde, wie sie die Gesichter von Millionen Facebook-, LinkedIn- und Twitter-Usern gesammelt hat. Allerdings kenne ich ein paar Kollegen, die sie trotzdem heimlich benutzen. Ich könnte sie bitten, dieses Gesicht durch die Maschine zu jagen. Machen Sie mir einen Screenshot«, sagte er zu dem Wachmann.

Fink schob sich einen Kaugummi in den Mund.

»Kennen Sie die Geschichte von Woody Harrelson?«

»Dem Schauspieler?«, fragte Lorraine.

Fink nickte, ein kleines Lächeln umspielte seine Mundwinkel. »Kollegen von mir sind per Überwachungskamera an das Bild eines Diebs in einem Supermarkt gekommen. Sie haben es durch die Gesichtserkennung geschickt, allerdings war die Auflösung nicht besonders gut, und es kam nichts dabei heraus. Dann hat einer der Kollegen darauf hingewiesen, dass der Dieb auf dem Bild dem Schauspieler Woody Harrelson sehr ähnlich sah. Und was glauben Sie, wie es weiterging? Wir haben die Software ein Bild des echten Woody analysieren lassen und dadurch den richtigen Dieb in unseren Dateien gefunden! Der Mitarbeiter des Supermarkts konnte ihn eindeutig identifizieren. Schade, dass die Sache an die Presse gelangt ist, die Vorgehensweise war nämlich illegal.«

Er sah einem nach dem anderen ins Gesicht, bis sein Blick schließlich auf Lorraine verweilte. »Ich kann Ihnen zu diesem Zeitpunkt noch keinen Personenschutz anbieten, dazu gibt es nicht genug konkrete Anhaltspunkte. Ich rate Ihnen dennoch, nicht allein zu bleiben. Der Kerl ist offenbar fest entschlossen, Ihnen zu schaden, wenn man bedenkt, dass er an dem Wachmann vorbei hier eingedrungen ist und sich im Mount Sinai als Pfleger verkleidet hat. Sie brauchen jemanden, der auf Sie aufpasst.«

Bei diesen Worten sah er Léo durchdringend an.

»Ich dachte, es handelt sich um ein abgekartetes Spiel, an dem ich beteiligt bin«, sagte Léo. »Und jetzt vertrauen Sie mir plötzlich? Wer sagt Ihnen, dass ich es nicht noch einmal versuche ... dass der Typ nicht mein Komplize ist?«

Léo sah, dass Lorraine bei seinen Worten überrascht die Stirn runzelte. Der Polizist warf ihr einen verlegenen Blick zu.

»Vergessen Sie's, Van Meegeren. Jeder kann sich mal irren.«

»Wer sagt Ihnen, dass Sie sich beim ersten Mal getäuscht haben?«

»Mein kleiner Finger. Der und mein rechter Mittelfinger, das sind die beiden, denen ich am meisten vertraue. Da wir gerade von Fingern sprechen: Was ist mit Ihrem passiert?«

Er deutete auf Léos verbundenen Zeigefinger.

»Den habe ich mir in der Tür eingeklemmt.«

Sie winkten ein Taxi heran, und Léo nannte eine Adresse im East Village. *Veselka,* ein ukrainisches Restaurant, hatte die ganze Nacht geöffnet. Schweigend, jeder erneut in seiner eigenen Blase, als hätte sich ganz langsam eine unsichtbare Trennwand zwischen sie geschoben, fuhren sie nach Osten.

»Du wirst bei mir im Loft schlafen«, sagte er irgendwann leise. »Wenigstens heute Nacht. Danach sehen wir weiter.«

Sie drehte sich zu ihm um und sah ihn an. Er erwiderte ihren Blick, ergriff dann zögernd ihre Hand und sagte: »Außerdem muss ich dir etwas erzählen, aber das hat Zeit bis nach dem Essen.«

Denn sonst vergeht dir vielleicht der Appetit.

30

I'm almost dead and buried.

Richard Ashcroft, *New York*

Er fixiert sie aus großen grauen Augen, die so intensiv, so durchdringend blicken, dass es sie bis ins Mark trifft. Er hat Piroggen mit Sauerrahm und einen Rote-Bete-Salat mit Meerrettich bestellt. Sie selbst hat ihr vegetarisches Gericht kaum angerührt. Um diese Uhrzeit ist nur ein Viertel der Tische im *Veselka* besetzt.

»Ich bin gerade aus dem Gefängnis entlassen worden«, sagt er.

Sie glaubt, sich verhört zu haben.

»Ich habe drei Jahre auf Rikers Island verbracht.«

Nein, ich habe mich nicht verhört.

Er schweigt, wartet vermutlich auf die Frage, die sie nun stellt: »Was hast du getan?«

Hoffentlich lautet die Antwort nicht Vergewaltigung, Mord oder Drogenhandel.

»Ich habe Bilder gefälscht. Gemälde von Gauguin, van Gogh, von Sisley, Renoir, Pissarro, Modigliani.«

Sie mustert ihn. *Nimmt er mich auf den Arm?*

»Ich habe für mehrere Millionen Dollar Bilder gefälscht.

Jahrelang … Und eines Tages bin ich erwischt worden. *Game over.*«

Einen Moment lang sitzt sie schweigend da.

»Wann bist du rausgekommen?«

»An dem Tag, bevor *La Sentinelle* verkauft wurde und abends die Sache im Central Park passiert ist.«

Sie traut ihren Ohren nicht.

»Hatte Fink deshalb den Verdacht, dass du deine Finger im Spiel hattest … dass du der Komplize des Angreifers warst?«

Er nickt. »Deshalb und weil ich an dem Morgen vermöbelt worden bin, weißt du noch? Fink hat sofort gedacht, dass ich gemeinsame Sache mit dem Typen gemacht habe. Tatsächlich verlangt aber einer der Kunden, die ich übers Ohr gehauen habe, Geld von mir. Und um es einzutreiben, hat er nicht seine Anwälte zu mir geschickt.«

Lorraine brennt eine Frage auf der Zunge. Sie senkt den Kopf, hebt ihn wieder und sieht ihm unverwandt in die Augen: »Und hast du vor, wieder damit anzufangen?«

»Kunst zu fälschen? Nein, das ist vorbei. Ich lebe jetzt in geordneten Verhältnissen, Lorraine.«

»Wirklich?«

Erneut nickt er, und er hält ihrem Blick stand.

»Ja, wirklich.«

Warum möchte sie ihm gern glauben? Was kümmert sie das? Schließlich sind sie nicht … *wir sind doch kein Paar.*

»Wie bist du dazu gekommen, Gemälde zu fälschen?«

»Ich bin jemandem begegnet, der mich sozusagen in den Sattel gehoben, mich in dieses Geschäft eingeführt hat.«

Er denkt an McKenna. Der Ire hat sich nicht mehr bei ihm gemeldet. Hat er eine Lösung für das Problem namens Royce Partridge III gefunden?

»Und da ist noch etwas«, fügt er mit düsterer Stimme hinzu.

Sie spürt, wie ihr ein Schauer über den Rücken kriecht. Léos Blick wirkt sehr ernst, nahezu finster, als er fortfährt: »Ich möchte dir erklären, warum ich damals nicht zum Flughafen gekommen bin. Ich möchte, dass du es verstehst, aber es wird dir nicht gefallen. Bei der Rückkehr ins Loft fand ich einen Brief aus dem Gefängnis in meinem Postfach …«

Damit er ihre verräterisch glänzenden Augen nicht sieht, blickt sie fünf Minuten später hinaus auf die 9th Street, die schneeweiß jenseits der Scheibe verläuft. Doch sie kann nicht verhindern, dass ihr Tränen über die Wangen laufen. Die Traurigkeit, die sie empfindet, ist unbeschreiblich.

»Bei Bauchspeicheldrüsenkrebs treten die Symptome häufig erst sehr spät auf«, fährt er nun mit entwaffnender Ruhe fort. »Dann ist die Krankheit bereits fortgeschritten und hat auf andere Körperteile übergegriffen.«

Sie hat das Gefühl, zu ersticken, keine Luft mehr zu bekommen.

»Nur zehn Prozent der Fälle werden im Frühstadium entdeckt, sodass der Tumor entfernt werden kann«, fährt er unerbittlich fort. »Die Operation ist die einzige potenziell erfolgreiche Behandlung. Wenn die Krankheit zeitig genug entdeckt wird, steht die Chance auf Heilung eins zu drei.«

Sie hat keine Lust, ihm länger zuzuhören. Sie will sich die Ohren zuhalten, woanders sein.

»Unglücklicherweise gehöre ich nicht zu diesen zehn Prozent. Mein Tumor hat Metastasen gebildet. Viertes Stadium«, sagt Léo.

Sei still. Sei doch endlich still. Ich will nichts mehr hören.

»Wie viel Zeit bleibt dir noch?«, fragt sie endlich und fühlt sich, als hätte jemand eine Hand um ihre Kehle geschlossen, um sie am Atmen zu hindern.

»Neun Monate, ein Jahr... vielleicht ein bisschen länger. Erinnerst du dich noch an den Schauspieler in *Dirty Dancing*? Er hat mit Krebs im vierten Stadium noch zwanzig Monate gelebt. Aber dafür müsste ich eine Chemo machen... Radiotherapie, also Bestrahlung, ist bei metastasiertem Krebs nicht angezeigt, es sei denn, es entstehen schmerzhafte Ableger in den Knochen.«

Sie schaudert. Noch immer laufen ihr Tränen über die Wangen.

»Jetzt weißt du es«, sagt Léo. »Das mit dem Flughafen tut mir leid, ich hätte dir Bescheid geben müssen. Und ich bitte dich auch wegen neulich um Entschuldigung, als du zu mir in das Loft gekommen bist. Ich wollte dir das nicht zumuten. Ich wollte, dass du mich verlässt...«

Scheiße. Elende, verdammte Scheiße.

Lorraines Herz ist in tausend Stücke zersprungen. Überwältigt von Gefühlen, zittert sie am ganzen Körper. Dabei ist er derjenige, der zittern müsste. Sie hält seinem Blick stand, dann sagt sie mit tränenüberströmtem Gesicht: »Das spielt jetzt überhaupt keine Rolle mehr.«

DRITTER TEIL

Kiss II

(Roy Lichtenstein, Öl und Magna)

31

Breakfast in New York
and I know that we're dreaming.

Oppenheimer, *Breakfast in NYC*

Sie drehte sich um und sagte: »Es ist großartig.«

Bewegt, geradezu überwältigt, betrachtete sie ihr von Léos Farben und seinem Talent verfeinertes Porträt. Grün, Gelb, Rot. Primärfarben, aggressiv und strahlend. Ein Ausspruch von Matisse kam ihr in den Sinn: Der Fauvismus sei für ihn die Prüfung der Mittel gewesen, das ausdrucksstarke und konstruktive Nebeneinander und Miteinander von Blau, Rot, Grün.

Das Ergebnis war ein Meisterwerk.

Und er hatte *sie* gemalt, ausgerechnet sie. Seit sie einander begegnet waren, schien sie sein einziges Sujet zu sein.

Bei dieser Vorstellung schnürte sich Lorraine die Kehle zu.

»Wir könnten das Bett machen«, sagte er in ihrem Rücken.

»Ist nicht nötig«, antwortete sie und drehte sich um. »Ich schlafe auf dem Sofa.«

»Auf keinen Fall. *Ich* schlafe auf dem Sofa. Wenn es dich nicht stört, dass dir ein Hund Gesellschaft leistet ...«
Sie lächelte, obwohl sie sich innerlich zerrissen fühlte. Sie fürchtete sich. Die Zukunft machte ihr Angst. Was würde passieren, wenn sie sich in diesen Mann verliebte? In diesen Mann, der vielleicht ... der in einem halben oder einem Jahr sterben würde. Wie nie zuvor fühlte sie sich zwischen zwei widersprüchlichen Regungen hin- und hergerissen, zwischen dem Impuls, ihn mit aller Kraft zu lieben, und dem, davonzulaufen, solange es noch nicht zu spät war.

Dann betrachtete er sie mit seinen großen hellgrauen Augen, und sie wusste, dass sie verloren war. Für immer. Verdammt und verloren. Dass es bereits zu spät war ... zu spät seit dem Augenblick, in dem sie sich zum ersten Mal gesehen hatten. Es war zu spät, um dem Abgrund zu entgehen. Zu spät, um die gewaltige Leere zu ignorieren, die er hinterlassen würde ...

Zu spät ...

Er malte fast bis zum nächsten Morgen. Ebenso wütend wie beim letzten Mal, aber diesmal war die Wut kontrolliert, zurückgenommen und still, um Lorraine, die eingeschlafen war, erschöpft vom emotionalen Aufruhr des vergangenen Tages, nicht zu wecken.

Von Zeit zu Zeit hielt er inne, um sie zu betrachten. Sie sah friedlich aus mit dem Hund, der neben ihr schlief. Beide lagen im Lichtschein der Sturmlampe, die neben dem Gemälde auf dem Boden stand und den Rest des Lofts der Dunkelheit überließ.

Lag es an dieser einzigen Lichtquelle oder an dem, was er Lorraine erzählt hatte? Jedenfalls war Schwarz die Farbe, die er in dieser Nacht am meisten benutzte. In dicken, rußigen Schichten trug er es auf die Leinwand auf. Ein Schwarz, das das Licht anzog und zu glühen schien, ein Schwarz, das er mit roten und gelben Schlieren durchzog. Während er im Halbdunkel hockte und malte, fühlte er sich wie ein Höhlenmensch, der im Lichtschein eines kärglichen Feuers die Felswände von Lascaux oder Altamira bemalte.

Der Sonnenstrahl, der auf seine Lider fiel, erzielte das zu erwartende Ergebnis: Er öffnete die Augen. Sein Magen reagierte sofort auf den Duft von geschmolzener Butter, Kaffee und heißen Pfannkuchen, der das Loft durchzog. Er hörte Geräusche aus der Küche, richtete sich auf und warf einen Blick über die gepolsterte Rückenlehne seines alten Chesterfieldsofas. Eine Schürze um die Taille, die Haare zusammengebunden, die Ärmel aufgekrempelt und eine Pfanne in der Hand, machte sich Lorraine an den Griffen und Schaltern hinter der Küchentheke zu schaffen.

»Mist, wie spät ist es?«, fragte er.

Sie warf ihm einen Blick zu. »Guten Morgen, Herr Künstler. Es ist *ziemlich* spät. Ich habe bereits ein paar Einkäufe erledigt und das Frühstück zubereitet. Allerdings komme ich auch *zu* spät ins Büro. Das macht am zweiten Tag keinen besonders guten Eindruck.«

Léo reckte sich in den Shorts und dem T-Shirt, die ihm als Schlafanzug dienten.

»Ich muss mit dem Hund raus«, sagte er.

» Das ist auch schon erledigt. Wir hatten ein langes Gespräch, der Hund und ich. «

Lächelnd stand er auf. Er näherte sich der Theke und bemerkte, dass Lorraine bereits angezogen, frisiert und geschminkt war. Widerstrebend gestand er sich ein, dass sie durchaus Eindruck auf ihn machte in ihrem einreihigen schwarzen, taillierten Blazer mit den schmalen Schultern, zu dem sie ein tief ausgeschnittenes weißes Seidenshirt und eine weite Hose mit hoher Taille trug.

Der Hund saß brav und mit erhobener Schnauze am Fuß der Theke, zweifellos in der Hoffnung, dass früher oder später ein paar Leckerbissen für ihn abfallen würden.

» Und was hat er dir erzählt? «

» Dass er die Nase voll davon hat, nur ›Hund‹ genannt zu werden. «

Léo setzte sich auf einen der hohen Hocker und stützte die Ellbogen auf die Theke.

» Aha. Und wie möchte er heißen? «

» Aurevilly «, antwortete sie.

» Aurevilly? «

» So heißt die Straße in Paris, in der ich wohne. «

Er dachte kurz nach, dann sagte er belustigt: » Aurevilly ... « (Er sprach es amerikanisch aus: » Owevilly «.) » Das gefällt mir. «

An den Hund gewandt, fuhr er fort: » Bist du immer noch damit einverstanden, Owevilly? «

Aurevilly bellte.

» Tatsächlich, es scheint ihm zu gefallen «, sagte Léo.

Lorraine stellte einen Teller mit zwei Pfannkuchen,

Ahornsirup, Schlagsahne, eine Tasse schwarzen Kaffee und ein Glas frisch gepressten Orangensaft vor ihm ab.

»Ein wahres Festessen«, sagte er anerkennend.

»Ich habe gesehen, was du heute Nacht gemalt hast. Es erinnert mich an die Werke von Pierre Soulages ... Befindest du dich gerade in deiner ›schwarzen Periode‹? Ach, und übrigens: Wenn du schläfst, siehst du jünger aus.«

Den letzten Satz bereute sie sofort, denn er verriet, dass sie ihn beim Schlafen beobachtet hatte.

»Ach ja?«, sagte er, fuhr dann aber in ernstem Ton fort: »Ich würde dir gern ein paar Fragen zu den Vorkommnissen von gestern Abend stellen, wenn du einverstanden bist.«

»Du willst über den Typen in dem Hochhaus sprechen?«

»Ja.«

Eine Strähne feiner kastanienbrauner Haare hatte sich aus dem Knoten gelöst und fiel Lorraine in die Stirn über den hellen Augen. Sie trocknete sich die Hände ab, schob sich die Strähne hinters Ohr und nahm die Schürze ab.

»Okay, schieß los. Aber beeil dich. Ich muss ins Büro und bin, wie gesagt, spät dran.«

Ihr wurde bewusst, dass ihre Worte an die alltägliche, aber dennoch angenehme Routine eines echten Paars erinnerten, und diese Erkenntnis bewegte sie auf seltsame Weise. Doch gleich darauf dachte sie an Léos Krankheit und ein schreckliches Gefühl ergriff von ihr Besitz. Sie umrundete die Theke und schlüpfte in die Riemchenpumps, in denen ihr zwar bald die Füße schmerzen würden, die aber ausgesprochen elegant wirkten. Sie fühlte sich wohl in diesem Ensemble von Stella McCartney und hatte mit einer gewissen Befriedigung das kleine Funkeln in Léos Augen zur Kenntnis genommen, das er nicht hatte verbergen können.

Er nahm einen Schluck von dem italienischen Kaffee.

»An dem Abend neulich hast du mir von der ersten Nachricht erzählt, dieser SMS, in der stand: ›Hallo, ich bin der, der deinen Vater getötet hat.‹ Du hast gesagt, damit hat die ganze Sache angefangen.«

»Ja.«

»Und das war alles? Mehr ist an dem Tag damals nicht gekommen?«

»Nein, am ersten Tag nicht. Die zweite Nachricht kam am nächsten Tag.«

Er nickte, dann fragte er: »Erinnerst du dich, ob in den Tagen vor oder nach dieser Nachricht etwas Ungewöhnliches passiert ist? Irgendwelche besonderen Vorkommnisse?«

Sie schüttelte den Kopf. »Nein, nichts Besonderes. Abgesehen davon…« Sie zögerte. »Abgesehen davon, dass ich zwei Tage zuvor erfahren hatte, dass ich die Niederlassung in New York leiten würde.«

Léo runzelte die Stirn. »New York… die Stadt, in der dein Vater getötet wurde. Die Stadt, in der du angegriffen wurdest… und die Belästigungen durch den Stalker beginnen wenige Tage, nachdem du erfahren hast, dass du in New York die Leitung übernehmen sollst.«

»Na und?«

»Wusste in New York jemand, dass du kommen würdest?«

Sie blickte ihn an. »Ja. Zwei Personen, und zwar diejenigen, die sich vor meiner Ankunft um alles gekümmert haben. Ed Constanzo und Susan Dunbar. Aber das ergibt keinen Sinn. Die Belästigungen haben hauptsächlich in Paris stattgefunden, und mein Stalker, wie du ihn nennst, spricht tadellos Französisch, was auf die beiden nicht zutrifft.«

»Vor der Begegnung im Central Park gab es aber keinen körperlichen Kontakt, oder täusche ich mich?«

»Nein, das stimmt. Trotzdem gab es da diesen Vorfall *nach* meiner Rückkehr nach Paris.«

Sie erzählte ihm von dem zerfetzten Kleid in der Umkleidekabine der Galeries Lafayette.

»Du musst mit Fink darüber reden«, sagte Léo. »Er muss überprüfen, ob einer der beiden im fraglichen Zeitraum nach Paris gereist ist.«

»Susan hat sich früher schon einmal in Paris aufgehalten.«

»Wie ist sie?«

»Ehrgeizig, kompetent, selbstsicher.«

»Versteht ihr euch gut?«

»Ich habe ihr eine Menge Verantwortung übertragen. Was rätst du mir?«

»Du gehst zur Arbeit. Um alles andere kümmere ich mich.«

Er rief Franck McKenna an. Der Ire trat gerade auf den Straßen von Long Island in die Pedale seines Pinarello Dogma F12.

»Du störst mich beim Training«, keuchte er ins Handy. »Ich hoffe für dich, dass es wichtig ist.«

»Willst du die Tour de France gewinnen?«

»Nein, aber ich habe durchaus vor, das *Race* zu schaffen. Dafür muss ich erst mal durch die Quali kommen. Was willst du, Léo?«

Das *Race Across America* bedeutete viertausendachthundert Kilometer quer durch die Vereinigten Staaten, von der West- bis zur Ostküste, die in möglichst kurzer Zeit zurückzulegen waren (die Siegerzeit lag zwischen sieben und neun Tagen, je nach Strecke). Völlig krankes Zeug, das höchstmögliche Ausdauerniveau im Radsport. Léo wusste, dass McKenna es liebte, sich derartigen Herausforderungen zu stellen, weil er sich dann lebendig fühlte. Er erzählte ihm von Susan Dunbar und Ed Constanzo.

»Mal sehen, was sich machen lässt«, sagte der Ire. »Und was den anderen Sohnemann angeht: Das ist geregelt. Wann, glaubst du, kannst du mit deinen Lieferungen beginnen?«

»Franck, ich weiß nicht, ob...«

»Spiel bloß keine Spielchen mit mir, Van Meegeren«, unterbrach ihn McKenna, dessen Stimme auf einmal sehr kalt klang. »Da tut man dir einen Gefallen, und schon verlangst du den nächsten. Das kostet. Und ich gebe dir die Hälfte von dem, was ich dir vorher gegeben habe. Die Zeiten ändern sich, wie schon Bob Dylan gesungen hat. Ich muss neue Kunden auftreiben, die von dir und deiner Geschichte nichts wissen. Ist nicht ganz einfach. Im Augenblick habe ich einen stinkreichen Texaner an der Angel, der behauptet, ein Kunstliebhaber zu sein, aber wahrscheinlich weiß er nicht mal, dass Donatello etwas anderes ist als eine Ninja Turtle. Du wirst ihm einen Corot oder einen anderen

Franzosen malen, der Idiot steht total auf die Schule von Barbizon.«

Léo schwieg. Franck McKenna war vielleicht ein grober Klotz, aber er ließ sich von niemandem etwas vormachen, weder in der Kunst noch im Geschäft. Léo dachte daran, dass er Lorraine am Abend zuvor erneut belogen und behauptet hatte, er würde keine Gemälde mehr fälschen. *Warum fürchtest du dich dermaßen davor, sie zu enttäuschen?*

»Van Meegeren«, sagte Dominic Fink am Telefon, »Sie schon wieder. Dass ich Sie nicht mehr verdächtige, heißt noch lange nicht, dass ich Lust habe, Sie zur Bar-Mizwa meines Sohnes einzuladen.«

»Diesem Gedanken voll rauer Zärtlichkeit entnehme ich, dass ich Ihnen allmählich sympathisch werde«, erwiderte Léo.

»Treiben Sie es nicht auf die Spitze«, knurrte der Polizist des NYPD. »Was wollen Sie?«

Léo erzählte ihm von Susan Dunbar und Ed Constanzo. »Einverstanden«, sagte Fink. »Ich werde mich ein wenig in Constanzos Richtung umhören. Und Sie kümmern sich währenddessen um die Dame.«

Lorraine verbrachte den Vormittag damit, sich mit den neuen Angestellten zu unterhalten, die sie einen nach dem anderen in ihrem Büro empfing: den Werbetexter, die Produktmanagerin, den Werbemanager, die Grafiker ... Auch Susan Dunbar und Ed Constanzo ließen sich blicken, und sie versuchte in beiden Fällen, sich nichts anmerken zu lassen.

Sie konzentrierte sich so gut wie möglich auf ihre Arbeit und versuchte, alle negativen Gedanken bezüglich Léos Krankheit zu verscheuchen. Sie dachte daran, wie er am Morgen geschlafen hatte, unschuldig und rührend wie ein Kind, mit einem Lächeln, das nicht einmal im Schlaf verblasste. Wie konnte er mit einem derartigen Damoklesschwert über dem Kopf noch lächeln?

Der Gedanke an die Krankheit, die ihn langsam umbrachte – oder vielmehr ziemlich schnell, wenn man bedachte, wie wenig Zeit ihm noch blieb –, wühlte sie erneut auf, und sie spürte, wie ihr Tränen in die Augen traten. Sie wischte sie unauffällig weg. Warum musste er so jung sterben? Es war einfach ... furchtbar ungerecht.

Ihr wurde klar, dass sie sich nie zuvor so verloren gefühlt hatte. Und sie wusste, dass sie diese Stunden niemals vergessen würde, diese Gefühle, die sie völlig aus dem Gleichgewicht zu bringen drohten. Von dem, was sich in diesen Tagen und Wochen abspielte, würde sie für immer gezeichnet sein.

Ihr Handy vibrierte. Der Anruf kam von dem Polizisten namens Fink.

»Ja?«, meldete sie sich. Ihre Kehle war wie zugeschnürt.

»Ich bin fündig geworden«, verkündete Fink. »Es hat funktioniert, wir haben den Kerl identifiziert.«

Lorraine hielt den Atem an und wartete, dass er weitersprach.

»Er heißt Mike Curran, und sein Vorstrafenregister ist so lang wie eine Thorarolle. Mehrere Gefängnisaufenthalte.

Der Typ ist gewalttätig, also gefährlich. Sie müssen sich verdammt in Acht nehmen. Solange der Kerl frei herumläuft, sind Sie in Gefahr, Lorraine.«

Ein kalter Schauer lief ihr über den Rücken.

»Konnten Sie ihn nicht lokalisieren?«

»Nein. An seiner üblichen Adresse befindet er sich nicht. Sein Telefon ist tot. Er ist untergetaucht, vom Radar verschwunden. Vielleicht ist das ein gutes Zeichen, denn das bedeutet, dass er weiß, dass die Polizei ihm auf den Fersen ist. Vielleicht zögert er, erneut auf Sie loszugehen, jedenfalls vorläufig.«

Sie dachte nach. Zu viele »Vielleichts« ... Und der Name Mike Curran sagte ihr nichts.

»Wissen Sie, ob er Französisch spricht?«, fragte sie.

Schweigen, dann Hohngelächter am anderen Ende der Leitung. »Ich habe mir seine Akte angesehen. Wenn der Typ Französisch spricht, spiele ich Gitarre wie Jimi Hendrix. Er ist in Bed-Stuy aufgewachsen, und zwar zu einer Zeit, in der sich die Bürgerlichen eher einen Arm hätten abhacken lassen, als dort zu wohnen. Er hat sehr früh die Schule geschmissen. Alles, was er weiß, hat er auf der Straße gelernt. Er hat einen Doktortitel im Benutzen von Baseballschlägern, kennt sich mit Schmuggel und anderen krummen Dingern und mit Neun-Millimeter-Kugeln aus. *C'est la vie*«, fügte er auf Französisch hinzu. »Aber wir kriegen ihn, Lorraine, vertrauen Sie mir. Und wir finden heraus, warum er dermaßen wütend auf Sie ist.«

»Wie alt ist er?«

»Neununddreißig.«

Er hatte ihren Vater also im Alter von elf Jahren getötet? Er sprach kein Französisch ... Er stand in keinerlei Beziehung zum Künstlermilieu ... *Das passt nicht.* Das war nicht der Typ, der ihr Textnachrichten schickte; Curran war nur ein Befehlsempfänger, die Fäden zog jemand anders.

32

What a bad, bad city.

John Lennon, *New York City*

Am Tag darauf schien die Sonne auf die stillen Straßen des Bezirks Gramercy, Manhattan. Lorraine betrachtete die Fassaden der kleinen Stadthäuser in der East 19th Street. Die meisten Townhouses und Brownstones dieser Gegend wurden als Einfamilienhäuser genutzt, nur wenige waren in Eigentumswohnungen aufgeteilt. Eine schicke Enklave, die im Lauf der Zeit Patina angesetzt hatte und abseits vom Trubel, aber dennoch zentral und in der Nähe aller wichtigen Einrichtungen gelegen war.

»Hier ist es«, sagte sie und zeigte Léo ihr Handy. »Nummer 131.«

Er blickte auf das Display, dann auf die bürgerliche Fassade. »Dreitausendzweihundert Dollar im Monat für eine Einzimmerwohnung im Erdgeschoss, das ist nicht gerade günstig.«

»So ist das in Manhattan. Und sieh nur, wie hübsch es ist.«

Tatsächlich besaßen die schmalen Stufen der hohen Außentreppe, die in Richtung Bürgersteig vorspringenden Erkerfenster und der Stuck oberhalb der Fenster einen gewissen Charme. Fast fühlte man sich wie in der Kulisse einer in New York spielenden romantischen Komödie. Und während der glutheißen Sommer spendeten die Bäume auf dem Gehweg der Fassade wenigstens ein bisschen Schatten. »Wollen wir es uns ansehen?«, fragte sie fröhlich.

»Ich nehme es«, verkündete sie eine halbe Stunde später. Der Immobilienmakler, ein junger Mann, der entfernt dem jungen Leonardo DiCaprio ähnelte, nickte lächelnd.

»Da Sie Französin sind und sich aufgrund Ihrer nicht vorhandenen Kredithistorie nicht beurteilen lässt, ob Sie zahlungsfähig sind, wird man vier Monatsmieten im Voraus von Ihnen verlangen«, erklärte er.

Das schockierte sie nicht, denn sie wusste, dass dieses Vorgehen in Manhattan üblich war.

»Meine Provision geht ebenfalls zu Ihren Lasten.«

Sie nickte und sah sich dabei erneut in der Wohnung um. Gewachstes Parkett, Designer-Einbauküche, Arbeitsfläche aus Marmor, ein kleines, aber gemütliches Wohnzimmer, Bücherregale, Alarmanlage ... All das lag weit über den Standards möblierter Mietwohnungen in Paris. Sie warf einen Blick aus dem Fenster auf die hübsche 19th Street unter ihr. Sie fühlte sich bereits zu Hause. Okay, Waschmaschine und Trockner befanden sich in der Waschküche im Keller, und der Makler konnte ihr nicht sagen, was in den Nebenkosten enthalten war und was nicht, aber auch das war nicht weiter überraschend, wenn man in New York eine Wohnung suchte.

»Was meinst du?«, fragte sie begeistert.

Léo wirkte unentschlossen.

»Ich meine, dass du dich hier wohlfühlen wirst«, sagte er schließlich.

Dass er diesen Satz im Futur formulierte, bereitete ihr Magenschmerzen. Sie wusste, was er damit sagen wollte: Es handelte sich um eine Zukunft, von der er ausgeschlossen war.

»Bringen wir es hinter uns«, sagte sie zu dem Makler. »Wann kann ich den Mietvertrag unterschreiben?«

»In achtundvierzig Stunden, so sieht es das Gesetz vor. Bitte besorgen Sie bis dahin die vier Monatsmieten im Voraus und meine Monatsmiete Provision. Ich wünsche Ihnen einen schönen Tag.«

Beim Brunch in dem italienischen Restaurant *Maialino* gab es Olivenöl-Muffins, Zimtrollen, Torta rustica mit Kürbis und Schafskäse sowie Eier in Form von Rührei, Spiegelei, Omelett oder pochiert, außerdem Crêpes, Bacon, Würstchen und frisches Obst, aber Lorraine hatte erneut den Appetit verloren. Léo hingegen futterte, als hätte er drei Tage lang nichts gegessen.

Seit der Besichtigung konnte sie den Gedanken an den Moment, in dem Léo von dieser Welt verschwinden würde, nicht mehr verdrängen. Der Schmerz, den diese Vorstellung in ihr wachrief, war unbeschreiblich und physisch und mental nahezu unerträglich. Er drang in jeden Winkel ihres Gehirns und ließ ihr keine Ruhe. Verdammt, warum haben Menschen Gefühle, ein Herz und eine Seele, wenn sie so etwas aushalten müssen?, fragte sie sich.

»Ich werde eine Sicherheitsfirma beauftragen, die Büros

von DB&S zu beaufsichtigen, bis dieser Curran gefunden wird«, sagte sie schließlich.

Sie hatte ihm von Finks Erkenntnissen erzählt. Léo dachte nach. »Ich werde Gonzo bitten, als dein Chauffeur zu fungieren«, sagte er und biss in ein Würstchen. »Er war früher bei den Navy Seals. Einen besseren Leibwächter gibt es nicht.«

»Und für dich würde er sich vierteilen lassen, das weiß ich«, sagte sie mit schiefem Lächeln.

»Oh, sogar zerfleischen, wenn's sein muss. Hast du keinen Hunger?«

Sie saßen an einem Tisch mit karierter Tischdecke, und sie betrachtete den weißen Park draußen vor dem Fenster.

»Nein, eigentlich nicht.«

Er schwieg.

»Tut mir leid, dass ich so eine Spielverderberin bin.«

»Ich habe Lust auf einen Spaziergang«, sagte er unvermittelt. »Drei Jahre auf sechs Quadratmetern mit einem Zellengenossen und zweimal pro Tag Ausgang in einem vergitterten Hof, da kribbeln einem noch lange danach die Beine.«

»Und was möchtest du dir ansehen?«

»Alles«, sagte er. »Central Park, Bryant Park, Washington Square, Riverside Park, Battery Park, den High Line Park …«

»Um Himmels willen, ist das dein Ernst? Das sind eine Menge Kilometer!«

Sie sah ihm ins Gesicht. Es meinte es ernst.

Als sie nach dem Ausflug zum Loft zurückkehrten, waren sie erschöpft. Aurevilly erinnerte sie jedoch sehr bald daran, dass sie noch mit ihm rausgehen mussten. Und so kam es, dass sie an diesem Samstagabend völlig fertig waren. Léo hatte sich auf dem Sofa ausgestreckt und Lorraine im Bett, das Gehirn von Endorphinen geflutet, die ihr ein Gefühl glücklicher Erschöpfung, ja geradezu Euphorie bescherten. Beim Blick auf ihre Apple Watch stellte sie fest, dass sie an diesem Tag beinahe fünfundzwanzig Kilometer zu Fuß gegangen waren, überwiegend durch Schnee und Kälte. Sie waren mehr als sechs Stunden auf den Beinen gewesen! Sie fühlte sich erschöpft wie ein Trapper bei Jack London nach einem Tag auf der Jagd, aber sie spürte auch, dass sie dieses Loft zu schätzen begann, diesen Hund und ...

Denk einfach nicht dran.

Sie richtete den Blick auf Léo. Mit geschlossenen Augen lag er auf dem Sofa. Die Blässe seiner Haut, die angespannten Gesichtszüge, die Augenringe ... all das wühlte sie auf, erschütterte sie geradezu. Er sah todmüde aus. Gegen Ende der langen Wanderung hatte sie sehr wohl wahrgenommen, wie erschöpft er war, obwohl er es zu verbergen versuchte. Erneut begann sie sich vor der Zukunft zu fürchten. Irgendwann schlug er die Augen auf, dehnte auf dem Sofa seine Muskeln und bestellte schließlich Bagels bei *Liberty Bagels*. Als sie geliefert wurden, stellte sie verblüfft fest, dass sie etwas Derartiges noch nie gesehen hatte. Die Bagels hatten dieselben Farben wie die Gemälde in der Wohnung – die strahlendsten Gelb-, Blau-, Rot- und Weißtöne, die es gab.

»Kann man die wirklich essen? Oder willst du die Dinger auf der Leinwand zerquetschen?«, fragte sie skeptisch.

Die Nacht war hereingebrochen. Mit nackten Füßen schleppte sie sich zum Fenster und betrachtete den großen orangefarbenen Lichtschein, der über den Dächern von Manhattan lag.

Léos Handy klingelte.

»Kitty?«, hörte sie ihn in den Hörer sagen. »Was?« ... »Wann denn?« ... »Bist du vor Ort?« ... »Und Tim?« ... »Ich komme sofort.«

Sie drehte sich um.

»Was ist passiert?«

»Der Laden meiner Schwester wurde geplündert. Er ist komplett verwüstet.«

Als sie vor dem zerschmetterten Schaufenster von *Kitty's Fine Wines* aus dem Taxi stiegen, war die Polizei bereits eingetroffen. Von außen sah es aus, als wäre das Geschäft von einer Rakete getroffen worden. Im Inneren war es kaum besser. Die Polizisten ließen die Lichtstäbe ihrer Taschenlampen durch den dunklen, total verwüsteten Laden schweifen. Weinpfützen leuchteten in den Lichtkegeln auf, zerbrochenes Glas funkelte.

Es war der 11. Januar 2020, exakt 21:13 Uhr.

Kitty stand auf dem Bürgersteig und beantwortete im kreisenden Ballett der Blaulichter die Fragen der Polizei. Als sie ihren Bruder erblickte, entschuldigte sie sich und ging auf ihn zu. Sie ließ sich von ihm in den Arm nehmen und fing leise an zu weinen.

»Ich möchte dir Lorraine vorstellen«, sagte er und löste sich sanft von ihr. »Lorraine, meine Schwester Kitty.«

Sie wischte sich die Tränen ab und schüttelte Lorraine

zerstreut die Hand, dann fragte Léo seine Schwester, was passiert war. Sie erklärte ihm, sie sei zu Hause gewesen, als die Alarmanlage des Ladens sie per Handy verständigte. Sie habe das Bild der Überwachungskamera auf ihrem Display betrachten wollen, aber die App habe ihr gemeldet, dass die Kamera außer Betrieb sei. Daraufhin habe sie umgehend den Sicherheitsdienst verständigt und sei dann direkt zum Laden zum Laden gekommen.

»Ich weiß nicht, wer das getan hat, aber sie haben eine Nachricht hinterlassen«, sagte Kitty.

Sie deutete auf den unteren, intakt gebliebenen Teil des Schaufensters. Jemand hatte in sauberen Buchstaben darauf gesprüht: »AUGE UM AUGE«. Léo betrachtete die Botschaft, scheinbar ohne jede Gefühlsregung, aber seine grauen Augen nahmen kaum merklich einen härteren Ausdruck an.

»Bist du gut versichert?«, fragte er.

»Ja. Aber ich hatte da drin ein paar ausgezeichnete Weine. Die sind unbezahlbar. Du weißt, wie sehr mir dieser Laden am Herzen liegt. Was für ein Schlamassel…«

Als hätte jemand ein Fass angestochen, drang der Geruch nach vergorenem Wein bis auf die Straße hinaus.

»Sie haben keine einzige Flasche mitgenommen. Diese Typen sind richtige Barbaren«, fügte Kitty hinzu.

An Lorraine gewandt, sagte Léo: »Ich werde Gonzo bitten, dich zum Hotel zurückzubringen. Ich bleibe heute Nacht bei meiner Schwester.«

Lorraine beugte sich zu ihm und fragte mit gesenkter Stimme: »Du weißt, wer das war, oder?«

»Ja.«

»Sind es dieselben, die zu dir gekommen sind?«
Léo nickte schweigend.

An demselben Abend kehrte er in sein Loft zurück, um ein
paar Sachen zu holen und den Hund auszuführen. Kaum
hatte er den Fahrstuhl verlassen, wurde ihm klar, dass
auch hier etwas passiert war. Die Tür zum Loft stand einen
Spaltbreit offen. Er war sich sicher, dass er abgeschlossen
hatte. Er rief nach Aurevilly. Da Léo damit rechnete, den
Hund aus der Metalltür kommen zu sehen, war er überrascht, als er die Treppe aus der nächsthöheren Etage
herunterkam. Das Tier war eindeutig verängstigt, hatte
den Schwanz eingezogen und zitterte am ganzen Leib.

Léo bückte sich und streichelte den kleinen Hund, um
ihn zu beruhigen und sich gleichzeitig zu vergewissern,
dass ihm nichts zugestoßen war. Beinahe hätte er vor dem
Betreten des Lofts Gonzo angerufen, besann sich aber
eines Besseren. Wenn die Handlanger von Royce Partridge
III. sich noch im Haus befunden hätten, wäre er ihnen
längst über den Weg gelaufen.

Sie hatten seine Wohnung genauso verwüstet wie Kittys
Geschäft. Nichts war heil geblieben, weder die Porträts von
Lorraine, die sie systematisch zerfetzt hatten, noch das
Sofa, das erneut aufgeschlitzt worden war, nachdem er es
mehr schlecht als recht repariert hatte, und auch nicht die
Bar und die Küche, die die Eindringlinge gründlich zerstört
hatten. Auf eine Wand hatten sie ebenso sorgfältig wie auf
das Schaufenster des Ladens geschrieben:

ZAHN UM ZAHN

33

And here I am,

the only living boy in New York.

Simon & Garfunkel, *The Only Living Boy in New York*

»Warum macht ihr so ein Gesicht?«, fragte Tim am nächsten Morgen, während er in seinen Oreo O's herumstocherte.

Tim verlangte zum Frühstück ausschließlich Oreo O's oder allenfalls noch Reese's Puffs mit Erdnussbutter, beides mit Sojamilch oder notfalls mit laktosefreier Kuhmilch. Nicht dass bei ihm irgendeine Allergie oder Unverträglichkeit festgestellt worden wäre.

»Ihr schaut drein, als kämt ihr gerade von einer Beerdigung«, fügte er hinzu.

Schweigen herrschte an dem Küchentisch, um den herum Tim, seine Mutter und Léo saßen.

»Schon verstanden. Es handelt sich um etwas, das nur die Erwachsenen angeht, richtig?«

Wutschnaubend stach er mit dem Löffel auf seine Frühstücksflocken ein, die wie Knallerbsen aus der Schale sprangen. »Ich habe die Nase voll davon, wie ein kleines Kind behandelt zu werden!«

»Jetzt hast du dich aber gerade wie ein kleines Kind benommen«, versetzte seine Mutter.

Tim beruhigte sich sofort – er erkannte einen zutreffenden Widerspruch, wenn er ihn hörte – und setzte sich aufrecht hin.

»Entschuldige, Mom. Also?«

»Gestern Abend wurde im Laden eingebrochen.«

Der Junge blickte sie stirnrunzelnd an. »Was soll das heißen, ›eingebrochen‹? Bist du ausgeraubt worden?«

»Nein, sie haben nichts gestohlen.«

Léo sah überrascht, dass Tims Augen funkelten.

»Nur deinen Laden oder auch die Geschäfte drum herum?«, wollte er wissen.

»Nur meins.«

»Und es wurde nichts gestohlen?«

»Nein.«

Tim blickte Léo an, dann seine Mutter und schließlich wieder Léo. »Findet ihr das nicht seltsam?«

Schweigen.

»Ihr wisst, wer das getan hat«, sagte er mit fester Stimme.

Das Schweigen, das darauf folgte, dauerte etwa eine Sekunde.

»Warum glaubst du das?«, fragte seine Mutter überrascht.

Tim blickte erneut Léo an und sagte: »Ich weiß genau, dass Onkel Léo nicht in China war. Diese Geschichte mit den Chinesen ist einfach lächerlich. Außerdem habe ich seit seiner ›Rückkehr‹ kein einziges Foto von China oder chinesischen Menschen zu sehen bekommen.«

Léo lächelte.

»Und ihr wollt mir nicht sagen, wo er wirklich war, weil es sich um einen Ort handelt, für den ihr euch schämt. Oder für den zumindest du, Mom, dich so sehr schämst, dass du nicht mit mir darüber reden willst. Ich bin mir nämlich sicher, dass Onkel Léo es mir sonst gesagt hätte.«

Léos Lächeln wurde breiter.

»Ich kann mir nur eine einzige Sache vorstellen, die ihn gezwungen haben kann, drei Jahre lang wegzubleiben. Da Onkel Léo nicht verrückt ist, also nicht im Irrenhaus war ... kann er nur im Gefängnis gewesen sein.«

»Tim!«

»Lass ihn«, sagte Léo zu seiner Schwester. »Nur zu, Tim, rede weiter.« Er lächelte noch immer.

»Und ich weiß auch, dass er nicht töten, vergewaltigen oder jemandem grundlos etwas Böses antun würde. Er könnte ja nicht mal jemandem etwas stehlen, höchstens reichen Leuten. Und wie kann man die Reichen am besten beklauen, wenn man so malen kann wie er? Indem man Bilder fälscht, oder irre ich mich?«

»Nein, Sherlock«, sagte Léo, der die ganze Zeit weitergelächelt hatte.

»Nicht Sherlock«, berichtigte ihn Tim. »Dupin. Charles Auguste Dupin. Der erste Detektiv der Kriminalliteratur. Erschaffen von Edgar Allan Poe im Jahr 1841. Taucht erstmals auf in *Der Doppelmord in der Rue Morgue,* erschienen in *Graham's Magazine.* Ausgestattet mit außergewöhnlichen analytischen Fähigkeiten, gebildet, brillant, lebt zurückgezogen in seinem Haus. Dupin vertraut sich einem Erzähler an, wie Holmes sich Watson anvertraut. Er hat sich alles bei ihm abgeschaut.«

»Aber Sherlock Holmes ist es, der in die Geschichte eingegangen ist«, bemerkte Léo. »Und wer hat deiner Meinung nach den Laden deiner Mutter verwüstet, du kleines Genie?«

Tim hatte es gern, wenn man ihn ein Genie nannte. Lächelnd antwortete er: »Ganz einfach, es war eine indirekte Botschaft an dich. Jemand, dem du eine Fälschung verkauft hast und der jetzt, wo du wieder draußen bist, Geld von dir haben will.«

Kitty musterte ihren Bruder mit bestürzter Miene. »Stimmt das?«

In diesem Moment wurde Léo vom Klingeln seines Handys gerettet. Er blickte auf das Display: Franck McKenna.

»Entschuldigung«, sagte er und stand auf.

Er verließ die Küche und ging ins Wohnzimmer.

»Hallo, Franck.«

»Ich habe deine Nachricht bekommen«, sagte der Ire. Seine Stimme war von kalter Wut durchdrungen. »Dafür wird dieser Hurensohn von Partridge bezahlen. Indem er sich an deiner Schwester vergreift, stellt er meine Autorität infrage. Ich werde dieses Insekt zwischen den Fingern zerquetschen wie eine Autotür in der Schrottpresse.« McKenna seufzte. »Ich habe auch Informationen über deine beiden Zielpersonen. Die Frau ist am interessantesten.«

»Susan Dunbar hat ihre Kreditkarte am Columbus Circle benutzt, also keine vierhundert Meter von Laurie's entfernt, und das eine halbe Stunde, bevor du das Auktionshaus verlassen hast«, sagte Léo eine Stunde später zu Lorraine.

Sie saßen mit Gonzo in der gemütlichen Bar im *Plaza*. Es war Sonntagmorgen, und das Lokal war nahezu leer.

»Woher hast du diese Information?«, fragte Lorraine.

»Von einem meiner Kontakte«, antwortete er ausweichend. »Noch etwas: Sie war noch jung, als dein Vater ermordet wurde. Und jetzt rate mal ... Damals hatte sie ihr Kunststudium bereits eine Weile abgeschlossen und war dabei, sich in der kleinen New Yorker Kunstszene umzusehen.«

Léo warf sein Handy auf den Couchtisch. Auf dem Display war ein Foto zu sehen: Susan Dunbar auf einer Party. Vermutlich in den Achtzigern. Sie war sehr hübsch, ähnelte Debbie Harry und war genauso extravagant gekleidet wie die Sängerin von Blondie. Sie hielt ein Glas in der Hand und plauderte mit Keith Haring höchstpersönlich. Im Hintergrund waren weitere Personen zu sehen, darunter jemand in einer Lederjacke mit Nieten und mit schwarzer Sonnenbrille, der möglicherweise Lou Reed war.

»Es ist sehr gut möglich, dass sie damals deinem Vater begegnet ist. Die New Yorker Kunstszene ist ein Dorf, jeder kennt jeden. Und wie man auf diesem Foto sieht, war sie sehr gut eingeführt.«

»Laut meiner Mutter war mein Vater ein großer Verführer. Und ein Lebemann war er auch«, sagte Lorraine. »Er ging oft aus und konsumierte jede Art von Drogen. Außerdem ging er fremd ... Er hörte nie damit auf. Meine Mutter sagte mal, er habe ›den Schwanz und die Libido eines Hengstes, der zum Decken gebracht wird‹.«

Gonzo brach in lautes Gelächter aus.

»Ein Jahr nach dem Tod deines Vaters wurde Susan für kurze Zeit ins Kingsboro Psychiatric Center eingewiesen«, fuhr Léo fort. »Ihre Diagnose lautete: Schizophrenie. Sie nahm damals eine Menge Drogen.«

Lorraine blinzelte und sagte: »Du bist erstaunlich gut informiert, ich sollte dich als Headhunter engagieren.«

Aber tatsächlich war ihr die Lust zu scherzen komplett vergangen. »Mal angenommen, Susan kannte meinen Vater. Zwischen den beiden ist irgendetwas Hässliches passiert. Was hat das mit mir zu tun? Warum sollte sie mich nach so vielen Jahren noch angreifen wollen? Zur fraglichen Zeit war ich ein Kind. Und hat dein... ›Kontakt‹ etwas über Constanzo gefunden?«

Léo runzelte die Stirn. »Ich weiß nicht, wie ihr eure Mitarbeiter rekrutiert, aber vielleicht liegt es auch an der Werbebranche selbst... Ed Constanzo ist jedenfalls kokainsüchtig. Und nicht nur ein bisschen. Er verprasst seine gesamte Kohle für Dope und Damen vom Escortservice.«

»Constanzo ist dreiundvierzig. Beim Tod meines Vaters war er also vierzehn. Höchst unwahrscheinlich, dass er es gewesen ist«, sagte Lorraine.

Léo saß vorgebeugt auf der Kante des Sessels, die Ellbogen auf die Knie gestützt, und blickte sie von unten herauf an. »Wenn dem so ist, müssen wir mit Susan beginnen.«

Er betrachtete die Notizen, die er in sein Handy getippt hatte. »Susan Dunbar wohnt in der Carroll Street 845 in Brooklyn. Wie lockt man Bienen aus dem Korb?«, fragte er, an Gonzo gewandt.

»Mit Rauch«, antwortete der.

»Wärst du in der Lage, noch einmal den Taschendieb zu spielen?«

Gonzo nickte, lächelte Lorraine an und verkündete: »Da bin ich seit fünfzehn Jahren wieder auf dem rechten Weg, und dieser *gringo* will mich davon abbringen. Aber wie gesagt, es gibt nichts, was ich nicht für ihn tun würde.«

»Jungs, ihr macht mir Angst. Was soll diese Geschichte mit dem Taschendieb?«, fragte Lorraine.

Ehe er in die Armee eingetreten und bei den Seals aufgenommen worden war, hatte Gonzo als Jugendlicher in Spanish Harlem lange Zeit kräftig über die Stränge geschlagen. Er war durch die Straßen Manhattans gezogen und hatte Taschendiebstähle verübt. Diese Erfahrungen waren ihm übrigens in den Reihen der Armee sehr nützlich gewesen – diesmal völlig legal.

»Entspann dich«, sagte Léo zu Lorraine. »Du musst Susan nur anrufen und sie zum Lunch einladen, verstanden?«

»Hier und jetzt?«

»Ja.«

34

**On the streets of New York
I see no evil.**

Elliott Murphy, *The Streets of New York*

Um die Mittagszeit kamen sie in Park Slope an, einem der reichsten Viertel von Brooklyn. Auf der Suche nach einem Parkplatz kurvten sie eine Weile herum und gingen dann zu Fuß zum elegantesten, ruhigsten und grünsten Teil der Carroll Street in der Nähe des Prospect Park und des Grand Army Plaza.

Totes Laub aus dem Herbst hatte sich unter den Schnee vor den Freitreppen dicht an dicht stehender viktorianischer Häuser gemischt. Das Viertel war sehr beliebt, denn hier gab es mehr gute Schulen, Restaurants, kleine Geschäfte, Märkte, Bioläden, Grünflächen und öffentliche Verkehrsmittel als in jedem anderen Stadtteil von New York.

Um Punkt 12:30 Uhr kam Susan Dunbar aus der Nummer 845, stieg die Stufen hinunter und rannte Léo, der in den geöffneten Stadtplan in seinen Händen blickte und auf dem Bürgersteig auf und ab ging, beinahe um.

»Hey, passen Sie doch auf!«, rief sie.

Léo blickte von dem Plan auf, bedachte sie mit seinem

verführerischsten Lächeln, und während er sie mit einem durchdringenden Blick fesselte, sagte er mit Bostoner Akzent: »Tut mir echt leid, aber ich glaube, ich habe mich tatsächlich verlaufen. Montgomery Place, ist das hier? In der Gegend ist ein Brownstone zu verkaufen, aber ich kann hier nichts dergleichen sehen. Was für ein Viertel! Wirklich großartig.«

»Das ist die Parallelstraße«, sagte Susan, auf einmal besänftigt. Gonzo näherte sich ihr auf dem Bürgersteig, aber von hinten. »Wollen Sie sich dort niederlassen?«

»Genau. Ich komme gerade aus Boston. Der Arbeit wegen ...«

Léo reichte ihr die Hand. »Mark Rubens.«

»Susan Dunbar, freut mich sehr, Sie kennenzulernen, Mark. Ich habe es ein bisschen eilig.«

»Wer hat das heutzutage nicht? Wir begegnen uns sicher demnächst mal beim Einkaufen«, sagte Léo mit strahlendem Lächeln.

Sie vollführte eine vage, aber ermutigende Geste und ging eilig davon.

»Hast du die Schlüssel?«, fragte er Gonzo.

Sie stiegen die Treppe hinauf. Der dritte Schlüssel an dem Bund aus Susan Dunbars Handtasche war der richtige. Sie betraten den Hausflur und sahen sich um. Nach McKennas Angaben lag Dunbars Wohnung hinter der ersten Tür rechts im Erdgeschoss.

Léo zog die Brauen hoch. Eine Reproduktion von *La Sentinelle* hing über dem Sofa an der Wand, Kunstbände waren auf den Böden des kleinen Regals aufgereiht; mindestens ein Viertel davon befasste sich mit Czartoryskis Werk. Auf einem niedrigen Tisch mit Glasgestell lag Laurie's aktueller Auktionskatalog, der, in dem *La Sentinelle* angeboten wurde.

Es gab auch eine Kreidezeichnung von Czartoryski auf dem Kaminsims, die authentisch zu sein schien, daneben ein japanischer Druck im Stil von Hiroshige.

Auf einmal überkam ihn die Gewissheit: Susan Dunbar war ein Volltreffer. Genau wie Lorraine und Léo empfand sie offenbar wahre Leidenschaft für die Werke des amerikanisch-polnischen Malers. Nun hatte Czartoryski aber genau zu dem Zeitpunkt eine Ausstellung in der Galerie von Lorraines Vater, als die junge Susan Dunbar das New Yorker Künstlermilieu zu entdecken begann. Die Wahrscheinlichkeit, dass sie François-Xavier Demarsan begegnet war, stieg damit exponentiell an. Auf den Fotos war sie sehr schön, und Demarsan hatte sich damals auf alles gestürzt, was einen Puls hatte, wenn man Lorraines Mutter Glauben schenken durfte. War Susan seine Geliebte gewesen? War die Tatsache, dass sie in Lorraines Berufsleben auftauchte, womöglich gar kein Zufall?

Sie durchwühlten Schränke, Schubläden, Kleiderschränke, ohne sich die Mühe zu machen, ihre Spuren zu verwischen. Im Gegenteil, sie ließen Markenklamotten, den Papierkram aus den Schubladen, Schmuck und Bücher gut sichtbar verstreut auf dem Parkett und den Orientteppichen liegen. Dann verließen sie die Wohnung, ohne die Tür hinter sich zu schließen.

Das Chaos, das sie hinterließen, war der Rauch, und

die Biene namens Susan würde einen völlig chaotischen Bienenkorb vorfinden.

Zurück bei der Limousine, umrundeten sie den Häuserblock, bis in der Carroll Street ein Parkplatz frei wurde. Etwa fünfzig Meter von der Hausnummer 845 entfernt parkten sie am Straßenrand und warteten.

Eine Stunde später tauchte Susan Dunbar auf. Sie stieg die Stufen der Vortreppe hinauf und verschwand in dem dreistöckigen viktorianischen Gebäude. Sie blieben sitzen und warteten ab. Eine halbe Stunde. Eine Stunde ...

»Lass das«, sagte Léo, als Gonzo vor lauter Langeweile Anstalten machte, eine CD von Enrique Iglesias in den Player zu schieben.

Anderthalb Stunden ... Und noch immer kein Streifenwagen zu sehen. *Susan Dunbar hat nicht die Polizei gerufen.* Warum? Weil sie nichts gestohlen hatten?

Die Antwort kam, als es dunkel wurde und in den Fenstern nach und nach die Lichter angingen. Oben an den Treppen leuchteten die Laternen auf und warfen gelbe Lichtflecken auf den Schnee, der an den Rand des Bürgersteigs geschaufelt worden war. Und nun kam Susan Dunbar aus der Carroll Street 845 gestürmt, lief erneut die Stufen hinunter und zu ihrem Wagen, einem kleinen Toyota in Silbermetallic.

»Der Rauch hat die Biene verjagt«, sagte Gonzo.

Der Toyota schoss aus der Parklücke und raste die Straße entlang. Susan Dunbars Fahrweise war nervös. Sie folgten dem kleinen Wagen in sicherem Abstand in östliche Richtung, umrundeten zunächst den Prospect Park und fuhren dann durch Brooklyn, bis sie Brownsville erreichten, wo sie die Pitkin Avenue entlangfuhren, ehe sie nach Saratoga abbogen.

»Was hat jemand wie Susan Dunbar in Brownsville zu suchen?«, dachte Gonzo laut nach.

Von Gentrifizierung konnte hier keine Rede sein. Obwohl der Höhepunkt der Crack- und Heroinepidemie der Nullerjahre überschritten war, handelte es sich bei Brownsville nach wie vor um eine der gefährlichsten Gegenden im Großraum New York. Mit den hübschen, ruhigen Sträßchen in Park Slope hatte dieses Viertel nicht das Geringste gemeinsam. Hier waren die Bürgersteige beschädigt, schäbige kleine Häuser säumten die Straßen, und zum Heulen triste Wohnblocks mit Sozialwohnungen ragten in den grauen Himmel.

Plötzlich hielt Susan Dunbars kleiner Toyota vor einem der Häuser, das ebenso schäbig war wie alle anderen. Es war die Hausnummer 731 in der Saratoga Avenue, gleich neben einer verfallenen Kirche, die kaum größer war als das Gebäude selbst, obwohl sie den pompösen Namen *Haus Gottes, des Glaubens, der Hoffnung und der Mildtätigkeit* trug.

Gonzo merkte an, dass man schon sehr gläubig sein musste, um zu hoffen, an einem solchen Ort Gott zu begegnen, denn so etwas wie Mildtätigkeit würde sich niemals in die Straßen von Brownsville verirren. Léo schwieg und begnügte sich damit, das kleine Haus zu beobachten. Die Limousine stand am Bürgersteig gegenüber. Sie passte nicht in die Kulisse, aber genau darauf verließen sich die beiden: Niemand würde auf die Idee kommen, dass jemand, der am Steuer einer Limousine saß, ein krummes Ding drehen wollte – schon gar nicht in Brownsville.

Plötzlich gingen hinter den Fenstern im Erdgeschoss die Lichter an, und sie sahen Susan, die in ein Gespräch mit einem Mann vertieft war – ein magerer, muskulöser Typ mit schwarzen Haaren, ein sportlicher Vierzigjähriger, die Hemdsärmel bis über die tätowierten Unterarme hochgekrempelt. Susan redete heftig gestikulierend auf ihn ein, und der Typ hörte ihr mit gerunzelter Stirn zu. Sie brauchten keinen Ton zu hören, um zu verstehen, dass sie über ihre verwüstete Wohnung sprachen. Léo sah sie noch eine Weile miteinander verhandeln, bis der Typ schließlich sein Handy herausholte und aufgeregt mit einem Dritten sprach, während Susan Dunbar nervös im Zimmer auf und ab ging. Die Anspannung war ihren Mienen anzusehen. Als er fertig war, sagte der Tätowierte noch ein paar Worte, und Susan schien sich zu beruhigen. Dann packte er sie am Arm, zog sie an sich und drückte seinen Mund auf ihren. Sie wehrte sich halbherzig, ehe sie dem Typen, der sie fest im Arm hielt, eine Hand um den Nacken schlang. Sie küssten sich lange, und der Mann ließ die Hände über ihren Körper wandern.

»Die elegante Miss Dunbar scheint auf böse Jungs zu stehen«, sagte Gonzo.

»Das ist nicht der Mann, den wir suchen«, erwiderte Léo. »Der Typ da ist nicht Mike Curran.«

»Vielleicht steht sie so sehr auf Bad Boys, dass sie gleich mehrere davon hat«, mutmaßte Gonzo.

»Oder Curran und der Typ da kennen sich, vielleicht ist er die Verbindung zwischen den beiden. Ich werde McKenna bitten, Erkundigungen über ihn einzuziehen.«

»Das wird ja immer versauter«, sagte Gonzo. »Wollen die gar nicht die Vorhänge zuziehen?«

»Sieht nicht so aus.«

»Ich bin schockiert«, fügte Gonzo hinzu, der nicht im Geringsten schockiert aussah. »Dieser Anblick verletzt mein natürliches Schamgefühl. Was, wenn ein Kind hier vorbeikommt? Eine Nonne? Ein Rabbiner? Ein Imam. Allmählich wird es echt widerlich. Komm, wir hauen ab.«

»Wir müssen etwas über den Typen von Brownsville in Erfahrung bringen, vielleicht führt er uns zu Curran«, sagte Léo eine Stunde später in der Lobby des *Plaza* zu Gonzo und Lorraine.

»Eure Miss Dunbar scheint jedenfalls ein ziemlich scharfes Doppelleben zu führen«, antwortete Gonzo. »Und ich fresse einen Besen, wenn die Tattoos auf dem Arm des Typen keine Knasttätowierungen waren.«

»Ich wusste nicht, dass Susan dich zu der Versteigerung bei Laurie's begleitet hat«, sagte Léo an Lorraine gewandt.

Sie musterte ihn überrascht. »Susan war nicht bei der Versteigerung.«

»Trotzdem befand sich der Auktionskatalog in ihrer Wohnung.«

Lorraine wurde blass. Gonzo fiel auf, dass sie seit dem Morgen ihr Make-up erneuert hatte, obwohl sie nach wie vor dieselbe schwarze Jeans, den beigen Rollkragenpulli und Stiefeletten trug. Sie war unauffällig geschminkt, aber Rocha hatte ein gutes Auge für solche Dinge. Sie hatte einen Hauch Lidschatten aufgelegt und Eyeliner aufgetragen. *Na so was …* Flüchtig fragte er sich, was zwischen den beiden wohl vor sich ging. Keine vertrauten Gesten, nichts, was darauf schließen ließ, dass sie noch einmal von vorn angefangen hätten. Aber ihre Blicke ließen keinen Zweifel zu. Gonzo lächelte. Dann dachte er an das, was innerlich an Léo nagte, und erneut überkam ihn eine Mischung aus Wut und wilder Verzweiflung.

Er blickte auf die Uhr, kam zu dem Schluss, dass es Zeit war, die beiden allein zu lassen, und verkündete: »Kinder, ich muss los. Lorraine, wann soll ich dich morgen abholen?«

Sie nannte ihm die Uhrzeit.

»Mit der Limousine zur Arbeit gefahren werden, was für ein Luxus«, fügte sie mit einem schwachen Lächeln hinzu.

»Sie erleuchten meine bescheidene Kutsche mit Ihrer Gegenwart, holde Dame«, gab Gonzo zur Antwort und fügte an Léo gewandt hinzu: »Ich vertraue sie dir an, Bruder.«

Letzterer gab dazu keinen Kommentar ab. Als Gonzo gegangen war, sagte Léo zu Lorraine: »Ich muss mit Aurevilly Gassi gehen und im Loft ein bisschen für Ordnung sorgen. Dort herrscht das reinste Chaos. Es wäre mir lieber, du würdest dich in deinem Zimmer einschließen, hier in der Lobby geht es zu wie in einem Taubenschlag. Es sei denn, du willst bei mir im Loft übernachten … Es befindet sich allerdings in einem wirklich erbärmlichen Zustand.«

Lorraine nickte, und sie standen beide von ihren Plätzen auf. Im Aufzug redeten sie nicht miteinander und sahen sich auch nicht an. Sie hätte ihm gern gesagt, dass es ihr völlig egal war, ob im Loft Chaos herrschte, dass sie sich dort zu Hause fühlte, dass sie dort in der vorletzten Nacht hervorragend geschlafen hatte, dass sie es mochte, vor ihm aufzustehen, ihn beim Schlafen zu beobachten, das Frühstück zuzubereiten, und dass sie Aurevilly schon jetzt vermisste. Dass sie Lust hatte, mit ihm zu vögeln, jetzt sofort ...

Aber sie sprach nichts davon aus.

Noch immer schweigend, verließen sie den Fahrstuhl und gingen den Flur entlang. Lorraine schloss die Tür auf, betrat das Hotelzimmer. Sie drehte sich um und schaute Léo ins Gesicht. Er lächelte nicht, sah sie nur schweigend an, und in seinen grauen Augen meinte sie, ein Glühen zu entdecken. Die Intensität seines Blicks raubte ihr den Atem.

»Gute Nacht, Lorraine.«

Dann ging er fort.

35

He's pretty sure
No one's ever seen him.

Bob Seger & The Silver Bullet Band, *Manhattan*

Am nächsten Morgen hob Lorraine in ihrem Büro den Hörer ab.

»Susan, können Sie bitte kurz bei mir vorbeikommen?«

Hinter den Fensterscheiben dampfte New York. An diesem kalten, hellen Wintermorgen schien die Sonne und ließ die Gebäude funkeln wie Gold- und Silberbarren. Selbst in dieser Höhe war die Energie zu spüren, die von dieser unvergleichlichen Stadt ausging.

Es klopfte an der Tür. Susan Dunbar trat ein. Mit einer gewissen Zufriedenheit stellte Lorraine fest, dass Susans Gesichtszüge angespannt, ihre Miene besorgt wirkte.

»Setzen Sie sich, Susan«, sagte sie. »Wie ist es Ihnen am Sonntag ergangen, nachdem wir uns verabschiedet hatten?«

Die Amerikanerin kniff die Lippen zusammen, zwang sich aber zu lächeln: »Sehr gut, danke.«

»Freut mich. Ich hatte auch eine angenehme Zeit. Aber

nun zum Geschäftlichen. Wie weit sind wir mit der Kampagne ›Heart of New York‹?«

Die Werbekampagne »Heart of New York« hatte mit einer der wichtigsten Ladenketten der Stadt zu tun, deren Flaggschiff sich in der 59th Street befand. Es war die Art von Budget, die die Jahresbilanz jeder Werbeagentur in der Größe von DB&S dramatisch veränderte. Das Kreativteam und die künstlerische Leitung hatten sich eine Plakatkampagne für das gesamte Stadtgebiet einfallen lassen, in der Subway und den Bussen von Hampton Ambassador, aber auch auf Instagram und im Fernsehen. Die Kampagne bezog sich auf Menschen, die »New York authentisch verbunden« waren wie die Schauspielerin Sarah Jessica Parker oder auch der Yankees-Spieler Didi Gregorius. Prominente sollten ihre Liebe zu dieser Stadt und gleichzeitig zu der Ladenkette bezeugen. Susan hatte den beiden Pauls und Lorraine erklärt, der stellvertretende Geschäftsführer der Kette, der auch deren Marketingchef war, sei ein guter Freund, und sie habe vor, den Deal an Land zu ziehen.

Susans Miene wirkte auf einmal verschlossen. »Haben Sie meine Mail nicht gelesen? Der Auftrag ist an BBDO gegangen.«

Lorraines Blick wurde härter. »Das habe ich gesehen. Und ich dachte, Sie hätten uns diese Kampagne garantiert. Wir haben große Hoffnungen in das Projekt gesetzt.«

Susan Dunbar zog den Kopf ein. »Ich habe mich geirrt. Mein Freund hatte mir versichert, dass wir den Zuschlag bekommen.«

»Verstehe. Das ist sehr ärgerlich. Wir haben uns fest auf dieses Budget verlassen.«

»Ich weiß.«

Lorraine zögerte, dann sagte sie: »Was haben Sie eigentlich gestern nach unserem gemeinsamen Mittagessen gemacht?«

Susan Dunbar hob überrascht den Kopf. »Äh ... was? Ich ... ich bin nach Hause gefahren. Warum fragen Sie?«

»Haben Sie gearbeitet oder Musik gehört? Sind Sie vielleicht noch einmal aus dem Haus gegangen?«

Lorraine war bewusst, dass sie ihre Mitarbeiterin provozierte. Die starrte sie nun verblüfft an und blinzelte.

»Äh ... Ich habe einen Mittagsschlaf gemacht und dann gekocht. Aber warum fragen Sie?«

»Hm.«

»Was sollen diese Fragen? Sind Sie nicht zufrieden mit meiner Arbeit? Das mit dem Deal tut mir leid, aber ...«

»Machen Sie sich keine Gedanken, Susan«, fiel Lorraine ihr ins Wort und schaute ihr unverwandt in die Augen. »Es war nur ein beliebiges Gesprächsthema. Sie schienen es gestern eilig zu haben, nach Hause zu kommen, deshalb frage ich.«

Susan Dunbar straffte den Rücken und starrte Lorraine ins Gesicht. Auf einmal wirkte sie hellwach. Misstrauisch. Irgendetwas an Lorraines Worten hatte ihren Argwohn geweckt. Sie wirkte verunsichert. Offensichtlich fragte sie sich, worauf Lorraine hinauswollte, vielleicht sogar, was sie wusste. Perfekt. Wenn Susan in Panik geriet, würde sie vermutlich bald einen Fehler machen.

Zwei Steinlöwen hielten vor der New York Public Library an der Fifth Avenue Wache, wie sie es seit mehr als einem

Jahrhundert taten. Léo trank seinen Kaffeebecher aus und warf ihn in einen Mülleimer, dann überquerte er die Straße und stieg im Schneegestöber die Stufen zu der Bibliothek hinauf.

Mit etwa viereinhalb Millionen Büchern ist die New York Public Library nach der Kongressbibliothek in Washington die zweitwichtigste Bibliothek des Landes. Léo interessierte sich an diesem Morgen jedoch ausschließlich für die Bestände zum Thema Kunst und Architektur. Weil er im Internet nachgesehen hatte, wusste er, dass sich die Werke über Victor Czartoryski an mehreren Standorten befanden und einige sogar nur auf Bestellung erhältlich waren, dass aber ein großer Teil in diesem Bereich des Hauptgebäudes zugänglich war. Hier befanden sich mehrere Tausend Werke zu Kunst, Kunstgewerbe, Architektur und Design.

Er wollte sich in Victor Czartoryskis Leben vertiefen, um dort vielleicht einen Hinweis, eine Spur zu finden. Drehte sich bei dieser Geschichte nicht letztlich alles um den Maler? Ihm war bewusst, dass seine Chancen, etwas zu finden, klein, geradezu lächerlich klein waren, aber er ertrug es nicht, noch länger untätig abzuwarten, bis Finks Ermittlungen Erfolge erzielten oder aber der Stalker ein weiteres Mal auf Lorraine losging.

Den Biografien zufolge, die Léo an diesem Tag zurate zog, war Victor Czartoryski in Greenpoint im Norden Brooklyns unweit der Pulaski Bridge in einer Familie von Hafenarbeitern, die Ende des 19. Jahrhunderts aus Galizien eingewandert war, zur Welt gekommen und aufgewachsen. Wegen seiner großen polnischen Community wurde Greenpoint auch Little Poland genannt. Sehr früh schon hatte Victor ein gewisses Zeichentalent gezeigt, doch als undisziplinierter und streitlustiger Schüler war er noch vor dem Abitur von der Schule geflogen. Der Legende nach hatte er ab diesem Zeitpunkt von Betteleien und Diebstählen gelebt, hatte nacheinander auf Baustellen von Wolkenkratzern, als Totengräber auf den Friedhöfen der Stadt (was er, ebenfalls der Legende nach, als Gelegenheit zum Zeichnen genutzt hatte), als Taschendieb und schließlich als Straßenkünstler gearbeitet. Dabei war er einem Professor der berühmten Arts Students League von New York aufgefallen, zu der vor ihm bereits Saul Bass, Norman Rockwell, Jackson Pollock und Roy Lichtenstein gehörten. Am Ende musste er auch diese Institution verlassen, nachdem er in der hauseigenen Zeitung den Unterricht kritisiert hatte.

Die zahlreichen Museen der Stadt hielten jedoch ein unvergleichliches Lehrangebot für einen zukünftigen Künstler wie ihn bereit, und er hatte weiterhin gezeichnet und gemalt, während er in verschiedenen mehr oder weniger legalen Berufen tätig war. Seine Begegnung mit anderen Künstlern seiner Generation hatte Ende der 1960er-Jahre zur Gründung der sogenannten New-York-*downtown*-Schule geführt, die zur selben Zeit wie etwa David Hockney die gegenständliche Malerei wieder aufleben ließ. All das war faszinierend, aber Léo suchte etwas anderes: Begegnungen, Anekdoten, Fotos, auf denen Personen und Gesichter zu sehen waren.

Lange Zeit saß er in der behaglichen, nur von gelegentlichem Hüsteln unterbrochenen Stille des Lesesaals, ohne einen echten Durchbruch zu erzielen. Irgendwann nahm er einen dicken Wälzer zur Hand, der sich mit den Künstlern der New-York-*downtown*-Schule beschäftigte. Das Werk war reich illustriert, die Analysen recht aussagekräftig. Léo blätterte um und hielt beim Anblick der Reproduktion eines Ölgemäldes inne, auf dem eine ländliche Gegend im Staat New York zu sehen war. Ein Schauer lief ihm über den Rücken. Diese Landschaft kannte er ... Er hatte sie im Lauf seiner Kindheit Hunderte Male durchquert ... ein Feld, nur einen Katzensprung von seinem Elternhaus entfernt. Das Werk stammte aus dem Jahr 1989.

Léo blätterte weiter und stieß kurz darauf auf ein weiteres, ebenso vertrautes Bild: die Scheune einer Farm in der Nachbarschaft. Ein drittes Gemälde desselben Künstlers zeigte eine Brücke über einen Bach. Léos Puls beschleunigte sich. Es war wie verhext. Die Brücke war ihm genauso vertraut wie die restlichen Motive, allesamt Landschaften seiner Kindheit, die hier vor seinen Augen ausgebreitet waren.

Er suchte nach dem Namen des Künstlers. Neil Greenann. Er hatte noch nie von ihm gehört. Die biografischen Angaben waren spärlich. Geboren 1963, hatte Greenann in Parsons studiert und kurz zur New-York-*downtown*-Schule gehört, ehe er sich um Alter von dreißig Jahren umgebracht hatte.

Die Ähnlichkeit zwischen Greenanns und Czartoryskis Malerei fiel ihm sofort ins Auge. Man hätte die beiden fast verwechseln können. Diese Gleichartigkeit beunruhigte Léo sehr, zumal Greenanns Talent offensichtlich war und dem des berühmten Älteren in nichts nachstand. Wer war dieser Greenann? Woher kam er? Sein Werk war offenbar in Vergessenheit geraten, obwohl es jede Aufmerksamkeit verdient hätte. Aus welchem Grund? Vielleicht lag es an der zu geringen Anzahl von Bildern, die Neil Greenann, seinem Biografen zufolge ein Künstler von krankhaftem Perfektionismus, gemalt hatte. Die küchenpsychologische Erklärung des Autors war in der Tat, dass Greenann aufgrund seiner ständigen Unzufriedenheit bis zu seinem Suizid 1993 von einer Depression in die nächste gestolpert sei, obwohl der Künstler keinen Brief hinterlassen hatte, um seine Tat zu erklären.

Je länger er Greenanns Bilder betrachtete, desto faszinierter und bewegter war Léo von der Art, wie der Künstler die Landschaften seiner eigenen Kindheit überhöht hatte, wie er mit der Farbe, dem Licht und dem Bildaufbau spielte, um sie zu verfeinern. Seine Technik war beeindruckend. Darüber hinaus besaßen Neil Greenanns Landschaften eine von ihren Vorbildern unabhängige Realität. Eine atemberaubende Realität. Léo wurde von einem Gefühl ergriffen, das an Entsetzen grenzte. Wie war es möglich, dass ein derartiger Künstler keine Beachtung gefunden hatte? Warum sprach niemand mehr von ihm? Wie konnte er in Vergessenheit geraten, während heutzutage Hochstapler den Kunstmarkt und die Fachmedien beherrschten, deren einziges Talent darin bestand, Geld zu verdienen und Wirbel um sich selbst zu machen? Diese Ungerechtigkeit empörte ihn. Er klappte das Notizbuch, in das er zahlreiche Anmerkungen geschrieben hatte, zu, stand auf, brachte das Buch zurück und verließ den Saal.

»Sagt dir der Name Neil Greenann etwas?«

»Neil wer?«, fragte Zack und setzte sich eine riesige Brille mit paillettenbesetztem Rahmen auf.

»Greenann, ein Maler der New-York-*downtown*-Schule.«

»Ach ja, das ist der, der sich in den Neunzigern umgebracht hat. Ich erinnere mich, dass wir im Kunststudium über eines seiner Gemälde gesprochen haben. Ein Epigone von Czartoryski, nicht wahr? Warum interessierst du dich für ihn?«

»Weil ich finde, dass seine Malerei ein ganz anderes Schicksal verdient hätte. Der Typ war wahnsinnig talentiert.«

Der blonde Riese zuckte mit den Schultern und sah sich in seiner Galerie um. »Na und? Als ob es in dieser Branche auf Talent ankäme.«

»Neil Greenann? Nie gehört«, sagte Lorraine.

Léo legte ein großes aufgeschlagenes Buch auf den Couchtisch im Loft. Er hatte es in der Buchhandlung des MoMA gekauft, das einzige nicht vergriffene Werk über Neil Greenann.

»Findest du nicht, dass seine Werke denen von Czartoryski ähneln?«

Stirnrunzelnd beugte sie sich über das Buch.

»Du hast recht, es ist verwirrend. Er malt wie Victor, nur bunter. Die Bilder sind sehr schön.«

»Sie sind mehr als das«, sagte Léo. »Es sind die Arbeiten eines großen Künstlers.«

»Worauf willst du hinaus?«

»Ich weiß es nicht«, sagte er und wehrte Aurevillys Schnauze ab, der auf seinen abendlichen Spaziergang wartete und allmählich ungeduldig wurde. »Aber diese Bilder wurden außerdem in unmittelbarer Nähe des Orts gemalt, in dem ich aufgewachsen bin. Vielleicht kannte mein Vater diesen Greenann.«

»Und wenn wir ihm einen Besuch abstatten?«, fragte Lorraine auf einmal.

»Wem? Meinem Vater?«

»Nein, Czartoryski.«

Schweigen.

»Meinst du das ernst?« Er sah ihr ins Gesicht. Ja, sie meinte es ernst.

»Anstatt in Büchern und im Internet nach Informationen zu suchen, können wir sie ebenso gut direkt aus der Quelle schöpfen, meinst du nicht?«

Léo stand auf. Aurevilly fing an, rasch zwischen Tür und Wohnzimmer hin und her zu laufen.

»Czartoryski hat vor achtundzwanzig Jahren mit dem Malen aufgehört, nach dem Verkehrsunfall, der dazu führte, dass er die rechte Hand nicht mehr gebrauchen konnte, in demselben Jahr, in dem dein Vater gestorben ist. Seitdem lebt er zurückgezogen in New Hampshire. Er hat sich eingeigelt und empfängt niemanden. Er lässt weder Interviews noch Besucher zu, vor allem keine Journalisten«, sagte er.

»Wir sind keine Journalisten. Und ich bin keine völlig Unbekannte für ihn. Czartoryski hat mich kennengelernt, als ich ein Kind und er mit meinem Vater befreundet war.«

»Er steht in dem Ruf, ein Menschenfeind und Exzentriker zu sein. Ein Eremit. Es heißt, er habe vor Einsamkeit und Verbitterung den Verstand verloren. Es sind etliche Anekdoten darüber im Umlauf, wie er die seltenen ungebetenen Gäste empfängt, die es wagen, bei ihm zu erscheinen.«

»Ein Versuch kostet nichts. Fürchtest du dich vor einem alternden Maler?«, neckte sie ihn.

»Spiel keine Spielchen mit mir.«

»Vielleicht wirft er mit Pinseln nach dir.«

»Haha.«

»Stell dir vor ... Von deinem Idol mit dem Rohrstock aus dem Haus geprügelt.«

»Sehr witzig«, versetzte Léo.

»Dies ist die einmalige Gelegenheit, einem echten Genie der Malerei zu begegnen ... Jemandem, den du bewunderst ...«

»Du wirst nicht lockerlassen, oder?«

Sie starrte ihn an.

»Nein.«

»In Ordnung. Versuchen wir's.«

36

We hunger for truth.

B. o. B. (ft. Eminem & Alicia Keys), *New York, New York*

Am Tag darauf verließen sie New York. Lorraine hatte sämtliche geschäftlichen Termine abgesagt und fragte sich, ob diese Geschichte nicht allmählich die Qualität ihrer Arbeit beeinträchtigte. Außerdem widerstrebte es ihr, die Führung der Werbeagentur Susan und Constanzo zu überlassen, und sei es nur für einen Tag.

Léo hatte einen Mietwagen genommen, und sie brauchten eine ganze Weile, um sich aus den Monsterstaus von Manhattan herauszukämpfen. Sie fuhren auf die Interstate 278, dann auf die 95, die entlang der Atlantikküste an New Rochelle, Mamaroneck und Bridgeport vorbei nach New Haven führte, ehe sie Kurs nach Norden nahmen, direkt auf Vermont und Kanada zu. Ab Fairlee dann die 25A in Richtung Osten, über den Connecticut River und nach New Hampshire hinein. Ihre Stunden dauernde, verregnete Reise unterlegten sie mit Musik von The Killers über Leonard Cohen und Elton John bis zu Count Basie.

Gegen Mittag nahmen sie sich die Zeit, in einem *Applebee's Grill + Bar* auf der Höhe von Greenfield einen Happen zu essen. Ein Stück Kuchen für sie, ein Omelett mit Speck für ihn. Lorraine nutzte die Gelegenheit, um vor dem Spiegel im Waschraum ihr Aussehen zu überprüfen und sich ein wenig zurechtzumachen. Dann ging sie zurück in den Gastraum.

»Lass mich fahren«, sagte sie.

Léo musterte sie mit ausdrucksloser Miene. »Warum? Hast du Angst, dass ich einschlafe?«

»Sei nicht albern.«

»Warum dann?«

»Nach unserem langen Ausflug neulich wirktest du abends erschöpft«, entgegnete sie.

»Überhaupt nicht.«

»Doch ... und auch jetzt siehst du ziemlich müde aus.«

Er schaltete auf stur. »Ich fahre diese Karre, okay? Und niemand sonst. Das steht so in den Papieren, die ich unterschrieben habe.«

Danach sprachen sie eine Stunde lang nicht mehr miteinander, und das einzige Geräusch im Wagen war das Hin und Her der Scheibenwischer. Es regnete wie aus Gießkannen, als sie um kurz vor 14 Uhr in Wentworth, New Hampshire, ankamen. Der Belag der kleinen Landstraße, die sich mitten durch einen Wald schlängelte, wurde seit geraumer Zeit immer schlechter, die Häuser wurden immer spärlicher, und plötzlich tauchte das winzige Dorf vor ihnen auf.

Wentworth war das, was man gemeinhin als »einen Ort am Ende der Welt« bezeichnet: ein Neunhundert-Seelen-Dorf mit einer Holzkirche, deren Glockenturm und weiße Fassade sich in den Pfützen einer schlammigen Kreuzung spiegelten, ein paar Häuser unter einem Himmel wie auf einer Kohlezeichnung, ein Postamt, an dem an einer Fahnenstange eine durchnässte Flagge hing, und ein Musikpavillon, der vermutlich seit dem Koreakrieg nicht mehr benutzt worden war. Im Hintergrund die Appalachen. Ein Bild in Grün, Grau und Titanweiß. Und keine Menschenseele weit und breit. Einen gottverlasseneren Ort konnte es nicht geben. Was hatte Czartoryski in einem solchen Loch zu suchen?

»Das soll wohl ein Witz sein«, sagte Léo.

»Spiel hier bloß nicht das Stinktier aus der Stadt«, scherzte sie, um die Stimmung aufzulockern.

»*Ich bin* ein Stinktier aus der Stadt«, gab er in demselben scherzhaften Ton zurück.

»Haben wir seine Adresse?«

»Nein. Solche Details sind in den Biografien über ihn nicht zu finden.«

»Da hinten ist jemand …«

In einem Garten stand inmitten toten Laubs ein alter Mann in Latzhose und Ölzeug unter einem großen, winterkahlen Baum und stapelte bei dem strömenden Regen Holzscheite in eine rostige Schubkarre. Sie fuhren langsam auf ihn zu, hielten vor dem Rasen an und ließen die Fensterscheibe herunter.

»Wir suchen Victor Czartoryski«, sagte Léo. »Wissen Sie, wo er wohnt?«

Der Alte unterbrach seine Arbeit und musterte sie argwöhnisch. »Der Dingo? Der wohnt in der Ellsworth Hill Road 32. Da entlang … Woher kommen Sie?«

»Aus New York.«

»Tja, ich fürchte, Sie haben sich umsonst hierherbemüht, Herrschaften. Der verrückte Alte lässt keinen rein.«

»Danke«, sagte Léo.

»Und er mag keinen Überraschungsbesuch.«

»Vielen Dank«, wiederholte Léo.

»Keine Ursache.«

Sie fanden Czartoryskis Haus am Ortsausgang an der Ellsworth Hill Road, einer kleinen Straße, die sich durch die Hügel schlängelte, gesäumt von zwischen den Bäumen verteilten Häusern, darunter das Haus des Malers. Es handelte sich um ein weißes Schindelhaus mit schwarzen Fensterläden, das nicht besonders einladend wirkte. Sie verließen den Wagen, traten in den traurigen Winterregen hinaus und stiegen drei wurmstichige Stufen zu einer kleinen Eckveranda hinauf.

Sie klingelten.

Keine Reaktion.

Léo deutete auf den uralten Ford, der in der kurzen Einfahrt stand, und drückte erneut auf den Klingelknopf. Irgendwo in den Tiefen des Hauses ertönte trockener Husten.

»Mr Czartoryski?«, rief Lorraine.

Im Inneren des Hauses bewegte sich etwas. Eine Tür quietschte sehr laut.

»Victor?«, fragte Lorraine.

Keine Antwort. Ein drittes Mal klingeln.

Gedämpfte Schritte wie das Schlurfen von Pantoffeln. Eine Gestalt erschien hinter der Fliegengittertür.

»Verpisst euch von meinem Grundstück«, sagte eine heisere Stimme. »Wenn ich nicht antworte, dann deshalb, weil ich keine Lust habe, eure dreckigen Visagen zu sehen, egal, wer ihr seid. Ich hab von euch Scheißjournalisten die Nase voll. Verdammt, nicht mal in diesem Rattenloch hat man seine Ruhe.«

»Wir sind keine Journalisten, Mr Czartoryski«, sagte Lorraine.

»Ach nein? Was seid ihr dann? Zeugen Jehovas? Scientologen? Verfickte Autogrammjäger? Ist mir scheißegal, was ihr seid, verpisst euch.«

»Mr Czartoryski, ich bin Lorraine Demarsan, die Tochter von François-Xavier Demarsan. Erinnern Sie sich? Sie haben mich kennengelernt, als ich noch ganz klein war. Ich bin mir sicher, dass Sie sich an meinen Vater erinnern und vielleicht sogar an mich.«

Das Schweigen hielt an. Dann quietschten rostige Türangeln, und auf einmal öffnete sich die Fliegengittertür.

»Natürlich erinnere ich mich, bin ja nicht senil. Und ich vergesse niemals jemanden, den ich gemalt habe. Wie alt waren Sie damals, sechs Jahre vielleicht?«

Czartoryski musste früher einmal ein schöner Mann gewesen sein, aber die Zeit war nicht gnädig mit ihm gewesen. Sie hatten einen alten Mann vor sich, der aussah wie ein Hundertjähriger. Schmutzige, viel zu lange graue Haare fielen ihm ins Gesicht. Sein Bart, der den Fotos nach zu urteilen früher immer sorgfältig geschnitten gewesen war, wucherte ihm ungezähmt vom Kinn über Hals und Brust. Seine Haut war von unzähligen Falten durchzogen, so tief, als wären sie mit dem Messer eingeritzt.

»Was wollt ihr? Was macht ihr hier?«

Eine Sekunde lang blitzte etwas in seinen blauen Augen

auf. Er hatte den wässrigen Blick, der so typisch für Säufer ist, und sein Atem stank dermaßen nach Gin und Zigarren, dass Lorraine beinahe übel wurde.

»Erst mal würden wir gern reinkommen, wenn es Ihnen nichts ausmacht, Victor«, erwiderte sie.

»Doch, es macht mir etwas aus«, versetzte er. »Und nennen Sie mich nicht Victor, junge Frau. Nur weil Sie die Tochter Ihres Vaters sind und ich Sie schon kannte, bevor Sie Titten hatten und alt genug waren, um sich von Jungs begrapschen zu lassen, dürfen Sie noch lange nicht ohne Grund mein Haus betreten.«

Nun musterte er Léo von Kopf bis Fuß.

»Wissen Sie, dass *La Sentinelle* verkauft wurde?«, fragte Lorraine.

Erneut richtete er seine Aufmerksamkeit auf sie und starrte sie mit leicht irrem Blick an. Es war offensichtlich, dass er ihre Gedanken zu lesen versuchte.

»Nein, wusste ich nicht. Ich habe hier kein Internet, und ich lese keine Zeitungen. Auf Fox News kommen solche Nachrichten nicht. Niemand hat es für nötig gehalten, mich darüber zu informieren. Aber wisst ihr was? Es ist mir egal. Scheißegal.«

»Ich bin diejenige, die das Bild gekauft hat«, fuhr Lorraine ruhig fort. »Mein Vater hätte es so gewollt. Er hat immer bereut, dass er es verkauft hatte.«

Stille. Das Prasseln des Regens hinter ihnen.

»Kommt rein«, sagte er endlich. »Aber tretet euch vorher die Füße ab.«

An den Wänden hing kein einziger Rahmen, kein Gemälde, keine Zeichnung. Nichts. Auch die typischen Gerüche eines Malerateliers nach Terpentin, Leinöl, Lack fehlten. Stattdessen roch es nach abgestandener Luft und nach Schnaps. Victor Czartoryski schien tatsächlich nicht mehr zu malen. Oder er tat es woanders.

»Wie viel haben Sie dafür bezahlt?«, fragte er.

»Vier Millionen Dollar.«

»Und Sie sind hergekommen, um mir das zu sagen?«

Bekleidet mit einem fleckigen Grobstrickpullover und einer schmutzstarrenden Jeans, die ohne ihn vermutlich stehen geblieben wäre, hatte er sich im Wohnzimmer in einen Sessel gesetzt. Léo betrachtete heimlich Czartoryskis rechte Hand, die leblos und verformt wirkte wie ein Haken aus Fleisch und Knochen.

»Nein. Ich bin gekommen, weil mich jemand belästigt. Jemand, der behauptet, der Mörder meines Vaters zu sein.«

Sie sah, wie Czartoryski, vorübergehend sprachlos, die Brauen hochzog, wobei er sich mit der unversehrten Hand über den verfilzten langen Bart strich. Er wirkte betrunken, obwohl es erst früher Nachmittag war. Lorraine fasste die jüngsten Vorkommnisse zusammen, erzählte etwas ausführlicher von dem Angriff im Central Park nach der Versteigerung des Bildes und erwähnte den Einbruchsversuch in die Büros von DB&S. Der alte Mann hörte ihr mit undurchdringlicher Miene zu, der Blick von Trunkenheit verschleiert. Schwer zu sagen, was er dachte oder ob er überhaupt zuhörte. Durch ein Fenster betrachtete er kurz den Regen, der unaufhörlich fiel, dann richtete er seine blassen, glänzenden Augen erneut auf Lorraine. »Und warum glauben Sie, dass die Sache etwas mit mir zu tun hat? Warum sollte mich das Ganze überhaupt interessieren?«, fragte er.

»Mein Vater, *Ihr Freund,* wurde vor seiner Galerie ermordet, als er *Ihre* Gemälde darin ausstellte. Jemand ist mit dem Messer auf mich losgegangen, nachdem ich wenige Minuten zuvor *Ihr* berühmtestes Bild ersteigert hatte, jemand, der vorgibt, aus *Ihrer* Vergangenheit zu kommen, stellt mir nach. Diese Vergangenheit ist es, die uns interessiert. Und *Sie* sind der Mensch, der diese Vergangenheit am besten kennt, Sie nehmen einen zentralen Platz darin ein, Victor. Diese ganze Geschichte dreht sich um *Sie,* ob Sie wollen oder nicht.«

Schweigen. Der wässrige Blick wanderte von Lorraine zu Léo und wieder zurück. Erneut erklang Czartoryskis Stimme: »Ich erinnere mich an dich ... das stumme Mädchen, das von seinem Vater hin und wieder mitgebracht wurde, weil er zeigen wollte, dass er ein guter Vater war. Niemand ließ sich davon täuschen. Alle wussten, was für ein Arschloch er war und dass ihn außer Weibern und Kohle nichts interessierte. Du sahst immer traurig aus, egal, wo du warst ... Unmöglich, dir auch nur ein Wort zu entlocken. Ich habe dich lange für etwas zurückgeblieben oder vielleicht sogar schwachsinnig gehalten. Blagen konnte ich noch nie ertragen und idiotische Blagen noch viel weniger ... Aber du hattest beschlossen, dass ich dein Freund sein sollte, keine Ahnung, warum. Wenn du mich irgendwo sahst, kamst du zu mir. Wie ein dämlicher Köter, der sich ein Herrchen sucht. Hunde kann ich auch nicht leiden. Alte nicht und junge noch weniger. Die Welt ist zu einer Ansammlung von Arschlöchern und belehrenden Wichsern geworden, das kann ich Ihnen sagen.«

Er stand auf, ging zum Wohnzimmerschrank, nahm eine Flasche Gin und ein Glas heraus und schenkte sich großzügig ein, wobei er das Glas mit der leblosen Hand an seinen Bauch drückte.

»Wollen Sie auch was?«

Sie lehnte ab. Er nahm einen großen Schluck und rülpste.

»Ich war schon damals ein schwieriger Charakter, aber wie durch ein Wunder ist es dir gelungen, mich weichzukochen. Vielleicht weil du die Klappe halten konntest. Im Gegensatz zu den anderen Idioten. Oder weil ich wütend auf deinen egoistischen Vater war und auf die Art, wie er dich behandelt hat.«

Lorraine drehte sich fast der Magen um. Jetzt erinnerte sie sich: Czartoryski war mit ihr in den Zoo, ins Kino und Eis essen gegangen. Und ihr Vater war froh, dass sich jemand um seine Tochter kümmerte, während er überall herumvögelte. Wie hatte sie das vergessen können? Vielleicht, weil sie damals erst vier oder fünf gewesen und all das in ihrem Gedächtnis vergraben, verdrängt, überlagert worden war von den dramatischen Ereignissen, die darauf folgten.

»Es war Sommer, und all diese schönen Menschen... dein Vater, die Geliebten deines Vaters, deine Kindermädchen, die Freunde deines Vaters, seine Sekretärin... all diese schönen Menschen kreuzten bei mir in Montauk auf, und wir feierten miteinander. Wir haben die Puppen tanzen lassen, das könnt ihr mir glauben. Wir sind geschwommen, haben in der Sonne gelegen, gepichelt, Joints geraucht und LSD genommen. Wir haben am Strand Volleyball gespielt und gevögelt, wir haben uns gestritten und die Bullen und die Nachbarn an der Nase herumgeführt. Damals waren wir jung und schön, und wir hatten Kohle. Und du mittendrin mit deinem traurigen Kindergesicht, du hast in diese Gesellschaft gepasst wie ein Haufen Scheiße auf die Seerosen von Monet. Aber ich mochte dich. Wir beide waren Kumpel…«

Lorraines Kehle war wie zugeschnürt.

»So habe ich dich genannt: ›trauriges kleines Mädchen‹. ›Wie geht's, trauriges kleines Mädchen? Was möchtest du heute unternehmen?‹, habe ich dich gefragt. Und du hast geantwortet: ›Gehen wir in den Zoo, Onkel?‹ In dieser Zeit habe ich auch *La Sentinelle* gemalt. Und meine besten Bilder überhaupt, darunter ein paar Porträts von dir, die heute wer weiß wo sind. Bestimmt bei irgendeinem bescheuerten reichen Sammler mit beschissenem Geschmack.«

Die wässrigen Säuferaugen wirkten nun verschleiert. Nur mit Mühe gelang es Lorraine, die Tränen zurückzuhalten.

»Für mich warst du das, was einer Familie am nächsten kam«, sagte er auf einmal mit tränenerstickter Stimme.

Der alte Scheißkerl wird doch nicht zu heulen anfangen, dachte Lorraine und schluckte hart.

Als sie sich wieder im Griff hatte, fragte sie: »Sagt Ihnen der Name Susan Dunbar etwas?«

Die Augen des alten Mannes glitzerten. »Susan?… Ja, natürlich sagt mir das was. Susan war damals auch dabei… Eine sehr schöne Frau.«

Er kramte weitere Erinnerungen hervor. »Dein Vater

hatte sie in die Gruppe eingeführt. Sie folgte ihm wie ein Schoßhund. Sie war in ihn verliebt, das war nicht zu übersehen. Aber er sah in ihr nur eine Art ... eine Art Sexsklavin, ein Spielzeug, das er nach Belieben benutzen konnte. Ansonsten interessierte sie ihn absolut nicht, sie war ihm scheißegal, er schenkte ihr keinerlei Beachtung. Es war fast schon peinlich. Er machte in ihrer Anwesenheit sogar anderen Frauen den Hof, ganz offen, und Susan nahm es einfach hin, ohne je aufzumucken. Es war, als hätte sie keine eigene Persönlichkeit, sie tat alles, was dein Vater wollte, stand völlig in seinem Bann. Ich weiß nicht, was aus ihr geworden ist ... Warum fragst du nach ihr?«

Lorraine spürte, wie ihr das Blut im Nacken pochte. Susan Dunbar war tatsächlich mit ihrem Vater liiert gewesen ... sie hatte sogar gute Gründe, ihn zu hassen. Léo beugte sich vor und fragte: »Gab es in der Vergangenheit noch etwas, das die Gegenwart erklären und uns helfen könnte, Lorraines Stalker ausfindig zu machen?«

Erneut hob der alte Maler den Kopf und bedachte Léo mit einem scharfen Blick. Innerhalb einer Sekunde waren seine Tränen versiegt.

»Ich glaube, wir sind uns noch nicht vorgestellt worden, Mr Neugierig«, sagte er. »Wer bist du? Ihr Freund?«

»Ich heiße Léo Van Meegeren.«

Auf einmal begann der Blick des alten Mannes unter den Brauen, die ebenso dicht waren wie sein Bart, zu lodern. »Van Meegeren ... wie Russell Van Meegeren?«

Léo zuckte zusammen. »Das ist mein Vater. Kennen Sie ihn?«

Schweigen. Czartoryski starrte Léo wortlos an. Er

317

wirkte verblüfft. Auf einmal ging in seinem Gesicht etwas vor ... ein plötzlicher Stimmungswechsel. Ein Schatten. Etwas Finsteres, das Lorraine schaudern ließ. Der Alte stand auf, der Gin landete auf seinen Oberschenkeln.

»Kinder, es ist Zeit für meinen Mittagsschlaf ... und Zeit, dass ihr geht.«

»Hey, Moment mal!«, protestierte Léo. »Was ist denn auf einmal mit Ihnen los?«

»Was los ist? Ich will, dass ihr hier verschwindet, sofort. Dieses Gespräch ist beendet.«

Auch Léo war aufgestanden. Er näherte sich dem Maler und fragte: »Woher kennen Sie meinen Vater? Er hat auch gemalt. Kennen Sie ihn daher?«

»Ich sagte, das Gespräch ist beendet.«

»Antworten Sie, verdammt noch mal!«

»Und wenn nicht?«, fragte Czartoryski und hielt Léos Blick stand. »Willst du einen alten Mann etwa schlagen? Verschwindet jetzt von hier!«

Er ging ihnen voran zur Haustür und stieß derart heftig die Fliegengittertür auf, dass sie von der Wand abprallte. Léo rührte sich nicht vom Fleck, aber Lorraine fasste ihn am Arm. »Komm«, sagte sie.

»Nein, ich will wissen, was dieser alte Knacker über meinen Vater weiß.«

In seinem Blick flammte etwas auf, das sie noch nie an ihm gesehen hatte, etwas Hartes, Dunkles. »Woher kennen Sie meinen Vater?«, wiederholte er, an Czartoryski gewandt. »Antworten Sie!«

»Léo ...«

»Das müssen Sie ihn schon selbst fragen«, sagte der Alte.

Ohne Léo und Lorraine anzusehen, hielt er die Tür auf.

»Gehen wir«, sagte Lorraine.

Der Maler folgte ihnen mit dem Blick, als sie an ihm vorbeigingen und die Stufen hinabstiegen. Es regnete nicht mehr, aber der Himmel sah immer noch bedrohlich aus. »Ihre Mutter war die schönste Frau, die ich je gesehen habe, Van Meegeren!«, rief der alte Mann ihnen auf einmal hinterher. »Die schönste Frau von New York, verdammt noch mal! Sie hätte Schauspielerin sein können, wenn sie gewollt hätte. Die Welt hätte ihr zu Füßen gelegen!«

Er schloss die Tür. Léo hatte sich umgedreht. Ungläubig starrte er auf das Haus, dann richtete er den Blick auf Lorraine.

»Meine Mutter soll die schönste Frau von New York gewesen sein?«

»Na und?«, fragte Lorraine.

»Das ist entweder ein Witz, oder der Typ ist übergeschnappt. Ich habe Fotos von meiner Mutter gesehen, als sie noch jünger war. Sie ist nie eine schöne Frau gewesen. Hübsch, ja. Aber mehr nicht. Die schönste Frau von New York? Keine Ahnung, wovon der Typ da faselt.«

»Vielleicht verwechselt er sie mit einer anderen.«

Aber die Erinnerungen, die Czartoryski heruntergebetet hatte, bewiesen, dass der Alkohol sein Gedächtnis nicht im Geringsten beeinträchtigt hatte. *Also, wovon zum Teufel hat er da geredet?*

37

It's good to live it again.

Billie Holiday, *Autumn in New York*

»Meine Bewunderung für Czartoryski hat gerade stark nachgelassen. Was für ein mieser Typ«, stöhnte Lorraine.

»Ich finde ihn eher rührend«, versetzte Léo. »Wie er sich um dich gekümmert hat, als du klein warst … Kannst du dich nicht mehr daran erinnern?«

»Es war komplett aus meinem Gedächtnis verschwunden, bis er davon zu erzählen anfing. Seltsam, oder? Fahren wir nach New York zurück?«

»Wir fahren zu meinen Eltern. Ich will diese Sache klären. Ich will wissen, wann und wie Czartoryski und meine Eltern sich begegnet sind und warum mir weder mein Vater noch meine Mutter je davon erzählt hat.«

Sie hatten sich wieder auf den Weg gemacht und fuhren über die 25A und am Lower Baker Pond entlang, einem See, der links zwischen den Bäumen des Waldes aufblitzte. Die Sonne hatte sich hinter den Wolken hervorgeschoben und ließ die Wasseroberfläche glitzern.

»Ist das nicht ein Umweg?«

»Wir werden dort übernachten.«

»Wirst du sie um zwei Zimmer bitten?« Sie bereute die Frage sofort. Léo reagierte nicht, sondern fuhr einfach weiter, den Blick auf die Straße gerichtet. Im Radio sang Elton John *Don't Go Breaking My Heart*. Sie betrachtete ihn im Profil und spürte trotz der ausbleibenden Reaktion, wie nervös er war.

»Halt an«, sagte sie auf einmal.

»Was?«

»Halt an.«

Er hielt am Rand der verlassenen Straße an und schaltete die Warnblinker ein. Die Hände am Lenkrad, drehte er sich zu ihr. »Was ist los?«

Sie sah ihm ins Gesicht und sagte: »Ich will, dass du mich küsst, sofort.«

Er blinzelte kaum merklich, seine Augen wirkten heller und strahlender als je zuvor. Sie sah, wie er zögerte, dann verschloss sich seine Miene erneut. »Lorraine ...«

»Verdammt noch mal, ist es zu viel verlangt, dass wir uns wie zwei Erwachsene benehmen, die einander schätzen und Lust aufeinander haben? Denn ich weiß, dass du mich begehrst, Léo Van Meegeren, obwohl du mich anschaust wie ein geprügelter Hund, und ich begehre dich auch, verdammt noch mal. Was soll also dieses Spielchen, warum schleichen wir umeinander herum und tun so, als wollten wir auf Distanz bleiben? Kannst du mir das sagen?«

Ihre Stimme war sehr laut, sehr energisch, klang beinahe wütend ... und sie erkannte, dass er verunsichert war. *Endlich.*

»Lorraine, hör zu ...«

»Nein, jetzt hörst du mir mal zu. Ich pfeife auf die Argumente, mit denen du mich abwehren willst. Ich will nur wissen, ob du dich so verhältst, weil du mich nicht mehr anziehend findest, weil die Sache zwischen uns vorbei ist, oder ob du Angst hast, mich zu verletzen, mir irgendwann wehzutun.«

Er blieb stumm. Die Hände nach wie vor auf dem Lenkrad, blickte er sie an und wirkte auf einmal unendlich traurig. Beinahe hätte sie aufgegeben.

»So einfach ist das nicht, Lorraine, ich kann es dir ...«

»Halt den Mund.«

»Was?«

Verblüfft sah er ihr ins Gesicht. Sie nahm all ihren Mut zusammen, atmete tief durch und schleuderte ihm entgegen, was sie auf dem Herzen hatte: »Halt den Mund und küss mich. Ich bin nicht mehr das traurige kleine Mädchen, von dem der alte Knacker gesprochen hat. Spiel nicht den bescheuerten Macho und Beschützer für mich, hör auf, mich zu bevormunden. Ich brauche deinen Schutz nicht, verdammt noch mal. Ich will das hier mit dir ausleben, solange es eben geht. Ich will die Momente mit dir genießen, sie in Ehren halten und mir für immer einprägen, ohne dass deine Angst, mir wehzutun, deine elende Angst vor dem nächsten Tag alles verdirbt. Sei ein Mann, verdammt noch mal!«

Jetzt weinte sie. Heiße Tränen.

»Bist du fertig?«, fragte er leise.

Sie nickte mit geschlossenen Augen, Tränen hingen wie Perlen an ihren Wimpern. »Ja, bin ich ...«

Er ließ das Lenkrad los. Zögerte. Versenkte seinen Blick in die Augen Lorraines.

Dann hob er behutsam eine Hand und streichelte ihre feuchte Wange. Er wischte eine Träne weg, beugte sich zu ihr und legte seine Lippen auf ihre. Der Kuss dauerte an, war zunächst zärtlich, dann fordernd, verlangend, tief. Ein Kuss, in dem sie sich verloren, sich vergaßen, so als spürten sie ihr ganzes Dasein auf ihren Lippen, ihren Zungen und ihren Mündern, während es draußen wieder zu regnen begann und zwischen den Tropfen noch immer die Sonne hindurchschien.

38

It was so easy living day by day.

Billy Joel, *New York State of Mind*

»Du küsst echt gut, Van Meegeren.«

»Danke gleichfalls, Demarsan.«

»Aber deine Hand zwischen meinen Schenkeln ... war das wirklich nötig?«

»Ich hatte nicht den Eindruck, dass es dich stört.«

Sie lachte. Seit dem Kuss sprachen sie sich mit dem Nachnamen an. Sie verließen die Interstate 91 und fuhren auf der Bundesstraße 103 nach Westen, dann zunächst auf der 11, später auf der 7 in südliche Richtung, bis sie schließlich die Catskill Mountains erreichten.

Drei Stunden und fünfundvierzig Minuten, nachdem sie Wentworth verlassen hatten, standen sie vor dem Haus von Léos Eltern.

Davor parkte das kleine Auto von Kitty, seiner Schwester.

»Oh, sieht so aus, als wäre die ganze Familie da«, sagte Lorraine.

Er lächelte. »Hast du Lampenfieber, Demarsan?«

»Und wie.«

»Wird schon gut gehen. Du bist Französin. Mein Vater wird dich wie eine Nachfahrin der Impressionisten betrachten und meine Schwester wie einen guten Wein.«

»Sag doch einfach Lorraine Renoir zu mir«, versetzte sie.

»Du bist meine ganz persönliche Berthe Morisot«, antwortete Léo und beugte sich zu ihr, um sie noch einmal zu küssen.

Lorraine fuhr ihm mit einer Hand durchs Haar. »Mach weiter. Sie beobachten uns bestimmt schon durchs Fenster.«

»Du bist pervers.«

»Nicht so pervers wie du, Van Meegeren.«

Auf den Feldern lagen noch Reste von Schnee, überall sonst hatte der Regen ihn schmelzen lassen. Ein leises Klingeln kündigte eine neue Nachricht auf Léos Handy an. Auf dem Display leuchtete ein Bild auf: der mit Lämpchen übersäte Innenraum von Gonzos Limousine. Im Fond befand sich ein Passagier, und zwar einer, der dort nichts verloren hatte: Ruhig und mit hängender Zunge saß ein Cockerspaniel auf der Rückbank. Unter dem Bild der Kommentar:

Er steht auf Enrique Iglesias.

Léos Mutter begrüßte sie an der Türschwelle, zwar mit einem Lächeln, aber er wusste, dass ihr innerer Computer in diesem Augenblick einen Haufen Parameter checkte, die allesamt Lorraine betrafen, und dass sie Schlussfolgerungen aus ihren Analysen zog. Nach diesem Abend würde seine Mutter eine Diagnose stellen, die zweifellos günstig für Lorraine ausfallen würde. Er dachte an Czartoryskis Worte – »die schönste Frau der Welt« – und empfand erneut Unbehagen. Hatte der alte Mann seine Mutter wirklich gekannt?

»Das ist Lorraine«, ließ Léo im Wohnzimmer seinen Vater, seine Schwester und seinen Neffen wissen, ohne genauer zu erklären, wer die junge Frau war, die ihn begleitete. »Lorraine ist Französin, aus Paris.«

»Vive la France«, begrüßte Russell Van Meegeren sie respektvoll, nachdem er sie kurz taxiert und an ihrem Anblick offensichtlich Gefallen gefunden hatte. »Wir waren schon fast zwanzig Jahre nicht mehr in Paris. Ich erinnere mich, dass es bei unserem letzten Besuch eine Mondrian-Ausstellung im Musée d'Orsay gab und wegen der Feierlichkeiten zum 1. Mai über eine Million Menschen auf den Straßen der Stadt unterwegs waren.«

Er betrachtete seine Frau und seine Tochter.

»Vielleicht wäre es eine gute Idee, mal wieder hinzufliegen, was meint ihr? Ich würde wie immer einen Abstecher ins Jeu de Paume und zum Louvre machen. Danach könnten wir zur Weinversteigerung der Hospices de Beaune fahren. Und Tim war überhaupt noch nie in Paris«, fügte er mit Blick auf den Jungen hinzu, der völlig von seiner Spielkonsole in Anspruch genommen war.

»Die Weinversteigerung ist im November, Papa«, rief Kitty ihm ins Gedächtnis. »Willst du dir Paris wirklich im November ansehen?«

»Hemingway zufolge ist Paris das ganze Jahr über ein Fest.«

»Tut mir leid wegen neulich«, sagte Kitty freundlich zu Lorraine. »Wir hatten kaum Zeit, uns kennenzulernen. Ich verbringe hier ein paar Tage mit Tim, ich brauchte einen Tapetenwechsel. Er verpasst zwar die Schule, aber was soll's.«

»Wie läuft es mit dem Laden?«, fragte Lorraine.

»Ich muss noch der Versicherung auf die Füße treten, aber ich hoffe, dass ich in ein oder zwei Wochen wiedereröffnen kann.«

Kitty sah ihren Bruder von der Seite an. »Trotzdem würde ich gern wissen, wer das getan hat«, sagte sie, wechselte mit der folgenden Frage aber abrupt das Thema: »Mögen Sie Bordeauxweine? Heute Abend gibt es nämlich einen Château Haut-Brion 2009 Premier Grand Cru Classé. Tim, komm und sag Lorraine Guten Tag.«

Tim stand auf, musterte Lorraine, drehte sich zu Léo und zwinkerte ihm anerkennend zu.

»Lasst sie zwischendurch mal Luft holen«, sagte Léos Mutter.

Léo blickte der Reihe nach seinen Vater, seine Mutter, seine Schwester, Tim und dann erneut seinen Vater an. Dann sagte er ruhig: »Papa, wir müssen reden.«

»Worüber denn, mein Sohn?«

»Über Victor Czartoryski.«

Schweigen. Ein Leuchten in den Augen seines Vaters.

»Lorraine hat *La Sentinelle* ersteigert«, verkündete Léo ohne Umschweife. »Und wir haben heute mit Czartoryski gesprochen.«

»Ihr habt *was* getan?«, fragte Russell Van Meegeren ungläubig.

»Ich werde es dir erklären«, sagte sein Sohn.

Und das tat er. In aller Ruhe. Zuerst teilte er ihm mit, wer Lorraine und wessen *Tochter* sie war. Dann erzählte er weiter. Von dem Stalker. Den Drohungen. Dem Angriff im Central Park. Von den Nachrichten des Mannes, der behauptete, Lorraines Vater getötet zu haben. Seinen Anspielungen auf die Vergangenheit. Während er erzählte, trat ein Ausdruck des Erstaunens, ja der Ergriffenheit in Russell Van Meegerens klare Augen. Er betrachtete Lorraine von der Seite, und auch seine Frau und seine Tochter musterten sie verstohlen, während Léo weiterredete.

»Czartoryski hat heftig reagiert, als ich meinen Namen nannte«, fuhr er fort. »Er konnte sich offensichtlich an dich erinnern. Warum hast du mir nie erzählt, dass du ihn gekannt hast?«

Russell Van Meegeren zögerte, dann zuckte er mit den Schultern und sagte wie beiläufig: »Als ich noch gemalt habe, bin ich ihm hin und wieder über den Weg gelaufen. Ich hätte nicht gedacht, dass er sich an mich erinnert. Czartoryski interessierte sich nicht besonders für angehende Künstler. Eigentlich waren ihm alle anderen völlig egal. Er interessierte sich nur für einen einzigen Menschen: für sich selbst. Ihr Vater war in der Szene sehr bekannt«, sagte er, an Lorraine gewandt. »Ich erinnere mich an seine Galerie. Damals träumte ich davon, eines Tages dort auszustellen. Er hat eine Menge Künstler auf den Weg gebracht, die heute berühmt sind.«

Léo drehte sich zu seiner Mutter und fuhr fort: »Czartoryski hat auch von dir gesprochen, Mom.«

Erneut bedrücktes Schweigen. Bildete er sich das nur

ein, oder war jede Farbe aus ihrem Gesicht gewichen? Auf einmal veränderte sich die Atmosphäre in dem Raum so sehr, dass alle es spürten.

»Czartoryski hat gesagt, dass du, ich zitiere, ›die schönste Frau von New York‹ warst.«

Weder sein Vater noch seine Mutter gaben einen Kommentar dazu ab. Auch Kitty war blass geworden. Was geht hier vor?, fragte sich Lorraine.

»Er sagte, du hättest Schauspielerin werden können und Gott weiß was sonst noch alles.«

Léo starrte seiner Mutter ins Gesicht.

»Es reicht«, sagte Russell Van Meegeren schroff.

»Ist damals etwas passiert, das eine Erklärung für die Ereignisse von heute sein könnte?«, fuhr Léo fort, ohne der Aufforderung seines Vaters Beachtung zu schenken. »Habt ihr eine Ahnung, wer der Mann sein könnte, der Lorraine bedroht?«

»Ich habe gesagt, es reicht!« Sein Vater verlor die Beherrschung. »Natürlich nicht! Wie kommst du nur auf eine derart absurde Idee?! Und ich glaube nicht, dass ihr die Antworten, nach denen ihr sucht, in der Vergangenheit finden werdet. Und auch nicht, dass die Person, die heute deine Freundin belästigt, diejenige ist, die ihren Vater umgebracht hat.«

»Warum bist du dir da so sicher?«, fragte Léo verblüfft.

»Schon allein deshalb, weil seither viel zu viel Zeit vergangen ist«, antwortete Russell Van Meegeren, der es offensichtlich kaum erwarten konnte, das Thema ad acta zu legen.

Der Rest des Abends verlief in gedrückter Stimmung, die sich aufgrund der vereinten Anstrengungen von Lorraine, Kitty und Tim jedoch allmählich wieder entspannte. Dazu trug vor allem Tim bei, der Lorraine bei Tisch mit Fragen zu Frankreich und den Franzosen löcherte. »Stimmt es, dass die Franzosen Froschschenkel essen?« »Mögen Sie Édith Piaf? Ich mag Édith Piaf sehr und Charles Aznavour auch.«

»Ich weiß nicht, ob ich in Frankreich studieren werde«, verkündete er dann. »Ich habe mich erkundigt. In Frankreich soll es an den Universitäten kaum Kontakt zwischen Studenten und Professoren geben. Angeblich rücken die Profs weder ihre E-Mail-Adresse noch ihre Telefonnummer heraus. Und ich habe gehört, dass man in den Seminaren seine eigenen Ideen nicht anbringen kann. Das ist schade. Wovor haben die Angst? Und in den Stundenplänen der Profs an der Sciences-Po sind keine Zeiten für Zusammenkünfte mit den Studenten vorgesehen, ganz im Gegensatz zu hiesigen Unis. Man braucht immer einen Termin. An französischen Unis gibt es auch viel weniger weibliche Professoren als an amerikanischen. Das finde ich komisch. Für ein Land, das sich für fortschrittlich hält, ist das sehr enttäuschend. Offenbar bekommt man von manchen Profs keine Antwort, wenn man ihnen nicht in gendergerechter Sprache schreibt. Ist das nicht total bescheuert? Ein Harvard-Professor würde sich darüber kaputtlachen, das steht fest. Na ja, die in Stanford vielleicht nicht. Außerdem ziehen sich die Studentinnen hier zum Ausgehen total sexy an. Soll bei Französinnen auch anders sein.«

»Wer hat dir all das erzählt?«, fragte Lorraine.

»Ich habe Freunde, die älter sind als ich.«

»Und wie alt bist du?«, fragte sie lächelnd.

»Elf.«

»Papa, sagt dir der Name Neil Greenann etwas?« Léo
stellte die Frage beim Essen, kurz vor dem Dessert. Der
Blick seines Vaters wirkte auf einmal traurig, geradezu
schmerzerfüllt. »Ja, natürlich«, sagte er und senkte den
Blick auf seinen Teller. Dann schaute er wieder auf und
fuhr fort: »Neil war mein Freund. Er war ein erstklassiger
Künstler, einer der besten seiner Generation. Aber er ... er
hat sich umgebracht. Mit gerade einmal dreißig Jahren.«

Tiefe Trauer lag in Russell Van Meegerens Augen. Auch
viele Jahre später konnte er nicht darüber sprechen, ohne
ergriffen zu sein. Das erschütterte Lorraine, sie fühlte sich
beinahe schuldig.

»Warum fragst du mich ausgerechnet heute nach ihm?«,
wollte Van Meegeren von seinem Sohn wissen. »Steht das
mit dem in Zusammenhang, was du vorhin erzählt hast?«

»Ich habe seine Arbeiten in der Bibliothek entdeckt. Sie
sind sehr beeindruckend. Und es waren die Landschaften
meiner Kindheit, seine Gemälde sind hier in der Nähe entstanden.«

»Ja, Neil mochte diese Gegend sehr. Durch ihn habe ich
sie entdeckt, lange bevor wir uns hier niedergelassen haben.
Er hätte eine großartige Karriere machen können. Er war
der Beste von uns allen«, sagte Russell Van Meegeren.

Neil Greenanns Tod schien für ihn eine nicht verheilte
Wunde zu sein; von dem Selbstmord seines Freundes hatte
er sich offenbar nie ganz erholt. Und nun hatten sie diese

Erinnerung wieder aufleben lassen. Lorraine empfand einen Anflug von Scham, wachsende Schuldgefühle drückten sie, und sie hatte den Eindruck, in das Leben dieser Menschen gestolpert zu sein wie ein Hund auf eine Kegelbahn.

»Und Susan Dunbar?«, fragte Léo weiter.

Lorraine wünschte fast, er würde aufhören zu fragen, und alles könnte bleiben, wie es war.

»Susan wie?«

»Dunbar.«

Erneut begannen die Augen seines Vaters zu leuchten. Er nickte. »Ach ja … das war die Frau, die der Sängerin dieser Band ähnelte … Wie hieß sie doch gleich?«

»Blondie.«

Lorraine dachte, dass von dieser Ähnlichkeit heute kaum noch etwas zu sehen war.

»Ja, genau. Was willst du wissen?«, fragte Russell Van Meegeren.

»Wie war sie?«

»Ich weiß nicht … ich kannte sie nicht besonders gut. Sie ist Ihrem Vater überallhin gefolgt wie ein Schoßhund«, sagte er zu Lorraine (derselbe Ausdruck, den Victor benutzt hat, dachte sie). »Eine Zeit lang zumindest. Und dann ist sie eines Tages verschwunden.« Er runzelte die Stirn. »Sie hatte so ein seltsames Glitzern im Blick. Ich dachte immer, sie ist verrückt. Aber abgesehen davon gibt es nicht viel über sie zu sagen. Sie ist von einem Tag auf den anderen verschwunden und war bald darauf vergessen.«

»Wann war das?«, fragte Léo.

»Schwer zu sagen … Ich erinnere mich nicht mehr.

Wahrscheinlich, als Lorraines Vater sie durch … eine andere Frau ersetzt hat.«

Auf einmal war Russell Van Meegeren den Tränen nah.

»Kam dir das Verhalten deiner Eltern nicht seltsam vor?«, fragte Lorraine, als sie mit Léo allein war.

Er blickte sie an. »Natürlich.«

Sie wartete, dass er weiterredete.

»Sie haben fast genauso reagiert wie Czartoryski«, sagte er. »Als wäre etwas passiert, worüber niemand reden will, als rühre man an ein Tabuthema.«

»Wir müssen herausfinden, was das ist, Léo. Und wir müssen der Spur namens Susan folgen.«

Diesmal hatte sie ihn nicht bei seinem Nachnamen genannt. Er nickte. »Ich weiß.«

»Bitte nimm mir nicht übel, dass ich das sage, aber ich habe den Eindruck, dass deine Eltern uns etwas verheimlichen.«

Sie sah, wie sich seine Miene verfinsterte.

»Ich auch. Aber jetzt ist nicht der richtige Zeitpunkt, sie weiter auszufragen, nicht, solange ihr im Haus seid, du und Kitty. Ich muss mit ihnen allein sprechen.«

»Das solltest du sehr bald tun«, entgegnete sie.

Er nickte verdrossen. Sie befanden sich in Léos altem Zimmer im Obergeschoss, und sie ließ den Blick über die Wände schweifen. Überall hingen noch Poster von Eminem. Und von *Reservoir Dogs – Wilde Hunde* und *Taxi Driver*.

»Du warst mal ein Fan von Slim Shady«, sagte sie, um das Thema zu wechseln.

»Und du?«

»Alanis Morissette, *Ironic* ... Und von Tarantino.«
Er lächelte.
»Und von Scorsese«, fügte sie hinzu.
»*Sprichst du mit mir?*«
»Was war dein Lieblingsfilm als Jugendlicher?«
Er dachte nach. »Hm, schwierig. *Der Pate, Apocalypse Now, Taxi Driver, Fight Club* ...«
»*The Virgin Suicides.*«
»Und dein Lieblingsbuch?«, fragte er.
»In welchem Alter?«
»Mit zwanzig.«
Sie überlegte, dann sagte sie: »*Middlesex.* Und deins?«
»*American Psycho.*«
»Muss ich mir Sorgen machen?«
Die Nacht war hereingebrochen. Draußen auf den Feldern funkelten Schneereste, phosphoreszierten beinahe im Mondlicht. Im Zimmer brannte nur die kleine Lampe auf dem Nachttisch, und Lorraine versuchte sich vorzustellen, wie weit weg von New York die Nächte eines Jugendlichen namens Léo ausgesehen hatten, der bereits gut mit Stift und Pinsel umgehen konnte und zweifellos von Ruhm und Mädchen träumte.
»Kamst du bei den Mädchen gut an?«, fragte sie.
»Klar.«
»Wirklich?«
Er lächelte. »Nein. Ich war zu dünn und zu schüchtern. Abgesehen von Sheila. Sie war das hübscheste Mädchen der Schule, und ich weiß nicht, warum sie mich geheimnisvoll und interessant fand.«
»Hattest du Dates mit ihr?«

»Sag mal, Demarsan, willst du meine Biografie schreiben?«

»Ja. Der Titel lautet *Das Wahre im Falschen.*«

»Nicht schlecht. Und was ist mit den Männern in deinem Leben?«

»Darüber haben wir bereits gesprochen.«

»Okay, reden wir über deine zügellose Sexualität ...«

Bei diesen Worten ließ Léo seine Hände auf Entdeckungsreise gehen. Er näherte sein Gesicht dem Lorraines, und im Lichtschein der Lampe funkelten seine von langen Wimpern gesäumten grauen Augen intensiver denn je.

»Wir sind bei deinen Eltern, schon vergessen?«, sagte Lorraine. »Die Wände sind dünn.«

»Die beiden haben einen tiefen Schlaf. Und so laut bist du auch wieder nicht.«

Sie seufzte. Léos Finger hatten sich weiter unten bereits einen Weg gebahnt.

»Keine Ahnung, ob das ein Kompliment ist. Würde es deinem Ego schmeicheln, wenn ich zu schreien anfinge wie Meg Ryan in *Harry und Sally*?«

Unter Lorraines Lidern loderte ein Feuer, ihre Augen hatten einen diamantenen Glanz angenommen. Heißer Atem strömte über ihre Lippen, als sie Léo ins Ohr flüsterte: »Willst du mich *ficken,* Van Meegeren?«

Sie knabberte an seinem Ohrläppchen, massierte seine Erektion durch die Jeans hindurch.

»Ganz genau«, sagte er.

Sie spürte, wie es zwischen ihren Schenkeln immer wärmer und feuchter wurde, ihr Atem verlangsamte sich, wurde tiefer, umfassender. Lorraines heiße Lippen ergriffen von Léos Mund Besitz, seine Zungenspitze suchte nach Lorraines. In den darauffolgenden Minuten liebkoste er sie sanft mit seinen großen, starken Händen, bis sie erst zu stöhnen, dann zu keuchen begann und sich schließlich wie ein Bogen anspannte. Als er in sie eindrang, war er steinhart und sie wunderbar feucht, sodass er in sie eintauchte wie in Seide und Honig. Anfangs bewegte er sich langsam, wurde allmählich schneller, wartete, bis sie seinen Bewegungen folgte, drückte sie auf die Matratze, während das Bett quietschte und sie die Hände auf seine Hüften, die Oberschenkel oder Pobacken legte, ihm die Nägel ins Fleisch grub und ihn tiefer in sich hineintrieb, bis nichts mehr zählte außer dem Gefühl, den anderen in sich, an sich und um sich herum zu spüren. Sie keuchte, feuerte ihn an, biss sich auf die Unterlippe, zerkratzte ihm die Haut, umklammerte mit den Schenkeln seine Hüften, bis sie alles vergaß und mit einem letzten Aufbäumen kam, zwei Sekunden, bevor auch er so weit war.

»O *fuck*«, sagte sie, als erwachte sie gerade aus einem Traum. »War ich laut?«

Er nickte. Sie schlug ihm mit der Faust gegen die Brust. »Du Scheißkerl, warum hast du mir nicht den Mund zugehalten? Schäm dich! Wie stehe ich denn jetzt da?«

Sein Lächeln wurde noch breiter. »Sie schlafen alle auf der anderen Seite des Hauses.«

»Ach ja? Das hättest du mir auch vorher sagen können, dann hätte ich geschrien.«

»Ich habe empfindliche Trommelfelle.«

Lorraines Handy klingelte auf dem Nachttisch. Sie beugte sich darüber. Ein FaceTime-Anruf von ihrem Bruder. Sie zögerte. Blickte Léo an. Und meldete sich.

»Dimitri?«

Sein Gesicht auf dem Display. Der Anblick überraschte, ja, schockierte sie. Ein Schaudern lief ihr über den Rücken. Die Leute, die Dimitri verprügelt hatten, hatten ganze Arbeit geleistet. Seine Nase sah aus wie eine gekeimte Kartoffel; die Wangenknochen waren heftig geschwollen und mit blauen Flecken übersät. Herrgott noch mal … ein Auge war fast komplett geschlossen, nur noch ein Spalt zwischen zwei geschwollenen Lidern, während das andere rot und blutunterlaufen war. Seine Unterlippe war an zwei Stellen aufgeplatzt.

»O mein Gott, Bruderherz, was ist mit dir passiert?«

Er erzählte es ihr. Ein Mann war in der Tiefgarage auf ihn losgegangen, als er gerade in den Wagen steigen wollte. Er hatte ihn mit einem Schlagring verletzt und mit Fußtritten traktiert, nachdem er zu Boden gegangen war. Sein Bokator-Training hatte ihm nichts genützt, denn der Typ hatte ihn überrumpelt. Außerdem schien er mit sämtlichen Techniken des Straßenkampfs vertraut zu sein.

»Warst du im Krankenhaus?«

»Natürlich.«

Es tat ihr weh, ihren Bruder in diesem Zustand zu sehen, der Anblick war geradezu quälend. Aber gleichzeitig brannte ihr eine Frage auf der Zunge: »Konntest du sein Gesicht sehen?«

»Nein, er war vermummt.«

»Hat er etwas zu dir gesagt?«

Dimitri zögerte kurz, dann: »Ja. Er hat gesagt: ›Sag deiner Schwester, sie soll aufhören, nach mir zu suchen.‹«

Lorraine schwieg.

Verängstigter als bei dem Angriff auf sich selbst lehnte sie sich ans Kopfende des Betts. Sie flehte ihn an, vorsichtig zu sein, sich vielleicht eine Weile zu Hause einzuschließen, aber er weigerte sich mit dem Argument, beim nächsten Mal würde er den Angriff kommen sehen, falls es überhaupt ein nächstes Mal geben werde.

»Pass du lieber auf, Schwesterchen, er hat es nämlich auf dich abgesehen, nicht auf mich. Ich mache mir große Sorgen.«

»Das musst du nicht, ich bin nicht allein«, sagte sie.

Sie sah das Leuchten in seinem unversehrten Auge.

»Wer ist bei dir?«, fragte er.

Sie erzählte in aller Kürze von Léo und Gonzo, wobei sie rasch zur Seite blickte. Léos verträumter grauer Blick ruhte auf ihr.

»Bist du sicher, dass du den beiden vertrauen kannst?«, fragte Dimitri, plötzlich argwöhnisch.

»Absolut. Sie haben mit den Angriffen nichts zu tun. Außerdem gibt es einen Polizisten, der in der Sache ermittelt, Detective Fink.«

Ihr Bruder nickte zögerlich.

»Halt mich auf dem Laufenden«, sagte er. »Wenn irgendetwas ist, ruf mich an. Egal, wie spät es ist.«

»Wir sind ihm auf der Spur«, sagte Léo. »Und er weiß es.«

Mit versteinerter Miene blickte Lorraine zu ihm auf.

»Ich will nicht, dass Dimitri oder sonst jemand aus meiner

Familie meinetwegen in Gefahr gerät«, sagte sie, ans Kopfende des Betts gelehnt, die Arme um die Knie geschlungen. Sie zitterte am ganzen Leib.»Ich will nicht, dass Menschen, die mir lieb und teuer sind, in diese Sache hineingezogen werden. Stell dir vor, er geht auf dich los oder auf Tim oder einen der beiden Pauls oder noch einmal auf Dimitri. Wer weiß, ob es beim nächsten Mal nicht noch schlimmer ausgeht.«

Ihre Stimme drohte zu brechen. Das Schlimmste bei alldem war, dass sie nur sich selbst, nicht aber ihre Angehörigen schützen konnte, die sechstausend Kilometer entfernt waren. Léo setzte sich neben sie, schlang einen Arm um Lorraine und zog sie an sich. Sie ließ es geschehen und kuschelte sich an ihn. Er spürte, wie sehr sie zitterte.

»Glaubst du, er hört auf, nur weil du nicht mehr nach ihm suchst?«, fragte er leise.»Das Ganze lief schon lange, bevor wir uns an seine Fersen geheftet haben. Er versucht nur, Zeit zu gewinnen. Und das heißt, dass wir nahe dran sind, *sehr* nahe. Wir müssen über all das nachdenken, was wir heute erfahren haben. Irgendwo gibt es einen Hinweis, der uns zu ihm führen wird.«

»Oder zu ihr«, korrigierte Lorraine.

39

I'm back,

back in the New York groove.

Kiss, *New York Groove*

Léo wachte auf und sah, dass Lorraine aus dem Fenster schaute. Er stand auf, trat hinter sie, schlang ihr die Arme um die Taille und legte sein Kinn auf ihre Schulter. Entspannt schmiegte sie sich mit dem Rücken an ihn, seine Haare kitzelten ihre Wange.

»Bist du schon lange wach?«, fragte er.

»Ich habe die ganze Nacht kein Auge zugetan.«

Er ließ den Blick über die Landschaft vor dem Fenster schweifen. Es schneite erneut in großen Flocken. Die Stimmung war festlich, voll kindlicher Freude, aber nichts davon übertrug sich auf ihn. Gerade hatte er gedacht, dass dies möglicherweise der letzte Winter war, den er erleben würde.

»Es schneit wirklich heftig«, sagte er. »Wir sollten nach New York zurückfahren, ehe die Straßen gesperrt werden.«

»Seid vorsichtig«, sagte seine Mutter eine halbe Stunde später. »Lorraine, es hat mich sehr gefreut, Sie kennenzulernen. Ich hoffe, dass Sie uns bald wieder besuchen kommen.«

In diesen Worten lagen so viel Wärme und Aufrichtigkeit, dass Lorraine gerührt war.

»Versprochen«, sagte sie.

Der Abschied von Léos Vater verlief deutlich distanzierter. Léo schien wütend auf ihn zu sein, aber die Wut äußerte sich lediglich in störrischem Schweigen.

»Passt auf, es ist glatt auf den Straßen«, sagte seine Schwester.

»Wenn du ins Schleudern gerätst, musst du in die Richtung schauen, in die du fahren willst, und vorsichtig das Lenkrad bewegen. Nicht bremsen oder beschleunigen«, sagte Tim zu Léo.

»Zu Befehl«, antwortete Letzterer lächelnd.

»Es ist fast unmöglich, Glatteis im Voraus zu erkennen, aber wenn du die Scheinwerfer einschaltest, kannst du es am Widerschein sehen. Jedenfalls tagsüber, nachts funktioniert das nicht.«

»Gibt es eigentlich etwas, das dieses Kind nicht weiß?«, fragte Léo, an seine Schwester gewandt.

»Ich bin kein Kind mehr!«, protestierte Tim.

»Ja, das gibt es, aber nur wenig«, antwortete Kitty und wuschelte ihrem Sohn durchs Haar.

Als sie aus der Tür trat, schlug Lorraine die nasskalte Luft ins Gesicht.

»Ich mag deine Mutter, deine Schwester und auch deinen Vater«, sagte sie beim Einsteigen in den Wagen. »Sie sind unkompliziert. Und Tim finde ich einfach toll.«

Sie sah, dass er sich über diese Bemerkung freute.

Es schneite immer stärker, und die Straße wurde immer weißer, als sie auf der 23 A durch die ausgedehnten Waldgebiete von Kaaterskill Wild Forest fuhren. Léo passte seine Fahrweise den Gegebenheiten an, beschleunigte sanft und schaltete so früh wie möglich in den nächsthöheren Gang, um mit niedriger Drehzahl zu fahren. Ehe sie sich auf den Weg gemacht hatten, hatte er an der Tankstelle in Haines Falls vollgetankt. Der Schneepflug hatte die Straßen geräumt, aber Lorraine war dennoch unruhig, da sich der Himmel zusehends verdunkelte.

Sie musterte Léo verstohlen, während er sich weiterhin auf die Straße konzentrierte. Seine Gesichtszüge wirkten müde und angespannt. Sie spürte eine Beklemmung in sich emporsteigen, die ihr die Luft abzuschnüren drohte. Sie dachte an Léos Krankheit, die still und heimlich fortschritt und ihn am Ende verschlingen würde.

Lass nicht zu, dass sich dieser Gedanke in dir festsetzt. Er vergiftet alles.

»Ich habe noch mal darüber nachgedacht, was mein Vater gestern gesagt hat«, sagte Léo, als sie zwischen zwei Wänden aus weißen Tannen und vereisten Schneewehen hindurchfuhren.

Sie trug einen karierten Poncho mit Fransen, dazu einen graubraunen Rollkragenpulli, einen Jeansmini und eine gerippte Strumpfhose, über die sie dicke helle Socken gezogen hatte, die aus ihren braunen Lederstiefeletten herausschauten. In diesen Klamotten sah sie zwar aus wie ein Hippie aus den späten Sechzigern, aber ihr war wenigstens warm.

»Und?«

»Darüber, wie verschlossen er plötzlich war. Ich habe ihn noch nie so distanziert, so feindselig erlebt. Irgendetwas stimmt da nicht. Ich weiß nur nicht, was.«

Sie zögerte kurz, dann fragte sie: »Glaubst du, dein Vater weiß womöglich, wer die Person ist, die wir suchen?«

Sie wählte ihre Worte sorgfältig, denn sie wollte ihn nicht verletzen, aber Léo schüttelte energisch den Kopf.

»Nein. Woher sollte er das wissen? Und nach allem, was wir ihm erzählt haben, hätte er es uns gesagt, das kannst du mir glauben. Mein Vater ist ein guter Mensch, Lorraine. Er würde uns bestimmt nicht in Gefahr bringen, und wenn er könnte, würde er uns helfen. Aber da ist noch etwas ...«

»Okay ...«

»Das Ganze läuft immer wieder auf dieselbe Frage hinaus: Wie ist es möglich, dass dieser Typ gleichzeitig in Paris und in New York aktiv ist?«

»Vielleicht ist er nicht allein.«

»Der Meinung bin ich auch.«

»Glaubst du, dass mein Bruder in Gefahr schwebt?«

»Ich glaube, das trifft auf uns alle zu, solange wir den Kerl nicht erwischt haben.«

Lorraine spürte Panik in sich aufsteigen.

»Deine beiden Pauls ... können die sich einen Sicherheitsdienst leisten?«, fragte Léo.

»Ja, zumindest eine Zeit lang.«

»Sag deiner Mutter, sie soll Paris verlassen. Gibt es einen Ort, an den sie sich zurückziehen kann?«

»Ein Haus in Bonnieux, im Luberon. Dort gibt es zwei Wachmänner, die könnten auf sie aufpassen.«

»Sehr gut. Bleibt nur noch Dimitri.«

»Mein Bruder ist zu stolz dafür, zu hochmütig«, sagte sie. »Er würde sich niemals verkriechen.«

Ihre Stimme klang besorgt. Léo drehte sich zu ihr um und sagte: »Es gibt eine Lösung.«

»Und die wäre?«

»Sag ihm, er soll nach New York kommen, um dich zu beschützen. Sag, du hast Angst und möchtest ihn in deiner Nähe haben.«

Sie überlegte eine Weile, dann antwortete sie lächelnd: »Er hat zwar einen Master in irgendwas ... aber ja, das könnte funktionieren. Er liebt es, den tapferen Ritter zu spielen. Wenn er weiß, dass ich in Gefahr schwebe und ihn bitte, mir zu helfen, wird er es tun.«

Die Nachricht kam genau in diesem Augenblick, als sie endlich die Wälder hinter sich ließen und bei Saugerties auf den New York State Thruway fuhren:

Ist alles in Ordnung? Susan hat mir gesagt, dass du weggefahren bist.

Die Nachricht kam von Paul-Henry. Sie tippte eine Antwort.

Im One Police Plaza in Lower Manhattan, dem Hauptquartier der New Yorker Polizei, betrachtete Detective Dominic Fink das Dokument, das zwischen Papierstapeln, dem Computer, seinem Becher mit dampfendem Kaffee und einem Roggensandwich mit Pastrami und Krautsalat vor ihm ausgebreitet lag. Vom Fenster seines Büros aus konnte der Polizist die Auffahrten zur Brooklyn Bridge sehen, direkt gegenüber aber auch die neuen Wohn-Wolkenkratzer für Millionäre, die mit ihrer Größe das Gebäude eben jener Behörde überragte, die für den Bestand an bezahlbarem Wohnraum in dieser Stadt zuständig war. Welch Ironie!

Und natürlich wunderte sich Fink nicht im Geringsten über diese absurde Nachbarschaft. Manche Berufe rauben einem jede Illusion über die Menschheit, und seiner gehörte dazu.

Gedämpft war auch das vertraute Konzert der Sirenen, Hupen und Motoren zu vernehmen. Er mochte diese Hintergrundgeräusche, die so typisch für seine Stadt waren. Er hätte gern das Fenster geöffnet, um den Lärm der Staus und auch den Schneesturm zu hören, der durch die eisige Stadt pfiff. So sehr liebte er die kalten, weißen Winter, die ihn an seine Kindheit in einem schäbigen Sozialbau auf der anderen Seite des Flusses erinnerten.

Er biss in sein Sandwich und fragte sich, welchen Sinn die vor ihm liegenden Informationen ergaben. Nicht, dass sie an sich verdächtig waren, aber sein kleiner Finger sagte ihm, dass er auf etwas gestoßen war. Er hatte den Richter um Erlaubnis gebeten, Susan Dunbars und Ed Constanzos Telefonverbindungen zu überprüfen. Volltreffer. Susan Dunbar hatte im Dezember und im laufenden Monat mehr als dreißig Mal ein und dieselbe Nummer in Paris angerufen. Wenn man bedachte, um wen es sich bei der angerufenen Person handelte, war das nicht weiter verwunderlich. Vielleicht hatte es nur mit ihrer Arbeit zu tun. Durchaus verwunderlich hingegen war die Tageszeit der Anrufe. Sie hatte sie allesamt getätigt, als es in Paris mitten in der Nacht war, das heißt, sie hatte die betreffende Person nicht im Büro, sondern zu Hause angerufen.

Interessant ...

Erneut betrachtete er den Namen von Susans Gesprächspartner: Paul-Henry Salomé, Gesellschafter von DB&S. Fink hätte gewettet, dass laut Satzung der Werbeagentur im Fall des Todes eines der drei Teilhaber dessen Anteil auf die beiden anderen übergehen würde.

Fink war rothaarig wie ein Fuchs und ebenso schlau; zumindest hielt er sich dafür. Er hatte keine Ahnung, wie sehr er sich täuschte.

Mitternacht in Paris an diesem Abend. Paul-Henry Salomé stand auf einer der beweglichen Leitern in seiner großen Bibliothek und hielt eine Originalausgabe von *Madame Bovary* aus dem Jahr 1857 aufgeschlagen in den Händen – ein seltenes, in Saffianleder gebundenes und auf dickem Velinpapier gedrucktes Exemplar im Format zwölf mal siebzehn –, als im benachbarten Wohnzimmer das Telefon klingelte. Er zog die Kordel seines Morgenmantels aus Seidendamast enger um den Bauch und ging barfuß über die Orientteppiche zu dem antiquierten Telefon.

»Hallo?«

»Ich bin's«, sagte eine Frau auf Englisch.

Darauf folgte kurzes Schweigen.

»Hier ist Susan«, sagte sie. »Ich glaube, Lorraine hat Verdacht geschöpft.«

40

You need a gun to walk into New York.

Cat Stevens, *New York Times*

Am nächsten Abend öffnete Gonzo auf dem Couchtisch die Pappschachteln mit den Köstlichkeiten des *Peking Duck House*, und die Düfte der asiatischen Küche durchzogen verführerisch das Loft.

»Gedämpfte Fleischbällchen, Frühlingsrollen, Schweinefleisch süßsauer, gebratene Garnelen mit Ingwer und Schalotten, gebratene Kammmuscheln und Tintenfisch«, zählte Gonzo auf.

Er verteilte Stäbchen und Papierservietten an alle, aber Léo brachte bereits Geschirr und Besteck aus der Küche.

»Was für ein Frevel«, sagte Gonzo.

Sie waren hungrig. Lorraine hatte den Tag damit verbracht, die durch den gemeinsamen Ausflug verlorene Arbeitszeit aufzuholen, und seit dem Morgen so gut wie nichts gegessen. Gonzo hatte nonstop einem Geschäftsmann aus Minnesota – oder war es Minneapolis? – als Chauffeur zur Verfügung gestanden, der in New York etwas zu erledigen hatte. Und Léo war in die Boxhalle

347

gegangen, um zu trainieren, nachdem er den ganzen Vormittag gemalt hatte.

»Wow, ist das gut!«, sagte Gonzo. »Verdammt, jetzt sagt endlich, dass es gut ist, ihr Fresssäcke ...«

»Köstlich«, bestätigte Lorraine. »Lecker, erlesen, genial, mir läuft das Wasser im Mund zusammen.«

»Hör auf zu reden und lass uns einfach in Ruhe essen, Gonzo«, sagte Léo.

Aurevilly rannte wie ein Derwisch um den Tisch herum. Sein Schwanz peitschte durch die Luft, die Schnauze war halb geöffnet und der Blick auf die offensichtlich köstlichen Speisen gerichtet, die ihn, nur wenige Zentimeter von seiner Nase entfernt, zu verspotten schienen. In diesem Moment klingelte Léos Handy. Er blickte auf den Bildschirm. McKenna. Er stand auf.

»Ich habe gefunden, wonach du suchst«, sagte der Ire.

»Wann?«

»Sofort.«

McKenna nannte die Adresse: die Promenade am East River entlang, unter den stillgelegten Fahrbahnen des Franklin D. Roosevelt Drive zwischen der Brooklyn und der Manhattan Bridge.

»Ich muss kurz weg«, verkündete Léo, nachdem er das Gespräch beendet hatte.

Lorraine musterte ihn. »Wer war das?«

»Das erkläre ich dir, wenn ich wieder da bin.«

Gonzo warf ihm einen forschenden Blick zu. »McKenna?«

Léo nickte.

»Soll ich mitkommen?«

»Du bleibst hier bei Lorraine«, erwiderte Léo.
Wenige Sekunden später war er verschwunden.

Franck McKenna ließ den Blick über das prächtige nächtliche Panorama schweifen. Vor ihm das schwarze Wasser des East River, auf dem Millionen goldener Lichtreflexe schimmerten, rechts und links die vertrauten, symbolträchtigen Umrisse der Brooklyn und der Manhattan Bridge, deren gigantische Pfeiler in die Nacht aufragten und deren zahlreiche Fahrbahnen den Fluss überspannten, bis sie am anderen Ufer in das Lichtermeer von Brooklyn eintauchten. McKenna trug einen Filzhut, mit dem er wie ein verkleideter Gangster aussah, sowie einen Wintermantel mit aufgestelltem Zobelkragen. Léo erkannte ihn an seiner Gestalt. In respektvollem Abstand zu ihm waren zwei Schatten zu sehen; sie wirkten unwirklich und beängstigend wie Phantome. Léo erschauderte.

»Hast du mit dem Malen angefangen?«, fragte ihn der Ire, ohne sich umzudrehen.

»Ja«, sagte Léo.

Es war nur die halbe Wahrheit. Er malte zwar wieder, aber nicht das, was McKenna von ihm erwartete.

»Du lügst.«

Die Stimme war so eisig und schneidend wie der Wind, der unterhalb der Schnellstraße wehte, und erneut überlief Léo ein heftiges Schaudern.

»Franck, ich gebe dir mein Wort, ich werde diese Bilder malen, ich brauche nur Zeit.«

»Du hast aber keine Zeit. Bis zum Monatsende will ich das erste haben.«

Der Ire drehte sich langsam um, seine Augen waren im Schatten der Hutkrempe verborgen.

»Sag mir, dass du Schiss hast.«

»Ich habe Schiss«, bestätigte Léo.

»Umso besser. Denn jeden anderen als dich hätte ich längst bestraft. Du weißt, was das heißt?«

»Ja.«

»Und anstatt deine Schulden zu begleichen, die immer größer werden, bittest du mich um einen weiteren Gefallen.«

»Franck …«

»Mach mich nicht noch wütender, als ich sowieso schon bin. Du siehst müde aus, echt scheiße.«

Léo schwieg. McKenna übergab ihm das Paket. »Hier. Keine Seriennummer, unmöglich nachzuverfolgen. Willst du dich damit vor Partridge schützen?«

»Nein, darum geht es nicht.«

»Kannst du mit dem Ding umgehen?«

»Ich war bei der Armee.«

»Wie lange ist das her?«

Schweigen.

»Ich weiß nicht, wo du da reingeraten bist, Kumpel«, begann McKenna, »aber in Extremsituationen braucht man echt starke Nerven. Hast du die? Ab wann ist Gewalt für dich akzeptabel? Hast du dir diese Frage mal gestellt? Jeder hat das Recht, sich zu verteidigen. Aber manchmal hindert uns ausgerechnet das Gesetz daran, das uns schützen soll. Ich mache nichts anderes, ich verteidige mich gegen alle, die mir schaden wollen. Wir leben in einer gewalttätigen Zeit, in der gewalttätige Männer wie ich eindeutig im Vorteil sind gegenüber der großen Mehrheit nicht gewalttätiger Männer, wie du einer bist. Denk mal drüber nach.«

Léo wusste nicht, was er darauf antworten sollte.

»Und was diesen Hurensohn Royce Partridge III betrifft«, fuhr McKenna fort, »der kann im Augenblick ruhig schlafen, weil er sich hinter seinen Gorillas versteckt und sich in Sicherheit wähnt. Okay, er ist wahrscheinlich noch ein bisschen misstrauisch, aber es eilt nicht. Seine Aufmerksamkeit wird nachlassen. Er wird sich wieder locker machen, genau wie seine Security. Und genau dann schlage ich zu, so schnell wie ein Velociraptor. Unter Raubtieren herrscht keine Gleichheit; ein Leopard hat gegen ein Krokodil keine Chance. Partridge wird das auf die harte Tour lernen. Und ein Schlägertyp, der nicht kapieren will, was man ihm sagt, nimmt nur Vernunft an, wenn man dafür sorgt, dass er bereut, jemals auf die Welt gekommen zu sein.«

Léo vermied es, sich vorzustellen, was das konkret bedeutete.

»Danke, Franck«, sagte er.

Zurück im Loft, legte er die Plastiktüte auf den Couchtisch, faltete den vom Schmierfett glänzenden Lappen auseinander, und die Waffe kam zum Vorschein, kompakt, schwarz, matt. Wie hypnotisiert starrte Lorraine auf die Pistole.

»Was hast du damit vor?«, fragte sie schaudernd.

»Die ist nur für den Fall der Fälle, damit ich uns schützen kann.«

»Ist das dein Ernst? Du machst mir Angst, Léo.«

»Lorraine, hier haben viele Leute eine Waffe, Gonzo eingeschlossen. Das heißt noch lange nicht, dass sie sie auch benutzen.«

»Stimmt«, sagte Gonzo. »Es ist mindestens ein halbes Jahr her, dass ich das letzte Mal jemanden erschossen habe. Ich hatte furchtbare Zahnschmerzen, und meine Nachbarn waren zu laut.«

»Das ist nicht lustig, ich bin gegen Schusswaffen«, protestierte sie halbherzig.

»Ich auch«, antwortete Léo. »Sie fordern in diesem Land viel zu viele unschuldige Opfer, und die große Mehrheit sind nichts anderes als dumme häusliche Unfälle. Aber in diesem Fall haben wir keine andere Wahl.«

Ein Schaudern überlief Lorraine beim Gedanken an denjenigen, der da draußen auf den richtigen Moment lauerte und jede ihrer Bewegungen beobachtete.

»Ich fürchte mich beim Gedanken daran, was er beim nächsten Mal tun wird«, sagte sie und blickte auf die Uhr. »Wenigstens sitzt Dimitri bald im Flugzeug und ist in Sicherheit.«

Eine Stunde zuvor hatte ihr Halbbruder ihr per Nachricht mitgeteilt, dass er am nächsten Tag den ersten Flug nach New York nehmen würde. Als Vorsichtsmaßnahme hatte Lorraine die beiden Pauls gebeten, ihn zum Flughafen zu begleiten.

»Die Sache hier erinnert mich immer mehr an Fort Alamo. Es gefällt mir überhaupt nicht, wie die Dinge sich entwickeln«, sagte Gonzo stirnrunzelnd.

In Bonnieux und dem Teil des Départements Vaucluse, den man das Petit Luberon nennt, hatte den ganzen Tag lang heftig der Mistral geweht. Am frühen Abend war der Wind zu einer leichten Brise abgeflaut, die gegen 4 Uhr morgens die Atlaszedern und die Eichen um das Bauernhaus herum sowie den unter dem Balkon rankenden Jasmin erzittern ließ.

In ihrem Zimmer drehte sich Lorraines Mutter, deren Schlaf im Alter an Tiefe verloren hatte, im Bett um. Sie schlug die Augen auf und lauschte, obwohl sie am liebsten sofort wieder in Schlaf versunken wäre.

Françoise Balsan glaubte ein Geräusch zu hören.

Das war im Grunde nichts Ungewöhnliches, denn das Haus war alt, ein traditionelles Bauernhaus, das man wie früher direkt durch die Küche betrat. Grobe Böden, die Wände aus Steinen von den benachbarten Feldern erbaut – die einzigen Zeichen von Modernität, die sich Lorraines Mutter erlaubte, waren eine umschaltbare Wärmepumpe und ein edles Sunbeam Alpine MK1 Cabrio, in dem sie weiß behandschuht ins Dorf fuhr wie Grace Kelly in *Über den Dächern von Nizza.*

Françoise Balsan kannte jeden Laut in und um das Haus herum, das Murmeln des Windes in den Olivenbäumen, den Donner und die Zikaden im Sommer, das Knacken im Gebälk, den Regen auf den gerundeten Dachziegeln.

Doch dieses Geräusch war anders.

Dieses Geräusch stammte nicht nur von einem Menschen, sondern war darüber hinaus verstohlen, hinterhältig, *böswillig…*

Geräusche von zerbrochenem Glas.

Abrupt richtete sie sich auf. Sie hörte noch etwas anderes, unten im Erdgeschoss. Jemand musste einen Stuhl angestoßen habe, der über den Boden geschabt war. Der Fußboden – es war noch der ursprüngliche – bestand aus Schilfrohr, das mit Gips bedeckt war: Man hörte alles.

»Wer ist da?« Ihr Herz raste wie das eines Jungvogels. Darauf folgte eine Stille, die an ihren Nerven zerrte und schlimmer war als die Geräusche selbst. Am liebsten hätte sie gebrüllt, gedroht, ihre übliche Streitlust an den Tag gelegt ... aber das Entsetzen erstickte sie, die Worte blieben ihr im Hals stecken und schnürten ihr beinahe die Luft ab. Sie war allein im Haus. Justin und Naïs schliefen in dem ehemaligen zum Pförtnerhaus umgebauten Schuppen, dreißig Meter vom Haus entfernt. Sie hatte nicht verstanden, warum sie Paris verlassen und in ihrem Zweitwohnsitz Zuflucht suchen sollte, und sie hätte mit Sicherheit nichts an ihren Gewohnheiten geändert, hätte Paul-Henry nicht darauf bestanden.

Er und der andere Paul – Bourgine, dieser Schwachkopf – hatten von Gefahr gesprochen. Was für eine Gefahr denn? Es war einfach lächerlich. Aber jetzt hatte sie Angst.

Mit pochendem Herzen saß sie im Bett, als sie erneut ein Geräusch, unten aus der Küche, vernahm. Dort musste der Eindringling ins Haus gelangt sein.

Diesmal reagierte sie. Sie sprang aus dem großen Bett, stürzte zur Fenstertür, öffnete den Drehstangenverschluss und trat im Nachthemd auf den Balkon hinaus.

»Justin! Naïs! Hilfe! Hilfe!«

Sie schrie nun aus Leibeskräften. Sie sah, wie im Pförtnerhaus hinter der mit Kakteen bepflanzten Trockenmauer, die die Terrasse einfasste, die Lichter angingen, und sie schrie noch lauter.

In diesem Moment sah sie unter dem Balkon eine schwarze Gestalt aus der Küche auftauchen und in Richtung der Zedern flüchten, wo sie verschwand. Das reichte. Sie ging wieder ins Haus und griff nach ihrem Handy.

Zwei Stunden später überholte Paul Bourgines Maserati Ghibli sämtliche Fahrzeuge, die in Paris auf der A1 in Richtung Roissy-Charles-de-Gaulle unterwegs waren, indem er mit einer Geschwindigkeit auf der linken Spur dahinraste, die ihm eine hohe Strafe eingebracht hätte, wäre er zufällig einem Streifenwagen begegnet. Neben ihm saß Dimitri. Im Fond befand sich ein massiger, hässlicher und schweigsamer Mann, ein Polizist im Ruhestand, der nun als Personenschützer für VIPs arbeitete und den Blick nicht vom Nacken des jungen Mannes löste.

»Ich verpasse mein Flugzeug«, sagte Dimitri.

»Aber nein. In weniger als einer Viertelstunde sind wir da«, beruhigte ihn Bourgine.

»Wo ist Paul-Henry?«

»Er hat zu tun.«

»Ich hätte auch mit dem Zug oder dem Taxi fahren können«, sagte Dimitri.

»Wir werden dich auf keinen Fall allein in die freie Wildbahn entlassen nach allem, was passiert ist«, erwiderte Paul Bourgine ruhig. »Ehe du durch die Sicherheitskontrolle bist, lassen wir dich nicht aus den Augen.«

»Das sehe ich«, sagte Dimitri und schaute in den Rückspiegel.

Er begegnete dem Blick des Mannes im Fond, der ihn anlächelte.

41

In a New York minute,

everything can change.

Eagles, *New York Minute*

»Dimitri wird in weniger als zwei Stunden landen«, sagte Lorraine.

Es war 8 Uhr morgens, New Yorker Zeit.

»Okay«, sagte Léo und trank seinen italienischen Kaffee aus. »Auf geht's.«

Er war gerade aus der Dusche gekommen und saß in Boxershorts auf einem Hocker. Lorraine stand hinter der Theke, sie war bereits angezogen. Gonzo hatte auf dem Sofa übernachtet, wo er auch jetzt noch lag.

»Ich gehe kurz mit dem Hund raus«, sagte er, gähnte und reckte sich. »Wir haben nämlich beide die Nase voll davon, eingesperrt zu sein wie Goldbarren in einem Schließfach der Chase Manhattan Bank. Stimmt's, Hund?«

Aurevilly kläffte zustimmend.

»Wenn alle wie dieses Tier ticken würden, wäre das Leben sehr viel einfacher«, sagte Gonzo und gähnte erneut.

Er reckte sich ein weiteres Mal.

Auf dem Oberteil seines Pyjamas stand: »Wenn du das hier liest, hattest du gerade die beste Nacht deines Lebens«. Léos Handy klingelte. Es war Kitty.

»Tim, gehst du bitte rauf in dein Zimmer?«, hatte Kitty wenige Minuten früher und einhundertvierundzwanzig Kilometer von New York entfernt gesagt. »Ich muss mit deinen Großeltern reden.«

»Warum kann ich nicht hierbleiben?«, hatte Tim gefragt.

»Du tust, was ich dir sage«, befahl ihm seine Mutter in ungewohnt strengem Tonfall.

Der Junge zuckte mit den Schultern und verließ ohne weiteren Protest das Zimmer. Er wusste genau, wann er verhandeln konnte und wann nicht. Nun drehte sich Kitty zu ihren Eltern um und starrte sie durchdringend an. Die Reisetasche mit Tims und ihren Sachen stand auf dem Fußboden. Sie würden nach New York zurückkehren.

»Léo muss die Wahrheit erfahren«, sagte sie und nahm das Gespräch wieder auf, das begonnen hatte, ehe Tim hereingestürmt war. »Nach allem, was passiert ist, könnt ihr es ihm nicht länger verschweigen.«

Ihr Vater musterte sie mit hartem Blick. »Warum? Seine richtige Mutter ist hier. Sie hat ihn aufgezogen und sich um ihn gekümmert, als er ein Kind war. Die andere ist nur seine Erzeugerin.«

»Wollt ihr, dass er es selbst herausfindet, oder möchtet ihr es ihm lieber sagen? Wie, glaubt ihr, wird er reagieren, wenn er begreift, dass er sein Leben lang belogen wurde, dass wir ihm die Wahrheit vorenthalten haben?«

»Was sagst du dazu, Mom?«, fragte sie, an ihre Mutter gewandt.

Amy Van Meegeren war kreidebleich geworden. »Nach all den Jahren? Ist dir klar, was das für mich bedeutet, Kitty?«

»Ich weiß, aber der Moment ist gekommen. Man hätte es ihm längst sagen müssen. Er ist dabei, in der Vergangenheit herumzustochern. Früher oder später wird er darauf stoßen. Sagt es ihm, ehe es zu spät ist. Erzählt ihm alles, er wird es verstehen.«

Ihre Eltern erwiderten nichts, sondern sahen sie nur stumm an. Vor den Fenstern pfiff ein kalter Wind.

»Wenn ihr es nicht tut, kümmere ich mich darum«, fügte Kitty hinzu.

Russell Van Meegeren warf ihr einen vernichtenden Blick zu. »In dem Fall übernimmst du aber auch die Verantwortung dafür.«

»Nein, Papa. Ich bin für diese Geschichte nicht verantwortlich. Ich werde ihm sagen, dass er euch besuchen soll, weil es etwas gibt, das ihr ihm sagen müsst. Und dann seid ihr am Zug. Léo liebt uns, er wird uns verzeihen. Das hoffe ich jedenfalls.«

Tim hatte auf der Treppe gesessen und das Gespräch mit angehört. Durch die gewachsten Holzstäbe des Treppengeländers hindurch sah er seine Mutter auf sich zukommen.

»Haben Grandma und Grandpa etwas Böses gemacht?«

»Seit wann lauschst du?«, fragte Kitty und warf ihm einen strafenden Blick zu.

»Du hast meine Frage nicht beantwortet: Haben sie

etwas Böses getan? Hat es etwas mit Léo zu tun? Granny ist nicht seine richtige Mutter, stimmt's? Aber wer ist es dann?«

»Nein, Tim. Sie haben nichts Böses getan. Sie versuchen nur, das Andenken eines alten Freundes zu schützen. Freundschaft ist etwas sehr Wichtiges.«

»Ich weiß«, antwortete Tim mit ernster Miene. »Mein bester Freund ist Léo.«

Der Himmel war trüb, es wehte ein starker Wind, und auch der Regen würde in Bonnieux nicht mehr lange auf sich warten lassen, als das Taxi aus Avignon in den Schotterweg einbog. Es gab weder einen Zaun noch einen Torbogen, sondern lediglich ein Hinweisschild am Stamm einer Pinie: »Lou Paraïs«.

Nach einem Kilometer kam das Bauernhaus in Sicht. Olivenbäume und Steineichen, gewunden wie Flammen, gelbe Mimosen und ockerfarbene Steine vor dem finsteren Himmel – wie in einem Roman von Jean Giono. Als sie das Motorengeräusch des Mercedes hörte, trat Françoise Balsan in den Türrahmen. Paul-Henry bezahlte das Taxi, während der Donner grollte und der Wind die Zweige bewegte. Sie lächelte, als sie sah, welche Kleidung Lorraines Patenonkel gewählt hatte, um sich in den Süden vorzuwagen: einen naturfarbenen Leinenanzug, ein Hemd aus weißem Popeline, Lackschuhe, Halstuch und Panamahut.

»Tut mir leid«, sagte er, während er seinen Hut festhielt, den der Mistral ihm zu entreißen drohte. »Ich bin heute Morgen am Gare de Lyon in den ersten Zug gestiegen, aber zwischen Lyon und Valence ist ein Baum auf die Gleise gestürzt. Ergebnis: drei Stunden Verspätung. Anstatt auf den Regionalzug nach Cavaillon zu warten, habe ich mir in Avignon ein Taxi genommen.«

»Deine Transportprobleme interessieren mich nicht«, versetzte sie. »Sag mir endlich, was los ist und warum ich angeblich in Gefahr bin.«

Sie musterte ihn mit einer Neugier, die nicht frei von Bosheit war, und er begriff, dass er sich dieses Mal nicht aus der Affäre ziehen konnte.

»Ihr habt euch neulich ziemlich unklar ausgedrückt, dein Sozius und du«, sagte sie.

Er schwieg.

»Also los. Ich warte.«

Lorraine las die Nachricht auf ihrem Handy:

Sag mir Bescheid, wenn Dimitri angekommen ist.

Unterschrieben war sie von Paul-Henry Salomé. Sie wollte ihrem Patenonkel gerade antworten, dass ihr Bruder noch nicht gelandet war, aber bald eintreffen würde, als ihr klar wurde, dass sie lieber warten wollte, bis Dimitri persönlich vor ihr stand. Besorgnis überkam sie. Sie versuchte, sich zu beruhigen. Die beiden Pauls hatten mit Sicherheit gewartet, bis Dimitri die Kontrollen passiert hatte, und sobald er diese Grenze überschritten hatte, bestand keine Gefahr mehr für ihn. Am liebsten hätte sie die beiden danach gefragt, aber damit kam sie sich lächerlich vor. Paul-Henrys Frage bedeutete natürlich, dass ihr Bruder es ins Flugzeug geschafft hatte.

Sie beobachtete Léo, der am anderen Ende des Lofts telefonierte. Er wirkte müde und besorgt. Als er das Gespräch beendete, sah sie Zweifel in seinem Blick aufleuchten.

»Das war Kitty. Sie sagt, ich soll alles stehen und liegen lassen und mit meinen Eltern reden. Ich soll ... ich soll über *meine Mutter* mit ihnen sprechen, weil es da vielleicht einen Zusammenhang mit der Person gibt, nach der wir suchen.«

Auf einmal wirkte er verloren.

»Was soll das heißen?«, fragte Lorraine. »Erst Czartoryski, der deine Mutter als die schönste Frau der Welt bezeichnet, und jetzt das. Glaubst du, dass ...«

»Ich weiß nicht mehr, was ich glauben soll«, fiel er ihr ins Wort. Er blickte Gonzo an und fragte: »Kannst du mir deine Karre leihen?«

Gonzo deutete auf Lorraine. »Und wir holen ihren Bruder mit der Limo ab, richtig?«

»Genau. Geh mit dem Hund raus, und danach begleitest du Lorraine zum Flughafen. Ich verschwinde nach Tannersville. Und du lässt sie keine Sekunde aus den Augen.«

»Ich werde auf sie aufpassen wie auf einen Hamburger von *Burger Joint*«, bestätigte Gonzo.

Plötzlich verzog Léo das Gesicht.

»Was ist los?«, fragte Gonzo. »Hast du Schmerzen?«

»Nein, nein, alles in Ordnung. Nur zu. Besser, ihr seid vor Ort, wenn ihr Bruder landet.«

»Das war bestimmt nur ein Einbrecher, mehr nicht.«

»Mehr nicht? Jemand bricht mitten in der Nacht bei mir ein, während ich schutzlos und allein im Obergeschoss schlafe, und du wagst es, zu sagen: ›mehr nicht‹!«

Paul-Henry Salomé zog den Kopf ein.

»Du hättest es mir eher erzählen müssen«, fauchte sie. »Sie ist meine Tochter, verdammt noch mal! Und sie ist in Gefahr!«

»Lorraine ist nicht allein«, widersprach Salomé. »Dimitri ist bei ihr und dazu noch zwei Freunde.«

Françoise Balsan rümpfte die Nase. »Zwei Freunde? In New York? Was für Freunde sind das? Warum weiß ich nichts von ihnen? Kennst du sie vielleicht?«

»Nein. Aber Lorraine hat mir versichert, dass sie in Ordnung sind.«

»Und damit hast du dich zufriedengegeben?«

Françoise Balsans Stimme wurde immer höher und vorwurfsvoller, was nie ein gutes Zeichen war. »Was bin ich hier eigentlich? Das fünfte Rad am Wagen? Diejenige, die gar nicht erst in Betracht gezogen wird? Eine zweitklassige Mutter?«

Auf einmal hielt Paul-Henry Salomé es nicht mehr aus. Es reichte. Er hatte die Nase voll davon, angeschnauzt zu werden. Er drehte sich zu Lorraines Mutter, und seine stahlblauen Augen wirkten härter denn je. Sie funkelten, als er sagte: »Du bist jemand, der immer nur an sich denkt. Du bist die selbstsüchtigste Mutter, die ich kenne, und auch die arroganteste, eine Frau, die kaum mütterliche Gefühle und Einfühlungsvermögen aufbringt. Du hast dich lieber mit Liebhabern und Hofschranzen umgeben und bist zum

Skifahren oder nach Deauville gefahren, als dich um Lorraine und Dimitri zu kümmern, zwei arme kleine Kinder, die ihre Väter verloren hatten. Dabei hättest du Verantwortung übernehmen und deinen Job als Mutter erledigen müssen! Du bist die schlechteste Mutter, die man sich denken kann, und trotzdem sind die beiden durch irgendein Wunder oder eine Gabe der Natur zwei großartige junge Menschen geworden, zwei bewundernswerte Wesen, auf die du überaus stolz sein müsstest ... Aber nein, natürlich nicht, du siehst wie üblich nur dich selbst, du bist unfähig, so etwas wie Bewunderung, Anerkennung oder Dankbarkeit zu empfinden.«

Françoise Balsan stand mit offenem Mund da. Sie war entsetzt. Es war das erste Mal, dass ihr Freund in diesem Ton mit ihr sprach. Tatsächlich war es das erste Mal, dass überhaupt jemand auf diese Art mit ihr zu sprechen wagte. Sie fühlte sich wie vom Blitz getroffen.

»Denkst du wirklich so über mich?«

»Ja, und zwar zu zweihundert Prozent. Und jetzt werde ich vierundzwanzig Stunden lang hierbleiben. Ich werde eine Nacht in diesem Haus verbringen, um sicherzugehen, dass alles in Ordnung ist. Danach fahre ich zurück nach Paris. Es steht dir frei, unsere Freundschaft zu beenden oder nicht. Du hast die Wahl. Verdammt, irgendwann musste dir jemand doch mal die Wahrheit sagen, Françoise ...«

VIERTER TEIL

Den Tod reiten

(Jean-Michel Basquiat, Acryl und Kreide auf Leinwand)

42

**Oh, tell me something
I don't already know.**

Harry Styles, *Ever since New York*

Touristen aus aller Welt, Geschäftsmänner im Anzug mit
Krawatte und Geschäftsfrauen im Kostüm, Passagiere
aus Europa, Asien, dem Mittleren Osten, aus Afrika und
Lateinamerika, Stewards und Stewardessen, Piloten, Taxifahrer, Verkäufer in den Geschäften ... Lorraine sah sich
um. In der Abfertigungshalle von Terminal 1 tummelte
sich eine kosmopolitisch bunte, quirlige Menschenmenge.

Dann öffneten sich die Türen, und heraus kamen die
ersten Passagiere des Air-France-Flugs aus Paris-Charles
de Gaulle ... diejenigen, die nur Handgepäck dabeihatten
und in der Businessclass gereist waren.

Darauf folgten die ersten Passagiere der Economy-
class. Noch immer kein Dimitri in Sicht. Lorraines Puls
beschleunigte sich. Suchend betrachtete sie die Gesichter,
die Gestalten, die an ihr vorbeizogen. Jeder war auf seine
Weise einzigartig, eine Menschheit, in der es keine zwei
gleichen Individuen gab. Aber Dimitri tauchte noch immer
nicht auf. Nervös wanderte ihr Blick von einem zum ande-

ren. Sie hatte das Gefühl, die Szene ihrer Abreise ohne Léo auf demselben Flughafen einen Monat zuvor noch einmal zu erleben.

Der Menschenstrom glitt an ihr vorüber – Lächeln, Umarmungen, Wiedersehen, Gelächter –, aber ihr Bruder war nirgendwo zu sehen. Bitte mach, dass er auftaucht, betete sie, ohne genau zu wissen, an wen ihr Gebet gerichtet war. Doch die letzten Passagiere kamen heraus, und der Strom versiegte, ohne dass Dimitri aufgetaucht wäre. Lorraine spürte, wie ihr die Knie zitterten.

Verdammt noch mal, wo ist er nur?

Sie hatte einen Kloß im Hals und wollte gerade weggehen, da öffneten sich die Türen ein weiteres Mal. Erleichterung durchströmte sie, als sie Dimitri endlich mit großen Schritten herauskommen sah, die Reisetasche schräg umgehängt. Er entdeckte sie und bedachte sie mit einem Lächeln. Sie begriff, warum er so lange aufgehalten worden war. Sein schönes, aber lädiertes Gesicht hatte bei der Kontrolle die Aufmerksamkeit der Polizisten auf sich gezogen.

Er ließ seine Schwester nicht aus den Augen, während er auf sie zuging, und sie sah das Funkeln in seinem Blick, das ihn wie einen Teenager wirken ließ. Sie umarmte und drückte ihn.

»Für einen Moment habe ich geglaubt, du kommst nicht mehr«, murmelte sie mit kaum merklich zitternder Stimme, während sie ihren Bruder in den Armen hielt.

»Haben Paul und Paul dir nicht Bescheid gesagt, nachdem sie mich ins Flugzeug gesetzt hatten? Oder jedenfalls einer der beiden. Der andere hatte offenbar einen Notfall.«

»Doch, natürlich. Ich glaube, ich werde allmählich paranoid«, gab sie zu. »Paul-Henry ist in den Süden zu Maman gefahren. Sie hat mich angerufen. Am Telefon war sie irgendwie... seltsam. Jemand ist bei ihr eingebrochen, und sie... fing an zu weinen. Sie hat mich gefragt, ob ich sie liebe.«

Dimitri drückte sie fester an sich.

»Bist du sicher, dass du von Maman sprichst?«, fragte er ironisch. »Da muss sie aber eine Heidenangst gehabt haben. Glaubst du, dass...«

»Vielleicht ist es reiner Zufall. Dort unten wird häufig eingebrochen.«

»Hallo, ich bin Gonzo«, verkündete Gonzo, der neben ihnen aufgetaucht war.

Lorraine sah, dass ihr Bruder auf einmal angespannt wirkte; Misstrauen, das an Feindseligkeit grenzte, lag plötzlich in seinem Blick.

»Gonzo ist ein Freund von mir«, erklärte sie. »Er ist hier, um mich zu beschützen. Du kannst ihm vertrauen.«

»Ich habe den Befehl, deine Schwester auf keinen Fall aus den Augen zu lassen«, sagte Gonzo lächelnd. »Ich passe auf sie auf wie auf einen Schatz.«

Dimitri runzelte verwirrt die Stirn, dann entspannte sich seine Miene ein wenig, bis er schließlich sogar lächelte. Er gab Gonzo die Hand und sagte: »Ich muss mal kurz wohin. Dauert nur eine Minute.«

Dimitri steuerte auf die Herrentoiletten zu. Dort ließ er die Kabinen links liegen und ging zu den Waschbecken, wo er sich in aller Ruhe die Hände wusch und sein verletztes Gesicht betrachtete. Er sah nicht zu dem Mann hinüber, der soeben eingetreten war und neben ihm das Gleiche tat ... der Typ mit dem Blumenkohlohr und den schwarzen Augen.

Léo hielt vor dem Haus seiner Eltern und stellte den Motor ab. Er atmete tief durch. Die Fahrt hierher hatte er in Rekordzeit hinter sich gebracht: weniger als zwei Stunden. Da sein Vater ein Geräusch gehört hatte, erschien er in der Tür. Er war schlecht rasiert, trug eine Wollweste mit Schalkragen über einem T-Shirt, dazu eine schlabberige Jeans. Der Wind zerzauste ihm das graue Haar. Léo beobachtete ihn durch die Windschutzscheibe. In diesem Moment sah sein Vater alt, müde und verbraucht aus, und auf einmal war Léo gerührt. Er stieg aus. Ging ein paar Schritte. Blieb zwei Meter vor seinem Vater stehen. Der ihn anstarrte und mit tieftrauriger Stimme zu ihm sagte: »Deine Schwester hat also mit dir gesprochen.« Er fuhr fort: »Komm rein. Es ist an der Zeit, dass wir dieser Geschichte ein Ende setzen.«

»Es ist niemals gut, die Vergangenheit wieder hervorzuholen, nachdem man sie einmal begraben hat.«

Sein Vater hatte ihm den Rücken gekehrt und tat, als betrachte er den Schnee, der vor dem Fenster still, aber unaufhörlich fiel. Er sprach leise, flüsterte beinahe. Als er sich umdrehte, sah Léo, dass seine Augen gerötet waren. Er ließ sich in seinen Sessel fallen.

»Die Vergangenheit ist wie ein Grab. Wenn man es öffnet, nennt man das Schändung.«

»Und wie nennt man Eltern, die ihren Sohn belügen?«

Léo bereute seine Worte sofort. Sein Vater zuckte zusammen, und seine Gesichtszüge erschlafften. Auf einmal sah er zwanzig Jahre älter aus.

»Wir haben es zu deinem Besten getan. Kein Mensch auf der Welt liebt dich mehr als deine Mutter, bist du dir dessen wenigstens bewusst?«

»Über meine Mutter sollten wir tatsächlich mal reden«, sagte Léo, ohne dass es ihm gelang, den kalten Tonfall abzulegen. »Wo steckt sie eigentlich?«

»Oben. Sie weint.«

»Nein, die andere.«

Sein Vater zögerte, dann sagte er: »Ich muss dir eine Menge erklären, und ich weiß nicht, womit ich beginnen soll. Setz dich und hör mir bitte einfach nur zu.«

43

Among New York City ghosts and flowers.

Sonic Youth, *NYC Ghosts & Flowers*

»Wow!«, rief Dimitri, als er das Panorama bewunderte.
Lorraine musste lächeln. Ihr »kleiner« Bruder war zum
ersten Mal wieder in New York, seit er die Stadt als Klein-
kind verlassen hatte. Seltsamerweise empfand er seither
Angst davor, in seine Geburtsstadt zurückzukehren. Nach
dem schrecklichen Ereignis in New York hatte jeder von
ihnen auf seine Weise reagiert. Lorraine hatte ihren kleinen
Bruder übermäßig beschützt, und Dimitri war zunächst zu
einem schweigsamen, geheimnistuerischen Teenager heran-
gewachsen, ehe er im Erwachsenenalter aufgeblüht war.
Aber seine Schwester wusste, dass dieser attraktive junge
Mann, der das Leben in vollen Zügen genoss und nach
dem sich fast jeder umdrehte, eine nie verheilte Wunde mit
sich herumtrug.

Nun unterbreitete er ihnen eine Bitte, die sie und Gonzo
völlig unvorbereitet traf und ihnen ein Lächeln entlockte.

»Als Jugendlicher habe ich mir ständig Liebesfilme
angeschaut, die in New York spielen, und dabei Rotz und
Wasser geheult. Ich möchte wissen, wie die Schauplätze in

Wirklichkeit aussehen. Können wir bitte als Erstes dorthin fahren?«, bat er sie.

Lorraine zögerte zunächst, beschloss dann aber, sich den Freitag freizunehmen und den Wunsch ihres Bruders zu erfüllen. In der Werbeagentur waren sie vermutlich der Meinung, dass die »Chefin« recht häufig abwesend war, aber in diesem Augenblick war ihr das vollkommen egal. Wegen Léos Krankheit, die jeden Tag wertvoll und einzigartig machte, und wegen der Bedrohung, die ihr rätselhafter Stalker für sie selbst und ihre Angehörigen darstellte, trat alles, was bisher im Mittelpunkt ihres Lebens gestanden hatte – mit einem Wort: die Arbeit –, immer weiter in den Hintergrund.

Logischerweise begannen sie ihren Rundgang am Empire State Building. Auf der Terrasse des Observatoriums ganz oben auf dem Gebäude begegneten sich in den letzten Minuten von *Schlaflos in Seattle* endlich Tom Hanks und Meg Ryan.

»Dieser Film ist auch eine Hommage an einen anderen Liebesfilm, der 1957 herauskam, *Die große Liebe meines Lebens* mit Cary Grant und Deborah Kerr«, erklärte Dimitri, während ihnen inmitten von Wolkenfetzen ein eiskalter Wind um die Ohren pfiff.

»Tiramisu«, sagte Lorraine, die allmählich Spaß an der Sache fand.

»Tiramisu«, wiederholte Dimitri lächelnd.

»Was soll das heißen, Tiramisu?«, fragte Gonzo.

»Das ist eine legendäre Szene aus *Schlaflos in Seattle*«, erklärte Dimitri. »Sam, der von Tom Hanks gespielt wird, ist Witwer. Er lebt allein mit seinem Sohn und hat seit vier

Jahren kein Date mit einer Frau gehabt. Nun hat er endlich ein Rendezvous, und um auf der Höhe der Zeit zu sein, fragt er seinen besten Freund um Rat. Der antwortet: *Tiramisu*. Außer Italienern wusste damals in den Neunzigern in den Vereinigten Staaten kein Mensch, was ein Tiramisu ist, und das Internet gab es noch nicht. Ergebnis: Die Telefonzentrale von TriStar Pictures konnte sich nicht mehr retten vor Anrufen von Leuten, die wissen wollten, was Tiramisu ist! Verdammt, es ist einfach toll, wieder hier zu sein!«

Erneut fuhr ihm der Wind ins Haar, und er ließ staunend den Blick über die unendliche Weite der Flachdächer wandern, an den wie Pfeile in den Himmel ragenden Wolkenkratzern hinauf und zu dem weiten, schneebedeckten Rechteck des im Nebel versunkenen Central Park.

»Okay. Nicht, dass es mir hier nicht gefallen würde, aber ich befürchte, wir frieren uns bald den Arsch ab, kleiner Bruder«, sagte Lorraine. »Wollen wir zum nächsten Schauplatz weiterziehen?«

»102, Prince Street.«

»*Ghost!*«, rief nun Gonzo aus. »Verdammt, ich liebe diesen Film.«

»Neil Greenann war ein Genie«, sagte Léos Vater.

»In welcher Beziehung stand er zu meiner Mutter?«, fragte Léo.

Russell Van Meegeren setzte das Glas an die Lippen. Seine Hand zitterte. Er trank das randvolle Glas in einem Zug aus, und Léo erkannte, dass sein Vater allmählich zum Alkoholiker geworden war.

»Dazu komme ich gleich. Neil war der beste Künstler

seiner Generation. Aber er war auch extrem dünnhäutig, ein zerbrechlicher Mensch voller Ängste. Er stammte aus Yonkers und ist dort in einer bescheidenen Familie aufgewachsen. Als schwächliches Kind wurde er zum Prügelknaben für die Kinder des Viertels. Und zu Hause erwarteten ihn endlose Streitereien zwischen seinen Eltern und die Ohrfeigen seines Vaters. So war Neil zu einem einsamen, schüchternen und introvertierten Jungen geworden. Voller Komplexe. Aus einem verletzten Kind wurde ein gebrochener Erwachsener, unfähig, sein Leben in den Griff zu bekommen. Als ich ihn an der Uni kennenlernte, war er noch nie mit einem Mädchen ausgegangen. Wir haben uns sofort angefreundet. Neil hatte ein Herz aus Gold, er war kein bisschen boshaft. Gleichzeitig war er ein echter Rebell. Die zeitgenössische Kunst war damals noch nicht die Goldgrube, die sie heute ist, aber es ging bereits in diese Richtung. Er hasste das. Ich erinnere mich, dass er plante, das MoMa abzufackeln, um einen bleibenden Eindruck zu hinterlassen und die Aufmerksamkeit auf die Vermarktung der Kunst zu lenken. Er wechselte von Depressionen zu euphorischen Phasen und suchte sehr bald Zuflucht in künstlichen Paradiesen und Alkohol. Ich habe ihn mehrmals zu Entgiftungskuren genötigt, aber danach ist er jedes Mal zu seinen Dämonen zurückgekehrt. Nur so konnte er seine Ängste und seinen Ekel zum Schweigen bringen.«

Sein Vater sprach sehr langsam, wog jedes Wort sorgfältig ab. Er nahm einen weiteren großen Schluck, sein Adamsapfel hob und senkte sich unter der schlaffen Haut seines Halses, aus der lauter weiße Härchen wuchsen.

»Aber wenn er bei klarem Verstand war, malte er besser als jeder andere. Du hast die Fotos von seinen Gemälden gesehen. Stell dir vor, wie sie in echt aussahen ... Er hat nur wenig gemalt und viele Leinwände zerstört. Er war selten wirklich zufrieden. Und der Drogen- und Alkoholkonsum beeinträchtigte seine Produktivität, im Gegensatz zu Basquiat zum Beispiel, der die Droge benutzte, um seine Kreativität zu stimulieren. Neil hat mir deine Mutter vorgestellt, deine leibliche Mutter, meine ich, denn deine *echte* Mutter ist oben. Amy hat dich aufgezogen, sie hat dich umsorgt und den Mann aus dir gemacht, der du heute bist, vergiss das nicht. Nicht diese andere Frau ... Denn ja, es stimmt: Mom hat dich nicht zur Welt gebracht.«

Der Blick seines Vaters vor Wehmut wie verhangen ... aber vielleicht lag es auch am Alkohol.

»Erzähl mir von ihr«, sagte Léo.

»Sie hieß Marla. Marla Singer. Sie war eine der schönsten Frauen New Yorks, deine Mutter, und noch dazu fröhlich, lustig, brillant und geistreich. Allerdings fehlte ihr das Talent, eine echte Künstlerin zu werden. Sie studierte Kunst und trieb sich im Künstlermilieu herum. Die Männer lagen ihr zu Füßen.«

Léo dachte an die Fotos der jungen Susan Dunbar, die er gesehen hatte. Und an Czartoryskis Worte.

»New York war damals völlig anders als heute. Fast jeder war schon einmal Opfer eines Überfalls geworden, Straßen und Bürgersteige waren mit Müll übersät, die Subway war gefährlich, die Wände mit Graffiti bedeckt. In dieser Stadt pulsierte aber eine unglaubliche künstlerische Energie. Das Village war das Zentrum der New Yorker

Künstlerwelt, ein Ort, an dem immer etwas passierte; eine Party, eine Ausstellung, eine Retrospektive, eine Vernissage. Man amüsierte sich, trank, malte und rauchte, und manche Leute nahmen auch harte Drogen. Doch als ich Neils Arbeiten sah, begriff ich schnell, dass ich im Vergleich zu ihm immer ein zweitklassiger Künstler bleiben würde. Ich würde ihm niemals das Wasser reichen können. Und dann bin ich deiner Mutter begegnet und habe mich rettungslos in sie verliebt. Es war unmöglich, sich nicht in sie zu verlieben, und weiß der Kuckuck, warum sie meine Gefühle erwiderte. Es gab schönere, klügere und reichere Typen als mich, aber offenbar entzieht sich die Liebe jeder Vernunft. Es dauerte zwei Jahre. Wir haben uns mit Neil eine kleine Wohnung im East Village geteilt. Unsere Nachbarn waren Allen Ginsberg und William Burroughs, die besten Jazzclubs lagen gleich um die Ecke, die Mieten waren nichts im Vergleich zu heute. Wir führten eine Art Dreiecksbeziehung, bei der allerdings Neil die Fäden in der Hand hielt. Er konsumierte damals bereits harte Drogen, und wir versuchten, ihm zu helfen, was aber nur dazu führte, dass das Zusammenleben unerträglich wurde. Und dann wurde deine Mutter schwanger. In unserem Leben gab es damals keinen Platz für ein Kind, aber sie wollte dich behalten. Sie bestand darauf, umzuziehen, aber wir waren praktisch mittellos. Also habe ich mir einen Job gesucht, und wir bezogen eine andere Wohnung. In Queens, weit weg von unserem bisherigen Leben. Du wurdest geboren, und deine Mutter hat sehr schnell wieder das Leben aufgenommen, das sie vor deiner Geburt geführt hatte, von Partys bis zu Vernissagen. Ihr war bereits klar geworden, dass ich weder reich noch berühmt werden würde, und sie war nicht bereit, sich mit einem gewöhnlichen Leben zu begnügen, in dem sie jeden Cent zweimal umdrehen und sich um lauter alltäglichen Kleinkram kümmern musste. Sie wollte ein großartiges Leben und ist dann bei einer Party dem Vater von Lorraine begegnet. Alle wussten, dass er in dem Ruf stand, ein Weiberheld zu sein, aber deine Mutter hat sich dennoch von ihm verführen lassen. Ich denke, sie wollte mit ihm im Rampenlicht stehen. Und François-Xavier Demarsan war ein Mann, der immer im Rampenlicht stand. Trotzdem waren alle sehr überrascht, als er seinen Lebensstil eines Playboys von einem Tag auf den anderen beendete, um sesshaft zu werden. Offenbar hatte auch er sich hoffnungslos in deine Mutter verliebt.«

Léo konnte den verschleierten Blick seines Vaters, den grenzenlosen Kummer, den er darin las, kaum ertragen. Er fühlte sich hilflos.

»Und dann kam die Episode Czartoryski.«

»Die Episode Czartoryski?«

»Ich glaube, du brauchst ein Croissant«, sagte Dimitri zu seiner Schwester.

»Und ein schwarzes Etuikleid«, scherzte Lorraine, die immer mehr Gefallen an dem Spiel fand.

»Und es regnet nicht«, bemerkte ihr Bruder.

»Jetzt kapier ich gar nichts mehr«, beklagte sich Gonzo.

Dimitri drehte sich zu ihm um und erklärte, dass sie sich an der Ecke Fifth Avenue und 57th Street vor dem Schaufenster des berühmten Juweliers Tiffany's befanden. Mit anderen Worten: an dem Ort, an dem eine der berühmtesten Szenen der Filmgeschichte gedreht worden war, nämlich die, in der Audrey Hepburn alias Holly Golightly am Beginn von *Frühstück bei Tiffany* früh am Morgen in einem Etuikleid bei Regen aus einem Taxi steigt und von Diamanten träumt, während sie ein Croissant isst.

»*We're after the same rainbow's end*«, stimmten Bruder und Schwester im Chor an.

»Und jetzt?«, fragte Gonzo begeistert.

»Jetzt gehen wir ins *Serendipity 3*«, verkündete Dimitri.

»*Weil es dich gibt* mit John Cusack und Kate Beckinsale«, fügte Lorraine hinzu.

Sie amüsierte sich prächtig. Dieser romantische Spaziergang durch die Filmgeschichte war eine wunderbare Idee. Anfangs hatte sie gezögert, weil sie nicht in der Stimmung dafür war, aber letztlich war sie ihrem Bruder dankbar, dass er sie auf andere Gedanken gebracht hatte. Sie bedauerte nur, dass Léo nicht bei ihnen war. Und gegen ihren Willen stieg erneut Besorgnis in ihr auf. Was mochte er von seinen Eltern erfahren haben?

»Was für ein Riesenspaß«, sagte Gonzo, während er die Tür der Limousine aufhielt, die am Straßenrand parkte, und gleichzeitig unauffällig die Umgebung beobachtete.

Russell Van Meegeren sah seinem Sohn in die Augen, während ihm Tränen über die Wangen liefen.

»Ja, die Episode Czartoryski. Damals verkaufte sich dieser Scheißkerl schon sehr gut, es kam viel Geld rein, aber nach einiger Zeit ließ seine Inspiration nach, und er produzierte nichts Vollwertiges mehr. Wir hatten das Gefühl, dass er nichts mehr zu sagen hatte. Vielleicht lag das an dem gesellschaftlichen Leben, das er führte und das ihn immer öfter von seinem Atelier fernhielt. Ich weiß nicht genau, wann und wie er Neil kennengelernt hat. Aber Victor erkannte sein Talent, und als die beiden eines Abends allein waren und ordentlich getrunken und irgendwelches Zeug genommen hatten, schlug Czartoryski dem armen Neil vor, für ihn zu malen. Neil sollte seinen Stil imitieren, und Czartoryski würde ihn mit zehn Prozent an seinen Gewinnen beteiligen. Neil brauchte Geld für Drogen, für die Miete, für Alkohol und Essen. Er nahm das Angebot an. Aber Neil war eben Neil – ein verdammtes Genie. Er hat sich nicht damit begnügt, Czartoryski zu imitieren. Nein, er hat dessen Malerei neuen Schwung verliehen, den zweiten Atem, eine neue Richtung. Er war es, der *La Sentinelle* gemalt hat.«

Ungläubig starrte Léo seinen Vater an.

»*La Sentinelle* ist das Werk von Neil Greenann?«

Russell Van Meegeren nickte. »Ja. Laut Neil ist Czartoryski ausgerastet, als er *La Sentinelle* zum ersten Mal sah, und hat ihn gefragt, was das für ein Mist sei. Aber Lorraines Vater, damals bereits Victors Agent, hat sofort verstanden, dass sie ein Meisterwerk vor sich hatten. Und damit die Chance, die Karriere seines Schützlings wieder in Gang zu bringen. Es lief besser als erhofft. *La Sentinelle* wurde zu Czartoryskis berühmtestem Gemälde. Neil hat noch weitere Bilder für die beiden gemalt. Die ersten Gemälde der Periode des Metaphysischen Realismus stammen in Wirklichkeit von Neil Greenann. Und eines Tages ist Neil angesichts der Begeisterung der Kunstkritiker und Spezialisten über diese Erneuerung, angesichts der Art, wie alle Czartoryskis Genie feierten, buchstäblich verrückt geworden. Er wusste, dass ihm niemand glauben würde, wenn er behauptete, der Urheber dieser Werke zu sein. Seine eigene Karriere als Maler war an einem toten Punkt angelangt, seine Gemälde erreichten nicht mehr die Größe derer, die er für Czartoryski anfertigte, er nahm Drogen in hohen Dosen, war paranoid und aggressiv, und Lorraines Vater zahlte ihm lächerliche Beträge im Vergleich zu dem Vermögen, das er selbst verdiente, indem er Neils Werke mit Czartoryskis Signatur darunter verkaufte.«

Russell Van Meegeren stieß einen tiefen Seufzer aus, seine Schultern bebten.

»Eines Tages kaufte sich Neil eine Waffe und erwartete Lorraines Vater vor dessen Galerie. Den Rest kennst du. Danach ist er bei Czartoryski aufgetaucht und hat ihm mit dem Griff derselben Waffe die Knochen der rechten Hand zertrümmert. Czartoryski war Rechtshänder. Man hat alles versucht, um seine Hand wieder hinzubekommen, aber seit diesem Vorfall ist er nicht mehr in der Lage, zu zeichnen oder zu malen.«

»Hieß es nicht offiziell, er habe einen Verkehrsunfall gehabt?«, fragte Léo.

»Das ist die Version der Geschichte, die Czartoryski erzählt hat.«

Léo traute seinen Ohren nicht. Neil Greenann war nicht nur der wahre Schöpfer von *La Sentinelle,* sondern er hatte auch Lorraines Vater ermordet ... Und sein eigener Vater hatte es von Anfang an gewusst!

»Woher weißt du das alles?«

»Neil hat es mir damals erzählt.«

»Und du hast ihn nicht bei der Polizei angezeigt?«, fragte er ungläubig.

Russell Van Meegeren warf seinem Sohn einen empörten Blick zu. »Neil war mein bester Freund, Junge, er war krank, und er hat nur die Menschen bestraft, die ihn benutzt und von seiner Schwäche profitiert haben. Sein Leben lang haben ihn Stärkere erdrückt und gedemütigt. Am Ende hat er sich dafür gerächt.«

Léo schüttelte den Kopf. Er dachte an Gonzo. Ja, er hätte ihn mit Sicherheit auch nicht angezeigt, wenn Gonzo ihm gestanden hätte, einen Mord begangen zu haben. Er hätte ihn höchstens gedrängt, sich der Polizei zu stellen. Hatte sich sein Vater genauso verhalten?

»Und Czartoryski hat natürlich nichts gesagt«, schloss Léo und schüttelte fassungslos den Kopf. »Damit hätte er seinen Ruf und seine Karriere für immer zerstört. Stattdessen hat er aufgehört zu malen, ist aus New York weggezogen und hat sich vom Rest der Welt isoliert.«

Russell Van Meegeren nickte. Seine Miene war unendlich traurig. »Neil war innerlich zerfressen von dem, was er getan hatte«, fuhr er fort. »Er konnte nicht mehr malen, nicht mehr schlafen und nahm von Tag zu Tag mehr Drogen. Zwei Jahre später hat er seinem Leben ein Ende gesetzt.«

Léo konnte es nicht fassen. Wenn Neil Greenann François-Xavier Demarsan zwei Jahre vor seinem Selbstmord getötet hatte, bedeutete dies, dass der Mann – oder die Frau –, der oder die Lorraine stalkte, nicht der Mörder ihres Vaters war. Warum hatte er sich ein derartiges Lügenmärchen ausgedacht? Und auf einmal verstand er: um den

Verdacht von der richtigen Person abzulenken. Damit sie in New York und nicht in Paris nach dem Schuldigen suchten. Womit die Spur Susan erledigt war. Sie konnte keinerlei Interesse daran haben, in Textnachrichten den Mord an Lorraines Vater zu gestehen – und damit die Aufmerksamkeit auf sich zu ziehen –, wenn sie tatsächlich die Schuldige wäre. Er dachte an Lorraines Bemerkung: »Er spricht perfekt Französisch.« Weil er Franzose war?

»Und meine Mutter?«, hakte Léo nach.

Er sah, dass sein Vater nach wie vor Tränen in den Augen hatte. Das Glas zitterte immer stärker in seiner Hand. Ein paar Tropfen von dem Drink landeten auf seinem Knie.

»Als Lorraines Vater auf dem Bürgersteig vor seiner Galerie von Neil erschossen wurde, war er in Gesellschaft deiner Mutter, seiner ... Geliebten. Sie bekam Angst, geriet in Panik, weil sie glaubte, Neil würde auch sie töten, und um zu entkommen, ist sie auf die Straße gerannt. Sie wurde von einem Bus überfahren.«

»Grundgütiger«, flüsterte Léo.

Diese Geschichte war eine Tragödie, ein Drama aus Leidenschaft und ein Mythos gleichermaßen. Sie hatte etwas Universelles und zugleich Schreckliches an sich, das ihn erschütterte. Und sie handelte von seiner Mutter, von deren Existenz er bis zu diesem Tag nichts geahnt hatte.

»Ich hatte die Frau verloren, die ich liebte, ich hatte meinen besten Freund verloren und die Lust am Malen auch«, fuhr sein Vater fort. »Aber es gab dich. Ich musste für dich da sein. Ich hatte kein Recht, dich im Stich zu lassen, dir zuliebe musste ich stark sein. Und dann ist Amy in unser

Leben getreten. Sie hat mir die Lebenslust zurückgegeben und dich aufgezogen wie ihren eigenen Sohn. Was du für sie natürlich auch bist. Amy hat uns gerettet, dich genauso wie mich, Léo.«

»Du musst uns verabscheuen«, erklang eine Stimme von der Türschwelle her.

Léo drehte sich um und sah Amy forschend ins Gesicht. Er fragte sich, seit wann sie dort stand und zuhörte. Sie wirkte sehr blass, ihr Blick war blind vor Tränen. Genau wie der seines Vaters. In diesem Augenblick fühlte sich Léo zwischen widerstreitenden Gefühlen hin- und hergerissen. Er verspürte Wut auf die Menschen, die ihm so lange die Wahrheit über sein Leben vorenthalten hatten. Er fühlte sich von seiner Familie betrogen, und gleichzeitig schämte er sich, ihnen Schmerz zuzufügen, indem er auf diese Weise in der Vergangenheit herumstocherte. Was die Mutter betraf, die er nie kennengelernt hatte, so war sie eine Art Geist, ein nahezu mythologisches Geschöpf – eines der zahllosen Gespenster New Yorks. Seine wahre Mutter stand hier vor ihm. Ohne es zu wollen, verübelte er ihr dennoch, dass sie den Platz einer anderen eingenommen hatte, und seinen Vater hasste er in diesem Augenblick aus tiefstem Herzen, weil er sich zum Komplizen dieser Lüge gemacht hatte. Glaubten sie wirklich, es hätte etwas an seinen Gefühlen für Amy geändert, wenn er die Wahrheit früher erfahren hätte? Was wäre passiert, wenn er nicht beschlossen hätte, sich an Lorraines Nachforschungen zu beteiligen? Hätten sie ihm seine Herkunft bis in alle Ewigkeit verschwiegen? Mit welchem Recht?

Im Anorak und mit einem Schal um den Hals verließ

er kurze Zeit später das Haus, gefolgt von Aurevilly. Er brauchte frische Luft, musste durchatmen. Aber er hatte ihnen längst noch nicht alle Fragen gestellt.

44

There are those who fail,
there are those who fall.

Chris de Burgh, *The Snows of New York*

Es geschah gegen 18 Uhr.

Draußen wurde es bereits dunkel. Sie waren kreuz
und quer durch Manhattan und Brooklyn gelaufen, und
Lorraine war erschöpft, aber glücklich. In Gesellschaft
Gonzos und ihres Bruders waren ihre Ängste für ein paar
Stunden in den Hintergrund gerückt. Sie verließen gerade
das *Katz's,* wo Dimitri und Gonzo beinahe Meg Ryans
berühmte Szene mit dem vorgetäuschten Orgasmus aus
Harry und Sally nachgespielt hätten, ehe sie sich eines
Besseren besannen, weil die Angestellten diese Art von
erbärmlicher Imitation vermutlich zehnmal am Tag über
sich ergehen lassen mussten.

Auf den Bürgersteigen begann sich der Schnee zu tür-
men. Mit vorsichtigen Schritten gingen sie auf die Limousine zu, als sie ein Obdachloser ansprach: »Habt ihr ein
bisschen Kleingeld für mich?«

Der Typ trug einen unförmigen, schmutzigen Mantel,
ebenfalls schmutzige schwarze Fäustlinge und unter seiner

Schirmmütze eine Sturmhaube, um sich gegen die Kälte zu schützen. Er humpelte und stützte sich wie ein verkleideter Pirat auf eine Krücke, vermutlich ein Trick, um das Mitleid der Passanten zu erregen. Als Dimitri spontan eine Hand in die Tasche steckte, musste Lorraine lächeln. Ihr Bruder gab jedem etwas, der ihn darum bat.

Dimitri hielt dem Obdachlosen eine Münze hin. Der machte mit ausgestreckter Hand einen Schritt auf ihn zu. Eine Sekunde später ließ er die Krücke los, die in den Schnee fiel, was für eine Sekunde Gonzos Aufmerksamkeit auf sich zog – genau eine Sekunde zu viel. Als er aufblickte, hielt der Mann Lorraine an sich gedrückt und presste ihr über ihrem Mantel den Lauf einer Waffe in die Seite.

»Wenn ihr Ärger macht, töte ich sie.«

Im Luberon war es nach Mitternacht französischer Zeit, als sie in das Bauernhaus zurückkehrten. Lorraines Mutter fuhr den Sunbeam Alpine MK1, dessen Verdeck geschlossen war, weil es regnete. Paul-Henry hatte die Tatsache, dass er nicht fahren musste, genutzt, um seine Mahlzeit beim Sternekoch Édouard Loubet auf dem Landgut Capelongue in Bonnieux ausgiebig zu begießen.

Sie hatte gegrillten Hummer, er ein köstliches Rebhuhn in Blätterteig mit Wacholder zu Abend gegessen. Françoise war ziemlich wortkarg gewesen, aber das kam Salomé durchaus zupass, der ausnahmsweise einmal in aller Ruhe die Arbeit der Küchenbrigade bewundern konnte, während er die vielfältigen, miteinander harmonierenden Aromen einer ausgezeichneten Mahlzeit genoss.

In der eisigen Kälte wünschten sie einander eine gute Nacht, und Paul-Henry verschwand in seinem Zimmer im Obergeschoss, das mit seinem schmiedeeisernen Bett, dem Kronleuchter aus Kristall und den Keramikfliesen auf dem Boden den Charme vergangener Zeiten verströmte. Er hatte sich in diesem Haus des Südens, das François-Xavier Demarsan in den Achtzigerjahren gekauft hatte, von jeher wohlgefühlt. Damals war es eine Ruine gewesen, die sein Freund ursprünglich wieder herrichten wollte, indem er ihr die Seele eines Palazzos verlieh, aber dann war er gestorben, und Françoise hatte das Haus geerbt, obwohl sie inzwischen geschieden waren.

Er öffnete die Balkontür, zündete sich draußen eine Havanna an und ließ den feuchten Wind und das Geräusch des Regens in das Zimmer dringen.

Er war nicht müde, für eine Nachteule wie ihn war es noch viel zu früh. Darum holte er *Der große Meaulnes* in der Émile-Paul-Frères-Originalausgabe von 1913 aus dem Koffer, löschte seine Zigarre, schloss die Balkontür und setzte sich mit der festen Absicht, vom Rauschen des Regens begleitet bis zum Morgen zu lesen, neben der Nachttischlampe auf das Bett.

Eine Minute verging, vielleicht zwei.

Eine Mücke ...

Ihr leises, aber nervtötendes Surren nah an seinem Ohr wollte einfach nicht aufhören. Es war Januar. Müsste das Tier jetzt nicht eigentlich Winterschlaf halten? Allerdings hatte er Freunde im fünfzehnten Arrondissement von Paris schon mitten im Winter über Mücken klagen hören. Paul-Henry entdeckte den Eindringling in einer Ecke der Zim-

merdecke, suchte nach einem Gegenstand, um ihn zu eli-
minieren, und stand auf.

Er warf einen Pantoffel an die Decke. Daneben. Das
Insekt schwirrte durch das Zimmer, direkt an ihm vorbei,
wie um ihn zu verhöhnen, und ließ sich dann auf einem
Lampenschirm mit Quasten nieder. Paul-Henry Salomé
bückte sich und schlug mit dem Pantoffel so schnell und
kräftig zu, wie er konnte.

Volltreffer. Nun breitete sich ein Blutfleck auf der Fußleiste aus – Blut, mit dem sich das ekelhafte Vieh voll-
gesogen hatte.

Er ging ins Badezimmer, feuchtete ein Handtuch an und
ging vor der Fußleiste auf die Knie, um den Fleck weg-
zuwischen. Verdammt, er hatte ganze Arbeit geleistet:
Durch den Schlag hatte sich die Leiste gelockert. Er wollte
sie gerade wieder anbringen, da entdeckte er dahinter eine
Lücke, ein Loch in der Wand. Und etwas, das in der Dunkelheit glänzte.

In Manhattan starrte Gonzo auf die Waffe, die der Mann
Lorraine in die Seite drückte. Eine Glock 19X mit einem
Magazin für siebzehn Kugeln und einer Schlaufe am Griff.
Der Typ benutzte die Frau als Schild. Unter dem Helm und
der Sturmhaube sah Gonzo das scherenschnittähnliche
Gesicht und die schwarzen, tief in den Höhlen liegenden
Augen. Lorraine hatte den Angreifer erkannt: Mike Curran.

»Du«, sagte der Mann zu Gonzo, »hol deine Waffe raus
und leg sie auf die Erde. Dann schiebst du sie mit dem Fuß
zu mir.«

Rocha gehorchte, ihm blieb nichts anderes übrig. Das

Metall seiner Waffe – eine Sig Sauer P226, die Handfeuer-
waffe der Navy Seals – kratzte den Schnee vom Gehweg,
als er sie mit der Schuhspitze anstieß.

»Und du holst dein Handy heraus«, sagte Curran nun
zu Dimitri. »Dann nimmst du dem da seins ab und gibst
mir beide.«

Während Dimitri den Befehl ausführte, durchsuchte
Curran mit der freien Hand Lorraines Jeans, holte ihr
Handy heraus und schob es sich in die Jacke. »Hey, *chi-
cano*, gib ihm die Schlüssel für deine Karre«, sagte er zu
Gonzo und deutete auf Dimitri.

Als das erledigt war, wandte Curran sich erneut an
Dimitri: »Setz dich ans Steuer, Johnny Handsome. Ich
hoffe, du kannst dieses Schmuckstück fahren. Und du,
Mexikaner«, fügte er an Gonzo gerichtet hinzu, »gehst
zurück, bis ich stopp sage. Keine faulen Tricks, klar? Na
los ... ja, genau so ... stopp!«

Gonzo gehorchte und ging auf dem Bürgersteig etwa
zehn Schritte rückwärts, wobei er Curran keine Sekunde
aus den Augen ließ.

»Dreh dich um und rühr dich nicht mehr vom Fleck«,
befahl Curran, während er Gonzos Waffe unter einen
Wagen schleuderte und Lorraine in Richtung der Limousine stieß.

Sie zitterte. Was sie vor allem lähmte, war die Gemüts-
ruhe, mit der Curran ihr ins Ohr flüsterte, während er ihr
noch immer die Pistole in die Seite drückte: »Wir beide
steigen hinten ein, Schätzchen. Wir machen eine romantische kleine Ausfahrt, und dein Bruder dient uns als
Chauffeur. Was hältst du davon?«

In diesem Loch befindet sich etwas Glänzendes, stellte Paul-Henry im Luberon fest.

Jemand hatte einen Gegenstand aus Metall oder Glas hinter der Fußleiste versteckt. Hatte Françoise dort eine Armbanduhr, Schmuck oder sonstige Wertgegenstände untergebracht? Er wusste zwar, dass es ihn nichts anging, aber die Neugier trieb ihn an, weiterzuforschen. Paul-Henry Salomé konnte einfach nicht widerstehen.

Behutsam entfernte er die Fußleiste. Was soll's, er würde schon einen Nagel oder Sekundenkleber finden, um sie wieder zu befestigen. Er schob eine Hand in den Hohlraum und holte zwei Handys aus dem Versteck hervor. Solche mit Prepaidkarten. Die Art von Handy, die Dealer und kleine Gauner benutzen.

Paul-Henry Salomé spürte, wie sich sein Puls beschleunigte. Er dachte an das, was Lorraine ihm über die Nachrichten erzählt hatte, die sie erhielt.

Wenige Sekunden später hüllte er sich hoheitsvoll in seinen Morgenmantel, ging gemessenen Schrittes über den Flur, wobei die Dielen des alten Holzbodens knarrten, und klopfte so lange an Françoise Balsans Tür, bis diese ihm widerwillig und mit vom Schlaf aufgedunsenem Gesicht öffnete.

»Was ist denn jetzt noch? Bist du verrückt geworden, Paul-Henry?«

»Hat sich in letzter Zeit jemand in meinem Zimmer aufgehalten?«, fragte er.

»Geben Sie mir Ihr Handy«, befahl Gonzo dem Fahrer, sobald er im Fond des Taxis Platz genommen hatte.

Der Pakistani warf ihm einen Blick zu, so argwöhnisch wie der eines Juweliers in Antwerpen, dem ein Unbekannter den Hope-Diamanten präsentiert.

»Haben Sie keine eigene Handy? Warum nicht?«

»Falsche Frage«, versetzte Gonzo. »Wichtig ist nicht zu wissen, warum ich kein Handy habe, sondern wie viele.«

»Wie viele *was*?«, fragte der Fahrer, nun so misstrauisch wie ein Kardinal der römischen Kurie, der erfährt, dass der Messias an seine Tür geklopft hat.

Wie ein Taschenspieler zauberte Gonzo ein Bündel Banknoten hervor: »Wie viel, damit Sie mir Ihr Handy leihen?«

»Wie viel …?«, wiederholte der Chauffeur, auf einmal weniger misstrauisch, und nickte zum Zeichen des Verstehens.

»*Das* ist eine sehr gute Frage. Fünfzig. Und weitere fünfzig, wenn Sie ein bisschen Gas geben.«

»Ich gebe Gas«, sagte der Fahrer und nickte noch heftiger. »Sie hören? Ich gebe Gas.«

Léo blickte auf sein Handy: unbekannte Nummer. Er nahm nicht ab, und der Anruf ging auf die Mailbox. Eine Sekunde später klingelte es erneut. *Fuck.* Diesmal meldete er sich. Es war Gonzo … Gonzo, der von einem fremden Handy anrief. Eine ungute Vorahnung überkam Léo, und er hörte aufmerksam zu. Gonzo sagte nicht viel, aber was er sagte, ließ Léo das Blut in den Adern gefrieren.

Im nächsten Augenblick nahm er den Hund auf den Arm und rannte zum Haus seiner Eltern zurück.

Lorraine saß im Fond des Taxis und suchte nach einem Ausweg. Inzwischen hatte Gonzo mit Sicherheit Léo benachrichtigt, und die beiden würden Himmel und Hölle in Bewegung setzen, aber was konnten sie schon tun, um sie und Dimitri in so kurzer Zeit aufzuspüren? Und wie sollte sie ihnen mitteilen, dass sie New York in nördlicher Richtung verlassen hatten und zurzeit auf dem Palisades Interstate Parkway in Richtung Orangeburg und Mount Ivy unterwegs waren? Rund um Manhattan gab es Tausende von Straßen. Und Curran hatte ihre Handys bereits aus dem Fenster geworfen, ehe sie den Großraum New York verließen.

Im Augenblick bestand ihre einzige Chance darin, dass Schneesturm und Staus die Fahrt verlangsamten. Curran würde mit Sicherheit nichts versuchen, solange sie sich auf der Interstate inmitten all der Autos befanden.

Rote Ampeln, das Scheinwerferlicht und die Abgase der anderen Fahrzeuge umgaben sie, während sie in Zeitlupe vorankamen, Stoßstange an Stoßstange. Aber früher oder später würden sie die Hauptstraße verlassen und aufs Land fahren. Dann würde es keine Zeugen mehr geben. Er würde sie in einer ruhigen Ecke aus der Welt schaffen und ihre Leichen beerdigen, und es würde Wochen oder Monate dauern, bis man sie fand.

Lorraine gefror das Blut in den Adern. Noch immer kamen sie nur im Zeitlupentempo voran. Vor ihrem inneren Auge sah sie sich die Wagentür aufstoßen, hinausspringen und zwischen den Autos davonlaufen. Aber da war noch Dimitri. Curran würde ihn umbringen. Dann kam ihr der Gedanke, dass er sie *beide* umbringen würde, wenn ihr nicht sehr bald eine Lösung einfiel. Panisch starrte sie durch die beschlagene Fensterscheibe hinaus. Der Sturm wurde immer heftiger, der nächtliche Himmel war vor lauter Schneegestöber kaum zu sehen. Für einen Moment träumte sie davon, dass ein Unfall den Verkehr auf der Interstate lahmlegen und sie stundenlang im Stau stecken würden. Solange sie auf dieser Straße waren, konnte ihnen nichts passieren.

»Wohin fahren wir?«, fragte Dimitri vorn auf dem Fahrersitz, während er weiterhin auf die Straße vor sich schaute, weil die Sicht von Minute zu Minute schlechter wurde.

Schweigen.

»Halt's Maul und fahr weiter«, sagte der Mann neben ihr. »Und vergiss nicht, dass meine Waffe auf deine Schwester gerichtet ist.«

Léo hatte Fink erreicht. »Hier gibt es auch Neuigkeiten«, sagte der Cop, während er zum Parkplatz des Kommissariats lief, auf dem sein Wagen stand. »Curran wurde auf den Überwachungsvideos eines Telefonladens in der Nähe seiner Wohnung identifiziert. Vor zwei Wochen hat er dort ein Prepaidhandy gekauft. Wir haben die Nummer bekommen und die Rechnung unter die Lupe genommen. Er hat mehrere Anrufe von einer Nummer in Frankreich erhalten, und dort nach seinem Besuch in den Büros von DB&S wiederholt angerufen!«

Léo schluckte. Damit stand fest: Derjenige, der die Fäden zog, befand sich auf der anderen Seite des Atlantiks.

45

I fell down a deep black hole.

Paloma Faith, *New York*

Es geschah auf der Interstate 87 kurz hinter Hillside auf der Höhe des Wiltwyck-Golfclubs. Ein Lkw war auf einer der beiden nach Süden führenden Spuren liegen geblieben, der Verkehr musste auf die verbleibende Spur ausweichen, wodurch sich ein gigantischer Stau bildete.

Léo verlangsamte die Fahrt, bremste behutsam auf der verschneiten Straße und erblickte durch die Flocken hindurch die rote Ampel vor sich. Er schaltete die Warnblinker ein, um die Fahrzeuge hinter sich zu warnen. Dann rief er Gonzo an.

»Sie sind immer noch auf der Interstate 287, Höhe Orangeburg«, erklärte dieser, »aber sie kommen nur sehr langsam voran.«

Mit anderen Worten: Sie fuhren nach Norden, während Léo auf einer der beiden parallel verlaufenden Straßen, die bei Harriman aufeinandertreffen würden, in südliche Richtung fuhr. Ein Glückstreffer.

»Ich bin ungefähr fünf Kilometer hinter ihnen«, fügte Gonzo hinzu. »Und wo bist du?«

Was die Passagiere der Limousine nicht wussten – oder vielleicht vermutete Curran es, nahm aber an, dass Gonzo ohne Handy zu lange brauchen würde, um sie zu lokalisieren –, war die Tatsache, dass der Wagen mit einem Anti-Diebstahls-Chip ausgestattet war und deshalb mittels Handy geortet werden konnte, sofern man denn eines besaß. Genau das tat Gonzo in diesem Augenblick von einem Taxi aus – ein weiterer Grund, warum er sich das Smartphone des Fahrers geliehen hatte.

»Ich bin auf der Interstate 87«, antwortete Léo. »Kurz hinter Hillside, aber es gab einen Unfall. Hier geht gerade nichts voran ...«

Schweigen.

»Was glaubst du, wohin fahren sie?«, fragte Gonzo.

»In Anbetracht ihrer Position würde ich sagen, zum Harriman State Park. Bei diesem Wetter ist das ein guter Ort, um ungesehen zwei Menschen loszuwerden, und er ist nicht allzu weit von New York entfernt.«

Bei dieser laut ausgesprochenen Erkenntnis erwachte in Léos Bauch erneut die Angst.

»Ich versuche, ein bisschen näher ranzukommen«, sagte Gonzo. Léo hörte ihn etwas zu dem Fahrer sagen, der entgegnete, wenn sie noch schneller führen, würden sie im Graben landen, so gern er auch ein paar zusätzliche Dollar verdienen würde.

Léo beendete das Gespräch und tätigte einen weiteren Anruf: »Fink, um Himmels willen, wie weit sind Sie?«

»Ich sitze im Heli«, antwortete der Cop, und Léo hörte das Höllenspektakel der Turbine. »Wir heben in einer Minute ab! In weniger als zwanzig sind wir in der Gegend!«

»Das ist zu lange!«

»Ich tue mein Bestes!«, protestierte Fink schwach.

»Beeilen Sie sich, bewegen Sie Ihren Arsch! Wenn sie die Interstate verlassen oder das Fahrzeug wechseln, verlieren wir sie womöglich aus den Augen!«

Er hörte den Polizisten seufzen. »Meinen Arsch lassen Sie lieber in Ruhe, Van Meegeren, und sagen Sie Ihrem Kumpel, er soll mich über ihre Position auf dem Laufenden halten. Wir heben ab!«

»Hier fahren wir runter«, sagte Curran, als sie an dem Schild mit der Aufschrift »Ausfahrt 16: Lake Welch Dr, Lake Welch« vorbeifuhren.

Lorraine sah, wie ihr Bruder die linke Spur der Ausfahrt nahm. Danach fuhren sie zwischen zwei Mauern aus Bäumen hindurch und folgten mit weniger als dreißig Stundenkilometern einer weitläufigen, verschneiten Kurve inmitten einer vereisten Landschaft.

»Ein bisschen schneller«, sagte Curran.

»Haben Sie den Schnee gesehen?«, gab Dimitri zurück. »Wollen Sie, dass wir im Graben landen?«

Der Pulverschnee raste weiter auf sie zu, er klebte auf der Straße und an der Windschutzscheibe. Lorraine spürte, wie die Limousine an Bodenhaftung verlor. Eine Hälfte ihres Selbst wünschte sich, Dimitri würde die Kontrolle über das Fahrzeug verlieren, die andere befürchtete, dass Curran unverletzt bleiben und die Situation nutzen würde, um sie zu töten und ihre Leichen im Schnee liegen zu lassen. Seit geraumer Zeit schon war ihnen kein einziges Fahrzeug mehr entgegengekommen. Auch war weit und breit

kein Haus zu sehen. Nichts als Wald, unzählige winter-
kahle Bäume, die unter dem Mond, der gelegentlich hinter
den Wolken hervorlugte, in den Himmel ragten.

Zehn Minuten später deutete Curran auf die Abzwei-
gung zu einem holprigen, offenbar nicht asphaltierten
Weg, obwohl sich das angesichts der Schneedecke nicht
mit Sicherheit sagen ließ. Der Teich tauchte einen Kilometer weiter auf. Auf dem überfrorenen Schnee fiel es
Dimitri schwer, auf Kurs zu bleiben, und der Wagen brach
bald nach links, bald nach rechts aus, aber da er langsam fuhr, gelang es ihm immer wieder, ihn abzufangen.
Lorraine hatte das Gefühl, in einem riesigen Schlitten zu
sitzen.

»Fahr bis ans Ufer des Teichs«, befahl Curran. »Dann
stellst du den Motor ab.«

»Du hattest recht«, sagte Gonzo, »sie sind im Harriman
State Park.«

»Haben sie angehalten?«

»Nein, sie fahren noch, aber sehr langsam. Hier gibt's
viel Glatteis.«

»Wo bist du?«

»Hinter ihnen. Ich habe ein bisschen aufgeholt, bin jetzt
weniger als vier Kilometer entfernt. Aber wenn ich schneller fahre, lande ich im Graben.«

Eine Viertelstunde später hatte Léo es an der Unfallstelle
vorbei geschafft, und gleich darauf öffneten sich wieder
beide Fahrspuren vor ihm. Obwohl die Straße immer
glatter wurde, fuhr er schneller, veranstaltete ein gefähr-

liches Geschicklichkeitsrennen zwischen den Fahrzeugen hindurch, die aufreizend langsam dahinkrochen und die Lichthupe betätigten. Um sich zu beruhigen, sagte er sich, dass Finks Heli sehr bald im fraglichen Gebiet ankommen würde. Eine Sekunde später klingelte sein Handy, und Fink war dran.

»Wir fliegen zurück! Bei diesem Wetter sieht man einfach nichts, es ist zu gefährlich, noch weiter zu fliegen. Tut mir leid, Van Meegeren!«

»Fink! Sie können mich nicht einfach hängen lassen, verdammt!«

»Wir haben die New York State Park Police informiert. In diesem Augenblick befindet sich eine Patrouille im Harriman State Park. Die Kollegen stehen wegen der Ortung mit Ihrem Freund in Verbindung und verfügen über Geländewagen. Sie werden schneller dort sein als wir!«

Susan Dunbar war gerade nach Hause gekommen, als Paul-Henry sie anrief. Die Panik in seiner Stimme verriet ihr, dass etwas passiert war.

»Ich kann Lorraine nicht erreichen! Ihr Handy ist tot. Wissen Sie vielleicht, wo sie ist?«

Die Amerikanerin antwortete, sie habe nicht die leiseste Ahnung.

»Dann müssen Sie diesen Cop benachrichtigen, diesen Fink, von dem Lorraine mir erzählt hat. Es ist dringend. Sagen Sie ihm, er soll sich bei mir melden, und zwar sofort. Ich glaube, dass Lorraine in Gefahr ist!«

Pause.

»In Ordnung«, antwortete Susan und spürte Panik in

sich aufsteigen. »Soll ich sie weiterhin überwachen und Sie über jeden ihrer Schritte in Kenntnis setzen, Paul-Henry?«

»Darum geht es nicht mehr, Susan!«, rief er. »Das hat sich erledigt. Wir müssen sie finden, bevor es zu spät ist.«

Dimitri stellte den Motor ab. Stille senkte sich auf die Insassen des Wagens.

»Du steigst auf meiner Seite aus«, sagte Curran zu Lorraine.

Sie nickte. Sie traten in die eiskalte Nacht und das Schneegestöber hinaus. Der Sturm war stärker geworden. Für einen Moment bot ihnen die Karosserie der Limousine Schutz gegen Wind und Schnee, doch dann befahl ihnen der Entführer, um den Wagen herumzugehen, und die Böen packten sie und peitschten ihre Gesichter. Dimitri hatte den Mantelkragen aufgestellt. Er wirkte extrem angespannt. Lorraine schauderte. Sie verspürte Harndrang. Hätte am liebsten geschrien. Hier würden sie also sterben. Es war so weit. Sie sah sich um. Der Teich war zugefroren, aber das Eis wirkte tückisch, zur Mitte hin wurde es dunkler und sah gefährlicher aus. Neben dem Teich befand sich ein kleiner Wald. Lorraine dachte, dass diese verschneite Lichtung ihrer beider Grab sein würde. Sie war kurz davor, sich zu übergeben.

Vorgebeugt sog sie die eiskalte Luft ein. Als sie sich wieder aufgerichtet hatte, starrte sie Curran ins Gesicht und sagte leise: »Sie werden uns töten, stimmt's? Warum? Weil Sie dafür bezahlt werden? Wenn wir schon sterben müssen, können Sie uns wenigstens sagen, für wen Sie arbeiten.

Außerdem kann ich Ihnen zweifellos mehr zahlen als diese Person.«

Stille. Currans tief in den Höhlen liegende Augen blickten von Lorraine zu Dimitri, von Dimitri zu Lorraine.

»Mike wird dir keine Details erzählen«, sagte Dimitri. »Er ist kein Schwätzer. Ehrlich gesagt, kenne ich fast niemanden, der so wortkarg ist wie er.«

Sie blickte ihren Halbbruder verständnislos an. Er lächelte. »Aber er wird ja auch nicht fürs Reden bezahlt«, fügte Dimitri mit eiskalter Stimme hinzu. »Und das trifft sich gut, denn Mike zieht es vor zu handeln. Er ist echt gut in seinem Job. Einer der Allerbesten.«

Der Schnee biss Lorraine in Wangen und Augen. Sie hatte keine Ahnung, was hier vor sich ging, sah nur, dass der Blick ihres Halbbruders auf ihr ruhte und dass sie diesen Blick noch nie bei ihm gesehen hatte, diese absolute, definitive Gleichgültigkeit und Kälte.

»Das erste Mal bin ich Mike letztes Jahr in einer Bar begegnet«, fuhr Dimitri fort. Er atmete kleine Dampfschwaden aus, die sofort vom Wind davongetragen wurden. »Man hatte mich an ihn verwiesen. Er ließ mich reden. Insgesamt hat er kaum mehr als zwanzig Wörter gesagt. Das hat mich beinahe aus der Fassung gebracht.«

»Dimitri, was ist hier los? Ich verstehe überhaupt nichts mehr!«, stammelte Lorraine.

Er blickte ihr unverwandt in die Augen. »Was hier los ist? Du wirst sterben, und ich werde erben, Schwesterchen. Ich bin der Haupterbe des Testaments, das du aufgesetzt hast, schon vergessen? Ansonsten ist hier los, dass ich Leuten Geld schulde, die keinen Gerichtsvollzieher, sondern jemanden wie Mike losschicken, um die Kohle einzutreiben. Hier ist los, dass ich einen äußerst verschwenderischen Lebensstil habe. Du kennst mich nicht wirklich, kleine Schwester, ich bin nämlich ein kleines bisschen anders, als du glaubst. Und auch anders, als Maman glaubt. Man nennt es wahlweise fehlende Empathie, narzisstische Persönlichkeit, Egozentrik, Egoismus oder Soziopathie.«

Der Wind pfiff Lorraine um die Ohren. Sie blickte in die leeren, toten Augen ihres Bruders und kämpfte mit aller Kraft gegen die Panik an. »Du hast immer ein idealisiertes Bild von mir gehabt«, fuhr Dimitri fort, »das Bild, das ich euch zeigen wollte, Maman und dir. Ich glaube, tatsächlich gibt es kein manipulativeres, dem Schicksal anderer Menschen gegenüber gleichgültigeres Individuum als mich. Glaub mir, unter gewissen Umständen ist das äußerst praktisch.«

Lorraine traute ihren Ohren nicht. Sicher würde sie gleich aufwachen. Das hier konnte nicht real sein.

»Wie zum Beispiel jetzt. Was ich vorhabe, könnte ich niemals tun, wenn ich dem Schicksal meiner Schwester gegenüber weniger gleichgültig wäre, als ich es bin, das versteht sich von selbst.«

»Bringen wir es hinter uns«, sagte Curran.

Dimitri warf ihm einen genervten Blick zu.

»Du musst zugeben, dieser *Stalker* war eine glänzende Idee«, fuhr er fort, ohne auf Currans Bemerkung einzugehen. »Dieser Typ, der behauptet hat, der Mörder deines Vaters zu sein und es achtundzwanzig Jahre später auf dich abgesehen zu haben. Ihr habt verzweifelt in der Vergangenheit herumgestochert, um eine Antwort zu finden. Ihr habt sogar geglaubt, sie bald zu finden, als du gesehen hast, in welchem Zustand ich nach seiner Aufforderung war, eure Ermittlungen einzustellen. Aber mit der Vergangenheit hat die ganze Sache nicht das Geringste zu tun.«

Lorraine rang nach Luft. »Du hast dir das selbst angetan?«, fragte sie ungläubig.

»Sagen wir, ich habe jemanden dafür engagiert und ihn gebeten, sich keinen Zwang anzutun. Anfangs hat es verdammt wehgetan, ich habe Unmengen Schmerzmittel geschluckt, aber du musst zugeben, es hat funktioniert, du hast es mir abgekauft.«

Lorraine spürte, wie ihr Tränen in die Augen traten. Sie wollte auf keinen Fall weinen, das Vergnügen gönnte sie ihm nicht. Ihr Halbbruder ... der Mensch auf dieser Welt, den sie am meisten geliebt, den sie aufgezogen und vor allen und allem beschützt hatte. Es konnte einfach nicht wahr sein. Jemand würde die Schlussklappe schlagen, und der gruselige Scherz wäre zu Ende.

»Und wie willst du erklären, dass du es geschafft hast und ich nicht?«

»Oh, das wird noch mal ziemlich wehtun, ich habe jetzt schon Angst. Aber manchmal muss man eben leiden, um zu bekommen, was man will, nicht wahr? Mike wird mir aus der Nähe zwei Kugeln in nicht letale Stellen jagen: Schulter und Hüfte. Kann schon sein, dass der New Yorker Cop Verdacht schöpft, durchaus möglich ... Aber er kann nichts beweisen, und die Sache wird bald ad acta gelegt.«

Curran kam näher und blieb stehen. »Genug geplaudert. Los jetzt, bringen wir's hinter uns. Ich will hier nicht verschimmeln.«

Obwohl Curran sprach, starrte Lorraine nur Dimitri an. »Hast du gehört, Schwesterchen?«, sagte er lächelnd. »Es ist so weit.«

Léo raste über die vereiste Straße. Mehrfach verlor er beinahe die Kontrolle über den Wagen, der sich erst in letzter Sekunde wieder fing. Die Sicht wurde immer schlechter, die Schneeflocken fielen förmlich über die Windschutzscheibe her. Bäume zogen im Licht der Scheinwerfer vorbei. Er versuchte, Gonzo anzurufen, konnte ihn diesmal aber nicht erreichen.

Das Taxi hielt an. Für einen Moment lichtete sich der silbrige Vorhang aus Regen, und Gonzo erblickte den Wagen, der vor dem zugefrorenen Teich parkte, in der Nähe des kleinen Waldes. Und er sah die drei Gestalten, die unter dem bleiernen Himmel am Ufer standen.

»Rühren Sie sich nicht vom Fleck«, befahl er dem Fahrer.

»Hey! Wenn die Sache schiefgeht, haue ich ab!«, rief der. »Diese Typen haben Knarren. Ziehen Sie mich nicht in Ihre Geschichten rein!«

Aber Gonzo hatte ihm tausend Dollar versprochen und ihm ein Viertel der Summe bereits gegeben. Der Taxifahrer hatte Raten und Rechnungen zu bezahlen und Kinder zu erziehen, und darum hielt er es für angebracht, noch eine Weile zu warten.

Gonzos Kleidung war sofort von Schneeflocken übersät, als er seine Waffe, die er in Manhattan wieder unter dem Wagen hervorgeholt hatte, in Anschlag brachte, als wäre er auf einer Mission der Navy Seals. Er rannte zu dem Teich, wobei das Heulen des Windes seine Schritte ebenso übertönte, wie es die Geräusche des Taxis übertönt hatte. Er versank bis zu den Knöcheln im Schnee. Außer denen der drei Menschen am Ufer des Teiches waren keine Fußspuren zu sehen. Was bedeutete, dass es keine weiteren Gegner gab, mit denen er fertigwerden musste ... Gonzo besann sich auf seine alten Reflexe.

Verdammt! Curran hatte Lorraine gezwungen, sich auf das Eis des Teichs zu knien, und zielte nun mit seiner Waffe auf sie. Gonzo kniff die Augen zusammen, um sie gegen den wirbelnden Schnee zu schützen. Er sah, dass Dimitri neben Curran stand und die Szene mit verblüffender Gleichgültigkeit beobachtete, während die Böen ihm das Haar zerzausten. Was ging hier vor? Gonzo ließ sich fallen und landete auf einer kleinen Schneewehe wie auf einem Kissen, wobei er mit beiden Händen seine Waffe festhielt. Mit der Ruhe, die er sich in Tausenden Trainingsstunden angeeignet und mehrmals in realen Situationen geübt hatte, zielte der ehemalige Navy Seal auf Curran, hielt den Atem an und berührte dann leicht den Abzug.

Auf die Detonation folgte ein ohrenbetäubendes Echo unter dem schwarzen Himmel. Krähen flogen über dem kleinen Wald auf. Mike Curran brach zusammen, als hätte jemand die Fäden einer Marionette durchgeschnitten, eine Blume aus rotem Blut erblühte auf seiner Brust.

Gonzo richtete sich auf und rannte weiter auf den Teich zu. Die eisige Luft brannte in seiner Lunge. Er sah, wie sich Lorraines Bruder über Currans Leiche beugte, die Waffe aufhob ... *Verdammt noch mal, tu das nicht!* Als Dimitri sie in seine Richtung hielt, ließ sich Gonzo auf den Boden fallen. Mehrere Schüsse kurz nacheinander. Surrend wie Hornissen flogen die Kugeln an seinen Ohren vorbei. Er wollte das Feuer erwidern, aber Dimitri hatte seine Schwester gepackt, sie gezwungen, sich aufzurichten, sie vor sich geschoben und ihr einen Arm um die Taille geschlungen. Zum zweiten Mal in weniger als zwei Stunden war der Lauf der Glock auf Lorraine gerichtet.

Nun zog sich ihr Bruder sehr langsam zur Mitte des Teichs zurück. Vorsichtig glitt er über das Eis und nahm Lorraine dabei gegen ihren Willen mit. Gonzo blickte auf das tückische Eis unter ihren Füßen; er fragte sich, wie lange es das Gewicht von zwei Menschen tragen würde.

»Bleibt stehen! Das Eis ist zu dünn!«, brüllte auf einmal eine vertraute Stimme neben ihm.

Und Gonzo ließ den Blick von den beiden Gestalten zu Léo wandern, der ihn links überholte, durch den Schnee auf den Teich zustolperte und nun seinerseits das Eis betrat, um sich den beiden Personen darauf zu nähern.

»Dimitri, lass sie los! Du hast keine Chance, davonzukommen! Bleib von der Mitte weg, das Eis ist dort zu dünn!«

Langsam, sehr vorsichtig ging Léo über die vereiste Fläche auf die beiden zu. Um ihn herum schien sich der Sturm zu legen, als hielte die Natur den Atem an und warte auf den Fortgang der Ereignisse.

»Dann bist du also der Lover meiner Schwester?«, rief Dimitri. »Endlich lernt man sich mal kennen.«

Er zog sich weiter zurück. Ohne mit der Wimper zu zucken, starrte Léo auf die beiden eng aneinandergedrückten Gestalten. Er war verblüfft gewesen, als Fink ihn wenige Minuten zuvor zurückgerufen hatte, um ihm zu berichten, was er von Susan Dunbar erfahren hatte: Die Prepaidhandys, die der Stalker in Frankreich benutzt hatte, waren in der Wohnung von Lorraines Mutter entdeckt worden. Offenbar hatte Lorraines eigener Bruder sie benutzt. Sie hatte ihm mehrmals Fotos von ihrem Halbbruder gezeigt und ihm erzählt, wie sehr sie den Menschen liebte, der ihr in diesem Augenblick den Lauf einer Pistole an die Schläfe hielt.

»Du musstest ja unbedingt deinen Senf dazugeben«, sagte Dimitri. »Du musstest dich unbedingt einmischen.«

»Bleib stehen, sonst brecht ihr im Eis ein«, befahl Léo.

»Bleib du stehen, sonst erledige ich meine Schwester«, sagte Dimitri.

»Das wirst du nicht tun, denn wenn du es tust, bist du tot. Und ihr seid zu weit in der Mitte. Kommt ans Ufer zurück!«

Léo drang ein Stück weiter vor. Lorraine war totenblass, ihr Gesicht hatte dieselbe Farbe wie das Eis unter ihren Füßen. Sie zitterte, er hörte ihre Zähne klappern.

»Lass sie los und ergib dich«, forderte er.

Auf einmal übertönte ein Knacken seine Worte, dann knackte es ein weiteres Mal, ehe eine Reihe von dumpfen Detonationen folgte, als ob mehrere Knallfrösche nacheinander explodierten. Entsetzt sah Léo, wie sich das Eis bewegte; ein Spalt bildete sich, die Oberfläche riss auf, wurde angehoben und öffnete sich in atemberaubender Geschwindigkeit unter Lorraine und ihrem Bruder.

»Lorraine, leg dich hin!«, brüllte er.

Dimitri schwankte, verlor das Gleichgewicht. Lorraine nutzte diesen Moment, um sich aus seinem Griff zu befreien und sich exakt in dem Augenblick, in dem sich das Eis unter den Füßen ihres Bruder öffnete, flach auf den Bauch zu legen.

Wie im Traum sah Léo Dimitri in dem schwarzen Wasser versinken ... erst die Beine, dann das Becken und schließlich den Oberkörper. Das Eis knackte erneut. Trotz allem hatte er es geschafft, nach der Hand seiner Schwester zu greifen und sich an ihr festzuhalten, während er bis zu den Schultern im Wasser versank. Léo bekam Lorraines Füße zu fassen und legte sich ebenfalls auf die rissige Eisplatte, die unter ihnen zu zerbrechen drohte. Er wagte nicht, weiter vorzudringen, wollte das Eis nicht zusätzlich belasten, darum packte er sie an den Knöcheln und zog, damit sie nicht in das Loch rutschte, aber Dimitri zog in entgegengesetzter Richtung an ihr.

Ausgestreckt auf dem Eis liegend, hielt Lorraine die Hand ihres Bruders umklammert, dessen Gesicht sich nun dicht über der Wasseroberfläche befand und allmählich bläulich verfärbte. Er klapperte immer heftiger mit den Zähnen, starrte seine Schwester flehend, geradezu verzweifelt an, während Polizeisirenen immer näher kamen. Türen schlugen zu, Stimmen wurden laut.

Dann geschieht alles mit der extremen, irrealen Schnelligkeit eines Traums. Von der eisigen Kälte seiner letzten Kräfte beraubt, lässt Dimitri Lorraines Hand los, die ihn dennoch festhält, so lange sie kann. Bis ihr schließlich die Kraft fehlt, diesen Körper, den die Schwerkraft nach unten ziehen will, noch länger zu halten, bis ihre Finger, von Kälte durchdrungen, nach und nach loslassen. In der nächsten Sekunde sieht sie erst die Schultern, dann den Kopf ihres Bruders untergehen; sein Blick bleibt bis zuletzt auf ihr Gesicht geheftet, während ihn die Finsternis langsam verschlingt, während er darin verschwindet, mit ihr verschmilzt.

Aber schon zieht Léo Lorraine zu sich heran. Er robbt mit ihr zu einem sicheren Bereich, wo sie sich schließlich aufrichten können. Sobald sie stehen, schließt er sie in die Arme und fährt ihr mit einer Hand durchs Haar. »Lorraine, Liebling ...«

Sie schmiegt sich eng an seine Brust und weint noch immer, während sie einen letzten Blick auf das Loch im Eis wirft. Nach und nach verebben ihre Schluchzer. Ungefähr fünf Minuten lang bleiben sie so stehen. Wortlos. Regungslos. Bis Lorraines Tränen endlich versiegen. Dann führt Léo sie unendlich behutsam zum Ufer, wo die Polizisten auf sie warten und sie in ihre Mitte nehmen. Nachdem Currans noch dampfende Leiche entdeckt worden war, haben sie Gonzo zunächst Handschellen angelegt. Doch nach Léos Erklärungen und angesichts der Informationen, die Fink ihnen per Funk gegeben hat, nehmen sie sie ihm wieder ab. Jetzt ruft einer der Polizisten den Gerichtsmediziner von Rockland County und einen Krankenwagen.

Dort in der Mitte des Teichs zeigt ein schwarzes Loch unter dem grauen Himmel die Lage des flüssigen, eiskalten Grabes von Dimitri Balsan an.

46

**It's just the start
of everything, if you want.**

Ed Sheeran, *New York*

Fink erwies sich als erstaunlich zartfühlend und respekt-
voll, als er Lorraine an jenem Tag in den Büroräumen der
New York State Park Police befragte, die am Seven Lakes
Drive 3006 in Bear Mountain lagen, weniger als sechs
Kilometer von dem Teich entfernt. Ein großes Gebäude
aus Quadersteinen, Holz und Schiefer, eingebettet in die
Herrlichkeit des Hudson Valley.

Er ließ ihr ein Heißgetränk und eine Decke bringen,
ordnete eine ärztliche Untersuchung an, fragte sie mehrmals, ob sie eine Pause brauche, und bot ihr sogar einen
Donut mit Schokoladenglasur an, den sie ablehnte. Es war
ein informelles, freundliches Gespräch. Er sprach mit der
sanften Stimme eines Beichtvaters, eines Pfarrers oder
Rabbiners. Wenn sie von Schluchzern geschüttelt wurde,
wartete er jedes Mal schweigend ab und betrachtete sie
mitfühlend. Selbst sprach er nur wenig, und wenn, dann
immer mit dieser bedrückten Miene, die seine zweite Natur
zu sein schien. Als er fertig war, tauchte er aus dem Büro

auf, fuhr sich mit der Hand durch die lockigen roten Haare und ging zu Léo und Gonzo, die in einem benachbarten Zimmer mit Wänden aus Holz und rohem Stein auf einer Bank saßen und warteten.

»Sie sind dran«, sagte er zu Léo.

Als alles erledigt war, machten sie sich auf den Rückweg nach New York, Gonzo am Steuer seiner Limousine, Fink in seinem Zivilstreifenwagen, Léo und Lorraine in Gonzos Wagen. Während der Fahrt hüllte sich Lorraine in Schweigen. Léo respektierte das und beschränkte sich aufs Fahren. Sie weinte nicht mehr, schaute nur mit abwesender Miene auf die Landschaft draußen vor dem Fenster und nahm hin und wieder einen Schluck Wasser aus der Flasche, die man ihr gegeben hatte. Eine Stunde später fuhren sie auf der George-Washington-Brücke über den Hudson, auf dem Henry Hudson Parkway weiter am Fluss entlang, dann auf den Joe DiMaggio Highway und schließlich auf die 12th Avenue, immer weiter in den Süden von Manhattan. Schließlich verließen sie das Flussufer und fuhren nach SoHo hinein.

Sie fanden einen Parkplatz in der Nähe des Lofts. Lorraine, die seit anderthalb Stunden keinen Ton gesagt hatte, drehte sich zu Léo und sprach einen unglaublichen, unter den gegebenen Umständen in jeder Hinsicht verblüffenden Satz aus, der ihn sprachlos machte und dennoch alles verändern sollte: »Léo Van Meegeren, ich will ein Kind von dir.«

47

Stay with me,

stay with me.

Josh Groban, *Bells of New York City*

Noch an demselben Tag zog sie zu ihm in das Loft. Von nun an drehte sich das Leben um Spaziergänge mit Aurevilly, um gemeinsame Mahlzeiten und um Lorraines Arbeitstage bei DB&S, die Léo zum Malen nutzte. Zu Übungszwecken fälschte er eine Landschaft von Lazare Bruandet, einem unbedeutenden Maler der Schule von Barbizon, in nahezu flämischem Naturalismus, vor allem aber kopierte er einen Gustave Courbet: ein großformatiger weiblicher Akt, der 2015 für zwölf Millionen Dollar bei Christie's versteigert worden war.

Zur selben Zeit beschäftigte sich Lorraine mit dem Fortbestand der Spezies, das heißt, sie versuchte, den Zeitpunkt ihres Eisprungs zu berechnen, obwohl sie aufgrund ihres unregelmäßigen Zyklus nicht in der Lage war, ihre nächste Periode vorauszusehen. Bewaffnet mit einem Kalender, Temperaturtabellen und verschiedenen Arten von Ovulationstests entwickelte sie sich zu einer Spezialistin in Sachen Fruchtbarkeit. Während der achtundvierzig

Stunden, die für die Befruchtung am günstigsten waren, verwandelte sie sich in eine genusssüchtige, zügellose Hetäre. Eine nicht unbedingt notwendige Strategie, denn sie vögelten sich ohnehin die Seele aus dem Leib. Léo stellte in dieser Hinsicht eine nahezu unerschöpfliche Energie unter Beweis, was möglicherweise der dreijährigen Abstinenz auf Rikers zu verdanken war.

Während dieser Zeit bekamen sie häufig Besuch von Gonzo, Zack und sogar von Fink, der vielleicht kein enger Freund, aber doch ein guter Bekannter geworden war. An solchen Abenden wurden zahlreiche Toasts ausgebracht, und sie lachten, als wäre nicht kürzlich nach der Schneeschmelze der Leichnam von Lorraines Halbbruder auf dem Grund eines Teichs irgendwo im Norden des Bundesstaats New York gefunden worden.

Manchmal dachte Lorraine unversehens daran, und dann versank sie in eine brütende, finstere Stimmung. Sie fühlte sich zerrissen zwischen ihrem derzeitigen Glück und dem Gedanken an ihren Bruder, der gestorben war, weil er sie hatte töten wollen … Im ersten Augenblick war der Schmerz fast unerträglich, aber er dauerte nie länger als wenige Stunden oder höchstens einen Tag lang an. Ihr neues Leben war ein Füllhorn kleiner und großer Freuden. Umso mehr, als ein Frühtest ihr eines Morgens im Februar anzeigte, dass sie mit achtundneunzigprozentiger Wahrscheinlichkeit schwanger war, eine Aussicht, die ihr Arzt am nächsten Tag bestätigte. Er wog sie, nahm ihre Maße, verschrieb ihr Folsäure und legte ihr nahe, so schnell wie möglcihen ihren Gynäkologen zu kontaktieren.

An demselben Abend wartete sie mit einem Glas Champagner für ihn, einem alkoholfreien Schaumwein für sich selbst und zwei brennenden Kerzen auf Léo. Aber auch er kam vom Arzt. Er wirkte blass, wie erloschen, und sie begriff, dass es auf seiner Seite keine guten Neuigkeiten gab.

»Was ist los?«, fragte sie besorgt, während sie den Champagner beiseitestellte.

Er sagte es ihr. *Sechs Monate.* Mehr nicht. Er würde die Geburt ihres gemeinsamen Kindes nicht mehr erleben ... Lorraine schwieg benommen. In seiner Gegenwart vermied sie an diesem Abend zu weinen. Aber später, als sie unter dem heißen Wasserstrahl der Dusche saß, konnte sie die Tränen nicht mehr zurückhalten. Léo war erschöpft eingeschlafen.

Die Wochen vergingen. Im Fernsehen sprachen sie über ein Virus, das die Menschen in China umbrachte. Léo zeigte immer häufiger Anzeichen von Erschöpfung, kam aber bald wieder zu Kräften, sodass es ihnen beinahe gelang, die Tatsache zu vergessen, dass seine Tage gezählt waren. »Ich glaube, dass Léo in dieser Zeit wirklich glücklich war«, sagte Lorraine Monate später zu Gonzo.

Die Schwangerschaft machte Lorraine fröhlich, unberechenbar und ein bisschen wunderlich, während Léo sie noch öfter mit kleinen Aufmerksamkeiten, scherzhaften Bemerkungen und Geschenken beglückte. Sie lachten viel, stritten sich und waren manchmal ein bisschen traurig. Was sie jedoch sorgfältig vermieden, waren Zukunftspläne. Sie lebten in den Tag hinein und dachten nicht an morgen. Léo arbeitete verbissen, ein Bild nach dem anderen, und Lorraine meinte es ehrlich mit ihrer Bemerkung, wonach es seine schönsten Gemälde seien. Nie zuvor habe er so gut gemalt. McKenna nahm die Fälschungen entgegen – den Courbet, einen Monet, einen Caillebotte und einen Renoir. Allesamt waren sie bemerkenswert und würden vielleicht eines Tages in Museen zu sehen sein. Dann verschwand der Ire aus ihrem Leben, nicht ohne Léo zu empfehlen, sich mehr Ruhe zu gönnen, weil er wirklich schlecht aussehe. Wenn Lorraine früh aus dem Büro zurückkam (sie hatte sich endlich an die amerikanischen Arbeitszeiten gewöhnt), unternahmen sie lange Spaziergänge mit Aurevilly, gingen zum Dinner oder auf einen Drink in die Stadt und kehrten nach Hause zurück, um ein Buch zu lesen. (Sie las ihm laut vor wie einem Kind.) Sie sahen sich alte Filme von Capra oder Wilder an, liebten sich und unterhielten sich bis spät in die Nacht. An den Wochenenden luden sie Freunde ein.

»Was hältst du von Auguste?«, fragte Léo eines Tages, als sie den von Schneemassen befreiten Central Park durchquerten.

»Was für ein schrecklicher Vorname!«

»Pablo?«

»Nein.«

»Vincent?«

»Mal sehen.«

»Michelangelo?«

»Hahaha! Muss er wirklich den Namen eines Malers tragen? Und wenn es nun ein Mädchen ist?«

»Frida«, sagte Gonzo, der sie begleitete.

Am 1. März 2020 wurde der erste Fall von Covid-19 im Staat New York festgestellt. Betroffen war eine neununddreißigjährige Frau, die im Gesundheitswesen tätig und am 25. Februar aus dem Iran zurückgekehrt war. Am 3. März wurde ein zweiter Fall bestätigt – ein Anwalt, der in einer Kanzlei am One Grand Central Place arbeitete. Am 4. März hatte sich die Zahl der Fälle auf elf erhöht. Am 24. März erklärte Gouverneur Andrew Cuomo, dass die Epidemie sich stärker ausbreiten würde als vorhergesehen. Am Ende desselben Monats hatte das Virus New York endgültig im Griff. Von einem Tag auf den anderen verwandelte sich die Stadt der Superlative, die für William James »Mut und Kühnheit von himmlischem Ausmaß« verkörperte, in eine Geisterstadt.

Selbst der Times Square, der Ort mit dem größten Lärm, den meisten Taxis und den grellsten Neonreklamen auf diesem Planeten, lag verlassen da, wenn man von den wenigen Fußgängern absah, deren geisterhafte Umrisse im Nebeldunst auszumachen waren. Als wäre plötzlich der Großteil der Menschheit von der Erdoberfläche verschwunden. Das einzige, aber allgegenwärtige Geräusch, das immer wieder ertönte, war das unheilvolle Heulen der Rettungswagen, die die Kranken in die Kliniken brachten. Dieser Frühling war einer der dunkelsten, die New York je erlebt hatte, doch war er nicht die erste Prüfung für den Big Apple. Es hatte den 11. September gegeben, natürlich, aber auch Hurrikan Sandy im Jahr 2012, der dreiundfünfzig Menschenleben forderte, die Subway-Tunnel überschwemmte und die New Yorker Börse zwang, zwei Tage lang zu schließen. Ende der Siebzigerjahre war da noch der epidemische Heroinkonsum gewesen. Aber New York war wie ein Phönix aus der Asche immer wieder auferstanden.

Léo hingegen nicht, denn gleichzeitig mit den Verwüstungen der Epidemie hatte sich der Krebs immer weiter in sein Leben geschlichen, anfangs so langsam, dass man es für einen schlechten Traum hätte halten und glauben können, der Tod habe ihn vergessen.

Aber der Tod vergisst niemanden, und so, wie der Winter auf den Herbst folgt, der seinerseits den Sommer verdrängt, hatte der Tod sie am Ende dieses mörderischen Frühlings in den Blick genommen. Und er zeigte erste Anzeichen von Ungeduld.

Zunächst wurde Léos Erschöpfung immer größer, sein Teint immer grauer. Zwar lächelte er, dieses ewige, unbesiegbare Lächeln, aber das einst so helle Leuchten in seinen Augen blitzte nur noch gelegentlich auf, und manchmal ertappte Lorraine ihn dabei, wie er sich mit schmerzverzerrtem Gesicht von ihr abwandte. Sie hätte gern mehr für ihn getan, viel mehr. Fast ständig war sie von heftigen Gefühlen ergriffen. Sie spürte, wie in ihrem Bauch ein Wesen heranwuchs, das jeden Tag größer wurde, und wie ein anderes sich langsam von ihr entfernte und in der Dunkelheit zu versinken drohte. Es war erschütternd.

Umso mehr, als Léos langsamer Todeskampf zeitgleich mit dem Hunderter, ja, Tausender anderer Menschen verlief. Sie hatten sich im Loft verkrochen und verließen es nur noch, um mit dem Hund auf leeren Straßen spazieren zu gehen, die kaum wiederzuerkennen und unwirklich ruhig waren, oder um im Supermarkt an der Ecke das Nötigste einzukaufen wie Millionen andere verstörte New Yorker auch.

Doch während bei Letzteren die Flamme der Hoffnung

brannte, wussten Lorraine und Léo, dass das Böse ihn nicht loslassen würde.

Am 25. Mai 2020, dem verlängerten Wochenende des Memorial Day, wurde der Lockdown endlich aufgehoben, und die New Yorker durften die Strände besuchen.

Die Wettervorhersage war trist, aber Lorraine freute sich, in Gesellschaft von Léo und Aurevilly, der auf der Jagd nach Seevögeln ekstatisch über den Jonas Beach rannte, endlich wieder den Lärm der Wellen, den Wind auf den Wangen und das grelle Geschrei der Möwen zu genießen.

»Léo junior«, sagte er plötzlich, als sie nahe am Wasser über den Sand liefen.

»Léo junior, das gefällt mir«, sagte sie.

»Ich möchte, dass du mir etwas versprichst.«

»Kommt darauf an, was«, antwortete sie mit gemischten Gefühlen. »Glaub bloß nicht, du kriegst mich, indem du an meine Gefühle appellierst, Van Meegeren.«

Sie fasste ihn am Arm und stakste durch den weichen Sand. Um das Gleichgewicht zu halten, lehnte sie sich an ihn, und ihr wurde bewusst, dass er sogar an Armen und Schultern dünner geworden war.

»Ich möchte, dass du meinem Sohn erzählst, was mich ausgemacht hat, alles, das Gute und auch das weniger Gute. Wenn er alt genug dafür ist.«

»Über dich gibt es nur Gutes zu sagen, Van Meegeren.«

»Du weißt, was ich meine, Demarsan«, versetzte er. »Verheimliche ihm nichts, nicht einmal das Gefängnis. Natürlich nur, wenn er es wissen will. Stell mich nicht auf ein Podest. Ein Sohn soll es seinem Vater gleichtun und ihn schließlich überholen. Wenn du mich idealisierst, wird ihm das nicht gelingen. Aber sag ihm trotzdem, dass ich ein guter Mensch war.«

»Können wir über etwas anderes sprechen?«

»Ich bin noch nicht fertig. Wenn du einen Mann kennenlernst, sieh dir genau an, wie er lächelt.«

»*Was?* Leck mich am Arsch, Léo Van Meegeren! Ich ...«

»Sein Lächeln«, wiederholte er. »Wenn er die ganze Zeit lächelt, nimm die Beine in die Hand und lauf weg.«

»*Du* lächelst die ganze Zeit, wenn die Bemerkung gestattet ist.«

»Das gilt auch für mich.«

»Ich finde dieses Gespräch nicht besonders amüsant.«

»Das soll es auch nicht sein.«

»Erzähl mir was Lustiges.«

»Kennst du die Geschichte von dem Hipster?«

»Du hast ihm ins Bein geschossen, jetzt hopster. Du solltest deinen Vorrat an Witzen mal erneuern, Van Meegeren.«

Das Wetter war grau an jenem Tag, der Himmel wolkenverhangen, und auch in Lorraines Herzen herrschte Dunkelheit.

Es geschah drei Tage nach dem Strandspaziergang, den sie am 25. Mai unternommen hatten. Lorraine erledigte gerade frühmorgendliche Einkäufe in der Gourmet Garage in der Broome Street – Teriyaki-Hühnchen und Dressings, Bohnenkaffee und Nudelsoßen –, da erhielt sie die Nachricht:

Du musst sofort kommen.

48

**Is there a signal there
on the other side?**

Tori Amos, *I Can't See New York*

Sie hat die schwere feuerfeste Metalltür offen gelassen. Von der Türschwelle aus betrachtet sie die Szene. Benommen. Entsetzt. Mit drei Schritten ist sie bei ihm und hört ihre eigene Stimme: »Léo!«

Keine Reaktion. Die Strahlen der aufgehenden Sonne tauchen das geräumige Loft in ein weiches, fröhlich tanzendes Licht, doch innerlich ist sie wie erstarrt. Er sieht unglaublich friedlich und schön aus, wie er dort ausgestreckt auf dem Boden liegt.

»Léo!«

Schweigen, abgesehen von Aurevillys kläglichem Gebell, der seinem Herrchen gleich darauf mit dem Eifer eines jungen Hundes liebevoll übers Gesicht leckt. Seinem Herrchen, der im Sonnenlicht so entspannt wirkt und die tierische Zuwendung hinnimmt, als schliefe er.

»Léo!«

Keine Antwort.

Da gerät sie in Panik. Sie fällt auf die Knie, schüttelt ihn, ohrfeigt ihn. Schon laufen Lorraine die Tränen über die Wangen, glänzen im goldenen Licht des Morgens.

»Léo, bitte! Mach die Augen auf. Sag etwas. *Léo!*«

Sie beugt sich über ihn, sucht nach seinem Puls, seiner Atmung. Findet beides. Er lebt! Er atmet!

Zwanzig Sekunden später schlägt er die großen hellgrauen Augen auf und richtet diesen lichtvollen Blick auf sie, der sie immer dahinschmelzen lässt. Er versucht zu lächeln, ist aber kreidebleich.

»Lorraine? Du bist da ... Hab keine Angst. Ruf einen Krankenwagen«, sagt er sehr leise. »Jetzt, Liebling ...«

Im nächsten Moment sind seine Augen wieder geschlossen, er atmet, hat aber offensichtlich erneut das Bewusstsein verloren. Mit zitternder Hand holt Lorraine ihr Handy heraus. Tränen trüben ihren Blick. *Konzentrier dich!* Sie braucht zwei Anläufe, um die 911 zu wählen. Eine Stimme am anderen Ende der Leitung. Sie stammelt, bringt alles durcheinander. Die Stimme fragt sie ruhig nach ihrem Namen und ihrer Adresse »für den Fall, dass das Gespräch unterbrochen wird«. Die Worte sprudeln aus ihr heraus, aber die Frau von der Leitstelle unterbricht sie und fordert sie auf, noch einmal von vorn anzufangen. Das regt sie noch mehr auf. Diese Frau ist dermaßen ruhig, dass Lorraine beinahe die Beherrschung verliert. Sie atmet durch, spricht langsam und deutlich. Die Frau am anderen Ende der Leitung begreift sehr schnell, dass etwas Schlimmes vorgefallen ist, und bittet sie, am Apparat zu bleiben.

In diesem Moment öffnet er die Augen und sagt: »... ist nicht so schlimm ...«, um dann ein weiteres Mal das

Bewusstsein zu verlieren. Es ist exakt 8:30 Uhr an diesem Morgen des 28. Mai 2020 in New York.

Sie sieht, wie er auf einer Krankentrage abtransportiert wird. Die untere Hälfte seines Gesichts bedeckt eine Sauerstoffmaske, die Sanitäter tragen Stoffmasken, die mit Gummibändern hinter den Ohren befestigt sind. Seine Haare, die sie bei ihrer ersten Begegnung ein wenig zu lang fand, umrahmen sein schönes Gesicht mit den geschlossenen Lidern, und ein weiteres Mal ergreift eine übermächtige Angst von ihr Besitz. Sie begleitet die Männer zum Aufzug, schließt die Tür des Lofts und blickt noch einmal zu Aurevilly zurück, der allein mitten im Zimmer sitzt. Er schaut sie mit dem traurigen, ratlosen Blick eines herrenlosen Hundes an, und ihr kommen erneut die Tränen.

Wooster Street. Die Hecktüren des weißen Rettungswagens vom *New York-Presbyterian Hospital* mit den orangefarbenen und blauen Streifen sind weit geöffnet. Die Tragbahre wird hochgehievt und gleitet in die Führungsschienen. Sie sieht Léo im Inneren des Wagens verschwinden, das Ding verschluckt ihn förmlich. Dann steigt sie wieder die Treppe hinauf und sucht ein paar Sachen zusammen, die er im Krankenhaus brauchen wird. Und weiß tief in ihrem Inneren und mit schmerzlicher Gewissheit, dass er nicht zurückkommen wird.

»Du siehst schrecklich aus, Demarsan.«
Sie versuchte zu lächeln, diesen sanft funkelnden grauen Blick auszuhalten. Die Schläuche, Rohre, Infusionsständer

und die Krankenschwestern auszublenden, die in dem Zimmer ein und aus gingen. *Scheiße.* Sie musste stark sein, sie hatte nicht das Recht zu schwächeln. Sie musste es akzeptieren. Aber was genau musste sie akzeptieren? Dass jemand wie Léo mit einunddreißig Jahren sterben konnte?

»Wie geht's dem Kleinen da drin?«, fragte er und deutete auf ihren sich rundenden Bauch.

»Im Augenblick zappelt er ziemlich herum.«

»Klar, ist ja ein Van Meegeren.«

»Wie fühlst du dich?«

Er lächelte, antwortete jedoch nicht. Sein Blick wirkte noch durchdringender als sonst. Sein Gesicht war so grau wie ein Kieselstein, die Augen von dunklen Ringen umgeben.

»Willst du ihn anfassen?«, fragte sie und nahm seine Hand, ohne die Antwort abzuwarten.

Er hatte einen Katheter, auf seinem Handrücken war mit einem großen Pflaster eine Kompresse befestigt; die Infusionsnadel hob die Haut an. Ein durchsichtiger Schlauch hing daran und verlief über sein Handgelenk, wo er mit einem weiteren Pflaster fixiert war. Sie legte Léos Hand auf den Stoff des Kleids über ihrem Bauch. Er lächelte, seine großen grauen Augen wirkten durch all die Medikamente, die in seinem Blut kreisten, noch verträumter.

»Spürst du es?«

»Ja, ich spüre es.«

»Das ist dein Sohn.«

»Ja ...«

»Léo junior.«

»Wirst du allein zurechtkommen?«, fragte er auf einmal. Sie schluckte und hielt seinem Blick tapfer stand. »Sag so etwas nicht, Van Meegeren. Wenn du nach Hause kommst, werde ich ...«

»Lorraine, *ich werde nicht nach Hause kommen.* Diesmal nicht. Das weißt du.«

Heftiger Kummer, vermischt mit Wut, drohte sie innerlich zu zerreißen. »Van Meegeren, wärst du so freundlich, für einen Moment die Klappe zu halten?«, brachte sie mühsam heraus.

Jetzt weinte sie. Die Tränen strömten ihr über die Wangen.

Er nahm ihre Hand. »Nutz das bloß nicht aus, um meine Platten von Sufjan Stevens und Leonard Cohen wegzuwerfen, okay?«, scherzte er. »Und lass vor allem nicht zu, dass Gonzo bei uns zu Hause Enrique Iglesias auflegt. Das ist hiermit offiziell verboten.«

Ein zaghaftes Lächeln zeichnete sich auf Lorraines tränennassem Gesicht ab. Sie hätte gerne selbst einen Witz gemacht, war dazu aber nicht in der Lage. Sie brachte kein einziges Wort über die Lippen, denn sie hatte einen Kloß im Hals, der immer größer wurde.

»Du musst Halt finden«, sagte er in ernsterem Ton. »Ich möchte, dass du Halt findest und stark bist. Für mich und für *ihn,* okay? Für Léo junior.«

Sie nickte, schloss die Augen. Und schlug sie wieder auf. »Van Meegeren, du bist echt ein Scheißkerl, dass du uns beide einfach so sitzen lässt.«

»Ich weiß, aber ich konnte dein Schnarchen nicht mehr ertragen.«

Sie gluckste, ein Geräusch zwischen Schluchzen und Lachen. »Blödmann, du bist es, der schnarcht!«

»Ich? Ich hätte es aufnehmen sollen!«

»Liebst du mich?«, fragte sie auf einmal.

Er sah ihr in die Augen. »Ja, irgendwie schon ... ehrlich gesagt liebe ich dich sogar sehr, Demarsan.«

»Ich liebe dich auch, Léo Van Meegeren. Verdammt, ja. Mehr als alles auf der Welt.«

Eine Krankenschwester erschien. Ihr altersloses Gesicht – sie konnte ebenso gut vierzig wie sechzig sein – verriet Mitgefühl.

»Möchten Sie hier übernachten?«, fragte die Schwester Lorraine.

»Nein, sie wird die Nacht nicht hier verbringen«, antwortete Léo an ihrer Stelle. »Das will ich nicht. Sie kommt morgen früh wieder. Können Sie uns noch eine Minute allein lassen?«

Die Schwester nickte und verließ das Zimmer.

»Léo, ich will hierbleiben, ich bestehe darauf«, sagte Lorraine.

»Auf keinen Fall.« Er schüttelte den Kopf.

»Léo ...«

»Ich will mich ausruhen. Ich brauche dich hier nicht. Du musst mit Aurevilly rausgehen. Und ich erinnere dich daran, dass du meinen Sohn in deinem Bauch hast. Du musst mit deinen Kräften haushalten. Küss mich.«

Das tat sie. Léos Lippen schmeckten leicht bitter.

»Und nun fahr nach Hause. Wir sehen uns morgen.«

Bestürzt sah sie ihn an. Zögerte. Dann nickte sie und verließ den Raum.

Im Loft angekommen, zog sie sich die Schuhe aus, ließ sich aufs Bett fallen und begann unter Aurevillys schuldbewusstem Blick vor Schmerz zu schluchzen. Zerrissen von einem unermesslichen Kummer, rollte sie sich zur Kugel zusammen. Sie weinte, bis sie schließlich erschöpft einschlief. Irgendwann weckte sie ein Anruf. Léo hatte den Tiefpunkt erreicht. Sie fuhr rasch zum Krankenhaus. Gegen 2 Uhr in dieser Nacht starb er.

Sie rief Gonzo an.

»Es ist vorbei«, sagte sie.

»Was?«, fragte Gonzo, der das nicht hören, der nicht verstehen wollte.

»Léo ist tot.«

Darauf folgte eine Sekunde Stille.

»Léo wird niemals sterben«, sagte Gonzo, und er klang beinahe wütend. »Er wird immer bei uns sein.«

»Nein, Gonzo«, sagte Lorraine mit fester Stimme. »Léo ist tot, es ist vorbei, er ist nicht mehr da.«

Dann legte sie auf.

Epilog

**I hear your voice, I speak your name
among New York City ghosts and flowers.**

Sonic Youth, *NYC Ghosts & Flowers*

Die Beerdigung fand am 2. Juni in Tannersville statt. Anwesend waren Léos Eltern, seine Schwester, sein engster Freundeskreis und natürlich Lorraine und Tim. Die Trauerfeier dauerte weniger als eine Stunde. Gonzo traf als Zweiter ein. Er sah Lorraine allein auf einer Bank vor der Kirche im Morgenlicht sitzen, neben dem Parkplatz, dem sie den Rücken kehrte. Sie drehte sich nicht um, als er die Wagentür zuschlug und auf sie zuging. Aurevilly beschnupperte schwanzwedelnd die Hecken ringsum, zweifellos angezogen von den Duftmarken einiger ortsansässiger Artgenossen. Für einen Morgen im Juni war es recht kühl.

Sie hatte sich eine neue Frisur zugelegt. Ihre Haare waren nun kürzer und glatter als zuvor; sie reichten ihr bis zum Kinn, sodass ihr Hals entblößt war. Dadurch wirkte sie jünger, aber auch ein bisschen zerbrechlicher. Beinahe wie eine Studentin, die sich für ein Vorstellungsgespräch herausgeputzt hatte. Er war erschüttert von der Einsamkeit, die sie ausstrahlte.

»Hallo, Gonzalo«, sagte sie, noch ehe er in ihr Blickfeld getreten war.

Er umrundete die Bank und nahm neben ihr Platz.

»Woher weißt du, dass ich es bin? Das Motorengeräusch der Limousine?«, fragte er.

»Dein Eau de Toilette riecht man aus mehreren Kilometern Entfernung.«

Er lächelte. Sie drehte den Kopf und blickte zu ihm auf. Sie waren beide über alle Maßen traurig, dennoch lächelte sie ihn an.

»Verdammt«, sagte Gonzo und strich sich die Krawatte glatt. »Warum hat Léo mir das nie gesagt? Er hat bestimmt oft Witze darüber gemacht.«

Sie nickte. »Wenn er den Tag mit dir verbracht hat, konnte ich manchmal dein Parfüm an ihm riechen, und dann habe ich ihn gefragt: Wie geht es Gonzalo?«

Sie lachten.

Es war wirklich kühl an diesem Morgen, und sie schmiegte sich an ihn.

Gonzo: »Ich denke oft an ihn. Eigentlich sogar jeden Tag. Es vergeht kein Morgen, ohne dass Léo mich auf die eine oder andere Weise in meinen Gedanken besuchen kommt. Wie sollte es auch anders sein? Ich hätte mich für diesen Kerl in zwei Hälften schneiden, ja sogar dreiteilen lassen.

Ich glaube, dass es Lorraine allmählich besser geht. Léo junior wächst und gedeiht, und sie ist ganz verrückt nach ihm. Ich auch. Wie wir alle. Ich bin so oft bei ihnen, wie es geht. Tim war anfangs sehr unglücklich, aber er kommt allmählich wieder auf die Beine. Ich nehme ihn zu den

Spielen der Knicks und der Yankees mit ... und auch in Trevors Boxhalle. Kitty und ich sind uns sehr nahegekommen. Sie ist ebenfalls verlässlich für Lorraine da. Sonntags treffen wir uns alle in Zacks Haus auf Long Island: Lorraine, Kitty, Tim, Léo junior, Zack und ich.

Ich weiß nicht, ob Léo uns zuhört, ob er uns von dort, wo er jetzt ist, mit seinen großen, verträumten Augen beobachtet, unsichtbar und dennoch präsent, mit diesem unvergleichlichen Lächeln, weil er sich freut, uns zusammen zu sehen. Ich bin in dem Glauben aufgewachsen, dass hinterher noch etwas kommt, aber ich kann mir nicht vorstellen, dass Léo dort oben tatenlos herumsitzt, die Arme vor der Brust verschränkt, und uns zusieht. Nein, das glaube ich nicht.

Wenn Léo da wäre, würde er sich köstlich amüsieren, das weiß ich. Er würde sich über mich lustig machen. Dieser Bastard hat an nichts geglaubt außer am Ende an die Liebe ... und an die Freundschaft. Ja, das auch. Immer schon. Aber in manchen Augenblicken habe ich das deutliche Gefühl, dass er uns zusieht und zuhört. Dass er unter uns ist: unsere *sentinelle,* unser Wächter, der auf uns aufpasst. Und dass er lächelt. Er lächelt, weil er weiß, dass wir ihn lieben. Und dass wir ihn niemals vergessen werden.«

Playlist

The Yardbirds, *New York City Blues*
The Quireboys, *King of New York*
Herman Dune, *Take Him Back to New York*
Ray Charles, *What'd I say*
Elton John, *I'm Still Standing*
Beastie Boys, *No Sleep Till Brooklyn*
AC/DC, *Safe in New York City*
Fun Lovin Criminals, *Ballad of NYC*
Jay-Z & Alicia Keys, *Empire State of Mind*
The Ramones, *53rd & 3rd*
Bon Jovi, *Midnight in Chelsea*
The Strokes, *New York City Cops*
Norah Jones, *Back to Manhattan*
Ed Sheeran, *New York*
Andrew Belle, *In My Veins*
The Chainsmokers, *New York City*
Taxi Girl, *Paris*
Ray Charles, *New York's My Home*
Joni Mitchell, *Free Man in Paris*
Juliette Gréco, *Sous le ciel de Paris*
Léo Ferré, *Paris c'est une idée*
Guillemots, *Standing on the Last Star*
Kings of Leon, *Manhattan*

Charles Trenet, *Revoir Paris*
Kidepo, *August in New York*
Jacques Higelin, *Paris – New York, New York – Paris*
Bee Gees, *Nights on Broadway*
John Lee Hooker, *Miss Lorraine*
Harry Styles, *Ever Since New York*
LCD Soundsystem, *New York, I Love You But You're Bringing Me Down*
Paloma Faith, *New York*
Manhattan Transfer, *Walkin' in New York*
Richard Ashcroft, *New York*
Oppenheimer, *Breakfast in NYC*
John Lennon, *New York City*
Simon & Garfunkel, *The Only Living Boy in New York*
Elliott Murphy, *The Streets of New York*
Bob Seger & The Silver Bullet Band, *Manhattan*
B.o.B. (ft. Eminem & Alicia Keys), *New York, New York*
Billie Holiday, *Autumn in New York*
Billy Joel, *New York State of Mind*
Kiss, *New York Groove*
Cat Stevens, *New York Times*
Eagles, *New York Minute*
Sonic Youth, *NYC Ghosts & Flowers*
Audrey Hepburn, *Moon River*
Chris de Burgh, *The Snows of New York*
Josh Groban, *Bells of New York City*
Tori Amos, *I Can't See New York*
Sufjan Stevens, *Death With Dignity*
Leonard Cohen, *My Oh My*